Kyss by rowohlt POLARIS

DOMINIK GAIDA

AD NOS RESPICIAMUS

BRYNMOR UNIVERSITY

GEHEIMNISSE

Roman

Kyss

Dieses Buch enthält potenziell triggernde Inhalte. Wenn du dich darüber informieren möchtest, findest du auf unserer Homepage unter www.endlichkyss.de/brynmor1 eine Content-Note.

Originalausgabe
Veröffentlicht im Rowohlt Taschenbuch Verlag,
Hamburg, Oktober 2023

Redaktion Kathinka Engel
Covergestaltung ZERO Werbeagentur, München
Coverabbildung Shutterstock
Satz aus der Quadraat Pro
bei Pinkuin Satz und Datentechnik, Berlin
Druck und Bindung CPI books GmbH, Leck
ISBN 978-3-499-01306-5

Für Felix

«Whatever our souls are made out of, his and mine are the same…
If all else perished, and he remained, I should still continue to be;
and if all else remained, and he were annihilated, the universe
would turn to a mighty stranger.»

Emily Brontë, Wuthering Heights

PLAYLIST

Ghost Lights – Woodkid

Anti-Hero – Taylor Swift

Flugmodus – Clueso

I want to hold your hand – Beatles

Meet me in the woods – Lord Huron

Someone to you – Banners

Achterbahn – Clueso

Iron – Woodkid

Snow on the beach – Taylor Swift / Lana Del Rey

Little dark age – MGMT

You want it darker (Solomun Remix) – Leonard Cohen

Half light – Banners

Two men in love – The Irrepressibles

PROLOG

CONNOR

Das Blut klebt an meinen Händen wie Harz.

Ich versuche, nicht hinzusehen und nicht daran zu denken, wie es dorthin gelangt ist. Aber die Ereignisse der letzten Stunde haben sich bereits in mein Gedächtnis eingebrannt, und je mehr ich mich bemühe, die Erinnerungen beiseitezuschieben, desto stärker kehren sie zurück: angsterfüllte Augen, Tränen, Schweiß, ein markerschütternder Schrei und dann ... Stille.

Blindlings stolpere ich durch den Wald. Die Bäume stehen so dicht beieinander, dass mir die Äste wie knorrige Finger über die Wangen streichen. Unter meinen Füßen raschelt das Unterholz, über mir pfeift der Wind durch die Laubkronen. Das Einzige, woran ich mich orientieren kann, ist der sichelförmige Mond, der allerdings immer wieder hinter den Wolken verschwindet.

Mein Herz rast. Mein Atem geht schnell, und in meinen Lungen kommt nicht genug Sauerstoff an. Von einer Sekunde auf die andere beginnt die Welt, sich zu drehen. Oben und unten vertauschen ihre angestammten Plätze, und mir bleibt nichts anderes übrig, als stehen zu bleiben. Mich an einem Baum abzustützen. Und zu hoffen, dass mir jetzt nicht auch noch schwarz vor Augen wird.

Ich atme tief durch, wieder und immer wieder. So wie ich es auch vor wichtigen Wettkämpfen mache, um meine Nerven in den Griff zu bekommen. Aber das hier ist kein Wettkampf. Das hier ist etwas ganz anderes.

Keine Ahnung, wie lange es dauert, bis ich mich wieder halbwegs beruhigt habe. Es können nur Minuten sein, aber sie fühlen sich an wie Stunden. Ein letztes Mal ziehe ich noch scharf die Luft ein. Dann laufe ich weiter, wenn auch langsamer als zuvor.

Der Wald ist ein undurchdringliches Labyrinth. Bin ich noch auf dem richtigen Weg? Oder habe ich mich in der Zwischenzeit vollkommen verlaufen? Die Antwort erhalte ich erst, als sich die Bäume endlich lichten und vor mir die Umrisse von Brynmor auftauchen.

So wie sich die Universität vor dem wolkenverhangenen Nachthimmel abzeichnet, erweckt sie den Anschein, als würde sie alle Zeit überdauern: altehrwürdig. Mächtig. Unbezwingbar. Die Klosteranlage wird von starken Mauern und hohen Rundtürmen umgeben. Außerhalb des Mauerrings liegen die Sportanlagen und der neue Campus, der erst in den letzten Jahrzehnten aus dem Boden gestampft wurde. Nur in wenigen Fenstern brennt noch Licht. Der Rest der Universität liegt in tiefem Schlaf.

Brynmor ...

Noch nie hat es für mich einen Ort wie diesen gegeben. Einen Ort, an dem ich mich voll und ganz wohlfühle, an dem ich mich nicht verstellen muss und einfach nur ich selbst sein kann.

Und jetzt? Jetzt gehört das alles der Vergangenheit an.

Für einen Moment bleibe ich noch am Waldrand stehen. Dann streiche ich mir die Locken aus der Stirn und stapfe weiter. Obwohl ich vor dem, was vor mir liegt, genauso viel Angst habe wie vor dem, was im Wald passiert ist.

KAPITEL 1

SAMUEL

10 Monate später

Ich hasse Abschiede. Selbst wenn sie nur auf Zeit sind. Vermutlich habe ich genau aus diesem Grund meinen Besuch bei Philipp bis auf den letzten Drücker hinausgeschoben.

Das Heim, in dem mein Bruder untergebracht ist, liegt inmitten einer weitläufigen Parkanlage und nur einen Katzensprung von der Alster entfernt. Die letzten, spätsommerlichen Strahlen tauchen die Fassade in goldenes Licht. Seit geschlagenen zehn Minuten stehe ich jetzt schon vor der Doppelflügeltür aus Glas und versuche, mich für das Unvermeidliche zu wappnen.

Na los. Worauf wartest du? Wenn du da jetzt nicht reingehst, steigst du morgen ins Flugzeug, ohne ihn noch einmal gesehen zu haben. Willst du das?

Endlich – *endlich!* – erwache ich aus meiner Starre. Die Doppelflügeltür öffnet sich mit einem leisen Summen, und augenblicklich steigt mir der Geruch von Desinfektionsmittel in die Nase. Ich blinzle ein paar Mal, bis sich meine Augen an das dämmrige Halblicht gewöhnt haben. Dann höre ich plötzlich eine Stimme.

«Samuel. Was machst du denn hier?»

Hinter dem Empfangstisch sitzt Jutta. Scheiße. Hätte heute Abend nicht Helen Dienst haben sollen? Helen, die ziemlich entspannt drauf ist und es mit den Besuchszeiten nicht so genau nimmt? Das habe ich jetzt also davon, dass ich so lange mit diesem Besuch gewartet habe. Wenn Jutta mich nicht zu Philipp lässt ... wenn sie mir gleich eine Predigt über die Sinnhaftigkeit von Besuchszeiten in Pflegeheimen hält ... Allein die Vorstellung, unverrichteter Dinge abzuziehen, ist so grässlich, dass ich sie schnell in die hinterste Ecke meines Verstands schiebe.

«Hi», sage ich, versuche, mir nicht anmerken zu lassen, wie es in mir aussieht, und setze mein gewinnendstes Lächeln auf.

Jutta lässt sich davon nicht beeindrucken. Unbewegt erwidert sie meinen Blick über das rahmenlose Brillengestell. Ihre Lippen sind schmal wie ein Strich. Vermutlich würden sich ihre Mundwinkel nicht einmal nach oben bewegen, wenn ich ihr ein süßes Katzenvideo zeige.

«Ich ...», setze ich unbeholfen an, rufe mich aber schnell wieder zur Vernunft. Statt herumzudrucksen, sollte ich ihr einfach sagen, was Sache ist. Und auf das Beste hoffen. Also ... «Sie haben bestimmt schon gehört, dass ich ab diesem Herbst in England studieren werde. Genau genommen geht mein Flug schon morgen früh. Und na ja, weil ich erst in ein paar Monaten wiederkomme, wollte ich noch mal kurz bei meinem Bruder vorbeischauen.»

War Juttas Miene bislang reglos, sieht sie mich jetzt so entgeistert an, als hätte ich vorgeschlagen, mit Philipp eine Weltreise zu machen. Ihr rechtes Augenlid beginnt zu zucken. Was bedeutet das? Dass ich besser schnell auf dem Absatz umdrehen sollte, bevor sie mich eigenhändig rauswirft?

Bitte, lass mich zu Philipp. Bitte.

Die Sekunden verstreichen. Dann seufzt sie und lächelt gequält.

«Na, meinetwegen, Samuel. Weil du es bist. Ich gebe Bescheid, dass du kommst. Aber in einer halben Stunde bist du wieder draußen, verstanden?»

«Ja! Ja, klar», antworte ich und kann mein Glück noch kaum fassen.

Ich durchquere menschenleere Flure und passiere geschlossene Türen. Meine Schritte klingen seltsam gedämpft, und nicht zum ersten Mal beschleicht mich das Gefühl, dass dieser Ort alle Geräusche wie ein Schwamm aufsaugt. Nach ein paar Minuten erreiche ich das Zimmer meines Bruders. Ohne anzuklopfen, trete ich ein.

Das Licht der Neonröhren an der Decke ist gedimmt, und durch die heruntergelassenen Jalousien finden nur noch ein paar vereinzelte Sonnenstrahlen ihren Weg. Wie immer, wenn ich hier bin, legen sich unsichtbare Hände um meinen Hals und schnüren mir die Luft ab. Ich versuche das beklemmende Gefühl zu ignorieren und setze mich auf den Stuhl neben dem Bett.

Philipps Augen sind geschlossen, und fast könnte man meinen, er schlafe nur. Aber die vielen Monitore und Geräte, die leise piepsend seinen Herzschlag, seinen Puls und seine Atmung überwachen, lassen keinen Besucher je vergessen, dass Philipp im Wachkoma liegt.

Vor seinem Unfall konnte ich mit Begriffen wie Wachkoma oder apallischem Syndrom nichts anfangen. Genauso wenig hätte ich die Frage beantworten können, in welchen Zeitabständen ein Mensch umgedreht werden muss, um nicht wund zu liegen – nicht einmal, wenn man mir eine Pistole auf die Brust gesetzt hätte. Mittlerweile bin ich zu einem waschechten Experten in solchen Dingen geworden, obwohl ich darauf gern verzichtet hätte.

«Hey, ich bin's», sage ich, ohne eine Reaktion zu erwarten, und nehme seine kalte Hand in meine. Philipp hat nur noch entfernte Ähnlichkeit mit dem Bruder, den ich kannte. Früher war er ein sportlicher Typ, der es als Schwimmer fast bis in den Nationalkader geschafft hätte. Heute wirkt er klein und zerbrechlich wie eine Porzellanpuppe, auf die man besonders gut achtgeben muss. Auf seinen eingefallenen Wangen zeichnen sich vereinzelte Bartstoppeln ab, und die dunkelbraunen Haare hängen ihm schlaff ins Gesicht.

Die unsichtbaren Hände drücken noch ein bisschen fester zu. Und wie bei jedem meiner Besuche prasseln auch jetzt die Erinnerungen wie Regentropfen auf mich ein.

Philipp und ich, wie wir stundenlang vor seiner Playstation sitzen und zocken.

Philipp, der mir bei meinen Mathehausaufgaben hilft.

Und dann die lebendigste und glücklichste Erinnerung von allen: Philipp, der mich nach meinem Coming-out in den Arm nimmt, an sich drückt und mir sagt, dass er mich lieb hat. Dass er froh ist, mein Bruder zu sein.

Ich schüttle den Kopf, als wollte ich eine lästige Fliege verscheuchen. Statt mich selbst zu quälen, indem ich unserer gemeinsamen Zeit hinterhertrauere, sollte ich mich viel eher darauf konzentrieren, was vor mir liegt. Ja, das hier ist ein Abschied. Aber es ist ein Abschied, der sich nicht vermeiden lässt. Denn jetzt, nach zehn quälenden Monaten, habe ich endlich wieder eine Aufgabe. Und die führt mich weg von Philipp und dahin, wo alles angefangen hat: an die Brynmor University am südwestlichen Zipfel Englands.

Langsam beuge ich mich zu Philipp hinunter. Von einem Pfleger habe ich erfahren, dass Patienten, die im Wachkoma liegen, durchaus etwas von ihrem Umfeld mitbekommen. Anfangs hat es sich noch ziemlich seltsam angefühlt, mit Philipp zu sprechen. Mittlerweile erscheint es mir vollkommen selbstverständlich.

«Du hältst hier die Stellung, bis ich wieder da bin, okay?» Meine Stimme ist kaum mehr als ein Flüstern, und in meinen Ohren klingt sie kratzig und rau. «Mach keinen Scheiß und komm bloß nicht auf die Idee, mit dem Atmen aufzuhören. An Weihnachten bin ich wieder da. Und bis dahin habe ich herausgefunden, was passiert ist. Das verspreche ich dir! Hörst du? Wenn ich sonst schon nichts für dich tun kann, dann wenigstens das!»

Am liebsten würde ich die Zeit anhalten. Genau jetzt. Weil ich für diesen Abschied noch immer nicht bereit bin. Aber die Zeiger der großen Wanduhr über dem Bett bewegen sich so gnadenlos schnell voran, als würde sie jemand mit aller Kraft anschieben.

Nur noch ein bisschen länger. Nur ein bisschen ...

Für ein paar Minuten bleibe ich an Philipps Bett sitzen, betrachte ihn und versuche, mir alle Einzelheiten seines Gesichts einzuprägen. Dann ist unsere Zeit endgültig abgelaufen. Auch wenn Jutta überraschenderweise Verständnis für meine Situation hatte, wird es jetzt bestimmt nicht mehr lange dauern, bis ein Pfleger aufkreuzt, um nach dem Rechten zu sehen.

«Ich bin bald wieder da», sage ich, lege Philipps Hand aufs Bett zurück und richte mich auf. «Ich bin bald wieder da.»

Tatsächlich schaffe ich es, das Zimmer zu verlassen, ohne mich noch ein einziges Mal zu ihm umzudrehen. Erst als ich draußen auf dem Flur stehe und das unerträgliche Piepsen der Maschinen nicht mehr hören kann, bemerke ich, wie mir die Tränen über die Wangen laufen.

Als ich gegen Mitternacht in unserem Haus in Eppendorf ankomme, liegen meine Eltern schon im Bett. Glück gehabt. Bis sie mich in ein paar Stunden zum Flughafen fahren, habe ich nämlich noch ein paar Dinge zu erledigen.

Auf Zehenspitzen schleiche ich die Treppe nach oben und ziehe leise die Zimmertür hinter mir zu. Wie meinen Abschiedsbesuch bei Philipp habe ich auch das Packen bis auf den letzten Drücker vor mir hergeschoben. Jetzt bleibt mir nichts anderes übrig, als wahllos T-Shirts, Jeans und Unterwäsche in meinen großen, geflickten Reiserucksack zu werfen und darauf zu hoffen, nichts allzu Wichtiges zu vergessen. Und falls doch: Brynmor liegt in der Nähe einer kleinen Stadt namens St. Keyne. Dort kann ich bestimmt alles kaufen, woran ich jetzt nicht gedacht habe.

Um kurz vor zwei habe ich auch das letzte Paar Socken in einer der vielen Seitentaschen verstaut. Ich setze mich auf das Bett unter der Dachschräge, ziehe meine Kopfhörer auf und scrolle so lange durch die Playlist meines Handys, bis ich auf ein älteres Album von Woodkid stoße. Sobald die ersten Töne von *Ghost Lights* erklingen, lege ich den Kopf in den Nacken und lasse meinen Blick noch ein letztes Mal durch mein Zimmer schweifen.

Früher, vor meinem Coming-out, fühlte es sich manchmal so an, als würden sich die Wände von allen Seiten auf mich zu bewegen. Es gab kaum etwas, das ich mir sehnlicher wünschte, als endlich hier rauszukommen. Mein eigenes Ding zu machen. Jetzt, wo meine Abreise unmittelbar bevorsteht, bin ich mir ziemlich sicher, die gewohnte Umgebung schon bald zu vermissen. Beinahe wehmütig betrachte ich daher die gerahmten Fotografien an den Wänden, Schnappschüsse aus dem Urlaub, dazwischen Bilder, die meine Freundin Luisa und ich in einer Fotobox am Hauptbahnhof gemacht haben. Mein Blick wandert von einem in die Jahre gekommenen Schlagzeug, das mir im letzten Jahr nur noch als Ablage für meine Wäsche gedient hat, zum Schreibtisch, wo sich zerfledderte Schulhefte und ein Dutzend Bücher stapeln – und die Unterlagen für Brynmor. Auf dunkelgrünem Untergrund prangt stolz das Universitätslogo, umgeben vom Leitspruch *Ad nos respiciamus*. Wir passen aufeinander auf.

Monatelang habe ich mich auf den großen Eignungstest vorbereitet, habe meine Freizeit geopfert und meine Eltern bekniet, mich ausgerechnet an den Ort gehen zu lassen, an dem Philipp seinen Unfall hatte. Nach endlosen Diskussionen waren sie schließlich eingeknickt und hatten zugestimmt, meine Studiengebühren zu übernehmen – vorausgesetzt natürlich, ich würde eine Zusage erhalten. Aufgrund der Tatsache, dass es sich bei Brynmor um eine der angesehensten Universitäten in Europa, ja vielleicht sogar der Welt handelt, war das nämlich alles andere als ein Selbstläufer. Aber jetzt habe ich meinen Studienplatz. Jetzt gibt es kein Zurück mehr.

Das Vibrieren meines Handys reißt mich aus meinen Gedanken, und vor Aufregung macht mein Herz einen Sprung: eine Nachricht von Luisa. Ausgerechnet Luisa.

Luisa: Na, schon bereit, ein paar heiße Kerle kennenzulernen?

Verwundert ziehe ich die Brauen hoch. Okay, ganz offenbar tun wir so, als wäre zwischen uns alles in bester Ordnung. Als hätte sie kein Problem mehr damit, dass ich nur nach Brynmor will, um die Wahrheit über den Unfall meines Bruders herauszufinden.

Samuel: Haha! Als ob! Das Letzte, was ich gebrauchen kann, ist noch ein Typ, der sich als Arsch herausstellt.

Während ich auf ihre Antwort warte, erinnere ich mich ein weiteres Mal an unseren Streit. Vermutlich hatte Luisa schon die ganze Zeit geahnt, was meine wahren Beweggründe sind, bis zuletzt aber gehofft, sich zu täuschen.

So sehr, wie wir uns an diesem Tag gefetzt haben, ist es jetzt wirklich seltsam, einfach so mit ihr zu schreiben.

Luisa: Ach komm schon, so vergisst du die Sache mit Milo vielleicht ein bisschen schneller. 😊

Meine Finger fliegen über die Tasten.

Samuel: Nee. Ich hab wirklich nicht vor, mich in Brynmor auf irgendwas einzulassen.
Luisa: 😇
Samuel: Außerdem bleibe ich ja nicht für immer da …

Ich lasse meinen Kopf aufs Kissen fallen. Trotz allem, was passiert ist und unausgesprochen zwischen uns steht, werde ich sie wohl ziemlich vermissen.

Luisa: Wenn ich du wäre, würde ich heute Nacht kein Auge zubekommen.
Samuel: Tu ich auch nicht.
Luisa: Samuel?
Samuel: Ja?
Luisa: Eigentlich habe ich mich nur gemeldet, weil ich dir noch was sagen wollte …

Innerhalb des Bruchteils einer Sekunde wird mein Magen flau.

Samuel: Okay?

Es dauert ein paar Sekunden, bis ihre nächste Nachricht auf dem Display erscheint.

Luisa: Pass gut auf dich auf, okay? Und vor allem: Mach! Bitte! Nichts! Gefährliches!

Ich schlucke. Dass Luisa mir keine weiteren Vorwürfe macht, ist ein Anfang. Vielleicht ist es sogar mehr als das. Sie sorgt sich um mich. So wie es auch meine Eltern tun. Und wenn ich ganz ehrlich bin: Würde es mir nicht genauso gehen, wenn die Rollen vertauscht wären? Würde ich nicht auch mit allen Mitteln versuchen, meine beste Freundin von einem riesengroßen Fehler abzuhalten? Denn wenn es der Polizei von St. Keyne nicht gelungen ist, die Umstände von Philipps Unfall aufzuklären – wie soll ich es dann schaffen?

Kurz ringe ich mit mir, unschlüssig, was ich antworten soll.

Samuel: Mach ich nicht.

Kaum dass ich die Wörter getippt habe, lösche ich sie allerdings gleich wieder. Stattdessen schreibe ich:

Samuel: Ich pass auf mich auf. Versprochen.

Aber noch bevor ich die Nachricht abschicke, ist mir bereits klar, dass ich diesen Schwur lieber breche, als noch länger mit der Ungewissheit zu leben.

KAPITEL 2

SAMUEL

Zwölf Stunden später sitze ich in einem Zug der *Great Western Railway* von Plymouth in Richtung St. Keyne. Mein Herz schlägt so schnell, als befände ich mich in einer Achterbahn.

Die anderen Plätze im Großraumabteil waren zu Beginn der Fahrt noch fast alle besetzt. Inzwischen haben sie sich geleert. Immer wieder strecke ich den Hals, betrachte die verbliebenen Fahrgäste und frage mich, ob irgendjemand von ihnen auch nach Brynmor unterwegs ist. Aber außer einer jungen Frau mit kurzen, schwarzen Locken, die ganz am anderen Ende des Waggons sitzt und deren Kopf im Schlaf immer wieder nach vorne fällt, sehe ich niemanden in meinem Alter. Bei den anderen Reisenden handelt es sich um Familien mit kleinen Kindern und ältere Paare, die offenbar einen Ausflug an die Küste machen.

Während ich aus dem Fenster blicke, will ich mich kneifen, um sicherzugehen, dass ich wirklich hier bin. Aber was ich sehe, ist kein Traum: Der Himmel ist wolkenlos, und die Sonnenstrahlen bringen die saftig grünen Wiesen, die vom letzten Regen noch feucht sind, zum Glänzen. Hinter hüfthohen, verwitterten Steinmauern grasen Schafe, und hin und wieder erhasche ich in der Ferne einen Blick auf das funkelnde Meer.

Ich ziehe das Handy aus meiner Jeans, knipse ein Bild von der Landschaft und schicke es Luisa. Dann nehme ich noch einmal die Brynmor-Unterlagen zur Hand. Mittlerweile habe ich mir die

Hochglanzbroschüren mit ihrem seidenmatten Einband schon so oft angesehen, dass sie an den Ecken ganz abgegriffen sind. In der Hoffnung auf ein Detail, das mir die ganze Zeit über verborgen geblieben ist, kehre ich immer wieder zu ihnen zurück.

Brynmor wurde im 16. Jahrhundert auf dem Gelände eines von King Henry VIII. zerschlagenen Klosters gebaut. Im Gegensatz zu den Universitäten von Oxford und Cambridge, um die sich im Laufe der Zeit große Städte gebildet haben, zeichnet sich Brynmor bis heute durch seine abgeschiedene Lage aus. Neben den jahrhundertealten Gebäuden, in denen sich die Vorlesungssäle und Seminarräume befinden, wurde der Campus in den letzten Jahrzehnten um eine neue Bibliothek und moderne Labore erweitert. Ein besonderes Aushängeschild stellen die großzügigen Schwimm- und Sportanlagen dar. Im Laufe der Zeit hat sich Brynmor zu einer Eliteuniversität entwickelt, wobei vor allem das Institut für Sportwissenschaften einen herausragenden Ruf besitzt.

Während meine Augen die Zeilen überfliegen, muss ich daran denken, was nicht in den Broschüren steht, wovon mir Philipp aber in unseren Videocalls erzählt hat: einer exklusiven Studierendenverbindung namens Brynmor Dawn, deren Mitglieder die besten Kontakte haben, verbotene Partys feiern und sich zu gefährlichen Mutproben herausfordern. Vor seinem Unfall fand ich die Geschichten, die er mir über die Verbindung erzählte, ziemlich aufregend. Danach habe ich mir immer wieder die Frage gestellt, ob das, was passiert ist, vielleicht die Folge einer fehlgeschlagenen Mutprobe war.

Mal abgesehen von ein paar Zeitungsartikeln und diversen Gerüchten, die in Internetforen die Runde machen, habe ich bisher nicht viel über Brynmor Dawn herausfinden können. Das wird sich hoffentlich bald ändern. Abhängig davon, was ich auf dem Campus so aufschnappe, werde ich mir dann überlegen, wie meine nächsten Schritte aussehen. Das ist zumindest der Plan.

«Hey! Du! Hast du die Durchsage nicht gehört?»

Ich hebe den Kopf. Vor mir steht die junge Frau, die bis vor ein paar Minuten noch geschlafen hat. Jetzt stützt sie sich lässig an einer der Sitzlehnen ab und sieht mich mit hellwachen, haselnussbraunen Augen an. Ihre schwarze Lederjacke hat sie über die Schulter geworfen, und mit der linken Hand hält sie einen Rollkoffer umklammert. Mir ist überhaupt nicht aufgefallen, dass sie an mich herangetreten ist. Und auch nicht, dass wir angehalten haben.

«Äh, was?», sage ich ganz automatisch auf Deutsch.

Die Frau sieht mich mit gerunzelter Stirn an.

«Du musst doch bestimmt auch nach Brynmor, oder?» Sie spricht jetzt deutlich langsamer, als wolle sie sichergehen, dass ich sie wirklich verstehe.

Endlich setzt mein eingerosteter Verstand wieder ein.

«Ja. Ja, ich muss auch nach Brynmor», antworte ich auf Englisch.

«Hab ich mir doch gedacht. Komm, beeilen wir uns besser, bevor der Zug weiterfährt.» Und ohne auf eine Antwort von mir zu warten, wendet sie sich von mir ab und geht zügig Richtung Ausgang. So schnell ich kann, stopfe ich die Brynmor-Unterlagen zurück in meinen Rucksack und folge ihr.

Draußen ist die Luft frisch und klar, und mir steigt ein salziger Geruch in die Nase. Ganz offenbar ist es von hier nicht mehr weit bis zum Meer.

«Na los, worauf wartest du denn?»

Die Frau ist bereits vorausgegangen und winkt mich zu einem kleinen Shuttlebus, der auf einem Parkplatz neben dem Bahnhofsgebäude steht. Ein schlaksiger Chauffeur mit Schirmmütze und Brynmor-Uniform, die aus weißem Hemd, grünem Strickpullover sowie schwarzer Krawatte und Stoffhose besteht, hat bereits ihren Koffer verstaut. Jetzt blicken beide erwartungsvoll zu mir herüber.

Ich zögere nicht lange und laufe ihnen entgegen. Sobald ich den Bus erreicht habe, begrüßt mich der Chauffeur und lädt meinen Rucksack ebenfalls in den Kofferraum. Dann holt er ein Klemmbrett vom Fahrersitz und erkundigt sich nach unseren Namen.

«Youma Dieme», stellt sich die Frau vor.

«Und ich heiße Samuel Harrington.»

«Dieme – gefunden. Und Harrington – ach ja, hier stehen Sie. Bitte steigen Sie ein, wir können gleich losfahren.»

Youma und ich setzen uns in die Reihe direkt hinter dem Chauffeur. Der erwartet fürs Erste offenbar keine weiteren Fahrgäste, sondern zieht schwungvoll die Tür zu und startet den Motor. Ich werfe einen letzten Blick zurück und sehe gerade noch, wie sich der Zug ratternd in Bewegung setzt. Dann fahren wir auch schon los.

St. Keyne ist eine kleine Ortschaft, die nicht mehr als ein paar tausend Einwohner hat. Wir passieren alte Häuser mit Schindeldächern und einen Marktplatz, in dessen Mitte sich ein Springbrunnen befindet. Weil die Straßen mit Kopfstein gepflastert sind, werden wir ordentlich durchgeschüttelt.

«Woher kommst du?», fragt Youma, nachdem wir die letzten Ausläufer von St. Keyne hinter uns gelassen haben. «Harrington klingt englisch. Aber dein Akzent ... deutsch?»

«Ja, den werde ich wohl nie ganz los, obwohl sich mein Dad wirklich Mühe gegeben hat. Er ist in Schottland geboren. Ich komme aus Hamburg. Und du?»

«Aus dem Senegal. Aber eigentlich habe ich mein ganzes Leben in Südafrika verbracht.» Die Worte sprudeln nur so aus ihr heraus, und es dauert nicht lange, bis ich erfahre, dass Youma heute auch ihren ersten Tag hat. «Meine Eltern haben schon in Brynmor studiert und wollten unbedingt, dass ich denselben Weg wie sie einschlage. Eigentlich wollte ich in Kapstadt oder Durban studieren. Aber dann habe ich mich über Brynmor informiert. Und na ja, je mehr ich gelesen habe, umso mehr hat es mich dann doch gepackt hierherzukommen. Es ist einfach *unglaublich*, was Brynmor alles zu bieten hat!»

Verstohlen betrachte ich Youma. Ich kann gar nicht anders, als sie um ihre Vorfreude zu beneiden. Vor zwei Jahren, als Philipp sein Studium in Brynmor begonnen hatte, war es mir für ein paar Wochen ganz genauso gegangen. Während wir telefonierten, malte ich mir immer wieder aus, wie es wäre, bei ihm zu sein. Mit ihm den Campus und die alten Gebäude zu erkunden. In der großen Bibliothek durch eingestaubte Bücher zu blättern und an den Wochenenden im eiskalten Atlantik zu schwimmen. Vor zehn Monaten verwandelte sich Brynmor dann von einem Tag auf den anderen in den Ort, an dem das Leben meines Bruders ein abruptes Ende fand.

«Was studierst du?», fragt Youma jetzt.

«Sportwissenschaften.» Dass das Studium für mich nur ein Mittel zum Zweck ist, muss ich ihr ja nicht gleich bei unserem ersten Gespräch auf die Nase binden. Am Ende reagiert sie noch wie Luisa. «Vor ein paar Jahren habe ich mit Parkour angefangen. Lange still zu sitzen, war noch nie mein Ding.»

«Parkour?»

«Das ist eine Sportart, bei der du versuchst, möglichst schnell und geschickt die verschiedensten Hindernisse zu überwinden: Mauern, Treppen, Geländer. Eigentlich ist alles möglich. Du darfst nur keine anderen Hilfsmittel als die hier verwenden», antworte ich und halte meine Hände in die Höhe.

«Ich glaube, ich habe da mal was auf TikTok gesehen.»

«Und du? Wofür hast du dich eingeschrieben?»

«International Management.» Sie verzieht ihre Mundwinkel zu einem schiefen Lächeln. «Meine Eltern sind Manager in einem großen Konzern. Früher habe ich mir immer eingeredet, ganz anders als sie zu sein. Aber mittlerweile bin ich mir sicher, mir nur etwas vorgemacht zu haben. Ich bin auf jeden Fall schon ziemlich gespannt, was uns in Brynmor erwarten wird und – oh!»

Youma verstummt. Ihre Augen weiten sich. Und während sie sich nach vorne beugt, folge ich ihrem Blick.

Die Universität taucht am Ende einer schmalen Straße auf, die sich zwischen grasgrünen Hügeln die Klippen entlang nach oben schlängelt. Brynmor ist größer, viel größer, als ich es mir ausgemalt habe. Das Herz der Universität, das frühere Kloster, wird von einer hohen, massiven Mauer aus grob behauenem Sandstein umgeben. Hinter der Mauerkrone erspähe ich graue Schindeldächer und die Spitze des mächtigen Kirchturms. So wie ihr Ruf ist auch Brynmor immer weitergewachsen, und jedes Jahrhundert hat der Universität seinen eigenen Stempel aufgedrückt. Außerhalb der Klostermauern stehen gotische Gebäude mit filigranen Goldverzierungen und kleinen Spitztürmen. Gleich daneben befinden sich lang gezogene Bauten aus ockerfarbenem Backstein mit Sprossenfenstern und hohen Giebeln. Die jüngsten Erweiterungen, die erst ein paar Jahre alt sein können, lassen mich mit ihren geschwungenen Wänden und riesigen Glasfronten, in denen sich das Blau des Himmels spiegelt, an Wellen denken. Beeindruckt halte ich die Luft an.

Es dauert nicht lange, bis wir ein gusseisernes Tor erreichen, vor dem mehrere Bentley, Daimler und andere teure Fahrzeuge stehen. Der Chauffeur hilft uns noch dabei, unser Gepäck auszuladen, bevor er sich verabschiedet und Youma und ich durch ein großes Eingangsportal in einen lichtdurchfluteten Innenhof treten.

Die grauen Steinfassaden der angrenzenden Gebäude sind alt, verwittert und mit Efeuranken überwuchert. Die Sonnenstrahlen spiegeln sich in den hohen Buntglasfenstern der großen Kirche auf der anderen Seite des Hofs. Mehrere Arkadengänge zweigen von hier aus ab, vermutlich führen sie zu weiteren Innenhöfen.

Um uns herum wimmelt es von Menschen. Studierende aller Nationalitäten verabschieden sich von ihren Eltern, und die Luft ist von einem Durcheinander aus Sprachen erfüllt. Erstsemester wie wir lassen sich vom Universitätspersonal den Weg zu den Zimmern erklären. Staunend blicke ich mich um und komme mir vor, als hätte ich eine neue Welt betreten. Eine Welt, von der mir Philipp zwar erzählt hat und von der ich in den Broschüren gelesen habe, die aber doch ganz anders ist als alle Bilder, die im Lauf der Zeit in meinem Kopf entstanden sind.

Youma sieht sich verunsichert um. Ihr ist wahrscheinlich ebenso wie mir aufgefallen, dass wir offenbar als Einzige allein angereist sind. Allerdings vergehen nur ein paar Sekunden, bis sie sich fängt und wieder die Richtung vorgibt.

«Komm, lass uns mal da vorne nachfragen, wo wir hinmüssen.» Sie zeigt auf eine ältere Frau, um die sich eine Gruppe von Studierenden drängt. Nachdem sie ihnen den Weg durch einen Torbogen gewiesen hat, sind wir an der Reihe.

«Erstsemester?», fragt sie mit einem britischen Akzent, um den meine frühere Englischlehrerin sie bestimmt beneidet hätte. Sie hat ihre grauen Haare so streng zu einem Zopf zusammengebunden, als wollte sie damit die Falten auf ihrer Stirn glätten. Die grüne Brynmor-Uniform trägt sie wie eine Rüstung. Wir nicken und nennen ihr unsere Namen, die sie auf einer Liste überprüft.

«Ms Dieme. Und … Mr Harrington.» Für den Bruchteil einer Sekunde kommt es mir vor, als zögere sie bei meinem Namen.

Oder bilde ich es mir nur ein? «Ich bin Mrs Thompson und darf Sie stellvertretend im Namen des Rektors, Professor Bellingham, und des gesamten Lehrkörpers in Brynmor begrüßen. Das Semester beginnt morgen früh um zehn Uhr mit der Eröffnungsrede des Rektors in der *Tudor Hall*. Heute können Sie in aller Ruhe in Brynmor ankommen und sich mit dem Campus und Ihren neuen Kommilitoninnen und Kommilitonen vertraut machen. Bitte begeben Sie sich als Erstes auf Ihre Zimmer. Ms Dieme, Ihres finden Sie im Ostflügel. Mr Harrington, Sie müssen zum Westflügel. Melden Sie sich bei Ihren Mentorinnen und Mentoren. Die werden Ihnen alles Weitere zeigen.» Sie reicht uns zwei gefaltete Lagepläne und erklärt erst Youma und dann mir den Weg. «Das Abendessen findet heute um achtzehn Uhr im Speisesaal statt. Wenn Sie sich verlaufen sollten, scheuen Sie sich nicht, nach dem Weg zu fragen. *Ad nos respiciamus*. In Brynmor passen wir gut aufeinander auf.»

Der Leitspruch. Wenn er wirklich zutreffen würde, wäre Philipp heute vielleicht noch hier. Aber ich hüte mich, etwas zu sagen, und presse stattdessen die Lippen aufeinander.

«Ach, da wären noch zwei Dinge. Erstens: Beim Abendessen und bei offiziellen Veranstaltungen sind Sie dazu verpflichtet, Ihre Brynmor-Uniform zu tragen. Diese wurde bereits in Ihren Zimmern für Sie bereitgelegt. Für die Seminare gibt es keine vorgeschriebene Kleiderordnung.» So vielsagend, wie Mrs Thompson sich räuspert, besteht kein Zweifel daran, dass es ihr lieber wäre, wir würden die Uniform *immer* tragen. Statt näher darauf einzugehen, reicht sie uns ein eng bedrucktes Blatt. Es ist in großen Buchstaben mit dem Wort *Hausordnung* überschrieben. «Zweitens», fährt sie fort, «haben Sie sich mit der Einschreibung an unserer Universität auch zur Einhaltung unserer anderen Regeln verpflichtet. Nach zwei Verwarnungen werden Sie von Brynmor verwiesen. Es gibt keine Ausnahmen, also lesen Sie sich die

Hausordnung sorgfältig durch. Haben Sie noch Fragen?» Weil sich hinter uns ein paar weitere Erstsemester eingereiht haben, spricht Mrs Thompson jetzt schneller. So gestresst, wie sie uns ansieht, hofft sie wohl, dass wir sie nicht viel länger aufhalten.

Youma und ich schütteln einhellig die Köpfe. Wir verabschieden uns, schultern unser Gepäck und gehen noch ein paar Schritte in dieselbe Richtung. Als wir den Torbogen erreichen, an dem sich unsere Wege vorläufig trennen, bleiben wir noch einmal stehen.

«Hat mich wirklich gefreut, dich kennenzulernen, Samuel», sagt Youma strahlend. Bevor ich weiß, wie mir geschieht, drückt sie mich an sich, wobei mir der blumige Duft ihres Parfums in die Nase steigt. «Wir sehen uns dann später beim Abendessen.»

«Bis später», antworte ich etwas überrumpelt, aber auch ziemlich erleichtert. Weil ich offenbar viel schneller als erwartet eine erste Bekanntschaft in Brynmor geschlossen habe.

Um den Westflügel zu erreichen, muss ich den halben Campus überqueren. In den Innenhöfen sitzen Studierende in kleinen Gruppen auf akkurat gestutzten Rasenflächen oder alten Steinbänken. Ihre Stimmen und ihr Lachen erfüllen die Luft wie das Summen eines Bienenschwarms. Umgeben von den jahrhundertealten, efeubewachsenen Mauern fällt es nicht schwer, sich vorzustellen, wie bereits unzählige Generationen vor ihnen hier gesessen sind und sich auf den Beginn eines neuen Studienjahres gefreut haben.

Nachdem ich mehrere Arkadengänge durchquert habe, erreiche ich endlich den Westflügel. Ein lang gezogenes Gebäude mit zwei Stockwerken und einem Dach aus Tonziegeln. Es liegt außerhalb der Klostermauern auf der anderen Seite einer großen, flach abfallenden Wiese. Vor der Eingangstür steht ein Student, der den Neuankömmlingen den Weg zu ihren Zimmern weist.

«Erster Tag in Brynmor?», fragt er mich, als ich bei ihm ankomme. Seine kastanienbraunen Haare reichen ihm fast bis zu den Schultern, und sein Fünftagebart gibt ihm einen leicht verwegenen Anstrich. Irgendwie erinnert er mich an einen Rockstar aus den Sechzigern, der im falschen Jahrzehnt gelandet ist.

«Ja, erster Tag!»

«Ich bin Elliot. Elliot Wilson. Einer der Mentoren des Westflügels. Und du bist ...?»

«Samuel Harrington.»

Bei Mrs Thompson war ich mir unsicher, ob mein Nachname in ihr etwas ausgelöst hat. Bei Elliot hingegen besteht kein Zweifel: Das Lächeln auf seinem Gesicht verschwindet, seine Augen weiten sich, und statt etwas zu sagen, stockt er. Bevor ich mir einen Reim darauf machen kann, findet er die Sprache wieder.

«Harrington?»

«Harrington», bestätige ich.

«Bist du ... hast du ...» Er schluckt. «...hast du zufällig einen Bruder?»

«Ja. Philipp.» Ich versuche in seinem Gesicht zu lesen. «Kanntest du ihn?»

Elliot öffnet den Mund, schließt ihn und fährt sich durch den Bart. «Philipp ... Philipp war im Jahrgang über mir. Ich hatte nicht viel mit ihm zu tun. Aber was im letzten Herbst passiert ist, habe ich natürlich mitbekommen. Das haben *alle* mitbekommen. Ließ sich auch gar nicht vermeiden. Ziemlich scheußliche Sache.»

Entgeistert sehe ich ihn an. Ziemlich scheußliche Sache? Ernsthaft? Philipp liegt im Wachkoma. Ein Zustand, für den *ziemlich scheußliche Sache* die Untertreibung des Jahrhunderts ist. Aber statt ihm zu sagen, was ich wirklich denke, reiße ich mich zusammen. Besser, wenn ich nicht gleich am ersten Tag zu viel verbrannte Erde hinterlasse.

«Wie geht es Philipp denn mittlerweile?», fragt Elliot jetzt.

«Er atmet», antworte ich, um eine ruhige Stimme bemüht. «An guten Tagen sieht es manchmal so aus, als würde er lächeln. Aber davon abgesehen? Sein Gehirn ist durch seinen Unfall ziemlich schwer beschädigt worden. Er kann nicht denken, nicht sprechen ... nichts.»

Elliot windet sich bei meinen Worten. Es ist ihm sichtlich unangenehm, diese Dinge zu hören. Aber hat das etwas zu bedeuten? Oder ist es einfach nur eine ganz normale Reaktion? Vermutlich sollte ich nicht zu viel in meine Beobachtung hineininterpretieren, aber irgendwie hat Elliot etwas an sich, das mir Unbehagen bereitet.

«Das tut mir wirklich leid», sagt Elliot, um Anteilnahme bemüht. «Ich hoffe ... ich hoffe, dass es ihm irgendwann wieder besser geht.»

«Unwahrscheinlich.» Spätestens jetzt ist mein Interesse daran, unser Gespräch fortzuführen, verflogen. Stattdessen will ich die Situation nur noch so schnell wie möglich verlassen.

Elliot zögert, als wolle er mir eine weitere Frage stellen. Dann fällt ihm offenbar wieder ein, warum wir überhaupt miteinander sprechen. «Hier. Dein Schlüssel. Die Zimmer der Erstsemester sind im ersten Stock. Deins ist ganz am Ende des Gangs.»

Er reicht mir einen großen, bronzefarbenen Schlüssel, der perfekt zu einem so altehrwürdigen Gebäude passt.

«Also dann ... auf eine gute Zeit in Brynmor!»

«Danke. Dir auch einen guten Start ins neue Semester», bringe ich gerade noch so hervor und betrete den Westflügel.

Wenn ich bislang an die Wohnheime englischer Universitäten gedacht habe, kamen mir immer Bilder von kleinen, muffigen Räumen mit wenig Tageslicht in den Sinn. Als ich jetzt die Tür öffne, bin ich daher ziemlich überrascht. Mein Zimmer in Brynmor ist fast so groß wie das in unserem Haus in Hamburg. Durch zwei hohe Sprossenfenster fallen helle Sonnenstrahlen auf das frisch bezogene Bett, einen höhenverstellbaren Schreibtisch und einen Kleiderschrank aus Echtholz.

Ich stelle meinen Rucksack neben der Tür ab. Auf dem Weg zu den Fenstern knarrt der alte Dielenboden unter meinen Füßen, und mir steigt der Geruch von Holzwachs in die Nase. Als ich nach draußen blicke, sehe ich sanft abfallende Wiesen, die sich bis zu den Klippenkanten erstrecken. Dahinter liegt das endlose, ruhige Meer.

Die Aussicht ist so überwältigend, dass es mir schwerfällt, mich abzuwenden. Trotzdem kann ich schlecht für den Rest des Tages hier stehen bleiben. Ich ziehe mein Handy aus der Tasche, um zu checken, ob Luisa mir schon geantwortet hat, allerdings hat sie meine Nachricht noch nicht einmal gelesen. Dafür habe ich eine von meiner Mutter erhalten, die wissen will, ob ich gut angekommen bin. Kurzerhand starte ich einen Videocall. Nach ein paar Sekunden taucht ihr verpixeltes Gesicht auf dem Display auf.

«Sammi!»

«Hi, Mum!»

«Schatz … es ist Samuel. Komm doch mal schnell.» Jetzt erscheint auch mein Vater im Bild. Mit seinen blonden Haaren und dunkelgrünen Augen sieht er aus wie eine ältere Version von mir. Mit meiner Mutter habe ich, ganz im Gegensatz zu Philipp, nicht viel Ähnlichkeit.

«Wie war der Flug nach Plymouth? Hat mit dem Zug alles geklappt? Ist alles in Ordnung bei dir?», fragt mein Vater.

Ich verstelle die Kamera, sodass die beiden jetzt statt mir mein Zimmer sehen können. «Ja, es hat alles geklappt», antworte ich. «Und schaut mal hier, die Aussicht.»

Nachdem wir für ein paar Minuten miteinander telefoniert haben, verabschiede ich mich von ihnen – nicht ohne ihnen mehrmals zu versichern, mich bald wieder bei ihnen zu melden.

«Schick uns gern ein paar Bilder», sagt meine Mutter.

«Sieh zu, dass du mit dem Lernstoff nicht in Verzug gerätst», sagt mein Vater. Was keiner von ihnen über die Lippen bringt, was ich aber in ihren besorgten Augen ablesen kann: *Pass bitte, bitte auf dich auf, Samuel.*

Sobald ich aufgelegt habe, macht sich ein schlechtes Gewissen in mir breit. Ich will nicht, dass sie sich meinetwegen Sorgen machen. Aber nicht nach Brynmor zu kommen, wäre für mich auch keine Alternative gewesen ...

Weil es bis zum Abendessen noch geschlagene drei Stunden sind und ich mich nach der langen Reise ziemlich zerknautscht fühle, beschließe ich, die freie Zeit für eine Runde Parkour zu nutzen.

Ich durchwühle meinem Rucksack, bis ich meine Laufschuhe, meine Trainingshose und ein zerknittertes Tanktop gefunden habe. Sobald ich umgezogen bin, trete ich in den Gang hinaus und ziehe die Tür hinter mir zu.

Am Eingang des Westflügels spricht Elliot gerade mit einem anderen Erstsemester. Als er mich sieht, tritt ein gequälter Ausdruck auf sein Gesicht, fast so als hätte er einen unangenehmen Geruch in der Nase. Obwohl es mir schwerfällt, tue ich so, als würde es mir nicht auffallen.

«Sag mal, weißt du, wo ich die Sportanlagen finde? Ich habe gelesen, dass es hier irgendwo ein großes Trainingsgelände gibt.»

Elliots Gesichtszüge entspannen sich. «Du musst einmal quer

über den neuen Campus. Wenn du da vorne langgehst, kommst du zum *Medard's Square*. Danach gehst du einfach immer geradeaus weiter.»

«Der *Medard's Square*?»

«Das ist ein großer Platz. Wurde nach einem der Gründerväter benannt. Du kannst ihn nicht verfehlen.»

«Danke.»

Mit schnellen Schritten gehe ich in die Richtung, die er mir gewiesen hat. Es dauert nicht lange, bis ich den älteren Teil des Universitätsgeländes hinter mir lasse. Vor mir tauchen jetzt die modernen Gebäudekomplexe mit ihren riesigen Glasfronten auf, die ich bereits aus dem Shuttlebus gesehen habe. Neben dem ursprünglichen Brynmor wirken sie wie Fremdkörper.

Nach ein paar Minuten erreiche ich den *Medard's Square*. In der Mitte des Platzes befinden sich eine Freilichtbühne und halbmondförmig angeordnete Sitzreihen. Mehrere Wege zweigen sternförmig vom Platz ab. Ich will bereits Elliots Anweisung folgen, einfach geradeaus zu gehen, halte aber abrupt inne. Einer der Wege führt zwischen den Seminargebäuden zu einer großen Wiese. Und gleich dahinter liegt ...

Der Klosterwald. Beim Anblick der alten, knorrigen Bäume, die sich vor dem Himmel abzeichnen, halte ich unwillkürlich die Luft an. Da es nur einen Wald in der Nähe von Brynmor gibt, besteht kein Zweifel. Das ist der Ort, an dem Philipp mit einer schweren Kopfverletzung gefunden wurde.

Kurz spiele ich mit dem Gedanken, von meinem ursprünglichen Plan abzuweichen und zum Wald zu gehen. Damit ich sehe, wo es passiert ist, und mir es nicht mehr nur ausmale. Aber wenn ich ehrlich bin, hat das Gespräch mit Elliot die Vergangenheit fürs Erste genug aufgewühlt. Nein, es ist besser, wenn ich es sein lasse.

Ich straffe die Schultern und überquere den Platz. Kurz darauf erreiche ich die letzten Ausläufer des neuen Campus. Vor mir tauchen jetzt die Sportanlagen auf – und ich muss zugeben: Die Hochglanzbroschüren haben nicht zu viel versprochen. Es gibt eine Schwimmhalle, einen Reitplatz, ein Fitnessstudio und zwei Sportfelder. Eins für Rugby und eins für Cricket. Auf der anderen Seite des Cricketfelds ragt eine große Tribüne in den Himmel, die mindestens fünfhundert Zuschauern Platz bietet.

Für ein paar Sekunden bleibe ich am Rand der Sportanlagen stehen. Auf der roten Kunststoffbahn, die das Cricketfeld umgibt, dreht ein einsamer Läufer seine Runden. Offenbar bin ich nicht der Einzige, der den freien Nachmittag für eine Trainingseinheit nutzt.

Ich will mich schon abwenden, um mich nach einer geeigneten Trainingsstelle umzusehen, betrachte den Läufer dann aber doch noch einmal genauer. Und spätestens jetzt sind alle Gedanken an Philipp und die Vergangenheit wie weggeblasen.

KAPITEL 3

SAMUEL

Er ist in meinem Alter, vielleicht ein oder zwei Jahre älter als ich, und er rennt so schnell, als würde der Wind ihn tragen. Seine Bewegungen sind fließend, seine dunkelbraunen Locken wippen auf und ab, und seine Augen sind fest geradeaus gerichtet. Sie scheinen nichts als seine Laufrichtung wahrzunehmen. Er ist groß und schlank, und sein weißes T-Shirt ist so durchgeschwitzt, dass ich nicht viel Fantasie brauche, um zu sehen, wie trainiert er ist.

Schlagartig steigt mir Hitze ins Gesicht. Ich kann gar nicht anders, als ihn weiter anzusehen. Als Sportler ist es mein Ziel, immer besser zu werden, und daher weiß ich nur zu gut, was für ein kräftezehrender Kampf das sein kann. Der Läufer lässt das, was er tut, allerdings so leicht aussehen, dass ich mir nicht ausmalen möchte, wie viel Zeit, Schweiß und Entschlossenheit er investiert hat, um dieses Level zu erreichen.

Okay, tief durchatmen. Ja, er ist sportlich. Und ja, er sieht verdammt heiß aus. Aber nach allem, was mit Milo passiert ist, habe ich gehörig die Schnauze voll von Typen. Oder?

Obwohl ich mir meine Vorsätze vor Augen führe, dauert es ein paar Sekunden, bis es mir endlich gelingt, mich von ihm abzuwenden. Aber hey, besser spät als nie.

Ich wische mir die verschwitzten Hände an meinem Tanktop ab und verschaffe mir einen Überblick. Das Fitnessstudio ist geschlossen, und ein Trainingsgelände im Freien, das ich zum Parkour nutzen könnte, gibt es offenbar nicht. Dafür bleiben meine Augen an der großen Tribüne hängen. Zum Schutz vor Wind und Wetter ist sie von Betonmauern umgeben, auf denen ein paar Möwen sitzen und in der Nachmittagssonne vor sich hin dösen. Zwischen den roten Plastiksitzen führen mehrere Treppen nach oben. Die Tribüne bietet zwar keine optimalen Trainingsvoraussetzungen, aber für den Anfang ist sie besser als nichts.

Also los.

Der Weg entlang der Kunststoffbahn kommt mir extrem lang vor. Der Läufer überholt mich erst einmal und dann noch ein zweites Mal, wobei uns nur ein paar Schritte voneinander trennen und ich seine schwere Atmung höre. Irgendwie bin ich mir sicher, dass mein Gesicht mittlerweile die Farbe einer überreifen Tomate angenommen hat. Ich schlucke, starre geradeaus und versuche, an etwas Unverfängliches zu denken. Hoffentlich ist dem Kerl nicht aufgefallen, welche Wirkung er auf mich hat.

Als ich endlich die andere Seite des Platzes erreiche, atme ich erleichtert auf. Um mich aufzuwärmen, mache ich ein paar Liegestütze und Kniebeugen und renne ein bisschen auf der Stelle. Statt noch länger an den Läufer zu denken, erinnere ich mich daran, wie ich ziemlich genau ein Jahr vor Philipps Unfall mit Parkour begonnen habe. Zuerst habe ich mich mit ein paar anderen Parkour-Läufern getroffen, und auf der Suche nach den besten Trainingsplätzen sind wir gemeinsam durch Hamburg gezogen. In den letzten Monaten war ich aber immer häufiger allein unterwegs und habe mich dabei auch in die ein oder andere gefährliche Situation gebracht. Und das, obwohl Sicherheit beim Parkour die allerhöchste Priorität besitzt.

Sobald meine Muskeln gelockert sind, atme ich noch ein letztes Mal tief durch. Dann sprinte ich los.

Die Treppenstufen, die zwischen den Sitzreihen entlang nach

oben führen, sind flach, und ich überspringe mehrere von ihnen auf einmal. Je schneller ich werde, desto leichter fällt es mir, mich voll und ganz auf den Moment zu konzentrieren.

Es dauert nicht lange, bis ich das obere Ende der Treppe erreiche. Statt abzubremsen, laufe ich geradewegs auf die Betonmauer zu. Ziehe das Tempo sogar noch einmal an. Ich springe, so hoch ich kann, und mein Herz setzt für einen Schlag aus. Eine Sekunde später findet mein linker Fuß die Mauer. Mit aller Kraft stoße ich mich noch weiter nach oben und strecke die Arme aus. Meine Sehnen sind zum Zerreißen gespannt, und kurz befürchte ich, nicht genug Schwung zu haben, um die Mauerkante zu erreichen. Aber dann spüre ich den kalten Beton unter meinen Fingern und ziehe mich hoch.

Während die Möwen kreischend davonfliegen, bleibe ich in der Hocke. Die Mauer ist keinen halben Meter breit, und ein falscher Schritt könnte dazu führen, dass ich in die Tiefe stürze. Außerdem habe ich unterschätzt, wie kräftig der Wind hier oben weht. Verdammt. Erst als ich mir sicher bin, das Gleichgewicht halten zu können, richte ich mich auf und blicke mich um.

Die Aussicht ist noch überwältigender als aus meinem Zimmer. Ich sehe die altehrwürdigen Bauten von Brynmor, die sich vor dem Meer in der Sonne abzeichnen. Am Horizont erkenne ich die Konturen eines Frachtschiffs, das gen Westen fährt. Mein Blick fällt auf St. Keyne und ein paar andere Dörfer, deren Namen ich nicht kenne und die aus der Ferne so klein wie Miniaturen wirken. Und natürlich sehe ich die weiten grünen Wiesen, die zerklüfteten Felsvorsprünge und die versteckten Buchten mit ihren malerischen Sandstränden, für die Cornwall so berühmt ist. Die Welt dehnt sich in alle Richtungen aus, und für den Bruchteil einer Sekunde fühle ich mich vollkommen frei. Keine Vergangenheit. Keine Zukunft. Nur der Moment. Genau dafür liebe ich Parkour!

Nachdem ich ein paar Mal tief durchgeatmet habe und wieder zu Kräften gekommen bin, konzentriere ich mich auf meine nächsten Bewegungen. Vorsichtig balanciere ich auf der Mauer entlang, bis ich am anderen Ende ankomme. Dort lasse ich mich auf einen Vorsprung fallen, tänzele darauf entlang wie auf einem Schwebebalken und nehme wieder Anlauf. Dann springe ich über mehrere Geländer aus Metall, wobei ich beim Aufkommen fast den Halt verliere. In letzter Sekunde fange ich mich und komme nach einem weiteren Satz wieder am Fuß der Sitzreihen an.

«Was war *das* denn?»

Der Läufer hat sein Training unterbrochen und steht nur ein paar Meter von mir entfernt. Er hat die Hände in die Hüften gestemmt und sieht mich mit offenem Mund an.

Ich versuche, seinen Blick zu erwidern und nicht an seinem verschwitzten Oberkörper hinunterzusehen. Allerdings trägt sein Gesicht nicht gerade dazu bei, dass ich ihn weniger attraktiv finde. Im Gegenteil: Seine Wangen sind vom Rennen noch immer gerötet, und ein paar Sommersprossen auf der Nase lassen ihn jünger wirken, als er vermutlich ist. Am meisten faszinieren mich aber seine Augen. Sie sind so graublau wie ein aufgewühlter Ozean.

«Ernsthaft, das ist ziemlich hoch», fährt er fort, obwohl er noch ganz außer Atem ist. Offenbar hat er sein Training erst gerade eben unterbrochen. «Wenn du von da oben runtergefallen wärst ...» Er schüttelt den Kopf. «Also, ich hab zwar mal einen Erste-Hilfe-Kurs gemacht, aber bei so einem Sturz hätte eine Mund-zu-Mund-Beatmung bestimmt auch nicht mehr viel gebracht.»

Schlagartig sehe ich das Bild vor mir, wie er sich über mich beugt und seine Hände auf meine Brust legt. Wie seine Lippen meinen näher kommen ...

Das Blut rauscht in meinen Ohren. Mein Mund fühlt sich staubtrocken an. Ernsthaft, warum führen sich mein Körper und mein Kopf so auf, als hätte ich in den letzten zwanzig Jahren noch nie ein anderes männliches Wesen gesehen? Ich meine, hallo? Erde an Samuel?!

«Das solltest du besser nicht zu oft machen», sagt der Läufer und reißt mich damit ins Hier und Jetzt zurück. «Oder dich zumindest nicht dabei erwischen lassen. Das verstößt zu hundert Prozent gegen die Hausordnung. Nach zwei Verwarnungen schmeißen sie dich raus. Und das wäre doch wirklich schade, oder?» Den letzten Satz sagt er mit einem entwaffnenden Lächeln auf den Lippen.

Vielleicht ist es dieses Lächeln, das mir die Zunge löst. Vielleicht ist es aber auch das Adrenalin, das mich noch immer durchströmt und mir Mut verleiht. So oder so, jetzt, wo er mich angesprochen hat, kann ich gar nicht anders, als die Situation beim Schopf zu packen.

«Du verpfeifst mich doch hoffentlich nicht, oder?» Obwohl ich mit fester Stimme spreche, sind meine Knie butterweich.

Sein Lächeln wird eine Spur breiter.

«Lass mal überlegen. Was ist dir mein Schweigen denn wert?»

Keine der Antworten, die mir auf der Zunge liegen, ist jugendfrei.

Mir ist vollkommen klar, dass ich das Spiel nicht zu weit treiben sollte, aber nicht auf seine Vorlage einzusteigen ... nein, das kann ich auch nicht bringen. «Sagen wir mal so: Heute ist mein erster Tag in Brynmor, und ich bin nicht gerade scharf darauf, gleich nach meiner Ankunft eine Verwarnung zu kassieren. Also wäre ich wohl bereit, einen ziemlich hohen Preis zu zahlen.»

Der Läufer streicht sich die Locken aus der Stirn. Es ist eine beiläufige Geste, über die er nicht wirklich nachdenkt, und ich kann mir nur zu gut vorstellen, wie sie ein fester Bestandteil seines Alltags ist: während der Vorlesung, beim Gespräch mit einer Kommilitonin, abends nach dem Duschen.

«Ein Erstsemester also. Und ein Parkour-Läufer noch dazu.»

Ich nicke.

«Wie wäre es, wenn du mir deinen Namen verrätst und ...?»

«...wenn es weiter nichts ist ...»

«...und ich mir währenddessen überlege, wie teuer mein Schweigen ist.»

«Von allen Leuten, an die ich geraten konnte, habe ich offenbar ausgerechnet den erwischt, der den Preis nach oben treibt.»

«Gut möglich.»

Wir schmunzeln uns an, länger als nötig. Kann es sein? Flirtet er mit mir? Oder bilde ich es mir nur ein, weil *ich* es mir wünsche, allen Vorsätzen zum Trotz?

«Ich bin Samuel.»

«Samuel.» So wie er meinen Namen ausspricht, klingt es gleichermaßen verspielt wie liebevoll.

«Und du?»

«Connor.»

Ohne ein weiteres Wort zu sagen, kommt Connor auf mich zu. Unwillkürlich halte ich die Luft an, und erst als er an mir vorbeigegangen ist, atme ich wieder aus. Ich drehe mich um und beobachte ihn dabei, wie er sich auf einen der roten Plastiksitze setzt und eine Wasserflasche in die Hand nimmt, die er dort offenbar vor seinem Training platziert hat.

Für einen Moment bleibe ich stehen. Und jetzt? Was soll ich tun? Hier wie angewurzelt stehen bleiben? Oder ...? Ich wische alle Zweifel beiseite und setze mich mit schnell schlagendem Herzen neben ihn. Wortlos reicht Connor mir das Wasser, als hätten wir schon häufiger hier gesessen und aus derselben Flasche getrunken. Ich nehme sie entgegen, wobei sich unsere Fingerspitzen flüchtig berühren.

«Warum bist du hier?» Obwohl ich um einen lässigen Ton bemüht bin, klingt meine Stimme seltsam aufgedreht. «Ich meine, heute. Nicht, dass es mich irgendetwas angeht. Aber alle anderen sitzen in den Innenhöfen und erzählen sich Geschichten aus den Semesterferien. Du nicht.»

Connor dreht den Kopf in meine Richtung. Ich bin mir sicher, dass er mich gleich ein weiteres Mal aufzieht. So wie er es mit dem Schweigegeld getan hat. Aber als er weiterspricht, klingt seine Stimme ernster als zuvor.

«Weil du ein Erstsemester bist, weißt du das bestimmt noch nicht. Aber jeden Sommer findet ein großes Turnier in Brynmor statt, bei dem die Sportlerinnen und Sportler in verschiedenen Disziplinen gegeneinander antreten. Schwimmen, Reiten, Laufen. Seit ich hier bin, ist es mein Ziel, den Langstreckenlauf zu gewinnen. Aber vor ein paar Wochen, als es dann endlich so weit war, habe ich meine Nerven nicht richtig im Griff gehabt und bin nur im Mittelfeld über die Ziellinie gekommen. Daher habe ich mir für dieses Semester vorgenommen, früher und härter als alle anderen zu trainieren. Im nächsten Jahr würde ich das Turnier wirklich gern gewinnen.»

«So wie du vor ein paar Minuten gerannt bist, kann ich mir nicht vorstellen, dass dich irgendjemand schlägt.»

«Die anderen sind auch nicht das Problem. Ich bin das Problem. Manchmal stehe ich mir selbst am allermeisten im Weg.» Mit den Fingerspitzen tippt Connor sich an die Schläfe.

Seine Offenheit berührt mich, und ich muss nicht lange darüber nachdenken, warum. Was er sagt, kommt mir bekannt vor. Obwohl ich dabei an etwas ganz anderes als an ein Turnier und an einen Langstreckenlauf denke.

«Ich glaube, ich weiß, was du meinst.»

Verwundert hebt er die Brauen. «Ach ja?»

«Ja.» Kurz halte ich inne. «Vor ein paar Jahren hatte ich mit

Selbstzweifeln zu kämpfen. Ich hatte ziemliche Angst davor, nicht gemocht zu werden. Ich habe mich verstellt und versucht, die Erwartungen zu erfüllen, von denen ich geglaubt habe, dass andere sie an mich haben. Aber das ist auf Dauer immer anstrengender geworden. Und irgendwann ... irgendwann habe ich es nicht mehr ausgehalten.» Ich räuspere mich. «Wie sich später herausgestellt hat, hätte ich mir überhaupt nicht so viele Sorgen machen müssen. Ich hätte nicht an mir zweifeln müssen. Es waren nur meine Gedanken, die mir die ganze Zeit Angst gemacht haben. Und die hatten mit der Wirklichkeit nicht viel zu tun.»

Ich überlege, ob ich noch mehr sagen, noch offener von meinem Coming-out sprechen soll. Oder hat Connor bereits eins und eins zusammengezählt? Kann er sich einen Reim darauf machen, wovon ich spreche? Einerseits will ich wissen, wie er darauf reagiert, dass ich schwul bin. Andererseits: Die Illusion, der ich mich hingebe, die Hoffnung, dass ich ihm gefallen könnte, so wie er mir auf Anhieb gefällt, kann auch wie eine Seifenblase zerplatzen. Und diesen Moment will ich unbedingt noch ein bisschen hinauszögern.

«Klingt, als würden wir uns beide mehr Gedanken machen als nötig», sagt Connor und betrachtet mich eingehend.

«Ja, gut möglich», erwidere ich. «Aber soll ich dir was sagen?»

«Hm?»

«Ich kann mir *wirklich* nicht vorstellen, dass jemand schneller ist als du.»

Wir grinsen uns an. Kommt es mir nur so vor, oder ist er etwas näher an mich herangerückt? Nein, bestimmt nicht.

«Danke, Samuel. Das ist sehr lieb von dir. Auch wenn es leider nicht der Realität entspricht.»

Statt etwas zu sagen, halte ich ihm die Flasche hin. Bevor er nach ihr greifen kann, ziehe ich sie wieder zurück. So geht es ein-, zweimal hin und her, und als ich ihm die Flasche schließlich doch gebe, bin ich mir sicher, dass sich unsere Finger jetzt nicht mehr nur zufällig berühren.

Während Connor einen Schluck nimmt, sehe ich ihn an. Warum zweifelt er an sich? Er wirkt so selbstbewusst. Wie passt das zusammen? Ich will ihn gerade danach fragen, als er mir zuvorkommt.

«Ich weiß noch gar nicht, warum *du* heute Nachmittag hier bist. Hast du keine Lust, die anderen Erstsemester kennenzulernen?»

Seine Frage lässt mich viel zu abrupt wieder daran denken, warum ich in Brynmor bin. Etwas, das ich in den letzten Minuten vollkommen vergessen habe. Keine Ahnung, wie lange es her ist, dass ich an nichts anderes als das Hier und Jetzt gedacht habe. Zu lange auf jeden Fall.

«Ich ...», setze ich an, schüttle aber den Kopf.

Beinahe besorgt sieht Connor zu mir herüber. Offenbar ist ihm nicht entgangen, dass mich seine Frage auf dem falschen Fuß erwischt hat. «Samuel?»

Ich schlucke und erwidere seinen Blick, unsicher, was ich antworten soll. Aber so wie ich Youma im Shuttlebus verschwiegen habe, nicht wirklich an einem Studium interessiert zu sein, halte ich auch vor Connor die Wahrheit geheim.

«Das Semester fängt gerade erst an», sage ich ausweichend. «Ich habe alle Zeit der Welt. Die anderen laufen mir schon nicht weg.»

Connor mustert mich. Wartet, ob ich weiterspreche. Als ich es nicht tue, streicht er sich die Locken aus der Stirn, was jetzt wie eine Geste der Verlegenheit wirkt.

«Ich weiß noch, wie es mir im letzten Jahr ging», versucht er die unangenehme Stille zu überbrücken. «Ich war ziemlich aufgeschmissen. So viele Menschen. So viele Eindrücke. Aber ich habe mich schnell eingewöhnt und hier einen Ort gefunden, an dem ich einfach ich selbst sein kann.»

Ein Ort, an dem er einfach er selbst sein kann.

Er meint es nur gut. Natürlich tut er das. Er will etwas sagen, das mich aufbaut, weil er bemerkt hat, wie ich mich von einer Sekunde auf die andere verschlossen habe. Aber sein Versuch geht nach hinten los. Weil ich, im Gegensatz zu ihm, in Brynmor nie einfach nur ich selbst sein kann. Ich bin ja nicht einmal meinetwegen hierhergekommen.

Beiläufig wirft Connor einen Blick auf seine Armbanduhr.

«Scheiße», sagt er und steht so abrupt auf, dass ich erschrocken zusammenzucke. «Ich bin viel zu spät dran! Lake wartet bestimmt schon auf mich.»

Seine Worte sind wie Faustschläge: *Lake – linker Haken. Wartet – rechter Haken.*

Knock-out.

«Lake?», frage ich tonlos.

«Ja, Lake. Sie hasst es wie die Pest, wenn ich zu spät komme.»

Schlagartig steigt Ärger in mir auf. Ärger auf mich selbst. Was habe ich denn geglaubt? Dass ich gleich an meinem ersten Tag jemanden treffe, der heiß und sympathisch ist *und* auf Kerle steht? Und dass es dann auch noch ausgerechnet dieser Läufer ist? Natürlich besteht die Möglichkeit, dass Lake nicht seine feste Freundin, sondern nur *eine* Freundin ist. Aber wie wahrscheinlich ist das bitte? Die Erfahrung der letzten Jahre hat mir immer wieder gezeigt, dass es viel zu wenig Kerle gibt, die auch auf Typen stehen.

Nein, es ist besser so. Statt mich mies zu fühlen, sollte ich einfach nur daran denken, was mit Milo passiert ist und dass ich hier überhaupt niemanden kennenlernen will. Ich bin nicht nach Brynmor gekommen, um mich auf irgendjemanden einzulassen. Ich bin nur hier, weil ich die Wahrheit herausfinden will.

«Tut mir leid, Samuel. Ich würde echt gern noch ein bisschen sitzen bleiben und quatschen.» Connor klingt, als meine er es wirklich so. Beinahe entschuldigend zuckt er mit den Schultern. «Aber Lake macht mir die Hölle heiß, wenn ich sie sitzen lasse.»

Immerhin, wenn ich vor meinem Coming-out eine Sache perfektioniert habe, dann die: so zu tun, als wäre alles in bester Ordnung, während in mir ein Hurrikan tobt.

«Klar, verstehe ich. Kein Problem», sage ich und setze ein Lächeln auf.

Connor sieht mich mit zusammengezogenen Augenbrauen an. Erst macht es den Anschein, als wolle er sich bereits von mir abwenden. Dann hält er noch einmal inne. «Samuel?»

«Ja?» Die Falte zwischen seinen Brauen löst sich auf, und er zwinkert mir zu, ganz offensichtlich darum bemüht, unser Gespräch positiv enden zu lassen. «Wenn du mal was machen willst, das nicht gegen die Hausordnung verstößt oder lebensgefährlich ist, komm doch einfach bei unserer Laufgruppe vorbei. Wir treffen uns hier immer montags, mittwochs und freitags vor dem Abendessen.»

«Danke für das Angebot. Ich werde es mir überlegen», sage ich und weiß im selben Moment, dass ich das bestimmt nicht machen werde.

«Und was deine Aktion auf der Tribüne angeht, lasse ich mir noch einen Preis für mein Schweigen einfallen. Bis dahin sind meine Lippen versiegelt. Okay?»

Ich lächle gequält. «Okay.»

Connor hebt die Hand zum Abschied, dreht sich um und rennt über das Cricketfeld zurück nach Brynmor. Ich hingegen bleibe am Fuß der Tribüne sitzen. Vom Hochgefühl, das ich bis vor ein paar Minuten noch verspürt habe, ist jetzt allerdings nicht mehr viel übrig.

KAPITEL 4

CONNOR

«Connor? Hallo? Kannst du mir verraten, woran du gerade denkst?»

Ich hebe den Kopf und sehe Lake an, die auf der anderen Seite des Tisches sitzt. Sie mustert mich neugierig, wobei das Piercing in ihrer rechten Augenbraue im dämmrigen Licht der Kronleuchter funkelt. Vor dem Essen hatte sie ihre dunkelblonden Haare zu einem Zopf zusammengebunden, aber weil sie so widerspenstig sind, haben sie sich mittlerweile schon wieder daraus befreit. Wie alle anderen im Speisesaal trägt sie ihre dunkelgrüne Brynmor-Uniform.

Schnell schlinge ich einen Bissen meines Stargazy Pies herunter – einer Spezialität Cornwalls, die aus Sardinen, Eiern und Kartoffeln besteht – und wische mir den Mund mit einer Serviette ab.

Soll ich ihr von dem Kerl erzählen, den ich an diesem Nachmittag am Cricketfeld getroffen habe? Aber was gibt es da schon groß zu sagen? Dass er offenbar ganz schön mutig ist, so wie er über die Mauern der Tribüne gesprungen ist? Dass ich ihn süß und witzig fand und es mir beinahe vorkam, als würde er ein bisschen mit mir flirten? Okay, wenn ich ehrlich bin, hat er mein Interesse geweckt, und ich würde gern mehr über ihn erfahren. Etwas, das schon längere Zeit nicht mehr passiert ist.

«Alles klar, Connor, so wie du jetzt aussiehst, *muss* ich wissen, woran du denkst.»

«Wie sehe ich denn aus?», frage ich und grinse.

«Keine Ahnung. Als hätte Professor Bellingham dir gerade gesagt, dass du deinen Abschluss in der Tasche hast. Mit Auszeichnung. Oder, warte, nein, jetzt hab ich's: als hättest du den Lauf beim Abschlussturnier gewonnen! Ja, das ist es! Hab ich recht, oder hab ich recht?»

«Vielleicht», sage ich vage und zucke mit den Schultern.

Lake beugt sich zu mir nach vorne. «Ach, komm schon. Jetzt spuck es schon aus.»

Lake und ich haben uns an unserem ersten Tag in Brynmor kennengelernt und sind im letzten Jahr beste Freunde geworden. Normalerweise haben wir keine Geheimnisse. Wir teilen alles miteinander. Aber mein zufälliges Treffen mit Samuel fühlt sich an wie ein kostbarer Schatz, den ich nicht hergeben will. *Noch* nicht.

«Vielleicht freue ich mich ja auch einfach nur, endlich wieder hier zu sein.»

«Okay, ich geb's auf», sagt Lake und lehnt sich auf dem Stuhl zurück. «Aber wenn du es morgen oder übermorgen oder wann auch immer doch noch loswerden willst, kann ich nicht dafür garantieren, dass es mich dann noch interessiert. Dein Pech.»

Ich kenne sie gut genug, um zu wissen, dass ihre Entrüstung nur gespielt ist. «Das glaubst du ja selbst nicht.»

Tatsächlich beginnt Lake bei meinen Worten zu schmunzeln. «Ja, okay. Du hast recht. Dafür bin ich viel zu neugierig.»

Statt weiter nachzubohren, widmet sie sich wieder dem Abendessen, und in den nächsten Minuten löchere ich sie mit Fragen zu ihrem Paris-Trip, den sie in den Semesterferien mit einer Schulfreundin von früher unternommen hat. So begeistert, wie Lake vom Louvre schwärmt, von Montmartre und einer kleinen Buchhandlung, auf die sie zufällig in einer Seitenstraße des Quartier Latin gestoßen ist, könnte ich ihr stundenlang zuhören. Aber natürlich lässt sich nicht vermeiden, dass wir auch auf meine Ferien zu sprechen kommen. Ein Thema, um das ich am liebsten einen großen Bogen machen würde. Und das weiß sie auch.

«Um ehrlich zu sein, habe ich mich überhaupt nicht getraut, dir zu schreiben und dich zu fragen, wie es bei dir zu Hause so war», sagt sie besorgt.

«Ach, na ja, es lief wie erwartet», erwidere ich mit einer Gelassenheit, die ich mir selbst nicht abnehme. «Die Ferien waren nicht viel schlimmer als die letzten. Von daher ...» Statt Lake in die Augen zu sehen, betrachte ich die anderen Studierenden. «Wenn Mum und Dad mal da waren, haben wir ein bisschen Small Talk gemacht. Über Brynmor gesprochen. Über ihre aktuellen Projekte. So was halt.»

Lake atmet hörbar aus. «Und über Claire?»

«Kein Wort», sage ich und schüttle den Kopf. Jetzt sehe ich Lake wieder an. Von einer Sekunde auf die andere werde ich von einer unbeschreiblichen Traurigkeit überwältigt. In ihren Augen liegt so viel Anteilnahme und Bedauern, dass es mich bis ins Mark trifft. Schnell blinzle ich die Tränen weg, obwohl es vermutlich besser wäre, sie zuzulassen. «Ich weiß nicht, wie ich es sagen soll. Ich glaube ... irgendwie macht es den Eindruck, dass Claire für sie gestorben ist. So wie meine Eltern für Claire gestorben sind.»

Im letzten Sommer, kurz vor Beginn unseres Studiums in Brynmor, hatte meine Zwillingsschwester zufällig eine Unterhaltung der beiden belauscht. Eine Unterhaltung, die keinesfalls für ihre Ohren bestimmt war, hatten meine Eltern doch vollkommen unverblümt darüber gesprochen, uns beide nie geplant zu haben. Nie gewollt zu haben. Und, noch schlimmer, dass es in den letzten Jahren immer wieder Momente gegeben hat, in denen sie sogar bereuten, uns bekommen zu haben. Weil unser Dasein ihre hochtrabenden Karrierepläne verlangsamte. Statt sich zurückzuziehen, war Claire ins Zimmer gestürmt und hatte die beiden konfrontiert. Daraufhin war die Situation völlig eskaliert. Nach einem stundenlangen Streit hatte Claire ihre Sachen zusammengepackt und war Hals über Kopf nach London abgehauen. Dort hält sie sich seitdem noch immer auf und mit Aushilfsjobs über Wasser.

«Hast du in letzter Zeit denn mal wieder was von ihr gehört?», fragt Lake.

«Wir schreiben uns ab und zu. Sie will wissen, wie es hier in Brynmor so läuft. Aber jedes Mal, wenn ich ihr eine Frage stelle, weicht sie mir aus. Oder es vergehen Wochen, in denen sie komplett untertaucht und ich gar nichts von ihr höre. So war es auch in den Semesterferien.»

Eigentlich hätte uns die Situation zusammenschweißen müssen. Allerdings ist genau das Gegenteil passiert. Claire hat nicht nur die Verbindung zu unseren Eltern gekappt, sondern will offenbar auch zu mir nur noch ein Minimum an Kontakt. Befürchtet sie, durch mich immer wieder an zu Hause erinnert zu werden? Oder gibt es einen anderen Grund? So oder so macht mich die Situation ziemlich fertig.

«Ernsthaft, Connor, wenn du deinen Eltern so am Arsch vorbeigehst, kommst du in den nächsten Ferien einfach mit zu mir nach Brighton», sagt Lake nachdrücklich. «Oder wir verreisen. Nach Madrid. Berlin. Wohin auch immer du willst. Hauptsache, du sitzt nicht noch mal wochenlang in diesem Gefängnis fest.»

«Da wäre ich sofort dabei», antworte ich, ohne lange darüber nachzudenken. Allerdings bekommt meine Vorfreude gleich einen Dämpfer verpasst. «Ich hoffe nur, dass ich in den nächsten Semesterferien nicht noch mal so viele Seminararbeiten schreiben muss. Sonst bleibt mir für eine Reise nämlich leider keine Zeit.»

Kurz schmieden wir Pläne, was wir in den Semesterferien alles unternehmen könnten. Es tut gut, nicht mehr über meine Eltern und Claire zu sprechen. Aber so wie Lake an ihrem Piercing herumspielt, ist sie in Gedanken nicht ganz bei der Sache.

«Alles in Ordnung bei dir?»

«Was? Oh. Ja. Ja, klar.» Aber dann schüttelt sie den Kopf. «Ach, warum mache ich dir eigentlich was vor?» Sie räuspert sich. «Ich ... weißt du, ich musste gerade nur daran denken, dass manche Wahrheiten wohl besser für immer im Verborgenen bleiben sollten.»

Ich will bereits etwas sagen, stocke aber. Spricht sie von meinen Eltern? Oder von etwas ganz anderem? Für den Bruchteil einer Sekunde bin ich mir sicher, dass Letzteres der Fall ist. Dass es hier nicht um Claire und die Situation bei mir zu Hause geht.

«Ist eigentlich auch egal», fährt Lake schulterzuckend fort und setzt ein gekünsteltes Lächeln auf. «Weißt du eigentlich, wo El steckt? Ich habe ihn heute noch gar nicht gesehen.»

«Der sitzt bestimmt bei den anderen Mentorinnen und Mentoren», antworte ich langsam, wobei mir Lakes Satz noch immer im Kopf herumspukt.

Manche Wahrheiten sollten wohl besser für immer im Verborgenen bleiben.

Ja, das sollten sie. Das sollten sie wirklich.

KAPITEL 5

SAMUEL

Als ich an diesem Abend den Speisesaal betrete, kann ich mich den vielen Eindrücken, die von allen Seiten auf mich einprasseln, unmöglich entziehen.

Die Decken über mir sind im matten Schein der Kronleuchter kaum auszumachen. Die Wände bestehen, ebenso wie der Boden, aus grob behauenen Steinen. Im Laufe der Zeit haben die Schritte von unzähligen Studierenden die ursprünglich raue Oberfläche glatt geschliffen. Die Geschichte der Universität springt einem überall entgegen. Sie ist in den jahrhundertealten Gemälden abzulesen, spiegelt sich in den Buntglasfenstern, die angeblich noch von den ersten Mönchen angefertigt wurden, und in den Wandteppichen, auf die der Leitspruch gestickt wurde. Die warme, stickige Luft verströmt den Geruch alter Bibliotheken und mischt sich mit dem Duft des Essens, der mir vom Büfett in die Nase steigt.

Um mich herum herrscht ein reges Stimmendurcheinander, die meisten Tische sind bis auf den letzten Platz besetzt. Verunsichert sehe ich mich um, bis ich auf der anderen Seite des Saals Youma erspähe, die mir aufgeregt zuwinkt. Ich zögere keine Sekunde, auf sie zuzugehen.

«Hi, Samuel», sagt sie strahlend, sobald ich bei ihr angekommen bin, und zeigt auf den freien Stuhl neben sich. Hat sie den extra für mich frei gehalten? Wenn ja, war das superlieb von ihr.

Während ich trainiert habe, hat sie den Nachmittag ganz eindeutig damit verbracht, weitere Erstsemester kennenzulernen, die alle mit ihr am Tisch sitzen. Ein paar von ihnen nicken mir zu, als ich mich setze.

«Nate Cavendish», stellt sich mir einer der Umsitzenden vor. Er sieht wie ein Model aus einer Calvin-Klein-Werbung aus und scheint sich dessen nur allzu bewusst zu sein. Nate hat die breiten Schultern und schmalen Hüften eines Schwimmers, und seine dunkelbraunen Haare sind so perfekt gestylt, als habe er Stunden vor dem Badezimmerspiegel verbracht. Seine Brynmor-Uniform trägt er allerdings mit einer gewissen Nachlässigkeit: Den grünen Pullover hat er bereits ausgezogen, das weiße Hemd steckt nur teilweise in der Hose, und die oberen Knöpfe hat er geöffnet. Von einer Krawatte fehlt jede Spur.

«Hi, ich bin Samuel.»

«Und das sind ...», setzt Youma an, und so lerne ich auch die anderen kennen. Die meisten Namen vergesse ich, kaum dass ich sie gehört habe. Immerhin tragen die vielen neuen Gesichter dazu bei, dass ich fürs Erste nicht mehr allzu sehr an meine Begegnung mit Connor denken muss.

Nachdem die Studierenden aus den höheren Jahrgängen sich am Büfett bedienen durften, sind wir an der Reihe. Es gibt Pies, Gemüseplatten und Fish & Chips, vegane Bratlinge, Suppen und ein paar cornische Gerichte, deren Namen ich nicht kenne. Zurück am Platz, nehme ich kaum wahr, was ich esse, sondern lausche den Gesprächen um mich herum.

Während sich die anderen gerade darüber unterhalten, welche Kurse sie belegen werden, wende ich mich an Youma. «Und? Ist es so, wie du es dir vorgestellt hast?»

Youma strahlt über das ganze Gesicht. «Es ist größer und beeindruckender. Und irgendwie ziemlich erschlagend. Aber im positiven Sinne.» Sie schmunzelt. «Meine Eltern haben mir immer gesagt, dass sie hier die beste Zeit ihres Lebens hatten. Keine Ahnung, ob das wirklich so war. Aber ich freue mich riesig, jetzt endlich hier zu sein.»

Ich sehe mich um und wünsche mir von ganzem Herzen, mich auch freuen zu können. Wünsche mir, dass ich mich, wie alle anderen, unvoreingenommen auf das Studium und die kommende Zeit einlassen könnte. Aber Philipps Unfall lässt sich nicht ungeschehen machen.

«Waren deine Eltern auch schon in Brynmor?», fragt Youma.

«Nein. Mein Vater hat in Edinburgh studiert und meine Mutter in München.» Ich räuspere mich. «Aber mein Bruder war hier.»

«Dein Bruder?»

«Ja, er ist vor zwei Jahren nach Brynmor gekommen.»

Neugierig sieht Youma sich um, als könnte Philipp gleich hinter dem nächsten Wandteppich hervorspringen. «Und? Was hat er dir so erzählt? Gefällt es ihm hier?»

«Hm.» Um Zeit zu schinden und mir eine ausweichende Antwort zurechtzulegen, schiebe ich mir ein paar Kartoffeln in den Mund. Sollten Youma und ich mehr miteinander zu tun haben, werde ich ihr früher oder später sagen müssen, warum ich hier bin. Wenn sie nicht von mir erfährt, dass Philipp im letzten Jahr einen schweren Unfall hatte, wird sie es bestimmt auf anderen Wegen mitbekommen. Brynmor ist zwar groß, allerdings nicht *so* groß, dass Gerüchte nicht die Runde machen. Aber im Speisesaal darüber zu sprechen, am ersten Abend und umgeben von Menschen, die ich nicht kenne, kommt mir einfach nicht richtig vor.

Noch ehe ich irgendetwas Halbwahres von mir gebe, wendet sich das Tischgespräch unvermittelt einem neuen Thema zu. Ein Thema, das auch Youma und mich schlagartig hellhörig werden lässt.

«Habt ihr schon von Brynmor Dawn gehört?», fragt ein Erstsemester, der sich, wenn ich mich richtig erinnere, als Arón vorgestellt hat.

«Brynmor Dawn?», erwidert ein anderer Student und blickt fragend in die Runde. Ein paar nicken wissend, die meisten sehen eher ratlos drein. «Was soll das sein?»

«Die älteste Verbindung der Universität. Und die exklusivste.»

Unruhig rutsche ich auf meinem Stuhl hin und her.

«Und was genau hat es mit dieser Verbindung auf sich?», fragt Nate mit vor der Brust verschränkten Armen.

«Na ja ... ich weiß nur, was mir meine Schwester gesagt hat. Und die hat es auch nur aufgeschnappt», sagt Arón. «Brynmor Dawn ist die Elite der Elite. Keine Verbindung, der du dich einfach so anschließen kannst, sondern ein kleiner, handverlesener Kreis von Studierenden. Bist du Mitglied bei ihnen, stehen dir später mal alle Türen offen. Und zwar *wirklich* alle. Angeblich besetzen viele ehemalige Verbindungsmitglieder heute Schlüsselpositionen in Politik und Wirtschaft.»

«Wenn diese Verbindung so gut vernetzt ist, wie kann es dann sein, dass viele von uns heute zum ersten Mal von ihr hören?», fragt Nate.

Arón zuckt mit den Schultern. «Ich schätze, dass ihnen Verschwiegenheit wichtig ist. Mir wäre Verschwiegenheit wichtig. Wer will schon ständig von anderen belästigt werden, die eigenen Kontakte spielen zu lassen?»

Ich lasse Aróns Worte auf mich wirken. Sie könnten eine mögliche Erklärung sein, warum ich trotz stundenlanger Internetrecherche fast nichts über die ominöse Verbindung herausgefunden haben. Aber ist es wirklich realistisch, dass nur so wenig aus diesem illustren Kreis nach außen dringt? Irgendwie kann ich mir das nur schwer vorstellen.

«Hier in Brynmor halten sie dir offenbar den Rücken frei,

wenn du mal gegen die Regeln verstößt», sagt Arón jetzt. «Sie feiern verbotene Partys, bei denen der Alkohol in Strömen fließt und die über das, was du bei den normalen Uni-Partys erlebst, weit hinausgehen. Mehr hat meine Schwester mir nicht erzählt. Und meine Hand würde ich dafür auch nicht ins Feuer legen.»

«Ernsthaft?» Nate sieht ihn zweifelnd an. «Also, ich finde, dass das alles nach ziemlichem Stuss klingt.»

Dafür erhält er zustimmendes Kopfnicken. Aber die, die mehr wissen wollen, sind eindeutig in der Überzahl. Aus dem Augenwinkel sehe ich, wie Youma auf ihrer Unterlippe herumkaut.

«Weißt du irgendetwas über diese Verbindung?», frage ich.

«Ja.» Ihre Antwort klingt beinahe widerstrebend. «Meine Mum hat vor ein paar Wochen mal darüber gesprochen.»

«Und was hat sie dir erzählt?»

«Dass zu ihrer Zeit schon alle ganz fasziniert von Brynmor Dawn waren. Sie meinte, die Verbindung sei so etwas wie ein offenes Geheimnis. Jeder hier weiß, dass es sie gibt, aber niemand hat eine Ahnung, was genau es mit ihr auf sich hat. Von den Partys und den Alkoholexzessen mal abgesehen. Meine Mum war sich sicher, dass das nur ein paar reiche, selbstverliebte Schnösel sind, die sich dafür abfeiern, dass sich alle ständig den Mund über sie zerreißen.»

«Wie kann man ihnen beitreten?», fragt jetzt ein anderer aus der Runde.

«Gar nicht», antwortet Arón, als wäre es das Selbstverständlichste auf der Welt. «Meine Schwester hat mir gesagt, dass man Brynmor Dawn nicht beitreten kann, sondern dass man ausgewählt wird.»

Daraufhin brandet um uns herum ein lautes Durcheinander von Stimmen auf.

«Wie wirst du ausgewählt?», mische ich mich nun zum ersten Mal ins Gespräch ein.

Alle Köpfe drehen sich in meine Richtung. Auch Arón mustert mich interessiert. «Meine Schwester kannte nur eine einzige Studentin, die Mitglied bei Brynmor Dawn war. Aber die wollte ihr nie verraten, warum ausgerechnet sie ausgewählt wurde.»

Ich will noch etwas sagen, aber da wird Arón schon mit weiteren Fragen bombardiert, und ich wende mich wieder Youma zu. Sie ist eine der Letzten, die sich von der Geschichte um Brynmor Dawn nicht hat anstecken lassen. Stattdessen lehnt sie sich auf dem Stuhl zurück und sieht demonstrativ gelangweilt zur Decke.

«Was ist los?»

Youma schnalzt mit der Zunge. «Sieh dich doch mal um, Samuel. Bis vor ein paar Minuten haben die meisten noch nie ein Wort über diese Verbindung gehört. Und jetzt sind sie alle ganz scharf darauf, ausgewählt zu werden.»

«Ist doch irgendwie nachvollziehbar. Findest du nicht?»

Sie schüttelt den Kopf. «Nein, finde ich nicht.»

«Warum?»

«Ich muss mich keiner exklusiven Verbindung anschließen, um hier eine gute Zeit zu haben. Und wenn ich es zu etwas bringen will, dann verlasse ich mich auf mich selbst und nicht auf irgendwelche Kontakte. Meine Eltern haben es auch aus eigener Kraft zu etwas gebracht. Das mag anstrengend sein, ja. Und vielleicht gibt es auf dem Weg immer wieder Misserfolge. Vor allem, wenn dich wegen deiner Hautfarbe erst mal niemand ernst nimmt. Aber wenn ich Erfolg habe, dann wird es mein eigener sein. Und keiner, den ich mir durch irgendwelche Kontakte erschlichen habe.»

Youmas Worte beeindrucken mich. Sehr sogar. Ich habe keine Ahnung, wie es sich anfühlt, wegen seiner Hautfarbe diskriminiert zu werden. Ich weiß nur, wie es ist, wenn die eigene Sexualität von dem abweicht, was gemeinhin als Norm definiert wird. Brynmor Dawn kann ich mir natürlich trotzdem nicht aus dem Kopf schlagen. Ich muss mehr wissen. Und das sieht Youma mir offenbar an.

«Ich hoffe, dass du dich von diesem Gerede nicht allzu sehr beeindrucken lässt, Samuel. Ich hoffe es wirklich. Denn seien wir mal ganz ehrlich: Die Wahrscheinlichkeit, dass du von dieser Verbindung ausgewählt wirst, geht gegen null.»

KAPITEL 6

SAMUEL

Obwohl ich schon in der letzten Nacht kaum ein Auge zugemacht habe, liege ich auch in dieser wieder viel zu lange wach.

Mit meinem Laptop auf dem Schoß sitze ich im Bett und überfliege die Suchergebnisse, die mir das Internet zu den Begriffen *Brynmor Dawn* oder *exklusive Verbindung Brynmor* ausspuckt. Dabei stoße ich vor allem auf die Berichte, die ich bereits vor Wochen oder Monaten gelesen habe. Artikel über eine Verbindung, die vor ein paar Jahren wegen ihrer extremen politischen Einstellung aufgelöst wurde, und eine andere, die in den 90er-Jahren mit Schlägereien im benachbarten St. Keyne für Schlagzeilen gesorgt hat. Über Brynmor Dawn finde ich keine neuen Artikel, und in den verschiedenen Foren hat sich seit meinem letzten Besuch auch nicht sonderlich viel getan. Es machen lediglich ein paar neue Namen ehemaliger Mitglieder die Runde: Abgeordnete, Wirtschaftsbosse, Lehrstuhlinhaber.

Aber davon abgesehen? Nichts. Rein gar nichts.

Frustriert klappe ich den Laptop zu. Im Internet werde ich also genauso wenig fündig wie bei allen anderen Suchen zuvor. Ich muss mich in den nächsten Tagen aufmerksam auf dem Campus umhören und hoffen, konkretere Anhaltspunkte zu finden.

Zwischenzeitlich hat Luisa mir geantwortet. Sie ist auch jetzt noch online, und wir schreiben ein bisschen hin und her, aber irgendwie will keine richtige Unterhaltung in Gang kommen. Nachdem es uns letzte Nacht gelungen ist, unseren Streit zu ignorieren, schaffen wir das heute nicht ganz so gut. Wäre ja auch zu schön gewesen. Erst als ich zufällig auf meine Begegnung mit Connor zu sprechen komme, taut Luisa wieder etwas auf.

Luisa: Wie süß ist das denn? 😊
Samuel: Ja, aber ich glaube nicht, dass er schwul ist. Von daher hat sich die ganze Sache eh schon wieder erledigt.
Luisa: Oh no! 🥲 Bist du dir ganz sicher?
Samuel: Du hättest mal sein Gesicht sehen sollen, als ihm aufgefallen ist, wie spät er dran ist. Glaub mir, diese Lake ist ihm wirklich wichtig.
Luisa: Wirklich wichtig heißt aber nicht, dass sie seine Freundin ist. 😉 Sie könnte auch seine Schwester sein. Oder seine jüngere Cousine, auf die er versprochen hat aufzupassen, damit sie in Brynmor nicht von irgendwelchen Typen angegraben wird. Keine Ahnung.

Natürlich hat Luisa recht, und es liegt völlig im Bereich des Möglichen, dass ich voreilige Schlüsse ziehe. Das ist auch in der Vergangenheit schon vorgekommen. Andererseits: Davon auszugehen, dass Lake Connors Freundin ist, schützt mich nicht nur vor unnötigen Ablenkungen, sondern vor allem auch vor einer weiteren Enttäuschung. Und seit Milo mit mir Schluss gemacht hat, kann ich Enttäuschungen nur noch in homöopathischen Dosen ertragen.

Samuel: Stimmt, jetzt, wo du es sagst: Es ist natürlich völlig abwegig, dass ein so cuter Typ eine Freundin hat 😬

Luisa: Wenn du mehr über ihn weißt als seinen Vornamen, gib mir einfach Bescheid, okay? Ich stalke ihn für dich auf Insta, TikTok oder wo er sich sonst so rumtreibt. Ich will unbedingt den Kerl sehen, der dir gleich am ersten Tag den Kopf verdreht hat!
Samuel: Er hat mir nicht den Kopf verdreht. 🫣
Luisa: Ernsthaft, ich hol mir sogar Grindr, wenn es sein muss!
Samuel: Wenn er hetero ist, treibt er sich wohl nicht auf Grindr rum.
Luisa: Sieh es mal so. Selbst wenn er nicht auf Kerle steht, hast du heute genau das gemacht, was ich dir die ganze Zeit schon sage: nicht an die Vergangenheit denken! Weiterleben! Vielleicht besteht ja doch noch Hoffnung, dass du die Sache mit Philipp sein lässt.

Okay. Spätestens jetzt, wo sie den Elefanten im Raum angesprochen hat, sollten wir nicht länger so tun, als wäre alles in bester Ordnung. Denn das ist es nicht. Ganz und gar nicht.

Ich lege den Kopf in den Nacken und blicke aus dem Fenster in die Nacht. Der Mond wird immer wieder von schnell vorbeiziehenden Wolken verdunkelt. Wie kann ich ihr verständlich machen, was mich antreibt? Weil es die passenden Worte vermutlich überhaupt nicht gibt, tippe ich einfach drauflos.

Samuel: Glaub mir, ich wünschte, dass ich es einfach sein lassen könnte! Heute Nachmittag hab ich für ein paar Minuten mal alles vergessen, und das war das Beste, was mir seit langer Zeit passiert ist. Aber so einfach ist es halt nicht. Also lass mich bitte einfach mein Ding machen, okay?

Mein Daumen schwebt reglos über der Absenden-Taste. Ich habe ein bisschen Angst vor Luisas Reaktion. Ein bisschen sehr sogar. Aber wenn ich ihr das jetzt nicht schreibe, werde ich mich jedes Mal aufs Neue ärgern, wenn sie irgendeinen Nebensatz über Philipp oder die Vergangenheit fallen lässt. Und genau aus diesem Grund schicke ich die Nachricht doch noch ab.

Luisa liest sie sofort. Dann ist sie plötzlich offline.

Ernsthaft?

In der Hoffnung, dass sie zurückkommt, sich vielleicht doch noch dazu durchringt, etwas zu schreiben, starre ich für ein paar Minuten auf das Display. Mit der Kraft meiner Gedanken versuche ich sie dazu zu bewegen, mir zu antworten. Vergeblich. Aber erst als ich mir *wirklich* sicher bin, dass sie nicht mehr reagieren wird, pfeffere ich das Handy auf mein Kopfkissen und schließe die Augen.

Am nächsten Morgen höre ich meinen Wecker viel zu spät. Ich habe zu wenig geschlafen, bin völlig übermüdet, und mit einem schnellen Blick auf die Uhr stelle ich erschrocken fest, dass es bereits kurz vor zehn ist – nur noch ein paar Minuten, bis die Eröffnungsrede des Rektors beginnt! Fluchend rapple ich mich auf und werfe mich hektisch in meine Brynmor-Uniform.

Die Wiese vor dem Westflügel liegt im hellen Morgenlicht. Die Sonnenstrahlen lassen die Tautropfen im Gras wie Silberperlen aufleuchten. Obwohl es noch so frisch ist, dass mir die Kälte unter die Kleidung kriecht, sieht es schon jetzt ganz danach aus, als würde es ein weiterer, herrlicher Tag werden.

Durch einen kleinen Torbogen in der Mauer betrete ich das Kloster. Die Innenhöfe und Arkadengänge sind verwaist, was meine Schritte auf dem nackten Stein unnatürlich laut widerhallen lässt. Ich ziehe noch einmal das Tempo an. Dass ich völlig verschwitzt sein werde, ist mir egal. Hauptsache, ich platze nicht in Professor Bellinghams Rede, während alle anderen bereits auf ihren Plätzen sitzen.

Die *Tudor Hall*, der größte Vorlesungssaal der Universität, befindet sich in einem uralten Gebäude direkt hinter der Kirche. Das breite Eingangsportal wird von zwei mächtigen Türmen flankiert, und in den Fenstern spiegelt sich das Sonnenlicht. Gerade als ich durch die gewaltige Doppelflügeltür treten will, kommt ein anderer Student aus dem Arkadengang zu meiner Linken gestürmt. Für den Bruchteil einer Sekunde atme ich auf, erleichtert, nicht der Einzige zu sein, der zu spät dran ist. Dann erkenne ich, wer es ist – und mein Herzschlag beschleunigt sich innerhalb von Sekunden.

Connor!

Wie viele Studierende gibt es in Brynmor? Siebenhundert? Achthundert? Auf jeden Fall eine ganze Menge. Aber natürlich ist es ausgerechnet der heiße Läufer, der an diesem Morgen auf den letzten Drücker kommt. Vielleicht sollte ich mich aber auch nicht allzu sehr darüber wundern. Immerhin habe ich ja gestern schon erfahren, dass er nicht die Pünktlichkeit in Person ist.

Meine Nerven beginnen zu flattern, und meine Handflächen werden feucht. Irgendwie finde ich es ziemlich besorgniserregend, was allein der Anblick dieses Kerls in mir auslöst.

Die Krawatte um Connors Hals ist nur lose gebunden, und unter dem grünen Pullover lugt ein weißer Hemdzipfel hervor. Die dunkle Stoffhose liegt beinahe unverschämt eng an seinen Beinen an. Im Vergleich zu seinem Trainingsoutfit gibt seine Aufmachung heute deutlich weniger preis, aber sie steht ihm dennoch verdammt gut.

«Oh, hey! Samuel!»

Als er mich erkennt, hellen sich seine Gesichtszüge auf. Er lächelt mich an und sieht mir dabei so direkt in die Augen, dass es mir schwerfällt, seinen Blick zu erwidern.

«Hi.» Meine Zunge ist schwer wie Blei.

Für einen Moment schweigen wir. Dann fangen wir gleichzeitig an zu sprechen.

«Wir sollten …»

«Ja, du hast recht, lass uns lieber reingehen, sonst …»

«Nach dir …»

«Okay, danke.»

Wow, so sieht reibungsloser Small Talk aus!

Wir treten durch die Flügeltüren und finden uns in einer dunklen Eingangshalle wieder. Mein Blick fällt auf Mrs Thompson, die Youma und mir gestern den Weg zu den Schlafsälen gezeigt hat und gerade eine Tür auf der anderen Seite schließen will.

«Oh nein», stöhnt Connor neben mir.

«Was ist?»

«Mrs Thompson. Ausgerechnet sie. Es gibt niemanden in Brynmor, dem das Einhalten von Regeln wichtiger ist als ihr. Und sie hasst …»

«… Unpünktlichkeit?»

«Ja. Und wie.»

Auch wenn Connor alles andere als begeistert aussieht, laufen wir auf Mrs Thompson zu. Unsere Schritte hallen von den Wänden wider, wodurch sie auf uns aufmerksam wird und sich auf dem Absatz zu uns umdreht.

«Wo bitte kommen Sie beide jetzt noch her? Na ja, zumindest bei Ihnen sollte es mich wohl nicht überraschen, Mr Ferguson.»

«Ich finde es auch schön, Sie wiederzusehen, Mrs Thompson», sagt Connor mit gespieltem Ernst.

Sie schüttelt den Kopf. «Na los, rein mit Ihnen! Und zwar schnell! Professor Bellinghams Rede beginnt jeden Augenblick!»

Ohne ein weiteres Wort schieben wir uns an ihr vorbei in den Vorlesungssaal. Connor ist direkt hinter mir. Er kommt mir so nah, dass sein warmer Atem meinen Nacken kitzelt und mir der Geruch seines Parfums in die Nase steigt. Er riecht gut. Er riecht verdammt gut.

Die unzähligen Sitzreihen des Vorlesungssaals sind beinahe bis auf den letzten Platz besetzt: ein Meer aus grünen Brynmor-Uniformen, das sich bis zu einem Rednerpult am anderen Ende des Raums ergießt. Dort steht Professor Robert Bellingham. Ich kenne seinen Namen noch von damals. Er war es, der uns angerufen und uns von Philipps Unfall erzählt hat. Mit Mitte vierzig ist er der jüngste Rektor in der Geschichte Brynmors. In seinem cremefarbenen Anzug erweckt er allerdings eher den Anschein, als wäre er der Vorstandsvorsitzende eines großen Unternehmens.

Connor und ich quetschen uns in eine der letzten Reihen. Kaum haben wir uns gesetzt, tippt Professor Bellingham auch schon auf sein Mikrofon, und die gemurmelten Gespräche um uns herum verstummen abrupt. Selbst auf die Distanz ist nicht zu übersehen, dass er über eine beeindruckende natürliche Autorität verfügt.

«Herzlich willkommen in Brynmor!» Professor Bellinghams Stimme ist klar und fest. «An alle Erstsemester: Wir freuen uns, dass Sie den Weg an unsere Universität gefunden haben. Und an alle anderen: Schön, dass Sie wieder da sind.»

Er legt eine kurze Pause ein, in der ich verstohlen zu Connor hinübersehe. Er bemerkt es sofort – und zwinkert mir zu. Ertappt drehe ich mich wieder nach vorne.

«Im Namen des gesamten Kollegiums möchte ich zu Beginn des neuen Studienjahres ein paar Worte an Sie richten. Wie Sie alle wissen, ist Brynmor eine der ältesten Universitäten des Landes. Wir sind stolz auf eine jahrhundertealte Geschichte und ...»

«Hey, Samuel», zischt Connor.

Ich schlucke. Versuche erst noch, ihn zu ignorieren. Aber Connor lässt nicht locker.

«Samuel!»

«Was?» Obwohl ich flüstere, drehen sich ein paar der anderen Studierenden neugierig zu uns um.

«Hast du dich schon entschieden, ob du dich der Laufgruppe anschließt?»

Will er das wirklich hier besprechen? Jetzt?

«...die hohe Unterrichtsqualität, die Brynmor zu bieten hat ...», sagt Professor Bellingham gerade.

«Später, okay?», flüstere ich Connor zu und versuche ein weiteres Mal, meine Aufmerksamkeit auf die Rede zu richten.

Für ein paar Sekunden passiert nichts. Dann stupst Connor mich sanft mit dem Knie an. Offensichtlich will er mich nicht so einfach davonkommen lassen. Ich verfluche mich dafür, überhaupt zu ihm hinübergesehen zu haben. Vielleicht wäre er sonst gar nicht auf die Idee gekommen, mich anzuquatschen.

«Samuel?»

Ich zwinge mich, ruhig zu atmen, und suche nach den passenden Worten.

Ich würde mich gern der Laufgruppe anschließen, will ich sagen. Weil das eine gute Gelegenheit wäre, dich kennenzulernen. Zu erfahren, wer du bist und warum du an dir zweifelst. Herauszufinden, was du an dir hast, das meinen Körper auf Knopfdruck unter Strom versetzt. Aber gleichzeitig habe ich auch Angst davor. Angst davor, mich zu öffnen. Angst davor, verletzt zu werden. Und mal ganz davon abgesehen, dass ich mich schützen will, bin ich eigentlich auch wegen etwas ganz anderem hier.

Er sieht mich an. Ich erwidere seinen Blick.

«Ich glaube, das ist keine gute Idee», ist alles, was ich hervorbringe.

«Okay.»

Wenn Connor enttäuscht sein sollte, lässt er es sich zumindest nicht anmerken. Kurz hoffe ich, er würde versuchen, mich zu überzeugen. Aber er macht keine Anstalten, noch etwas zu sagen, und mit dem Gefühl einer zentnerschweren Betonplatte auf meiner Brust wende ich mich wieder nach vorne.

«...Brynmor ist nichts ohne seine Studierenden», sagt Professor Bellingham. «Das war es damals nicht, als die Gründerväter die Universität aufgebaut haben. Und das ist es heute nicht, wo Sie hier sitzen und den Grundstein für Ihre spätere Karriere legen. Wir wollen Sie dazu befähigen, die Besten in Ihren Professionen zu werden. Aber darüber hinaus wollen wir Ihnen auch Werte vermitteln. Offenheit im Denken. Zuverlässigkeit. Respekt. Loyalität. Nicht ohne Grund lautet der Leitspruch unserer Universität *Ad nos respiciamus.* Wir passen aufeinander auf. Vergessen Sie das nie. Weder heute noch in Zukunft.» So eindringlich, wie Professor Bellingham spricht, besteht nicht der geringste Zweifel daran, wie wichtig ihm seine Worte sind. «In diesem Sinne wünsche ich Ihnen einen guten Start ins neue Semester und übergebe das Wort jetzt an die stellvertretende Rektorin, meine geschätzte Kollegin Hope Lafferty, die Sie noch auf einige wichtige Punkte aufmerksam machen wird.»

Seinen Worten folgt ein kräftiger Applaus. Dann tritt er zur Seite und macht einer Frau Platz, die etwa in seinem Alter ist. Professor Lafferty spricht über die Hausordnung und stellt die psychosoziale Beratungsstelle der Universität vor.

«Bitte denken Sie daran, dass Sie diese Beratung jederzeit vertraulich in Anspruch nehmen können.» Nachdem auch Professor Lafferty ihre Rede beendet hat, macht sich um uns herum eine rege Aufbruchsstimmung breit. Zusammen mit den anderen Studierenden verlassen Connor und ich die *Tudor Hall*, wobei ich ganz schön angespannt bin.

War es ein Fehler, die Sache mit der Laufgruppe einfach so in den Wind zu schlagen? Aber was hätte ich davon, mich darauf einzulassen? Nein, vermutlich ist es so am besten.

Vor der großen Doppelflügeltür bleiben Connor und ich noch einmal stehen. Während sich die anderen bereits auf den Weg zu ihren Vorlesungen und Seminaren machen, fällt mir plötzlich auf, dass ich überhaupt keine Ahnung habe, wo ich als Nächstes hinmuss. Kein Wunder, ich habe mich seit meiner Ankunft mit allem anderen beschäftigt, nur nicht mit dem, was hier einen Großteil meines Alltags ausmachen wird.

«Du siehst ein bisschen aufgeschmissen aus», stellt Connor nüchtern fest.

«Um ehrlich zu sein, weiß ich gar nicht, wie mein Stundenplan aussieht.»

«Gib mir mal dein Handy.» Ich ziehe es aus der Tasche und reiche es ihm, ohne zu zögern. «Auf der Homepage gibt es einen internen Bereich, das Studierendenportal. Da findest du alle Infos, die du brauchst. Was studierst du denn?» Er sieht vom Display hoch und grinst mich an. «Was frage ich überhaupt? Nach der Aktion gestern auf der Tribüne ...»

«Sportwissenschaften», bestätige ich.

Connor tritt neben mich, wobei sich unsere Schultern streifen. «Hier», sagt er und zeigt auf die Seite, die er gerade geöffnet hat. «Und nach zwei Klicks bist du bei deinem Stundenplan.»

«Zehn Uhr. Sportpsychologie bei Professor Theo McIntyre», lese ich laut. Dann sehe ich zu Connor, der noch immer neben mir steht. «Danke.»

«Kein Ding. Wie gesagt, ich habe damals auch etwas gebraucht, um mich in Brynmor einzufinden, aber dann ...» Sein Gesicht nimmt einen entspannten Ausdruck an.

«...konntest du hier einfach du selbst sein», beende ich seinen Satz.

Er schmunzelt, als würde er sich darüber freuen, dass ich mir das gemerkt habe.

Mittlerweile haben sich die anderen bereits in alle Himmelsrichtungen zerstreut. Ein Blick auf die Uhr verrät mir, dass ich auch nicht mehr allzu viel Zeit verstreichen lassen sollte, wenn ich es noch rechtzeitig zu meinem ersten Seminar schaffen will. Aber gleichzeitig kann ich mich einfach nicht von Connor losreißen. Am liebsten würde ich ihn so lange betrachten, bis ich mir alle Einzelheiten eingeprägt habe: seine Locken, die vom frischen Wind zerzaust werden, seine strahlenden graublauen Augen, seine Lippen, die sich gerade in diesem Moment zu einem weiteren Lächeln kräuseln.

«Hör mal, tut mir leid, dass ich mich der Laufgruppe erst mal nicht anschließe», sage ich und atme tief durch. «Aber ich bin noch gar nicht richtig angekommen und weiß nicht, wie es mit dem Lernpensum und so aussieht.»

«Ach, ist doch kein Problem. Gib mir einfach Bescheid, wenn sich deine Meinung ändert.» Sein Lächeln bekommt einen leicht gequälten Zug. Nimmt er es vielleicht doch nicht ganz so locker, wie er vorgibt? Oder ist das nur Wunschdenken von mir?

Für einen Moment sehen wir uns unschlüssig an, bevor er mir plötzlich die Hand entgegenstreckt. Zuerst stehe ich auf dem Schlauch. Dann geht mir auf, dass er sich offenbar von mir verabschieden will.

Natürlich werden wir uns in den nächsten Tagen und Wochen immer wieder über den Weg laufen. Aber da wir nicht im selben Jahrgang sind und ich nicht zur Laufgruppe komme, werden wir uns wohl nur flüchtig begegnen. Was das Beste ist. Wirklich. Aber irgendwie fühlt sich das nicht halb so überzeugend an, wie es eigentlich sollte.

Ich zögere noch kurz. Dann erwidere ich den Handschlag und spüre dabei jeden Millimeter seiner Haut ganz deutlich auf meiner. Alles andere – der Glockenschlag der Turmuhr, die Brandung – wirkt sehr weit entfernt. Ich nehme es wahr, aber es ist nur ein Hintergrundrauschen. Meine Aufmerksamkeit gilt einzig und allein Connor.

«Tja, ich sollte wohl langsam mal los», sagt er, zieht die Hand zurück und streicht sich die Locken aus der Stirn. Er will sich bereits abwenden ...

«Hast du schon mal von Brynmor Dawn gehört?» Ich weiß selbst nicht, was in mich gefahren ist. Ob ich das Gespräch in die Länge ziehen will oder mir tatsächlich erhoffe, etwas über die geheime Verbindung zu erfahren?

Schlagartig verhärten sich Connors Gesichtszüge. Es besteht nicht der geringste Zweifel, dass meine Worte etwas in ihm auslösen. Und was immer es ist: Es ist definitiv nichts Gutes.

«Gestern beim Abendessen haben ein paar der anderen Erstsemester darüber gesprochen», fahre ich hastig fort. «Und irgendwie bin ich neugierig geworden.»

«Also, wenn du mich fragst, sind das nur ein paar Rich Kids, die sich für etwas ganz Besonderes halten. Ob alles stimmt, was so über sie erzählt wird? Bestimmt nicht. Zumindest kann ich es mir nicht vorstellen. Aber ganz sicher weiß ich es natürlich nicht.»

«Hattest *du* mal was mit Brynmor Dawn zu tun?»

Connor schüttelt den Kopf. «Nein. Ich nicht. Aber Lake.»

Die unerwartete Erwähnung von Lake wirft mich aus der Bahn.

«Lake», sage ich tonlos.

«Ja», antwortet Connor nichts ahnend. «Ein paar Wochen nach unserer Ankunft in Brynmor lag eine Einladung in ihrem Zimmer. Offenbar wurde sie unter dem Türschlitz durchgeschoben.» Er schüttelt den Kopf, als würde er die Erinnerung am liebsten aus seinem Gedächtnis verbannen. «Sie wollten Lake kennenlernen. Aber Lake hat die Einladung nicht angenommen. Sie hat sie verbrannt. Und das war es dann auch.»

«Was? Sie hat sie verbrannt? Einfach so? Aber warum?» Ich kann nicht verhindern, dass mir vor Überraschung der Mund aufklappt.

«Weil sie keinen Bock darauf hatte, sich Brynmor Dawn anzuschließen. Und weil sie sich nicht in Gefahr begeben wollte.»

Wie es klingt, könnten sich Lake und Youma gut verstehen.

«Wie kam Lake darauf, sie müsse sich in Gefahr begeben?»

«Weil in der Einladung von einer Prüfung gesprochen wurde.»

«Eine Prüfung?»

«Ja. So etwas wie eine Mutprobe.» Er räuspert sich. «Es gibt da ein Gerücht, dass die Mitglieder von Brynmor Dawn nicht nur wilde Partys feiern, sondern sich auch immer wieder zu Mutproben herausfordern. Vor ein paar Jahrzehnten soll eine dieser Mutproben völlig aus dem Ruder gelaufen sein. Ein Student ist von den Klostermauern gestürzt.»

Entsetzt reiße ich die Augen auf. «Was?»

«Er hat es überlebt, war danach aber querschnittsgelähmt.»

«Und das ... war eine fehlgeschlagene Mutprobe?»

Connor zuckt mit den Schultern. «Wie gesagt, es ist ein Gerücht.»

«Aber wenn Brynmor Dawn wirklich gefährliche Nummern abzieht, wie kann es sein, dass die Verbindung nicht schon längst aufgelöst wurde? Ich meine, Bellingham und die anderen müssen davon doch wissen.»

«Denk daran, wer die Studiengebühren zahlt ...»

«... die Eltern.»

«Genau. Angenommen, ein paar von denen haben früher selbst zu Brynmor Dawn gehört, dann haben sie bestimmt nichts dagegen, wenn die lieben Nachkommen in ihre Fußstapfen treten. Bellingham kann jederzeit abgesetzt werden, wenn er etwas tut, das den Eltern nicht gefällt. Entweder das … oder Bellingham war früher selbst Mitglied der Verbindung. Und hält jetzt seine schützende Hand über sie.»

Ich ziehe scharf die Luft ein. Versuche zu verarbeiten, was ich gerade erfahren habe.

«Wir sollten uns jetzt wirklich auf den Weg zum Unterricht machen», sagt Connor.

Ich nicke, habe aber noch eine letzte Frage, die ich ihm unbedingt stellen muss. «Hat deine Freundin noch mal was von Brynmor Dawn gehört, nachdem sie die Einladung verbrannt hat?»

Zum ersten Mal seit der Erwähnung der Verbindung lächelt Connor wieder.

«Meine Freundin?» Der belustigte Tonfall in seiner Stimme verwirrt mich.

Oh. Mist. Habe ich Lake gerade wirklich *seine Freundin* genannt? Das war nicht beabsichtigt, es ist mir einfach so herausgerutscht.

«Ich habe wohl einfach gedacht …»

Für einen Moment sieht mich Connor an. Dann wird sein Lächeln eine Spur breiter, und jetzt will ich am liebsten dahinschmelzen.

«Samuel, ich glaube, da hast du was falsch verstanden. Lake ist meine beste Freundin. Aber nicht *meine* Freundin. Ich stehe auf Typen. Und zwar *nur* auf Typen.»

Die Gedanken an Brynmor Dawn sind schlagartig wie weggeblasen. Hat er mir … hat er mir gerade gesagt, dass er schwul ist? Irgendwie kann ich es nicht glauben. Meine Ohren müssen mir einen Streich gespielt haben. Einen besonders grausamen Streich, weil es genau das ist, was sie seit unserer Begegnung auf dem Cricketfeld hören wollten. Denn wie hoch ist bitte die Wahrscheinlichkeit, dass …

«Du bist …»

Irritiert runzelt Connor die Stirn. «Ist das ein Problem? Du bist doch hoffentlich keiner von den Kerlen, die Angst haben, dass ich gleich wie ein ausgehungerter Wolf über sie herfalle, nur weil ich schwul bin?»

Es würde mich nicht stören, wenn du wie ein ausgehungerter Wolf über mich herfällst, schießt es mir durch den Kopf, und ich beeile mich, das Missverständnis so schnell wie möglich aufzuklären. «Nein! Nein, das ist es nicht. Im Gegenteil: Ich bin auch schwul.»

Damit nehme ich ihm den Wind aus den Segeln. Er verstummt und sieht mich mit einer Mischung aus kaum verhohlener Neugier und Ungläubigkeit an. «Du bist ...?»

«Bin ich», falle ich ihm ins Wort. «Zu hundert Prozent. Solange ich zurückdenken kann.»

Er betrachtet mich für ein paar Sekunden, als wolle er sichergehen, dass ich mir keinen Spaß mit ihm erlaube. Dann hellt sich seine Miene wieder auf. «Also, Lake ist auf jeden Fall nicht meine Freundin. Aber wenn ich ihr erzähle, dass du das geglaubt hast, kriegt sie sich garantiert nicht mehr ein.»

«Die Letzten, die kommen, und die Letzten, die gehen», sagt plötzlich eine kalte Stimme hinter uns.

Connor und ich drehen uns in Richtung der Flügeltüren und sehen, wie Mrs Thompson mit schnellen Schritten auf uns zuläuft.

«Müssten Sie beide nicht schon längst in Ihren Kursen sitzen?»

Daran habe ich gar nicht mehr gedacht. Connor offenbar auch nicht, seinem überraschten Gesichtsausdruck nach zu urteilen.

«Na, wird's bald, meine Herren! Sehen Sie gefälligst zu, dass Sie loskommen! Sonst reißt mein Geduldsfaden gleich am ersten Morgen des neuen Semesters. Und glauben Sie mir, das wollen Sie beide wirklich nicht.»

Connor sieht mich ein letztes Mal an und zwinkert mir verschmitzt zu. «Wir sehen uns, Samuel», sagt er noch, was in meinen Ohren wie ein Versprechen klingt. Dann läuft er los und verschwindet hinter dem nächsten Torbogen.

«Und Sie? Auf was warten Sie?», fragt Mrs Thompson mit vor der Brust verschränkten Armen.

«Sorry, bin schon weg», antworte ich und drehe mich um, damit sie mein breites Lächeln nicht sieht.

KAPITEL 7

SAMUEL

Mein erster Kurs, Sportpsychologie, findet in einem hellen, lichtdurchfluteten Seminarraum auf dem neuen Campus statt. Die anderen Erstsemester sind schon alle da, ebenso wie der Dozent, Professor McIntyre, der vor einem Smartboard steht und gerade noch ein paar Unterlagen durchblättert. Er ist groß und drahtig und erweckt den Eindruck eines ehemaligen Leistungssportlers, den es in die Nachwuchsförderung verschlagen hat.

Das einzig halbwegs vertraute Gesicht ist das von Nate, der gestern Abend im Speisesaal an unserem Tisch saß. Neben ihm ist noch ein Platz frei, und auf den steuere ich jetzt zielstrebig zu.

«Samuel, richtig?», fragt er, als ich mich zu ihm setze.

Ich nicke. Bevor ich etwas erwidern kann, räuspert sich Professor McIntyre vielsagend, und die gemurmelten Gespräche um uns herum verstummen. «Herzlich willkommen im Seminar Sportpsychologie 101. Ich darf Sie in diesem und im nächsten Semester in die Grundlagen des Fachs einführen. Aber bevor wir dazu kommen, zunächst ein paar allgemeine Worte zum Aufbau Ihres Studiums.» Mit einer Funkfernbedienung lässt Professor McIntyre auf dem Smartboard hinter sich eine Grafik erscheinen, die mit ihren weit verzweigten Ästen an einen Baum erinnert. «Der Studiengang Sportwissenschaften gliedert sich in vier zentrale Bereiche: Theorie. Forschungsmethoden. Praxis.

Und übergreifende Kompetenzen. Neben Lehrveranstaltungen in den Bereichen der Trainingslehre und der Gesundheitsförderung wird ein Großteil Ihres Studiums darin bestehen, dass Sie sich in Ihren sportlichen Disziplinen weiterentwickeln. Von uns werden Sie dabei in allen notwendigen Belangen unterstützt.»

In der Schule ist es mir nie schwergefallen, aufmerksam zu sein. Jetzt muss ich mich allerdings richtig anstrengen, Professor McIntyres Ausführungen zu folgen. Weil meine Gedanken immer wieder zu Connor driften. Und zu dem, was er gesagt hat.

«In diesem Seminar werden Sie vor allem Methoden der Grundlagenforschung kennenlernen. Im nächsten Semester beschäftigen wir uns dann mit anwendungsbezogenen Fragestellungen, wie den Zusammenhängen zwischen psychischen Prozessen und deren Auswirkungen auf Training und Leistung.» Er räuspert sich ein weiteres Mal. «Heute beginnen wir zum Einstieg mit ein paar grundlegenden Begriffen. Motivation. Kognition. Sensomotorik. Wer von Ihnen kann mir dazu etwas sagen?»

Hier und da werden Hände gehoben. Auch Nates Arm geht nach oben. Und während Professor McIntyre einem meiner Kommilitonen das Wort erteilt, reiße ich mich zusammen und versuche, mir Connor zumindest für den Moment aus dem Kopf zu schlagen.

Nach dem Seminar geht es in die Mittagspause. Auf dem Weg zum Speisesaal komme ich jetzt zum ersten Mal ausführlicher mit Nate ins Gespräch.

«Gut in Brynmor angekommen?», frage ich ihn interessiert.

Nate zuckt mit den Schultern. «Mal davon abgesehen, dass ich überhaupt nicht hier sein will, kann ich mich eigentlich nicht beklagen.»

Seine Worte kommen unerwartet. Er will überhaupt nicht hier sein? Bisher bin ich felsenfest davon ausgegangen, der Einzige zu sein, für den Brynmor nicht die Erfüllung aller Lebensträume ist. Dass ausgerechnet Nate mit mir im selben Boot sitzt, hätte ich nicht gedacht.

«Wie meinst du das? Du willst überhaupt nicht hier sein?»

Mittlerweile haben wir die Klostermauer erreicht und treten durch einen Torbogen in einen der Innenhöfe.

«Ach, weißt du, wenn du mit Nachnamen Cavendish heißt und deine Familie schon seit Generationen nach Brynmor geht, hast du gewisse Erwartungen zu erfüllen. Auch wenn du selbst ganz andere Vorstellungen davon hast, was du mit deinem Leben anstellen willst.»

Irritiert hebe ich die Brauen.

«Nicht falsch verstehen», fährt er fort. «Als Leistungsschwimmer könnte ich mir keinen besseren Ort als Brynmor vorstellen. Aber ich habe mich schon immer mit dem Lernen schwergetan. Daher wäre es für mich auch vollkommen in Ordnung gewesen, einfach an einer stinknormalen Trainingsakademie weiterzumachen. Da meine Großeltern bei der ganzen Sache allerdings ein Wörtchen mitzureden haben, hatte ich nicht wirklich eine Wahl.»

«Deine Großeltern?»

«Ja, ich bin bei ihnen aufgewachsen. Und sie sind nicht gerade Freigeister, um es mal diplomatisch auszudrücken.» Es ist offensichtlich, dass dahinter eine Geschichte steckt, allerdings macht Nate nicht den Eindruck, als wolle er das Thema vertiefen.

Im Speisesaal verabschiede ich mich von ihm und schlängle mich zu Youma durch. Weil zwischen den Tischen ein reges Gedränge herrscht, dauert es etwas, bis ich bei ihr angekommen bin.

«Hey», sage ich und lasse mich auf den Stuhl neben ihr fallen.

«Hi, Samuel. Das ist Riley. Riley – Samuel.» Erst jetzt fällt mir Youmas Begleiterin auf, eine Studentin, die mir bisher noch nicht begegnet ist. «Riley ist eine der Mentorinnen des Ostflügels. Sie hat mir gestern den Weg zu meinem Zimmer gezeigt.»

Riley ist schätzungsweise zwei oder drei Jahre älter als wir. Sie hat schulterlange, schwarze Haare, wodurch ihre Haut noch heller wirkt. Für ihren neonfarbenen Hoodie und die zerrissenen Jeans würde sie von Mrs Thompson bestimmt einen missbilligenden Blick kassieren.

«Hi, Riley.» Unwillkürlich wandern meine Augen zu einer silbrigen Halskette mit einem kleinen Anhänger. Sobald Riley auffällt, dass ich die Kette betrachte, lässt sie sie mit einer beiläufigen Bewegung unter dem Hoodie verschwinden.

«Schön, dich kennenzulernen. Youma und ich haben gerade über die Party gesprochen.»

«Die Party?»

Riley nickt. «Einmal im Monat organisieren die Fachschaften eine Party in der großen Turnhalle auf dem neuen Campus. Die erste Party des Semesters wird immer von den Sportwissenschaftlern organisiert.»

«Klingt gut! Wann findet die Party statt?», frage ich und male mir aus, wie es wäre, dort Connor zu begegnen. Connor, von dem ich jetzt weiß, dass er nicht mit Lake zusammen ist. Und auf Typen steht.

«Ende September. Wie sieht's aus? Kommt ihr auch?»

«Ich bin dabei.» Im Gegensatz zu mir wirkt Youma deutlich unentschlossener. «Keine Lust?», frage ich sie.

«Doch, schon.» Youma wiegt den Kopf hin und her. «Aber eigentlich hatte ich mir vorgenommen, gleich von Anfang an meine Kurse nachzuarbeiten, um später nicht in Verzug zu geraten.» Als sie die ungläubigen Gesichter von Riley und mir sieht, verdreht sie die Augen. «Ja, okay, bevor ihr mich für die größte Streberin aller Zeiten haltet: Ich komme mit.»

Riley macht einen zufriedenen Eindruck. Mit einem Blick auf ihre Armbanduhr steht sie auf. «Ich muss leider los. Mentoren-Treffen im Südflügel. Bis dann, ihr beiden.»

Während Riley Richtung Ausgang geht, grinse ich Youma an. «Das wird bestimmt gut. Und wenn nicht, wird das die erste und einzige Party sein, zu der ich dich mitschleppe.»

«Du schleppst mich nicht mit. Ich habe Bock auf die Party. Sehr sogar.»

«Und warum hast du Riley dann nicht gleich zugesagt?»

Youma lächelt schwach. «Erinnerst du dich noch daran, was ich dir gestern Abend gesagt habe?» Ohne eine Antwort abzuwarten, fährt sie fort: «Ich habe leider immer wieder die Erfahrung gemacht, mich aufgrund meiner Hautfarbe mehr als andere anstrengen zu müssen. Mehr leisten zu müssen, um dieselben Ergebnisse zu erzielen. Und Brynmor ... Brynmor ist zwar eine internationale Universität, aber sieh dich mal um: Die meisten Studierenden hier sind weiß. Ich glaube, ich habe einfach ein bisschen Angst. Weil ich bei aller Vorfreude noch keine Ahnung habe, wie es mir hier ergehen wird.»

Darüber habe ich nicht eine Sekunde lang nachgedacht, und plötzlich habe ich ein schlechtes Gewissen.

«Youma ...», setze ich an, aber sie stupst mich mit dem Ellbogen in die Seite.

«Ich komme mit auf die Party. Und jetzt lass uns über was anderes sprechen, okay?»

«Okay.»

«Also, wie war dein Vormittag so?»

Während ich ihr von meinem Seminar bei Professor McIntyre erzähle, flaut das schlechte Gewissen allmählich wieder ab.

«War Brynmor Dawn heute Morgen bei euch auch *das* Gesprächsthema?», fragt Youma, sobald ich am Ende meiner Ausführungen angekommen bin, und klingt dabei leicht frustriert. «Mittlerweile habe ich wirklich das Gefühl, hier weit und breit die Einzige zu sein, die nichts mit dieser Verbindung zu tun haben will.»

«Bist du bestimmt nicht», erwidere ich und erinnere mich, was Connor mir über Lake und ihre Reaktion auf die Einladung erzählt hat.

«Ganz ehrlich, ich hoffe, dass sich alle ein bisschen beruhigen, wenn das Semester seinen Lauf nimmt.» Sie lächelt schwach. «Riley hat mir erzählt, dass das in ihrem Jahrgang der Fall war, nachdem niemand eine Einladung erhalten hat. Wer weiß, vielleicht gehen bei uns ja auch alle leer aus.»

«Ja, vielleicht», sage ich vage, hoffe aber, dass sie falschliegt. Bekäme ich eine Einladung, würde ich sie bestimmt nicht verbrennen. Im Gegenteil. Eine bessere Möglichkeit, mehr über die Verbindung zu erfahren, gäbe es überhaupt nicht. Aber wie Youma gestern beim Abendessen schon gesagt hat: Die Chancen dafür stehen vermutlich äußerst schlecht. Wer weiß, nach welchen Kriterien man ausgewählt wird? Habe ich irgendetwas an mir, das für Brynmor Dawn von Interesse sein könnte? Philipp hat nie ein Wort darüber verloren, warum *er* ausgewählt wurde.

Wir sprechen noch ein paar Minuten über die geheimnisvolle Verbindung, dann wechseln wir wieder das Thema, und Youma erzählt mir von ihrem Vormittag und einem Seminar in Internationalem Recht. Eine halbe Stunde später sind wir mit dem Essen fertig und verabschieden uns im großen Innenhof voneinander. Für ein paar Sekunden bleibe ich noch stehen und halte nach Connor Ausschau.

Ich stehe auf Typen. Das sind vier Worte. Nur vier Worte, aber sie verändern alles. Ich muss kein Hellseher sein, um zu wissen, dass es mir nach Connors Outing bestimmt ziemlich schwerfallen wird, *nicht* an ihn zu denken. Ich will unbedingt mehr über ihn erfahren …

Plötzlich beginnt das Handy in meiner Hosentasche zu vibrieren. Ich ziehe es heraus und sehe Luisas Namen auf dem Display. Okay, dann hat sie also doch noch geschafft, mir zu schreiben, nachdem sie unser Gespräch letzte Nacht so abrupt beendet hat.

Luisa: Ich hab noch mal ausführlich darüber nachgedacht, was in den letzten Tagen passiert ist. Über unseren Streit. Aber auch darüber, was du gestern Nacht geschrieben hast. Dass du nicht einfach so mit der Vergangenheit abschließen kannst. Ja, okay, ich kann mir nicht vorstellen, wie es ist, wenn der eigene Bruder im Wachkoma liegt und du nicht weißt, was genau passiert ist. Aber ich sag dir das jetzt trotzdem noch ein allerletztes Mal. Weil du mir wirklich wichtig bist, okay? Du verrennst dich da in was! Lass es sein! Philipp kommt nicht wieder. Und er hätte bestimmt nicht gewollt, dass du dich immer wieder mit denselben Fragen beschäftigst, statt endlich zu leben.

Der Ärger steigt wie flüssiges Gift in mir auf. Ich lese die Nachricht noch ein zweites und drittes Mal, was den Ärger nur noch einmal verstärkt. Was weiß Luisa denn schon? Ja, sie kann es sich nicht vorstellen, sie hat keine Ahnung. Nicht die geringste. Warum lässt sie mich also nicht einfach mein Ding machen? Warum müssen wir uns deswegen streiten?

Vermutlich wäre es besser, nichts zu überstürzen. Erst einmal ein bisschen Zeit verstreichen zu lassen, runterzukommen, nachzudenken. Aber ich kann mich einfach nicht zurückhalten. Und ohne lange darüber nachzudenken, tippe ich eine Antwort.

Samuel: Sorry, Luisa. Ich hab dich wirklich gern. Aber was ich mache, ist meine Sache! Und da lasse ich mir von niemandem reinreden. Auch nicht von dir.

Mit zitternden Fingern schicke ich die Nachricht ab. Wenn mich nicht alles täuscht, zerbricht zwischen uns beiden gerade etwas, das sich nicht einfach so wieder reparieren lässt. Aber ich kann die Vergangenheit nicht einfach auf sich beruhen lassen. Nicht, solange ich die Wahrheit nicht kenne.

KAPITEL 8

CONNOR

Gegen Ende der Woche wache ich schweißgebadet auf. Das Herz hämmert mir in der Brust, und mein T-Shirt ist nass geschwitzt. Die Uhr auf dem Display meines Handys zeigt 3:28 Uhr an.

Vermutlich habe ich nur schlecht geträumt, auch wenn ich mich daran nicht mehr erinnere. Aber ich brauche nicht viel Fantasie, um mir vorzustellen, worum es dabei gegangen sein könnte. Denn es sind immer dieselben Träume.

Ich schlage die Decke zurück und rapple mich auf. Gänsehaut überzieht meinen Körper, und ich beginne zu bibbern. Schnell streife ich das T-Shirt ab, lasse es auf den Boden fallen und laufe barfuß ins Badezimmer. Um mich herum ist es so still, dass mir das Knarren der alten Dielen lauter als sonst vorkommt. Nachdem ich mir am Waschbecken Wasser ins Gesicht gespritzt und meinen verschwitzten Oberkörper abgetrocknet habe, fühle ich mich wieder etwas besser. Allerdings bin ich mir ziemlich sicher, heute Nacht keinen Schlaf mehr zu finden.

Ich trete ans Fenster und betrachte das schlafende Brynmor. Die Sicherheitsbeleuchtung taucht die alten Mauern in fahles Licht. Es regnet, der Wind treibt Blätter vor sich her, und weit und breit ist keine Menschenseele zu sehen. Tatsächlich ist es eine Nacht, die der vor zehn Monaten sehr nahekommt …

Mein Körper spannt sich an, als würde er unter Strom stehen.

Und unwillkürlich erinnere ich mich, wie ich damals aus dem Wald gestolpert bin und die Universität vor mir aufgetaucht ist.

Keine Ahnung, wie ich es geschafft habe, ungesehen in mein Zimmer zu kommen. Am nächsten Morgen ging ich zum Frühstück, besuchte eine Vorlesung und ein Tutorium und wartete die ganze Zeit darauf, dass das Damoklesschwert über meinem Kopf auf mich herabstürzte. Ich war überzeugt, dass es nur eine Frage der Zeit war, bis Professor Bellingham mich ins Rektorat bestellte. Oder dass einer der anderen Studierenden etwas mitbekommen hatte und uns verpfiff. Aber dann geschah ... nichts. Nachdem sich die anfängliche Bestürzung gelegt hatte, nachdem alle Fragen gestellt und keine Antworten gefunden wurden, nachdem die Wochen vergingen und das Semester seinen Lauf nahm, kehrte der Alltag nach Brynmor zurück. Zunächst konnte ich mein Glück kaum fassen. Aber je mehr Zeit verstrich, desto klarer wurde mir, dass sich für mich etwas grundlegend verändert hatte. Das Geheimnis, das ich mit mir herumtrug, und das Versprechen, das ich gegeben hatte, lagen wie ein tonnenschwerer Fels auf meiner Brust. Im Training, vor allem aber beim Abschlussturnier, konnte ich nicht an meine früheren Leistungen anknüpfen. Nachts quälten mich Albträume. Und je mehr ich versuchte, zu funktionieren und so zu tun, als wäre alles in bester Ordnung, desto häufiger fragte ich mich, ob es vielleicht nicht besser gewesen wäre, mein Versprechen zu brechen.

Jetzt schüttle ich den Kopf. Weil ich nicht in der Zeit zurückreisen und die Dinge ungeschehen machen kann. Und weil *manche Wahrheiten wohl besser für immer im Verborgenen bleiben sollten.*

Ich atme noch einmal tief durch, schlucke die Traurigkeit, die Scham und die Angst hinunter und lege mich wieder ins Bett. Aber ich bekomme tatsächlich kein Auge mehr zu und wälze mich von einer Seite auf die andere, bis irgendwann endlich die Sonne aufgeht.

Am nächsten Morgen hat es deutlich abgekühlt, und vom Meer zieht eine frische Brise heran, die weitere Blätter von den Bäumen weht. Bestimmt dauert es nicht mehr lange, bis der Herbst endgültig Einzug hält.

Im Speisesaal setze ich mich zu Lake, die etwas lustlos in einer Müslischale herumstochert.

«Du siehst aus, als hättest du schlecht geschlafen», sagt sie mitfühlend. Offenbar ist mir also anzusehen, wie übernächtigt ich bin.

Ich nicke.

«Kommt mir bekannt vor.» Ihr Lächeln nimmt einen gequälten Zug an. Gerade als ich sie fragen will, ob sie auch einen Albtraum hatte, lässt sich Elliot auf einen freien Stuhl neben uns fallen.

Wir kennen Elliot seit unserem ersten Tag. Er studiert zusammen mit Lake Englische Literatur und ist im Laufe der Zeit zu einem guten Freund geworden. In den letzten Tagen habe ich ihn kaum zu Gesicht bekommen, was wohl vor allem daran lag, dass er sich in seiner neuen Rolle als Mentor zurechtfinden musste.

«Anstrengende erste Woche?», frage ich.

«Kann man wohl sagen.»

«Ist bestimmt ziemlich viel zu tun mit den neuen Erstsemestern», mutmaßt Lake.

Elliot öffnet bereits den Mund, um etwas zu sagen. Dann hält er inne und schüttelt den Kopf. «Ja, auch. Aber was mich noch mehr stresst: Ich bin durch *Vergleichende Literaturwissenschaft* gefallen. Jetzt muss ich die Vorlesung noch mal besuchen und am Ende des Semesters eine Wiederholungsprüfung schreiben.» Er kaut an einem Fingernagel herum, und für einen Moment huscht sein Blick über die anderen Studierenden im Speisesaal, als halte er nach jemandem Ausschau.

«So ein Scheiß», sagt Lake.

«Ja, und wie.» Elliot zuckt mit den Schultern. «Und wie waren eure ersten Tage so?»

Während Lake munter drauflosplappert, sitze ich schweigend daneben und betrachte Elliot. Ich kann es nicht wirklich greifen. Vielleicht bilde ich es mir auch nur ein. Aber irgendwie beschleicht mich das vage Gefühl, dass er gerade nicht hundertprozentig ehrlich zu uns war.

In den darauffolgenden Nächten schlafe ich wieder besser, und der Unialltag nimmt seinen gewohnten Lauf. Mit einem großen Unterschied: Zum ersten Mal, seit ich in Brynmor bin, gibt es jemanden, den ich nicht aus dem Kopf bekomme und näher kennenlernen will.

Meine Gedanken kehren zu Samuel zurück wie eine Kompassnadel, die vom Magnetfeld des Nordpols angezogen wird. Zwischen den Vorlesungen und Seminaren halte ich in den Innenhöfen immer wieder nach ihm Ausschau. Abends im Speisesaal ist es dasselbe. Wann immer ich ihn zufällig sehe, beschleunigt sich mein Puls. Aber obwohl ich auf ihn zugehen und ihn in ein Gespräch verwickeln will, hält mich eine Stimme in meinem Kopf zurück. Sie erfindet Ausreden, warum es besser ist, auf Abstand zu bleiben, und natürlich falle ich darauf herein.

Wenn er Interesse an dir hätte, wäre er der Laufgruppe beigetreten.

Er ist gerade in ein Gespräch mit den anderen Erstsemestern vertieft. Willst du da einfach so reinplatzen?

Er ist schwul – na und? Das gilt für jede Menge anderer Kerle in Brynmor ebenso, und für die hast du dich in den letzten Monaten doch auch nicht interessiert. Also, was soll das ganze Theater? Was ist das Besondere an ihm?

Mittlerweile bin ich mir sicher, die Antwort darauf gefunden zu haben. Es liegt daran, was Samuel über Selbstzweifel und Ängste gesagt hat und wie es ist, sich selbst im Weg zu stehen. Seine Worte – die Worte eines Fremden – hätten meine sein können. Ich habe mich in jedem einzelnen von ihnen wiedererkannt, und das hat ein unerwartetes Gefühl von Verbundenheit ausgelöst. Etwas, das ich so schon verdammt lange nicht mehr verspürt habe, von dem ich jetzt aber mehr will, mehr brauche, mehr haben muss. Es ist ein Gefühl, das ich zu Hause so nie kennengelernt habe und in der Vergangenheit bei keinem anderen Kerl so schnell empfunden habe. Und wenn schon ein paar Gespräche ausreichen, um dieses Gefühl hervorzurufen ... was wäre dann erst, wenn ich mehr Zeit mit ihm verbringe?

Morgens, wenn ich im Bett liege und die ersten Sonnenstrahlen durch die Sprossenfenster fallen, taucht Samuel immer wieder vor meinem inneren Auge auf. Ich sehe ihn, wie er sich leichtfüßig und geschmeidig über die Tribüne bewegt. Sehe seine blonden Haare, sein ungezwungenes Lachen, das kleine Grübchen am Kinn, seine dunkelgrünen Augen, seine trainierten Oberarme, das Muttermal knapp über dem Schlüsselbein ...

Mir ist klar, dass mir nur zwei Möglichkeiten bleiben: Entweder denke ich mir weiter Ausreden aus und lasse mich von meiner Unsicherheit lähmen, was ich allerdings mit ziemlicher Sicherheit bereuen werde. Oder ich werfe alle Bedenken über Bord, gehe auf ihn zu – und finde heraus, wohin das mit uns beiden führen kann.

KAPITEL 9

SAMUEL

Ich habe nicht die geringste Ahnung, wo die Zeit bleibt, aber meine ersten beiden Wochen in Brynmor vergehen wie im Flug. Neben Sportpsychologie habe ich Veranstaltungen in den Bereichen Trainingslehre, Medizinische Grundlagen und Sportdidaktik.

Mit jedem weiteren Tag lerne ich auch die anderen Erstsemester ein bisschen besser kennen. Weil alles noch so neu und überwältigend ist, bleibt mir allerdings nicht wirklich Zeit, mich näher mit Brynmor Dawn zu beschäftigen oder – zu meinem großen Bedauern – mir Gedanken darüber zu machen, wie und wann ich am besten mit Connor ins Gespräch kommen könnte. Beides muss sich so schnell wie möglich ändern.

Und was Brynmor Dawn angeht, habe ich zumindest schon eine Idee …

Am Samstagmorgen quäle ich mich aus dem Bett, nehme eine Dusche im Gemeinschaftsbad, das sich am Ende des Gangs befindet, und mache mich auf den Weg zum Frühstück. Als ich ins Freie trete, schlägt mir ein feiner Sprühregen ins Gesicht. Der Himmel ist wolkenverhangen, und die wenigen Studierenden, die draußen unterwegs sind, bemühen sich, so schnell wie möglich ins Trockene zu kommen. Ich renne über die große Wiese, auf der sich bereits erste Pfützen gebildet haben, und werde erst langsamer, als ich unter den Dächern der Arkadengänge ankomme. Ein paar Minuten später erreiche ich den Speisesaal, wo wie immer um diese Zeit ein lautes Stimmengewirr herrscht.

Da es morgens keine geregelte Reihenfolge gibt, in der man sich am Büfett bedienen darf, trete ich an den großen Tisch, schöpfe mir Omelett und Gemüse auf den Teller und setze mich zu ein paar Kommilitonen. Nate hebt den Blick von seinem Handy und zwinkert mir zu. An diesem Morgen hat er die Ärmel seines Hemdes bis zum Ellbogen hochgekrempelt, und um seinen Hals hängt ein Paar teuer aussehende Kopfhörer.

Während wir ein bisschen Small Talk machen, erinnere ich mich an unser Gespräch nach Professor McIntyres erstem Seminar. Was hat er damit gemeint, als er sagte, dass sein Nachname ihn dazu verpflichten würde, in Brynmor zu studieren? Und warum ist er nicht bei seinen Eltern, sondern bei seinen Großeltern aufgewachsen? Bisher habe ich darauf keine Antworten erhalten. Jetzt, umgeben von den anderen, ist aber auch nicht der passende Moment, ihn noch einmal darauf anzusprechen. Vielleicht ergibt sich ja in den nächsten Tagen eine bessere Gelegenheit.

Zwei Stunden später bin ich mit Youma vor dem großen Eingangsportal verabredet. Als ich auf dem großen Platz ankomme, wartet sie bereits auf mich, eingemummelt in eine lila Regenjacke und mit einer Kapuze auf dem Kopf.

«Schade, dass uns das Wetter bei unserem ersten Ausflug nach St. Keyne einen Strich durch die Rechnung macht», sagt sie zur Begrüßung und drückt mich an sich.

«Du bist in England», erwidere ich und zwinkere ihr zu. «Was hast du denn erwartet?»

In diesem Moment fährt ein von der Universität bereitgestellter Shuttlebus auf den Platz. Wir schließen uns ein paar anderen Studierenden an, die in einer kleinen Gruppe beieinanderstehen. Sobald alle eingestiegen sind, startet der Chauffeur den

Motor, und es dauert nicht lange, bis Brynmor hinter Regenschleiern verschwunden ist. Zwanzig Minuten später erreichen wir den Marktplatz von St. Keyne.

«Ich habe gelesen, dass es hier ein ziemlich gutes Café geben soll», sagt Youma und öffnet eine Karten-App auf ihrem Handy. «Nur ein paar Straßen weiter ...»

Ich habe nichts dagegen einzuwenden. Nicht, solange wir vor der Rückfahrt noch einen kurzen Abstecher zum St. *Keynes Herald* machen, einer Lokalzeitung. Dort will ich mich unbedingt über den Studenten informieren, der vor ein paar Jahrzehnten von der Klostermauer gestürzt ist. Im Internet habe ich nichts über ihn finden können. Vielleicht bewahrt die Zeitung ja alte Exemplare auf, die mir mehr über den Unfall verraten.

Allerdings gibt es da ein Problem, das ich noch nicht aus der Welt geschafft habe: Bisher habe ich es vermieden, mit Youma über Philipp zu sprechen. Sie weiß daher noch nichts von meinem Plan. Das werde ich nachholen müssen. Spätestens, nachdem wir beim St. *Keynes Herald* waren.

Auf dem Weg zum Café passieren wir schmucke Kunstgalerien, eine Töpferei und mehrere Pubs. In den Sommermonaten ist die kleine Stadt bestimmt von Touristen überlaufen, aber heute Morgen sind außer ein paar Einheimischen und Ausflüglern aus Brynmor kaum Menschen unterwegs.

Das *Seacliff Coffee & Tea* liegt am Ende einer schmalen, mit Kopfstein gepflasterten Straße. Beim Eintreten bimmelt eine Glocke über unseren Köpfen, und sofort steigt mir der Geruch von frisch gemahlenen Kaffeebohnen und Zuckerguss in die Nase. Die Tische sind fast ausnahmslos besetzt: zwei ältere Damen, die Scones essen, ein grauhaariger Mann, der in ein Buch vertieft ist, und eine Familie mit drei Kindern, von denen eines gerade einen Wutanfall hat. Im Hintergrund spielt ein Radiosender *Anti-Hero* von Taylor Swift.

Eine Bedienung bietet uns die letzten freien Plätze auf der anderen Seite des Raums an und bringt uns die Karten. Ich staune nicht schlecht bei der Bandbreite von Kaffeekreationen, die es mit jedem Hipstercafé in Hamburg aufnehmen könnte.

«Weißt du eigentlich, was mir aufgefallen ist?», fragt Youma, nachdem wir unsere Bestellungen aufgegeben haben.

«Hm?»

Sie lächelt mich verschmitzt an. «Dass wir noch gar nicht über die wirklich wichtigen Dinge gesprochen haben.»

«So? Was meinst du denn?»

«Na ja ... ich habe zum Beispiel keine Ahnung, ob du Single bist. Oder glücklich vergeben.» Sie beißt sich auf die Lippe, als wäre sie von ihren eigenen Worten überrascht. «Also, nicht falsch verstehen. Ich habe kein Interesse an dir oder so.» Sie schüttelt den Kopf. «Oh Gott, also ich habe schon Interesse an dir. Aber nicht auf *diese* Weise.»

Ich zwinkere ihr zu. «Kein Stress. Auf *diese* Weise habe ich auch kein Interesse an dir.» Vor zwei oder drei Jahren wäre mir so ein Gespräch noch richtig schwergefallen. Selbst nachdem Philipp, meine Eltern und Luisa gut auf mein Coming-out reagiert hatten, bereitete es mir noch einige Zeit lang Schwierigkeiten, offen über meine Homosexualität zu sprechen. Mittlerweile ist das glücklicherweise nicht mehr der Fall. «Also, wenn du es wirklich wissen willst, habe ich jemanden getroffen. An unserem ersten Tag, um genau zu sein. Und jetzt würde ich ihn gern besser kennenlernen.»

Youmas Augen beginnen zu leuchten. «An unserem ersten Tag? Ernsthaft? Wie heißt er? Was studiert er? In welchem Jahrgang ist er? Ich will *alles* wissen!» Sie reagiert so selbstverständlich auf mein Interesse an einem Kerl, dass mir schlagartig warm ums Herz wird.

«Okay, okay! Also, er heißt Connor», sage ich und erzähle ihr von unserer zufälligen Begegnung auf dem Cricketfeld und unserem Gespräch nach Professor Bellinghams Rede. Schließlich komme ich auf das Dilemma zu sprechen, in dem ich mich seitdem befinde: «Aber na ja, ich habe ihm eine Abfuhr erteilt, was die Laufgruppe angeht. Wie sieht es denn aus, wenn ich einfach so auf ihn zugehe und sage: *Äh, hi, Connor, jetzt, wo ich weiß, dass du auf Typen stehst, hab ich mir gedacht, dass ich doch mittrainiere.*» Allein bei der Vorstellung würde ich am liebsten im Boden versinken. «Nein, das kann ich nicht bringen.»

Youma sieht mich mit einer Mischung aus Mitgefühl und Belustigung an. «Aber warum kannst du das nicht machen? Genauso ist es doch, oder?» So schnell, wie sie weiterspricht, muss mir meine Unbehaglichkeit wohl ins Gesicht geschrieben stehen. «Nein, Spaß, ich weiß natürlich, was du meinst. Aber wenn du mich fragst, ist es besser, die Dinge nicht unnötig zu verkomplizieren. Geh einfach auf ihn zu. Sprich ihn an und zerdenke nicht alles. Am Ende bereust du nur, es nicht getan zu haben.»

Die Bedienung bringt unsere Bestellungen, einen Cappuccino für Youma und einen Chai Latte für mich.

«Du klingst, als würdest du aus eigener Erfahrung sprechen», sage ich, nachdem sie wieder gegangen ist.

Youmas Lächeln bekommt einen wehmütigen Zug. «Ich habe einen Freund. Leroy. Wir sind in Pretoria auf dieselbe Schule gegangen, in den letzten Jahren aber nur ganz normale Freunde gewesen. Um ehrlich zu sein, war ich schon immer in ihn verschossen, habe mich aber nie getraut, ihn anzusprechen. Ich wollte unsere Freundschaft nicht aufs Spiel setzen. Nachdem ich die Zusage für den Studienplatz hier bekommen habe und klar war, dass ich Südafrika verlasse … hat Leroy mir gesagt, was er für mich empfindet.»

Youma holt ihr Handy heraus und zeigt mir das Bild eines jungen Mannes mit hellbrauner Haut und strahlendem Lächeln.

«Das ist Leroy?»

Sie nickt.

«Und er war die ganze Zeit über in dich verliebt? So wie du in ihn?»

«Ja, genauso war es.» Sie steckt das Handy wieder weg. «Aber so wie ich hatte er Angst, dass sich zwischen uns alles verändern könnte.» Sie seufzt. «Wir hatten dann noch drei Wochen, bevor mein Flug nach London ging. Drei Wochen, obwohl wir so viel mehr Zeit hätten haben können. Jetzt versuchen wir eine Fernbeziehung zu führen. Chatten regelmäßig, telefonieren ein- bis zweimal in der Woche. In den Weihnachtsferien will er mich hier besuchen.» Als sie weiterspricht, sieht sie mir fest in die Augen. «Alles hätte leichter sein können, wenn wir viel früher offen und ehrlich miteinander kommuniziert hätten. Jetzt bleibt uns nichts anderes übrig, als das Beste aus der Situation zu machen. Und zu hoffen, dass das mit der Fernbeziehung schon irgendwie klappt. Was ich also sagen will: Verschwende keine Zeit, Samuel. Wenn du Connor kennenlernen willst, dann warte nicht auf den perfekten Moment, sondern geh einfach auf ihn zu.»

Ich strecke die Hand aus. Youma zögert kurz, dann schließen sich ihre Finger um meine.

«Hältst du mich auf dem Laufenden, wie es bei dir und Leroy weitergeht?»

Youma grinst. «Na klar. Wenn du mich an deiner Geschichte mit Connor teilhaben lässt.»

Eine halbe Stunde später bezahlen wir die Rechnung und machen uns auf den Rückweg zum Marktplatz. Mittlerweile hat der Himmel wieder etwas aufgeklart.

«Was hältst du davon, wenn wir noch ein bisschen durch die Gassen schlendern?», schlage ich nur scheinbar beiläufig vor.

Youma wirft einen Blick auf ihre Armbanduhr. «Es dauert nicht mehr lange, bis der letzte Shuttlebus zurück nach Brynmor fährt.»

«Ach komm, nur ein bisschen», beharre ich.

Youma seufzt. «Na gut, aber wir sollten wirklich die Zeit im Auge behalten.»

Während wir durch die schmalen Straßen laufen und uns der Wind böig und frisch um die Ohren weht, halte ich nach dem Gebäude der Lokalzeitung Ausschau. Und tatsächlich, nach ein paar Minuten taucht zu unserer Linken ein Haus auf, das über und über mit Efeuranken bewachsen ist. Über der Eingangstür hängt ein bronzefarbenes Schild mit der Aufschrift St. *Keynes Herald*.

«Warte, lass uns da mal kurz reingehen.»

Irritiert sieht Youma mich an. «Was wollen wir denn bei einer Zeitung?»

«Mir ist da gerade etwas eingefallen», sage ich ausweichend. «Ich erklär es dir später.»

Ohne eine Antwort abzuwarten, gehe ich voraus. Youma zögert noch kurz, folgt mir dann aber.

Kurz darauf finden wir uns in einem kleinen Eingangsbereich wieder, in dem es nach Papier und Tinte riecht. Die Decke ist niedrig, und auf mehreren Stühlen stapeln sich Zeitungen. Mit einem altmodischen Telefon am Empfang und Schwarz-Weiß-Fotografien an den Wänden erweckt der Raum eher den Eindruck eines Antiquariats.

«Kann ich Ihnen helfen?»

Zwischen zwei Regalreihen erscheint ein älterer Mann mit Nickelbrille und Tweed-Pullover, dem unser Eintreten offenbar nicht entgangen ist.

«Ja, bestimmt», sage ich etwas aufgekratzt. «Wir sind erst vor ein paar Tagen in St. Keyne angekommen ...»

«...in Brynmor», erwidert er, als würde das einen Unterschied machen.

«In Brynmor», bestätige ich. «Und ich habe da von einer Geschichte gehört, die mich interessiert.»

Jetzt wird er hellhörig. «Um was für eine Geschichte handelt es sich?»

«Es geht um einen Studenten, der vor Jahrzehnten angeblich von den Klostermauern gestürzt ist», antworte ich. «Ich wollte wissen, ob an der Sache etwas dran ist. Und als wir gerade hier vorbeigekommen sind ...»

«...haben Sie sich gedacht, hier an Informationen zu kommen?»

Ich nicke, während Youma neben mir hörbar ausatmet.

«Unten im Keller haben wir ein Archiv mit alten Zeitungen», sagt der Mann, «aber das brauchen wir in diesem Fall nicht. Ich erinnere mich an den Vorfall. Das muss Anfang der Siebziger gewesen sein. 1971? 1972? Ja, irgendwann um diese Zeit ist der Pechvogel gestürzt. Wenn ich mich richtig erinnere, ist er danach nie nach Brynmor zurückgekehrt.»

«Wissen Sie noch, wie es zu diesem Unfall kommen konnte?», frage ich und denke dabei ebenso an den namen- und gesichtslosen Studenten aus den Siebzigern wie an Philipp.

Der Mann vergräbt die Hände in den Hosentaschen. «Er hatte einen über den Durst getrunken.»

«In Brynmor kursiert das Gerücht, dass der Sturz die Folge einer missglückten Mutprobe war.»

«Davon weiß ich nichts», erwidert der Mann. «Vielleicht sollten wir doch ins Archiv gehen ...»

Zum ersten Mal, seit wir den St. *Keynes Herald* betreten haben, meldet sich jetzt Youma zu Wort. «Sorry, wenn ich mich einmische, aber dafür haben wir keine Zeit. Es dauert jetzt nicht mehr lange, bis der letzte Shuttlebus zurück nach Brynmor fährt, Samuel. Und den sollten wir nicht verpassen, sonst müssen wir ein Taxi nehmen.»

Youma hat natürlich vollkommen recht. Aber eine Frage muss ich dem Mann trotzdem noch stellen. «Vor zehn Monaten gab es einen weiteren Unfall in Brynmor. Ein Student wurde mit einer schweren Kopfverletzung im Klosterwald gefunden.»

«Auch daran erinnere ich mich.»

«Hatte die Polizei hier den Verdacht, dass es sich um eine missglückte Mutprobe gehandelt hat?»

Der Mann zieht die buschigen Augenbrauen hoch. «*Missglückte Mutproben.* Sie vermuten, dass beide Unfälle mit Brynmor Dawn zusammenhängen? Ist doch so, oder?»

Ich nicke. Der Mann betrachtet mich eingehend. Für ein paar Sekunden befürchte ich, dass er sich zu keiner Antwort mehr hinreißen lässt. «Brynmor Dawn ist ein Haufen von kleinen Scheißern», sagt er dann. «Die meisten von ihnen saugen das Gefühl, über den Dingen zu stehen, schon mit der Muttermilch auf. Aber *alles* können sie sich nicht erlauben. Und das wissen sie auch.» Er räuspert sich. «Wenn die Verbindung wirklich etwas mit diesen Unfällen zu tun hätte, würde es sie heute nicht mehr geben.»

«Samuel», zischt Youma mich an und zieht am Saum meines Ärmels.

«Was macht Sie da so sicher?»

«Die Universität hat einen Ruf zu verlieren. Sollte Brynmor Dawn irgendetwas tun, dass diesen Ruf beschädigt, dann war es das für sie. Und deswegen kann ich mir nicht vorstellen, dass diese beiden Unfälle auf das Konto der Verbindung gehen.»

«Samuel!»

«Ja, ja, ich komme schon», sage ich zu Youma, und mit einem knappen Nicken verabschieden wir uns von dem Mann.

Sobald wir wieder auf der Straße stehen, sieht Youma mich prüfend an. «Was war das denn gerade? Ein Unfall in den Siebzigern? Und einer vor zehn Monaten?»

«Sehen wir zu, dass wir zurück nach Brynmor kommen. Da erzähle ich dir alles», antworte ich mit zusammengeschnürter Brust. Und hoffe, dass sie auf die Wahrheit nicht ähnlich entsetzt reagiert wie Luisa.

KAPITEL 10

SAMUEL

Später am Nachmittag sitzen wir auf Youmas Bett. Ihr Zimmer im Ostflügel unterscheidet sich nicht groß von meinem, allerdings stelle ich fest, dass bereits deutlich mehr Bücher auf ihrem Schreibtisch liegen. Daneben stehen ein paar gerahmte Fotos, die meisten zeigen Youma Arm in Arm mit zwei Menschen, bei denen es sich nur um ihre Mutter und ihren Vater handeln kann.

Seit wir vom St. *Keynes Herald* zum Marktplatz gelaufen sind, haben wir kaum ein Wort miteinander gewechselt. Es ist offensichtlich, dass Youma eine Erklärung von mir erwartet. Und um die kann ich mich nicht mehr länger drücken.

«Ich bin nicht nach Brynmor gekommen, weil ich hier studieren will.» Die Worte kommen mir nur schwer über die Lippen. Jedes einzelne von ihnen kostet mich eine immense Kraftanstrengung. Wäre Youma mir nicht innerhalb der kurzen Zeit schon so ans Herz gewachsen, wäre es vielleicht leichter. Dann könnte mir egal sein, was sie denkt. Aber sie ist mir wichtig, und ich habe riesige Angst vor ihrer Reaktion.

«Was meinst du damit?», fragt sie und klingt ein bisschen besorgt.

«Um ehrlich zu sein, bin ich wegen meinem Bruder hier.» So. Jetzt ist es ausgesprochen.

«Dein Bruder? Du hast ihn an unserem ersten Abend im

Speisesaal erwähnt. Aber ich verstehe nicht, warum du wegen ihm ...»

«Er ist derjenige, der vor zehn Monaten einen Unfall im Klosterwald hatte.»

Youma sieht mich mit regloser Miene an. Ein paar Freunde, denen ich damals von Philipp erzählte, haben mit Mitleid reagiert. Andere wussten gar nicht, was sie sagen sollten, und haben unbeholfen versucht, das Thema zu wechseln. Dass Youma weder zu der einen noch zu der anderen Gruppe zählt, erleichtert mich.

«Okay, mal ganz langsam. Ich komme nicht ganz mit. Was ist vor zehn Monaten genau passiert? Und warum hast du dich beim St. *Keynes Herald* nach einem früheren Unfall und Brynmor Dawn erkundigt?»

Ich überlege, wo ich anfangen soll. Wie soll ich ihr am besten beibringen, was mich jetzt schon seit so langer Zeit beschäftigt?

«Philipp ... Philipp war supersportlich. Schwimmer. Fast hätte er es in den deutschen Nationalkader geschafft. Als es dann doch nicht geklappt hat, war er am Boden zerstört. Er hatte so lange darauf hingearbeitet. Kurz vor der Zielgeraden zu scheitern, hat ihn unglaublich gefrustet. Na ja, und dann ... dann hat er vor zwei Jahren die Zusage für seinen Studienplatz in Brynmor erhalten. Ich hatte gehofft, dass ihm das wieder ein bisschen Aufwind gibt.»

«Und? Ist das passiert?»

Ich zucke mit den Schultern. «Anfangs hatte er Schwierigkeiten, sich hier einzufinden. Aber dann ging es ihm immer besser, und nach ein paar Monaten wirkte er wieder richtig glücklich. Als sein zweites Jahr begann, hat sich irgendetwas verändert. Ich hatte das Gefühl, dass er mir nicht mehr alles erzählt. Wenn wir telefoniert haben, wirkte er manchmal richtig abwesend. Als wäre er in Gedanken überall anders, nur nicht bei unseren Gesprächen.»

Youma stehen noch immer tausend Fragezeichen ins Gesicht geschrieben. Aber so, wie sie mich ansieht, will sie zumindest ernsthaft verstehen, worauf das alles hinausläuft. «Er hat dir nicht gesagt, was ihn beschäftigt?»

«Nein, hat er nicht. Und dann haben meine Eltern eines Morgens einen Anruf von Professor Bellingham bekommen.» Die Traurigkeit kriecht auf leisen Sohlen heran, und meine Stimme wird brüchig. Es ist verdammt lange her, dass ich so offen darüber gesprochen habe, was passiert ist. Aber einmal angefangen, gibt es kein Zurück mehr. «Professor Bellingham hat uns berichtet, dass jemand mit unterdrückter Nummer beim Nachtwächter angerufen hat. Philipp läge auf der Lichtung im Klosterwald. Als die Rettungskräfte ihn fanden, war er bewusstlos. Und hatte eine schwere Kopfverletzung.»

«Was?»

Ich nicke. Obwohl zehn Monate vergangen sind, kommt es mir in diesem Moment so vor, als hätte das Ereignis, das unsere Familie für immer verändert hat, erst gestern stattgefunden. Die Fassungslosigkeit. Das Nicht-wahrhaben-Wollen. Die Wut. Und dann die alles umfassende Traurigkeit.

Youma sieht mich ernst an, und ich beende meine Geschichte mit den wenigen Informationen, die ich noch habe. «Sie haben Philipp mit einem Hubschrauber ins Krankenhaus nach Plymouth gebracht. Für ein paar Tage sah es so aus, als würde er nicht durchkommen. Nach einiger Zeit stabilisierte sich sein Zustand dann aber. Na ja, zumindest soweit man von einer Stabilisierung sprechen kann. Die Verletzungen, die er davongetragen hat, waren nämlich so schwerwiegend, dass er seitdem im Wachkoma liegt. Sollte er je wieder das Bewusstsein erlangen, wird er nie mehr derselbe sein.»

Für einen Moment schweigen wir. Das einzige Geräusch, das zu hören ist, ist das beständige Prasseln der Regentropfen und der Wind, der unbarmherzig an den Fenstern rüttelt.

«Warum war Philipp in dieser Nacht im Wald? Was ist passiert? War jemand bei ihm? Ich meine, die Verletzung, von der du gesprochen hast ...» Youmas Stimme versiegt.

«Um die genauen Unfallumstände zu klären, hat die Polizei Ermittlungen eingeleitet. Alle wurden befragt. Philipps Kommilitonen. Seine Professoren. Offenbar wurde sogar mit den Reinigungskräften, den Küchenangestellten und den Einwohnern aus St. Keyne gesprochen. Aber niemand hat etwas gesehen oder konnte etwas sagen.»

«Und der unbekannte Anrufer?»

«Wie gesagt: unterdrückte Nummer. Man hat nie herausgefunden, wer sich beim Nachtwächter gemeldet hat.» Ich seufze schwer. «Nachdem alle Spuren im Sand verlaufen sind, hat die Polizei ihre Ermittlungen eingestellt. Es gab keine eindeutigen Hinweise darauf, dass es *kein* Unfall war.»

«Das heißt, er könnte also auch einfach nur gestürzt sein?»

Ich nicke. «Ja. Er ist mit dem Kopf auf einen Stein geprallt.»

«Aber du glaubst nicht, dass es ein Unfall war, richtig?», hakt Youma nach. «Weil bis heute niemand weiß, warum Philipp in dieser Nacht überhaupt im Wald war und wer der Anrufer gewesen ist.»

«Ja, genauso ist es. Das Schlimme, das *wirklich* Schlimme ist die Ungewissheit.» Ich will nicht weinen, aber ich kann die Tränen, die ich schon so oft unterdrückt habe, nicht mehr länger zurückhalten. Youmas Gesicht verschwimmt vor meinen Augen, und mein Körper beginnt zu beben.

Und Youma ... lässt es einfach geschehen. Sie versucht nicht, mich zu trösten oder mich aufzubauen, und sie sagt mir auch nicht, dass alles schon irgendwie gut werden wird. Sie ist einfach nur da. Und das fühlt sich seltsamerweise befreiend an. Ich weiß nicht, wie viel Zeit verstreicht, aber irgendwann versiegen die Tränen, und ich sehe sie wieder klar und deutlich vor mir. Erst jetzt legt sie mir eine Hand aufs Knie.

«Ihr habt euch sehr nahegestanden, oder?»

Ich nicke. «Philipp war der Erste, bei dem ich damals den Mut aufgebracht habe, mich zu outen. Und weißt du was? Er hat kein großes Ding draus gemacht. Er hat mich einfach an sich gedrückt und gesagt, dass er mich lieb hat und dass er stolz darauf ist, mein großer Bruder zu sein. Akzeptiert zu werden, so wie man ist ... das ist so unglaublich, dass ich es kaum in Worte fassen kann. Und nicht nur das. Es hat mir geholfen, mich selbst zu akzeptieren und zu mir zu stehen. Mit seiner Reaktion hat Philipp diesen Stein überhaupt erst ins Rollen gebracht. Dafür bin ich ihm bis heute über alles dankbar.»

Youma lächelt mich an. In ihren Augenwinkeln glitzern ebenfalls ein paar Tränen. «Es ist toll, wie Philipp auf dein Comingout reagiert hat. Ich meine, es sollte selbstverständlich sein. Aber ich befürchte, dass es das in vielen Fällen leider immer noch nicht ist.» Sie atmet tief durch und kommt dann wieder auf das eigentliche Thema zurück. «Also, wenn ich das alles richtig verstanden habe, bist du nach Brynmor gekommen, um herauszufinden, was wirklich passiert ist?»

«Ja. Irgendwie habe ich das Gefühl, es Philipp schuldig zu sein. Nach allem, was er für mich getan hat, will ich für ihn da sein. Und ich glaube, dass ich das am besten kann, indem ich die Wahrheit herausfinde. Klingt das seltsam?»

«Nein», antwortet Youma bestimmt. «Ich finde, es klingt alles andere als seltsam.»

Erleichterung durchströmt meinen Körper. «Danke. Ernsthaft, Youma. Dass du das sagst, bedeutet mir viel.»

Sie zuckt mit den Schultern, als wäre nichts dabei. «Ist doch klar! Aber kannst du mir jetzt bitte noch erklären, warum du dich nach Brynmor Dawn erkundigt hast?»

Ich wische mir die letzten Tränen von den Wangen. «Vielleicht hat Philipps Unfall überhaupt nichts mit Brynmor Dawn zu tun», antworte ich wahrheitsgemäß. «Aber Philipp hat in unseren Gesprächen über die Verbindung gesprochen. Seit seinem Unfall frage ich mich, ob das, was passiert ist, die Folge einer missglückten Mutprobe sein könnte. Der Typ vom St. *Keyne Herald* kann es sich offenbar nicht vorstellen. Aber ich kann es auch nicht ausschließen. Und ich habe keine Ahnung, wo ich sonst mit meinen Nachforschungen anfangen sollte.»

«Um ehrlich zu sein, hoffe ich, dass der Mann recht hat. Wie er gesagt hat: Brynmor hätte einen Ruf zu verlieren.»

Ich räuspere mich. «Es gibt da noch eine weitere Sache.»

«Ja?»

«Mal angenommen, die Verbindung hat nichts mit dem Unfall zu tun. Dann wüsste ich trotzdem gern, ob sie es waren, die Philipp Drogen beschafft haben.»

Bei meinen Worten wird Youma ein weiteres Mal hellhörig.

«Ja, Drogen», wiederhole ich. «Im Krankenhaus wurden natürlich alle möglichen Untersuchungen durchgeführt. Dabei wurden Rückstände von sogenannten *Legal Highs* gefunden. Das sind synthetische Drogen, die eine aufputschende Wirkung haben. Bevor Philipp nach Brynmor kam, hatte er *nie* etwas mit Drogen am Hut. Dafür würde ich meine Hand ins Feuer legen. Als Schwimmer war es ihm immer wichtig, clean zu sein.»

Youma seufzt. «Okay, jetzt verstehe ich, warum du unbedingt mehr über die Verbindung erfahren willst.» Ihre Stimme verebbt, und sie schüttelt den Kopf. Als sie weiterspricht, sieht sie mir direkt in die Augen. «Danke, dass du mir das alles erzählt hast, Samuel.»

«Danke für dein Verständnis», gebe ich zurück.

«Ich hoffe, dass du herausfindest, was deinem Bruder passiert ist, Samuel. Wirklich. Aber ich hoffe auch, dass du nichts tust, was dich in Gefahr bringt.»

KAPITEL 11

SAMUEL

Nach einer weiteren Woche fühlen sich die Abläufe in Brynmor nicht mehr ganz so fremd an, und langsam beginnen auch die Seminare, mein Interesse zu wecken. Wenn das Wetter es zulässt, schlüpfe ich nach dem Unterricht meistens noch in meine Trainingsklamotten und ziehe auf der Suche nach neuen Parkour-Spots über den Campus. Davon abgesehen höre ich mich immer wieder um und versuche mehr über Brynmor Dawn herauszufinden. Wie wird man ausgewählt? Wer gehört der Verbindung an? Und was hat es mit den Mutproben auf sich? Allerdings kommt es mir weiterhin so vor, als wäre die Verbindung von einer unsichtbaren Mauer umgeben. Einer Mauer, durch die nichts hinein- oder herausdringt. Riley, die Mentorin, die Youma an ihrem ersten Tag kennengelernt hat, bestätigt diesen Eindruck eines Morgens beim Frühstück.

«Sie wollen unter sich bleiben», sagt sie, als wäre sie das Thema nach zwei Jahren in Brynmor mittlerweile leid. «Macht und Einfluss verwässern, je mehr Leute Zugang dazu haben. Daher lassen sie niemanden an sich heran.» Sie seufzt. «Glaub mir, du bist nicht der Erste, der versucht, hinter die Fassade zu blicken. Und du wirst auch nicht der Letzte sein, der daran scheitert.»

Obwohl ich das natürlich nicht hören will, muss ich mir eingestehen, dass Riley mit ihren Worten ins Schwarze trifft. Die bange Frage, die sich daraus ergibt: Welche anderen Anhaltspunkte habe ich, mehr über Philipps Unfallumstände zu erfahren? Zum ersten Mal beschleicht mich das Gefühl, dass Luisa recht haben könnte. Wie soll ich etwas herausfinden, wenn es nicht einmal der Polizei gelungen ist? Aber weil ich seit meiner letzten Nachricht nichts mehr von ihr gehört habe, verbanne ich auch jetzt die Gedanken an sie.

Was Connor angeht, rufe ich mir immer wieder Youmas Worte ins Gedächtnis. *Geh einfach auf ihn zu. Sprich ihn an und zerdenke nicht alles.*

Und nach ein paar weiteren Tagen befolge ich ihren Rat endlich.

Beim Abendessen sitzt Connor ein paar Tische weiter, vertieft ins Gespräch mit einer Studentin. Mit ihrem schmalen Gesicht, der hellen Haut und den schulterlangen, blonden Haaren wirkt sie beinahe elfenhaft. Wenn Elfen ihre Lider schwarz schminken und ihre Augenbrauen piercen würden, versteht sich. So vertraut und innig die beiden wirken, kann es sich bei ihr nur um Lake handeln.

Unauffällig werfe ich ihnen immer wieder Blicke zu. Irgendwann steht Connor auf und verabschiedet sich von ihr. Jetzt hält auch mich nichts mehr auf meinem Stuhl.

«Ich muss dann mal los», sage ich noch schnell zu Youma, springe auf und laufe Connor hinterher. Mein Herz schlägt mir bis zum Hals, und meine Beine fühlen sich seltsam geleeartig an.

Typisch Läufer, hat Connor ein ordentliches Tempo drauf, und ich schließe erst zu ihm auf, als er bereits nach draußen in die sternenklare Nacht tritt.

«Hey! Connor!»

Überrascht dreht er sich zu mir herum. Innerhalb des Bruchteils einer Sekunde breitet sich ein Lächeln auf seinem Gesicht aus.

«Hi, Sam!» *Sam*. Das kommt überraschend. So hat mich schon lange niemand mehr genannt. Aber es gefällt mir. Sehr sogar. Es klingt, als würden wir uns schon viel länger und viel besser kennen. Am liebsten wäre es mir, er würde es gleich noch mal sagen. «Hattest du einen guten Semesterstart?», fragt er stattdessen.

Ich nicke. «Wie du gesagt hast, am Anfang ist man ziemlich aufgeschmissen. Aber mittlerweile habe ich mich schon ganz gut eingewöhnt.»

«Hoffentlich bist du nicht an Orten herumgeklettert, die dafür nicht gemacht sind.»

«Ich habe mich zusammengerissen. Solange ich nicht weiß, was du für dein Schweigen haben möchtest, will ich kein unnötiges Risiko eingehen.»

Connor macht einen Schritt auf mich zu, und jetzt wird mir heiß und kalt zugleich. «Ich hätte da vielleicht eine Idee ...»

«Ja?»

«...aber die verrate ich dir noch nicht. Nicht heute.» Er schmunzelt. «Gehen wir ein Stück zusammen? Dann kannst du mir erzählen, wie deine ersten Wochen so waren.»

Das lasse ich mir natürlich nicht zweimal sagen.

Im fahlen Schein der Sicherheitsbeleuchtung durchqueren wir den Innenhof und laufen in Richtung des großen Eingangsportals. Ich spreche über meine Seminare, über Youma und unseren Besuch im *Seacliff Coffee & Tea*. Connor ist ein guter Zuhörer. Das trägt dazu bei, dass die Worte nur so aus mir heraussprudeln. Lediglich die Sache mit dem *St. Keynes Herald* behalte ich für mich. Denn sonst müsste ich auch über Philipp sprechen, und das wäre ein absoluter Stimmungskiller.

«Und bei dir? Wie läuft das Training?»

Statt mir zu antworten, bedeutet Connor mir, stehen zu bleiben.

«Was ist?», frage ich verwundert.

«Sieh mal», sagt Connor und zeigt nach oben. Wir sind am Fuß des Kirchturms angekommen. Die Spitze liegt außerhalb des Laternenscheins, sodass ich sie in der Dunkelheit nur erahnen kann. Ein paar Meter von uns entfernt befindet sich der Zugang zum Turm. Statt einer Tür hängt dort nur eine schwere Metallkette. Daneben befindet sich ein rechteckiges Schild mit der Aufschrift *Betreten verboten.* In Verbindung mit der Kette lädt es förmlich dazu ein, sich darüber hinwegzusetzen.

Auffordernd sieht Connor mich an. «Von da oben hat man einen ziemlich guten Ausblick.»

Ich halte die Luft an. Allein die Vorstellung, mit Connor auf den Turm zu steigen, versetzt meinen Körper in helle Aufregung.

«Verstößt das nicht gegen die Hausordnung?», frage ich nur halb im Scherz.

«Gibst du auf die denn so viel?», erwidert Connor, grinst – und hebt die Kette an. «Na los, komm schon. Bevor wir erwischt werden.»

Ich werfe einen letzten Blick über die Schulter, um mich zu vergewissern, dass der Innenhof tatsächlich menschenleer ist. Dann schlüpfe ich unter der Kette durch.

Connor folgt mir auf dem Absatz und schaltet seine Handytaschenlampe an. Im Schein des Lichtkegels sieht er gespenstisch bleich aus.

Stufe um Stufe steigen wir die Wendeltreppe nach oben. Alle paar Meter tauchen Öffnungen in der Wand auf, die an Schießscharten erinnern. Es dauert nicht lange, bis wir uns auf einer quadratischen Plattform wiederfinden, in deren Mitte die große Glocke hängt.

Connor schaltet die Taschenlampe aus und tippt die Glocke mit einem Finger an, woraufhin ein dumpfes Vibrieren die Luft erfüllt.

«Ziemlich windig», sagt er, stellt den Kragen seiner Jacke auf und tritt an die hüfthohe, gusseiserne Brüstung, deren gewundene Schnörkel Dornenranken nachempfunden sind. «Aber dafür ist der Blick von hier oben ziemlich einmalig.»

Und damit hat er so was von recht. Die Gebäude, Türme und Mauern sind kaum mehr als dunkle Schatten, aber unzählige Lichter durchbrechen die Nacht wie Glühwürmchen. Vorsichtig lehne ich mich über die Brüstung und sehe nach unten. Normalerweise habe ich keine Höhenangst. Jetzt wende ich mich allerdings schnell wieder ab und sehe stattdessen Connor an, der sich mit beiden Armen auf der Brüstung abstützt.

«Das ist einer meiner Lieblingsorte in Brynmor», sagt er, während der Wind seine Locken zerzaust. Beinahe verlegen wirft er mir einen Blick von der Seite zu, als befürchte er, es könnte mir nicht gefallen.

«Danke, dass du mich hierhergebracht hast», sage ich schnell, um seine Zweifel zu zerstreuen. «Das ist ... ein ziemlich besonderer Ort.»

Connors Gesichtszüge entspannen sich wieder. «Es gibt einen anderen, der mir sogar noch ein bisschen besser gefällt. Wenn du willst, zeige ich ihn dir bei Gelegenheit.»

Mein Puls beschleunigt sich rasant. «Ja, das würde mich freuen!»

Für ein paar Sekunden genießen wir die Aussicht. Dann kommt Connor auf meine Frage zurück und erzählt mir von seinem Semesterstart. Sein Training ist offenbar gut angelaufen, dafür sitzt ihm noch ein Essay im Nacken, den er spätestens Anfang Oktober abgegeben haben muss.

«Duale Karrieren im Spitzensport.» Er schüttelt den Kopf, als würde er die Gedanken daran am liebsten verscheuchen. «Eigentlich hätte ich den Essay schon lange abgeben müssen. Professor Garcia hat mir noch einen letzten Aufschub gegeben. Mehr ist aber

nicht mehr drin. Na ja, ich hoffe einfach, dass ich kein Training ausfallen lassen muss, um rechtzeitig fertig zu werden.»

«Wie bist du eigentlich zum Laufen gekommen?», frage ich, weil der Sport eine so große Rolle in seinem Leben spielt.

Connor schmunzelt. «Wie viel Zeit hast du?»

Alle Zeit der Welt. Für dich würde ich sie mir nehmen.

«Ich habe heute nichts mehr vor, also ...»

Connor sieht mir fest in die Augen. «Ich habe relativ früh gewusst, dass ich schwul bin. Vielleicht so mit sieben? Oder acht? Lange Zeit habe ich ganz schön damit gehadert. Ich wollte nicht anders sein, sondern einfach nur dazugehören. Und ich hatte das Gefühl, dass ich das nur dann kann, wenn ich hetero bin.» Er schüttelt den Kopf. «Schwul war wohl eine der häufigsten Beleidigungen, die sich die anderen auf dem Schulhof an den Kopf geworfen haben. Wenn du jeden Tag hörst, wie die eigene sexuelle Orientierung als Schimpfwort benutzt wird, dann macht dich das ziemlich fertig.»

«Ich weiß, was du meinst. Genau deswegen hatte ich damals auch so große Angst vor meinem Coming-out.»

Connor nickt. «Heute würde ich meinem jüngeren Ich am liebsten sagen, dass nicht ich das Problem bin, sondern die anderen. Dass es vollkommen egal ist, in wen ich mich verliebe. Hauptsache, ich bin glücklich.» Er räuspert sich. «Das sind Dinge, die ich damals hätte hören müssen. Leider gab es niemanden, der sie mir gesagt hat.»

«Und dann?», frage ich und fühle mich Connor jetzt ganz nah. Die Erfahrungen, die wir gemacht haben, schweißen uns wie ein unsichtbares Band zusammen. Natürlich sind es Erfahrungen, die die meisten queeren Kids machen. Aber ich kann mich nicht daran erinnern, schon einmal mit jemandem so ernsthaft und ausführlich darüber gesprochen zu haben.

«Als ich zwölf war, sind wir im Sportunterricht zum ersten

Mal eine längere Strecke gelaufen. Und dabei ist etwas ziemlich Überraschendes passiert.» Bei der Erinnerung huscht ein Lächeln über sein Gesicht. «Ich habe alles andere ausblenden können. Die Beleidigungen. Das Gefühl, nicht dazuzugehören. Das war alles wie weggeblasen. Und na ja, damit hat es wohl angefangen, schätze ich.» Connor wirkt von seiner eigenen Offenheit überrascht, was ihn aber nicht davon abhält weiterzusprechen. «Damals war das Laufen für mich eine Flucht vor dem Alltag. Nichts hat sich besser angefühlt. Im Laufe der letzten Jahre ist es für mich aber so viel mehr geworden. Es ist einfach befreiend. Daher hänge ich auch so daran.» Er stupst mich mit dem Ellbogen an. «Darauf darfst du dir übrigens was einbilden.»

«Hm?»

«Normalerweise behalte ich solche Sachen für mich.»

Seine Offenbarung ist noch entwaffnender als sein Lächeln.

«Das heißt, es gab bisher niemanden? Keinen Freund oder so etwas?»

Connor wiegt den Kopf hin und her. «Doch, gab es. Einmal, als ich siebzehn war, und dann noch mal vor zwei Jahren. Aber beides ist ziemlich schnell in die Brüche gegangen.»

«Und jetzt?», frage ich, auch wenn ich mir ziemlich sicher bin, die Antwort darauf zu kennen.

«Du meinst, ob ich jetzt einen Freund habe?»

Ich nicke.

«Nein, habe ich nicht. Also, es hätte hier im letzten Jahr bestimmt Möglichkeiten gegeben, wenn ich auf der Suche nach etwas Unverbindlichem wäre. Aber das bin ich nicht. Ich will etwas Ernstes. Etwas Festes. Ich will einfach nur ich selbst sein. Und das kann ich nur, wenn ich mich geborgen fühle.» Connor räuspert sich. «Und du? Hast du einen Freund?»

Ich schlucke. «Nicht mehr. Kurz vor dem Abi bin ich mit einem Kerl aus meiner Stufe zusammengekommen. Milo. Aber dann, nach ein paar Monaten ...» Meine Stimme verebbt. Nach ein paar Monaten ist die Sache mit Philipp passiert. Milo hat sich zurückgezogen. Und mir, nachdem ich eine Ewigkeit nichts von ihm gehört hatte, mitgeteilt, dass das mit uns beiden nicht mehr funktioniert. Weil ich zu sehr an der Vergangenheit hängen würde. «...nach ein paar Monaten hat es einfach nicht mehr gepasst. Seitdem bin ich Single.»

Connors Hand liegt nur ein paar Zentimeter von meiner entfernt. Ich könnte meine Finger ausstrecken. Ihn berühren. Ich bin mir sicher, dass er es zulassen würde. Die Spannung, die zwischen uns in der Luft liegt, bilde ich mir bestimmt nicht ein.

Tu es. Na los, mach schon.

Mein Mund fühlt sich ganz trocken an. Die Spitzen meiner Finger bewegen sich in seine Richtung. Aber dann ...

«Weißt du, worauf ich mich freue?» Durch den abrupten Themenwechsel verfliegt mein kurzer Anflug von Mut, und schnell ziehe ich die Hand wieder zurück. «Worauf?»

«Auf die Party nächstes Wochenende. Kommst du auch?»

Will er wissen, ob wir uns dort zufällig sehen? Oder will er ... will er vielleicht mit mir zusammen auf die Party gehen?

«Ja, natürlich komme ich», sage ich und schöpfe neue Hoffnung.

«Es ist deine erste Party in Brynmor. Sorgen wir dafür, dass sie etwas ganz Besonderes wird.»

Die Unsicherheit der letzten Tage und das bange Fragen, wie ich am besten auf ihn zugehe, wirken jetzt gerade ziemlich weit entfernt. So wie auch alles andere. Philipp, die Vergangenheit, Brynmor Dawn. Obwohl ich mich hier auf nichts einlassen wollte, bin ich gerade auf dem besten Wege, genau das zu tun. Und das fühlt sich verdammt gut an.

KAPITEL 12

SAMUEL

Connors Zimmer befindet sich nicht im Westflügel, sondern im Kloster, weswegen wir nicht denselben Weg haben. Bevor wir uns am Fuß des Kirchturms verabschieden, tauschen wir noch Nummern aus.

Als ich am nächsten Morgen aufwache, hat er mir bereits geschrieben, und vor Aufregung macht mein Herz einen Sprung.

Connor: Na, gut geschlafen? 😊 Heute Abend ist wieder Laufgruppe … magst du vielleicht doch mal vorbeischauen? 😉

Diesmal mache ich keinen Rückzieher. Und so kommt es, dass ich mich später am Tag, kurz vor Sonnenuntergang, auf den Weg zum Cricketfeld begebe.

Die Läufer sind bereits da und wärmen sich auf. Sobald Connor mich sieht, kommt er mir entgegen und drückt mich an sich. Die Umarmung ist flüchtig, aber ein paar Sekunden reichen aus, um in meinem Körper ein wohltuendes Prickeln auszulösen.

«Hey, Sam. Schön, dass du da bist.» Wäre die Situation eine andere, würde ich ihn am liebsten noch viel länger in den Armen halten. Allerdings kann ich nicht einfach so ausblenden, dass fünf Kerle nur ein paar Meter von uns entfernt stehen. «Komm, ich stell dich den anderen vor.»

Ich folge ihm, und alle Blicke drehen sich in unsere Richtung. «Leute, hört mal her! Das ist Samuel. Er trainiert heute bei uns mit. Also zeigt euch von eurer besten Seite, verstanden?»

Während Connor mir reihum die Namen der Läufer nennt, habe ich sofort das Gefühl, dass sie eine feste Gemeinschaft bilden. Und was noch viel beeindruckender ist: Sie nehmen mich bei sich auf, als würde ich schon immer dazugehören.

Nach einem ausgedehnten Aufwärm- und Dehnprogramm beginnt das eigentliche Lauftraining. Wie ich von Connor erfahre, trainieren die meisten hier für Langstreckenläufe.

«Darunter versteht man alle Distanzen, die länger als eine Meile sind.»

«Und der Lauf, für den du trainierst? Das Turnier im nächsten Sommer?»

«Zehntausend Meter», sagt Connor und streicht sich die Locken aus der Stirn. «Komm, laufen wir erst mal ein paar Bahnen, um zu sehen, was du so draufhast.» Und mit einem letzten Zwinkern setzt er sich in Bewegung.

Lauftechnisch spielen Connor und ich natürlich in völlig unterschiedlichen Ligen. Durch das Parkour-Training habe ich zwar eine einigermaßen gute Kondition aufgebaut, aber je länger wir auf der Kunststoffbahn unterwegs sind, desto klarer wird mir, dass ich mir beim Langstreckenlauf meine Energiereserven ganz anders einteilen muss. Am Anfang kann ich noch ganz gut mithalten. Aber die *paar Bahnen*, von denen Connor gesprochen hat, bringen mich dann doch ziemlich schnell ins Schwitzen.

«Gut gemacht, Sam. Richtig gut», sagt Connor, sobald wir die erste Trinkpause einlegen. Er sieht mich mit großen Augen an und wirkt, als meine er seine Worte tatsächlich ernst. Statt ihm eine Antwort zu geben, nicke ich nur und konzentriere mich auf meine Atmung. «Die ersten fünf Bahnen hast du geschafft. Wenn du so weit bist, laufen wir die Strecke gleich noch mal.»

Mit dem Handrücken wische ich mir den Schweiß von der Stirn. «Ernsthaft?», krächze ich entgeistert.

«Ernsthaft. Und dann noch mal.» Die Aussicht ruft keine Begeisterungsstürme in mir hervor, was auch Connor nicht entgeht. Er legt mir eine Hand auf die Schulter, und die Berührung durchfährt mich wie ein Blitz. «Ich find's toll, dass du da bist, Sam. Aber wenn du nicht mehr kannst, ist das in Ordnung. Okay?»

«Okay.»

Er nimmt einen weiteren Schluck aus seiner Flasche und reicht sie mir, wie er es bereits bei unserem ersten Treffen getan hat.

«Vielleicht machen wir ja auch mal zusammen Parkour? Solange es nicht gerade auf der Tribüne ist.»

Obwohl ich mich völlig kraftlos fühle, zaubern mir seine Worte ein Lächeln aufs Gesicht. «Deal», bringe ich gerade noch so hervor.

«Deal», erwidert Connor, und wir schlagen ein. Dann setzt er sich wieder in Bewegung.

Für einen Moment bleibe ich noch stehen und sehe ihm hinterher. Sehe seine Locken, die vom Wind zerzaust werden, seine muskulösen Waden und seinen Hintern, der sich durch den Stoff seiner eng anliegenden Hose abzeichnet. Mehr brauche ich nicht, um die Zähne zusammenzubeißen und weiterzulaufen.

In den nächsten Tagen sehen wir uns nur zwischen den Seminaren oder abends auf der Kunststoffbahn. Das wohlige Schaudern, das mich dabei immer wieder aufs Neue erfasst, ist eine ganz neue Erfahrung für mich. Ich kann mich nicht erinnern, schon einmal etwas Vergleichbares erlebt zu haben. Nicht bei

Vince, der in der achten Klasse neben mir saß und für den ich eine Zeit lang geschwärmt habe. Und auch nicht bei Milo, mit dem ich meinen ersten Kuss und alle anderen ersten Male geteilt habe.

Spätestens jetzt besteht kein Zweifel mehr, dass das, was ich für Connor empfinde, über eine bloße Schwärmerei hinausgeht. Wir kennen uns zwar erst seit ein paar Wochen, aber es kommt mir sehr viel länger vor. Was nicht nur an bestimmten Erfahrungen liegt, die wir teilen und die uns zusammenschweißen. Sondern vor allem daran, dass ich in seiner Anwesenheit nie das Gefühl habe, eine Rolle spielen zu müssen. Oder um es mit seinen Worten zu sagen: Bei Connor kann ich einfach ich sein.

Mittlerweile schreiben wir uns täglich. Als ich am Freitagabend mit Nate und den anderen beim Abendessen sitze, ziehe ich fast schon automatisch das Handy aus der Tasche. Statt einer Nachricht von Connor habe ich allerdings eine von Youma erhalten. Sie bittet mich, so schnell wie möglich zu ihr in den Ostflügel zu kommen.

Ohne lange zu zögern, mache ich mich auf den Weg. Durch die Innenhöfe pfeift ein eisiger Wind, der Himmel ist wolkenverhangen. Ich renne durch mehrere Arkadengänge, lasse die Klostermauern hinter mir und erreiche ein paar Minuten später den Ostflügel.

«Du kannst reinkommen», höre ich Youma sagen, nachdem ich an die geöffnete Zimmertür geklopft habe.

Im schwachen Schein der Nachttischlampe sitzt sie auf ihrem Bett und sieht mich ausdruckslos an.

«Was ist …?» Ich verstumme schlagartig. Auf ihrem Schoß liegt ein geöffneter Umschlag, und augenblicklich beginnt mein Herz zu rasen. Nicht vor Glück oder Verknalltheit, wie es bei Connor der Fall ist. Sondern vor Anspannung. Ist es … Das ist nicht wirklich das, was ich gerade denke, oder?

Ungefragt setze ich mich neben sie.

«Es ist eine Einladung», sagt Youma tonlos und bestätigt damit meine Vermutung. «Eine Einladung von Brynmor Dawn. Offenbar haben sie sie heute Nachmittag unter dem Türschlitz durchgeschoben.»

Sie reicht mir den gefalteten Brief, und ich nehme ihn mit zittrigen Fingern entgegen. Darauf stehen ein paar wenige Zeilen, mit verschnörkelter Schrift und schwarzer Tinte geschrieben.

Youma,
du wirst es nicht bemerkt haben, aber in den letzten Wochen haben wir uns ein Bild von dir gemacht – und du hast unser Interesse geweckt.
Wir suchen Ehrgeiz, Loyalität und Mut. Menschen, die sich uns anschließen möchten, gibt es viele. Wir interessieren uns für die, die es nicht wollen.
Wir sind uns sicher, dass du ehrgeizig und loyal bist. Jetzt müssen wir nur noch deinen Mut einer Prüfung unterziehen.
Wenn du dich uns anschließen willst, komm am Sonntagmorgen um sechs zum Eingang der Sakristei, die sich im hinteren Teil des Kirchenschiffs befindet. Dort erfährst du alles Weitere.
BD

«Brynmor Dawn», sagt Youma und schüttelt den Kopf. «Am liebsten würde ich mit diesem Brief direkt zu Professor Bellingham gehen. Und hören, was er dazu zu sagen hat.»

«Connor meinte, dass er früher vielleicht selbst Mitglied bei ihnen war. Oder dass er die Sache laufen lässt, weil er sich nicht mit einflussreichen Eltern anlegen will. Deswegen glaube ich nicht, dass es viel bringt, wenn du zu ihm gehst.»

Obwohl meine Stimme ruhig klingt, bin ich innerlich ziemlich aufgewühlt. So nah war ich Brynmor Dawn in den letzten

Wochen kein einziges Mal. So nah – und doch so unerreichbar. Weil es Youma ist, die eine Einladung erhalten hat. Nicht ich.

«Hast du schon irgendeine Idee, was du jetzt machst? Also vorausgesetzt, du gehst nicht zu Bellingham?»

Youma reibt sich die Arme, als wäre ihr kalt. «*Ich* werde am Sonntag bestimmt nicht zur Sakristei gehen. Weil ich nichts, wirklich nichts, mit Brynmor Dawn zu tun haben will.» Sie sieht mich an. Und plötzlich verstehe ich, warum sie mir geschrieben hat. «Aber *du* könntest gehen. *Du* könntest die Einladung nehmen. Keine Ahnung, was passiert, wenn du an meiner Stelle gehst. Aber es wäre zumindest einen Versuch wert, oder?»

Kurz lasse ich die Vorstellung zu, in aller Herrgottsfrühe am vereinbarten Treffpunkt aufzutauchen. Aber was wird passieren? Würde sich mir jemand zu erkennen geben? Und wenn ja, was könnte ich sagen?

Mir ist klar, dass ich mich über diese unverhoffte Chance so richtig freuen sollte. Aber für den Moment überlagern die Zweifel alles andere. Youma bemerkt es offenbar, denn sie legt mir eine Hand aufs Knie und lächelt mich aufmunternd an. «Sag ihnen, dass du Philipps Bruder bist. Sprich sie direkt darauf an und finde heraus, wie sie reagieren. Vielleicht erhältst du so zumindest einen Anhaltspunkt, wie sie zu ihm standen. Dann kannst du dir immer noch überlegen, wie du weitermachst.»

Ich lasse ihre Worte sacken. Vermutlich hat sie recht. Ich habe nichts zu verlieren. Im schlimmsten Fall bin ich genauso schlau wie vorher.

«Okay», sage ich langsam. «Ich werde mich mit ihnen treffen.»

Und nach einem letzten Blick auf den Brief nehme ich Youma in die Arme und drücke sie an mich.

KAPITEL 13

SAMUEL

Am nächsten Abend stehe ich vor dem Spiegel in meinem Zimmer. Um zehn soll die Party beginnen. Doch kurz vorher bin ich immer noch vollkommen unschlüssig, was ich anziehen soll. Mittlerweile türmen sich auf dem Bett die Klamotten, die ich anprobiert und wieder ausgezogen habe, wie der Brown Willy, Cornwalls höchste Erhebung. Zu allem Überfluss widersetzen sich ausgerechnet heute auch noch meine Haare jeglichen Bemühungen, sich bändigen zu lassen. Nicht einmal *Flugmodus* von Clueso, das in Endlosschleife aus den Lautsprechern meines Handys dringt, kann mich noch beruhigen. Wenn ich jetzt schon so aufgeregt bin wie ein Teenager vor seiner ersten Party, wie soll es erst werden, wenn ich nachher Connor über den Weg laufe?

Das Handy vibriert.

Youma: Samuel, wo steckst du?

Ich schicke ihr ein Bild von meinem Wäschehaufen.

Samuel: Kann sich nur noch um Stunden handeln …
Youma: Connor ist es bestimmt egal, ob du ein schwarzes oder ein rotes T-Shirt trägst. Vielleicht wäre gar kein T-Shirt ja aber eine gute Option. 😂
Samuel: Na klar!

Youma: Mach schon, zieh einfach irgendwas an und komm! Riley und ich gehen schon mal rein, hier draußen vor dem Eingang ist es nämlich verdammt kalt.
Samuel: Ja, geht rein. Ich melde mich, wenn ich da bin und euch nicht finde.

Natürlich hat Youma recht. Connor ist es vollkommen egal, was ich anhabe. Hauptsache, wir haben eine gute Zeit miteinander. Also entscheide ich mich für ein schwarzes T-Shirt und eine beigefarbene Chino und mache mich auf den Weg.

Unter der Woche ist im Westflügel um diese Zeit meistens schon Ruhe eingekehrt. Jetzt höre ich Rockmusik, lautstarke Gespräche und das Lachen meiner Kommilitonen.

Die Turnhalle, in der die Party stattfindet, liegt auf dem neuen Campus. Ich passiere den *Medard's Square*, den großen Platz mit der Freilichtbühne, und höre schon von Weitem die laute Musik und das dumpfe Wummern der Bässe. Vor der Halle stehen ein paar Leute in kleinen Gruppen zusammen, um Luft zu schnappen oder sich die Füße zu vertreten.

Ich atme noch einmal tief durch. Ganz egal, was mich morgen früh bei der Sakristei auch erwartet: Diesen Abend will ich einfach nur genießen.

Kaum dass ich die Halle betreten habe, schlägt mir die stickige Wärme wie eine Wand entgegen. Die Deckenleuchten sind gedimmt. Bunte, blitzartige Lichter tauchen das DJ-Pult, die Bar mit ihren Stehtischen und die Tanzfläche in eine dämmrige, pulsierende Atmosphäre. Es ist brechend voll, ohrenbetäubend laut, und der Boden vibriert unter meinen Füßen. Vermutlich ist fast ganz Brynmor heute Abend hier. Für einen Moment bleibe ich am Rande der Tanzfläche stehen. Dann verschmelze ich mit der Menge.

Um mich herum drängen sich Körper dicht an dicht. Auf der

Suche nach Youma – vor allem aber Connor – kämpfe ich mich zwischen den tanzenden Studierenden hindurch. Die Energie, die Ausgelassenheit und die Freude, die von ihnen ausgeht, hat etwas Ansteckendes, und es dauert nicht lange, bis ich übers ganze Gesicht lächle.

«Hey, Samuel!»

Ein Arm legt sich um meine Schulter. Als ich mich umdrehe, erkenne ich Nate, der mit ein paar anderen aus unserem Jahrgang zusammensteht.

«Nate!»

«Willst du einen Schluck?», ruft er über die Musik hinweg und hält mir einen Plastikbecher hin. Ich nippe an seinem Ale, gebe ihm den Becher zurück und mache bereits Anstalten, mich zu verabschieden. Aber so leicht lässt er mich nicht davonkommen.

«Komm schon, Mann! Bleib doch noch ein bisschen!»

«Ich bin auf der Suche nach jemandem!», rufe ich, so laut ich kann, um die Lautstärke zu übertönen.

Für den Bruchteil einer Sekunde blitzt ein Anflug von Enttäuschung in seinem Gesicht auf, aber er verschwindet so schnell, wie er aufgetaucht ist.

«Okay! Dann vielleicht bis später?»

«Ja, wir laufen uns sicher noch mal über den Weg!», sage ich noch und setze mich dann wieder in Bewegung.

Es dauert nicht lange, bis ich das andere Ende der Halle erreiche. Mittlerweile ist mir so heiß, dass ich schwitze. Vielleicht wäre es das Einfachste, wenn ich Connor eine Nachricht schreibe und ihn frage, wo er steckt.

Genau in diesem Moment finden ihn meine Augen doch noch und ... wow, in seinem olivgrünen Hemd und der hellen Jeans sieht er einfach umwerfend aus.

Er steht nur ein paar Meter von mir entfernt. Seine Augen

leuchten, während er mit einer jungen Frau spricht. Es ist dieselbe, mit der ich ihn neulich im Speisesaal gesehen habe. Sie trägt ein weißes Top und einen karierten Rock, der kurz über ihren Knien endet.

Als würde er spüren, dass ich ihn beobachte, wendet er den Kopf in meine Richtung und beginnt augenblicklich zu lächeln.

Ich schlucke schwer. Connor beugt sich zu seiner Begleiterin und ruft ihr etwas ins Ohr, woraufhin sie sich ebenfalls zu mir umdreht. Für einen Moment bleibe ich unschlüssig stehen. Dann nehme ich meinen ganzen Mut zusammen und gehe auf die beiden zu. Es kommt mir vor, als wären dabei hundert Scheinwerfer auf mich gerichtet.

Connor legt seiner Begleiterin eine Hand auf die Schulter, schiebt sich sanft an ihr vorbei und läuft mir entgegen.

«Hi», sage ich atemlos, als wir endlich voreinanderstehen.

«Hi.» Es ist so laut, dass ich die Begrüßung eher von seinen Lippen ablese, statt sie wirklich zu hören. Vielleicht bin ich aber auch einfach nur so gefesselt von seinem Anblick, dass mein Verstand nicht auf Betriebstemperatur läuft.

Connor breitet die Arme aus und drückt mich an sich. Ich spüre seine Hände auf meinem Rücken und seinen Hals an meiner Wange. Sein warmer Atem kitzelt meinen Nacken, und für ein paar Sekunden bin ich vollkommen überwältigt von so viel Nähe. Aber dann erwache ich aus meiner Starre und erwidere die Umarmung. Unsere Begrüßung ist ganz anders als die auf dem Cricketfeld. Sie ist viel inniger. Viel vertrauter. Viel ... besser. Es fühlt sich einfach verdammt richtig an, ihm so nah zu sein.

Connor tritt einen Schritt zurück, seine Hände ruhen noch immer auf meinen Schultern. Plötzlich taucht seine Begleiterin neben ihm auf und stupst ihn sanft mit dem Ellbogen an. Erst jetzt wendet Connor den Blick von mir ab.

«Lake, das ist Samuel. Samuel, Lake.»

Ich habe mich also nicht getäuscht. Lake lächelt mich an und umarmt mich ebenfalls.

«Hi, Samuel! Schön, dich kennenzulernen!»

«Samuel ist neu in Brynmor.» Es ist so laut, dass ich näher an Connor herantreten muss, um ihn zu verstehen, aber darüber beklage ich mich bestimmt nicht.

Lake sieht von Connor zu mir und wieder zu ihrem besten Freund. Ich kenne sie nicht, habe aber das Gefühl, sie ahnt, dass zwischen uns etwas in der Luft liegt.

«Ich mach mich mal auf die Suche nach El. Wir sehen uns später.»

Bevor Connor etwas erwidern kann, drückt sie ihn an sich und verschwindet auch schon in der Menge.

Jetzt sind wir allein – so allein, wie man in einer Halle voller Studierender sein kann – und der ganze Abend liegt vor uns. Es ist eine berauschende Vorstellung.

Ich beuge mich zu Connor und lege meine Hand an sein Ohr. «Wer ist El?»

«Ein Freund. Wir haben ihn an unserem ersten Tag in Brynmor kennengelernt.»

Ich will bereits eine weitere Frage stellen, allerdings kommt Connor mir zuvor. «Ich weiß jetzt übrigens, was ich für mein Schweigen haben möchte.»

«Ach ja?», frage ich mit bebender Stimme. Wir sind uns so nah, dass unsere Nasenspitzen nur ein paar Zentimeter voneinander entfernt sind. Die regenbogenfarbenen Lichter des Stroboskops bringen sein Gesicht zum Leuchten.

«Ich will mit dir tanzen!»

«Ich kann nicht tanzen», platzt es aus mir heraus. Connors Anwesenheit wird wohl nicht dazu beitragen, an diesem Umstand auch nur das Geringste zu ändern. Im Gegenteil: Wenn ich schon davon hingerissen bin, ihn einfach nur anzusehen und mit ihm zu sprechen, was passiert dann erst, wenn wir miteinander tanzen?

«Willst du, dass ich zu Professor Bellingham gehe?»

«Das würdest du nicht wagen!»

Er legt seine Hand an meinen Nacken und zieht mich zu sich. «Ich würde echt gern mit dir tanzen, Sam.»

Seine Worte treiben meinen Puls noch weiter in die Höhe. Mein ganzer Körper ist wie elektrisiert. Statt noch lange über eine Antwort nachzudenken, nicke ich einfach.

Die Tanzfläche ist brechend voll, sodass es etwas braucht, bis wir einen Platz gefunden haben, an dem uns nicht ständig jemand einen Ellbogen in die Rippen stößt. Sobald wir voreinanderstehen und uns tief in die Augen schauen, verschränken sich unsere Finger mit vollkommener Selbstverständlichkeit.

Der Song endet und geht nahtlos in den nächsten über. Der Bass gibt einen neuen Takt vor, ein fetziges E-Gitarrenriff setzt ein. Plötzlich wirkt Connor unerwarteterweise verlegen, fängt sich aber schnell wieder und macht einen Schritt auf mich zu.

Unsere Bewegungen sind vorsichtig, herantastend, abwartend, aber wir lassen uns nicht eine einzige Sekunde aus den Augen. Während die anderen Studierenden um uns herum ausgelassen tanzen und die Hände nach oben recken, warte ich darauf, dass Connor mir noch näher kommt, mir vielleicht eine Hand auf die Hüfte oder die Schulter legt. Aber er hält Abstand. Soll ich den nächsten Schritt machen? Ich habe nichts zu befürchten. Das weiß ich. Und zögere trotzdem.

«Mir ist da gerade was eingefallen», ruft Connor, nachdem der letzte Akkord verklungen ist. Seine Stimme klingt heiser.

«Was meinst du?»

Er grinst mich an. «Warte einfach hier, okay?»

«Was?»

«Nur ganz kurz, Sam. Ich bin gleich wieder da!»
Und bevor ich weiß, was er vorhat, dreht er mir den Rücken zu und verschwindet in der Menge.

KAPITEL 14

CONNOR

Seit Tagen habe ich der Party entgegengefiebert. Samuel und ich haben uns zwar zwischen den Seminaren und beim Lauftraining gesehen, aber das reicht mir nicht. Ich will mehr. Mehr Zeit, mehr Nähe, mehr Samuel. Wenn mich nicht alles täuscht, geht es Samuel ganz genauso. Vielleicht ist der Abend heute ja der Beginn von etwas ganz Besonderem.

Ich sehe den verdatterten Ausdruck in Samuels Gesicht, als ich mich von ihm abwende und zum DJ-Pult durchschlage. Aber mir ist plötzlich ein Gedanke gekommen …

Am Mischpult legt ein Student aus meinem Semester auf. Ich klettere auf das kleine Podium und nenne ihm meinen Songwunsch, woraufhin er seinen Daumen nach oben reckt.

Fast ebenso vorfreudig wie nervös kehre ich zu Samuel zurück, der noch genau da steht, wo ich ihn zurückgelassen habe. Beim Anblick seiner blonden Haare, des kleinen Grübchens am Kinn und des schwarzen T-Shirts, das seine Schultern und Arme betont, wird mir ganz warm ums Herz. Unglaublich, dass dieser Typ auf der Tanzfläche ausgerechnet auf mich wartet.

«Wo warst du?», ruft Samuel mir zu. Er kann seine Aufregung kaum verbergen, was ich ziemlich niedlich finde.

Mein Herz schlägt so schnell, als hätte ich gerade einen Sprint zurückgelegt. «Der nächste Song ist für dich.»

«Du hast gerade nicht wirklich …»

«...doch! Und das ganz ohne Preis!»

«Connor ...»

«Lass uns tanzen, okay?»

Der DJ fährt die Regler hoch. Dann erklingen die ersten Töne von *I want to hold your hand.* Am Rande bekomme ich noch mit, wie sich ein paar Studierende um uns herum fragend ansehen. Mit einem Song der Beatles haben sie auf der Party bestimmt nicht gerechnet. Aber statt ihnen weitere Beachtung zu schenken, trete ich auf Samuel zu. Unsere Finger umschließen sich ein weiteres Mal, und ich nehme jeden Millimeter seiner Haut ganz deutlich auf meiner wahr.

Für die nächsten dreieinhalb Minuten lassen wir uns von der Musik tragen. Wir tanzen inmitten einer wogenden Menge, aber für mich gibt es nur uns beide. Samuel und mich. Und zum ersten Mal seit einer Ewigkeit habe ich endlich wieder das Gefühl, mich fallen lassen zu können. Einfach nur ich selbst zu sein. Etwas, wonach ich mich mit jeder Faser meines Körpers verzehre, so selten, wie es in der Vergangenheit, vor allem aber in den letzten Monaten, vorgekommen ist.

Viel zu schnell endet der Song mit einem letzten Gitarrenakkord. Samuel und ich halten uns an den Händen, als wollten wir das Unvermeidliche noch ein bisschen hinauszögern. Aber dann macht er einen Schritt zurück und strahlt mich über das ganze Gesicht an.

«Das war so ziemlich das Süßeste, was je ein Kerl für mich gemacht hat.»

«Dann hast du noch nicht sehr viele nette Kerle kennengelernt.»

Er schüttelt den Kopf. «Nein, habe ich nicht.» Noch während er das sagt, bekommen seine Augen einen glasigen Ausdruck. Irgendwann werde ich ihn fragen, was er erlebt hat. Aber bestimmt nicht jetzt.

Der nächste Song setzt ein. Samuel zeigt in Richtung Bar. «Wollen wir uns was zu trinken holen?»

Ich nicke ihm zu, und wir bahnen uns einen Weg durch die Menge. An der Bar zückt Samuel sein Portemonnaie. Just in diesem Moment tauchen zwei Studentinnen neben ihm auf.

«Samuel!»

«Youma!»

Die eine, die seinen Namen ruft und ihn überschwänglich umarmt, sehe ich zum ersten Mal. Die andere, Riley, ist im Jahrgang über mir. Ich kenne sie nur flüchtig. Dafür habe ich Gerüchte gehört, mit was für Leuten sie so abhängt. Umso überraschter bin ich jetzt, sie hier zu sehen. Unsere Blicke treffen sich, und kurz legt sich ein Schatten auf Rileys Gesicht, aber gleich darauf ist er wieder verschwunden.

Nachdem wir ein paar Drinks bestellt haben, gehen wir zu viert auf die Tanzfläche zurück. Während Youma mit Riley tanzt, kommt Samuel ein weiteres Mal auf mich zu. Wir sind uns jetzt noch näher als zuvor, und nach ein paar Minuten habe ich die anderen fast wieder vergessen.

Samuels Wange liegt an meiner, und ich spüre seinen Atem an meinem Ohr. Seine Arme verschränken sich in meinem Nacken, und ich lege die Hände auf seine Hüften. Von dort lasse ich meine Finger langsam zu seinen Schultern wandern. Durch den dünnen Stoff des T-Shirts kann ich seine Muskeln spüren, und mein Atem wird schneller. Während das Licht des Stroboskops uns in kunterbunte Farben taucht, stelle ich mir vor, wie es wäre, jetzt noch einen Schritt weiterzugehen: meinen Kopf zu ihm nach vorne zu beugen. Und ihn zu küssen.

Es scheint so naheliegend, ja so unausweichlich zu sein. Samuels geschwungene Lippen üben eine magische Anziehung auf mich aus. Ich will wissen, wie sie sich auf meinen anfühlen, will wissen, wie es wäre, sie behutsam mit meiner Zunge zu öffnen.

Trotzdem entscheide ich mich dagegen. Aus dem Augenwinkel sehe ich Youma und Riley. Wenn Samuel und ich uns küssen, soll es ein Moment sein, der nur uns beiden gehört.

Und Samuel? Keine Ahnung, was ihm durch den Kopf geht, aber so wie er mich anlächelt, scheint er ziemlich glücklich zu sein.

Wir tanzen, und die Zeit rast dahin. Zwischendurch sehe ich Lake und Elliot, die am Rand der Tanzfläche stehen und verstohlene Blicke in unsere Richtung werfen. Ich winke ihnen zu, aber sie machen keine Anstalten, sich unserer Gruppe anzuschließen. Was ist los mit ihnen? Warum führen sie sich so seltsam auf? Kurz überlege ich, zu ihnen zu gehen und sie zu fragen. Aber dann legt Samuel eine Hand auf meine Brust, und alle anderen Gedanken sind wie weggeblasen.

Sobald ich mich das nächste Mal nach den beiden umsehe, fehlt von ihnen jede Spur.

Als der DJ um kurz vor zwei den letzten Song ankündigt, geht ein enttäuschtes Raunen durch die Halle. Auch ich hätte nichts dagegen, wenn diese Nacht einfach für immer weiterginge. Aber kurz darauf verstummt die Musik, und die Deckenleuchten erstrahlen in grellem Licht. Nach dem schummrigen Halbdunkel brennt die Helligkeit der Neonröhren so stark in meinen Augen, dass es fast wehtut.

Nach und nach tröpfeln die Studierenden aus der Halle in die Nacht. Samuel und ich schließen uns den anderen an und folgen Youma und Riley über die sich leerende Tanzfläche. Der Boden klebt unter unseren Füßen. Draußen halte ich noch mal nach Lake und Elliot Ausschau, entdecke aber weit und breit keine Spur von ihnen. Offenbar haben sie die Party bereits verlassen. Sich nicht zu verabschieden, sieht den beiden überhaupt nicht ähnlich.

«Gehen wir noch ein Stück miteinander?», fragt Samuel aufgekratzt. Weil es so kalt ist, bilden sich beim Sprechen feine Atemwolken vor seinem Gesicht.

«Ja, klar!»

Wir verabschieden uns von Youma und Riley und machen uns auf den Weg. Nebelschwaden hängen in der Luft, und es dauert nicht lange, bis mir die Kälte unter die Kleider kriecht. Ein paar Minuten später erreichen wir den Westflügel, wo sich Samuels Zimmer befindet. Etwas unschlüssig bleiben wir vor der Eingangstür stehen.

«Das war ein wirklich schöner Abend», sagt Samuel, räuspert sich und lächelt verlegen.

«Ja, das fand ich auch.»

«Sam?»

Er sieht mich mit großen Augen an. «Hm?»

«Darf ich ... darf ich dich küssen?»

Oh Gott, habe ich ihn das gerade wirklich gefragt? Habe ich gefragt, ob ich ihn küssen darf? Habe ich ihm damit zu verstehen gegeben, dass ich ihn küssen will? Was habe ich getan? Von meinen eigenen Worten überrascht, halte ich die Luft an ...

«Du hast *wirklich* keine Ahnung, wie süß du bist, oder?», erwidert Samuel mit einem Schmunzeln.

«Heißt das ...», setze ich unbeholfen an. Aber dann legt Samuel mir bereits sanft eine Hand an den Hinterkopf, streicht mir über die Locken und beugt sich vor. Unsere Lippen berühren sich, und die Schmetterlinge in meinem Bauch schlagen so wild mit ihren Flügeln, als wollten sie einen Orkan auslösen.

Wir küssen uns mit einer Leidenschaft, die mir den Atem raubt. Samuels Lippen sind warm und weich. Meine Zunge stößt gegen seine, ich umspiele sie, und Samuel lässt sich nicht nur darauf ein, sondern erwidert es begierig. Ich bekomme eine Gänsehaut, die sich über meinen Nacken und meine Arme zieht und schließlich meinen ganzen Körper erfasst.

Ich schmecke ihn, denke ich völlig zusammenhanglos, und spätestens jetzt vergesse ich alles andere um uns herum. Ich schmecke Samuel. Und verdammt, jetzt, wo ich weiß, wie gut er schmeckt, wo ich eine Information über ihn habe, die nicht viele haben, will ich auch alles andere herausfinden, was es über ihn zu wissen gibt.

Während seine Hände durch meine Locken fahren, ziehe ich ihn näher an mich heran. Er keucht, als meine Hüfte gegen seine drückt, und durch den dünnen Stoff der Chino kann ich ganz deutlich seine Erektion an meinem Oberschenkel spüren.

«Connor», entfährt es ihm in der kurzen Pause zwischen zwei Küssen.

«Sam.»

Ich öffne die Augen, blinzle und sehe sein gerötetes Gesicht.

«Weißt du eigentlich, dass du mich schon bei unserer ersten Begegnung auf dem Cricketfeld umgehauen hast?», fragt er leise.

Ich streiche ihm mit dem Daumen über die Wange und lege ihn auf seine Lippe. «Habe ich das?», erwidere ich neckend.

Er nickt. «Und wie. Erst wollte ich es mir nicht richtig eingestehen. Aber nachdem du mir gesagt hast, dass du auf Typen stehst ...»

«Ja?»

«...wollte ich dich unbedingt besser kennenlernen. *Musste* ich dich besser kennenlernen. Und jetzt sind wir hier.»

«Jetzt sind wir hier», wiederhole ich.

Wir sehen uns in die Augen. Ich stupse mit der Nase gegen seine. Dann küssen wir uns ein weiteres Mal. Und eines weiß ich jetzt ganz sicher: dass ich drauf und dran bin, mich in ihn zu verlieben.

KAPITEL 15

SAMUEL

Am nächsten Morgen liege ich hellwach im Bett und schwelge in Erinnerungen an die letzte Nacht. Daran, wie nah Connor und ich uns auf der Tanzfläche gekommen sind. Wie wohl ich mich in seinen Armen gefühlt habe und wie unbeschreiblich es war, ihn wieder und wieder zu küssen. Hätte ich es mir aussuchen können, hätten wir noch stundenlang damit weitergemacht. Vielleicht hätte ich ihn sogar gefragt, ob er bei mir übernachten will. Allein die Vorstellung, neben ihm einzuschlafen – oder andere Dinge zu tun –, hat ein überwältigendes Hochgefühl in mir ausgelöst. Aber ein klitzekleiner Teil meines Verstands hat nicht vergessen, dass ich heute um sechs bei der Sakristei sein muss. Daher habe ich ihn auch nicht mit zu mir genommen, sondern mich nach einem allerletzten Kuss von ihm verabschiedet. Jetzt hoffe ich, dass wir spätestens heute Nachmittag da weitermachen können, wo wir gestern Abend aufgehört haben.

Neben mir klingelt der Wecker, den ich vorsorglich gestellt habe. Ich schalte ihn aus und spiele kurz mit dem Gedanken, einfach liegen zu bleiben. Die Sache auf sich beruhen zu lassen. Aber dann stehe ich doch auf. Näher als heute werde ich Brynmor Dawn bestimmt nicht mehr kommen. Und diese Chance darf ich nicht ungenutzt verstreichen lassen.

Ich ziehe Jogginghose und Hoodie an und schlüpfe in meine

Laufschuhe. Sollte ich auf irgendjemand anderen als ein Verbindungsmitglied treffen, behaupte ich einfach, auf dem Weg zu einer besonders frühen Trainingseinheit zu sein.

Den Brief mit der Einladung stecke ich in die hintere Tasche meiner Hose. Dann schreibe ich Youma, dass ich mich jetzt auf den Weg mache. Obwohl es noch so früh ist, vergehen nur ein paar Sekunden, bis sie mir ein Daumen-hoch-Emoji schickt. Zu wissen, dass sie hinter mir steht, nimmt mir eine gewaltige Last von den Schultern.

So leise wie möglich ziehe ich die Tür hinter mir zu und schleiche durch den dunklen Gang in Richtung Treppenhaus, darum bemüht, keine unnötigen Geräusche zu verursachen und niemanden aufzuwecken.

Draußen schlägt mir ein feiner Nieselregen ins Gesicht. Der Wind weht kräftig, und am Himmel ziehen riesige Wolkenungetüme über die Universität hinweg. Ich kann das Meer von hier aus zwar nicht sehen, mir aber gut vorstellen, wie stark der Wellengang an diesem Morgen sein muss.

Um diese Zeit liegen die Innenhöfe noch größtenteils im Dunkeln. Kein Licht brennt in den Fenstern, und die Einzigen, die außer mir auf dem Campus unterwegs sind, sind die Lieferanten und Angestellten. Vor dem Haupthaus mit dem Speisesaal parkt ein Van. Zwei Männer sind gerade damit beschäftigt, große Lebensmittelkisten auf die Laderampe zu hieven. Ein Küchenassistent steht rauchend neben ihnen und beobachtet das Geschehen beinahe unbeteiligt. Keiner der drei nimmt auch nur die geringste Notiz von mir.

Es dauert nicht lange, bis ich die Sakristei am hinteren Teil des Kirchenschiffs erreiche. Die Holztür ist so niedrig, dass man sich bücken muss, um hindurchzugehen.

Unruhig werfe ich einen Blick auf meine Armbanduhr. Nur noch ein paar Minuten bis sechs Uhr, aber noch ist weit und breit niemand zu sehen. Da der Regen stärker wird, stelle ich mich unter den steinernen Torbogen vor der Eingangstür.

Und warte.

Und warte.

Die Zeit zieht quälend langsam dahin, und mit jeder weiteren Minute, die verstreicht, werden meine Zweifel größer. Wird jemand kommen? Und wenn ja, wie hoch stehen die Chancen, dass das hier kein kompletter Reinfall wird? Dass Brynmor Dawn mich nicht einfach hier stehen lässt, sobald sie erkennen, dass ich – und nicht Youma – an diesem Morgen zur Sakristei gekommen bin?

Gott sei Dank kann Luisa mich gerade nicht sehen. Sie würde sich nur in allem bestätigt fühlen.

Die Glocke der Kirche beginnt zu schlagen. Der tiefe, dumpfe Ton hallt von den alten Mauern wider. Als der letzte Schlag verklingt, passiert ... nichts. Fragend wende ich mich der geschlossenen Tür der Sakristei zu.

Kann es sein, dass ...?

Ich ziehe am Türknauf, zuerst zögerlich, dann immer fester, aber die Tür bewegt sich keinen Zentimeter.

Irgendjemand wird kommen. Irgendjemand *muss* kommen. Aber vielleicht haben sie mich auch gesehen und sind unbemerkt wieder gegangen?

Ich schaue mich ein weiteres Mal im Hof um – und genau in diesem Moment taucht eine Studentin in einem der Arkadengänge auf. Ihre rote Regenjacke hängt schwer an ihr herunter, und sie hat sich die Kapuze tief in die Stirn gezogen. Sobald ihr Blick auf mich fällt, hält sie abrupt inne. Zuerst erkenne ich sie nicht. Aber dann ...

«Riley», flüstere ich. Es ist Riley! Letzte Nacht haben wir noch ausgelassen getanzt. Jetzt stehen wir uns völlig unerwartet ein weiteres Mal gegenüber.

Für den Bruchteil einer Sekunde sehen wir uns erschüttert an. Dann dreht sie sich auf dem Absatz um und läuft davon.

«Riley!»

Mein Ruf hallt durch den verwaisten Innenhof. Sie muss mich gehört haben, ignoriert mich aber.

«Riley!» Ich sprinte los. Riley ist schon fast am anderen Ende des Arkadengangs angekommen. Aber sie ist langsamer als ich, und ich schließe schnell zu ihr auf. Als uns nur noch wenige Schritte voneinander trennen, strecke ich meine Hand nach ihr aus und ...

«Riley!»

Sie dreht sich so plötzlich zu mir herum, dass ich erschrocken einen Schritt zurückweiche.

«Fass mich nicht an, okay?! Fass mich bloß nicht an!»

Um der Situation die Schärfe zu nehmen, hebe ich abwehrend meine Hände. «Tut mir leid!»

Statt etwas darauf zu erwidern, schüttelt sie nur den Kopf. In meiner Verlegenheit ziehe ich die zerknüllte Einladung aus der Hosentasche und strecke sie ihr entgegen.

«Was ist das?», fragt sie, ohne den Brief auch nur eines Blickes zu würdigen.

«Du weißt, was das ist», antworte ich um einiges sicherer, als ich mich fühle.

«Keine Ahnung, wovon du sprichst, Samuel.»

«Das ist die Einladung, die ihr Youma geschickt habt.»

Riley funkelt mich an.

«Brynmor Dawn», sage ich, als sie noch immer schweigt. «Youma hat mir ihre Einladung gegeben. Sie wollte eure Prüfung nicht ablegen. Ich schon.»

«Hast du vielleicht mal daran gedacht, dass du genau aus diesem Grund keine Einladung bekommen hast?», erwidert Riley jetzt und bestätigt damit endlich, dass sie zu Brynmor Dawn gehört.

«Was habt ihr zu verlieren, wenn ich diese Prüfung mache?»

Ihr Lächeln bekommt einen mitleidigen Zug. Bisher hatte ich nicht viel mit Riley zu tun, fand sie aber ganz okay. Jetzt macht sie mich wütend. «Du wurdest nicht ausgewählt, Samuel. So einfach ist das.» Sie schüttelt ein weiteres Mal den Kopf, offenbar frustriert, dieses Gespräch überhaupt führen zu müssen. «Youma hat gestern Abend schon durchblicken lassen, dass sie die Einladung nicht annimmt. Aber so wie ich sie in den letzten Wochen kennengelernt habe, hatte ich gehofft, sie überlegt es sich noch einmal anders. Sie hat mit keiner Silbe erwähnt, dass sie *dir* die Einladung gegeben hat. Hätte ich das gewusst, wäre ich heute Morgen einfach im Bett geblieben.» Sie atmet tief durch. «Lass uns einfach so tun, als hätte dieses Gespräch nie stattgefunden.»

«Ich könnte damit auch zu Professor Bellingham gehen ...»

«... um ihm was genau zu sagen? Dass eine Freundin von dir eine Einladung erhalten hat? Wow, das wird ihn bestimmt brennend interessieren.»

«Ich ...»

«Oder ist hier irgendetwas passiert, das gegen die Hausordnung verstößt? Nein, oder? Warum sollte Bellingham dann auch nur einen Finger rühren?»

Ich schlucke, unsicher, was ich darauf antworten soll. Natürlich hat sie vollkommen recht, so ungern ich mir das auch eingestehen mag.

«Und wenn ich Youma und den anderen sage, dass du zu Brynmor Dawn gehörst?»

Riley zuckt mit den Schultern. «Tu, was du nicht lassen kannst, Samuel. Mir ist es egal. Und soll ich dir auch sagen, warum? Weil immer wieder Namen von Verbindungsmitgliedern auf dem Campus kursieren. Das wäre also nichts wirklich Neues. Für ein paar Tage brodelt die Gerüchteküche, aber dann verfliegt das Interesse daran auch wieder. Und alles ist wieder wie zuvor.» Ihre Worte nehmen mir den Wind aus den Segeln. Etwas, das Riley ganz offensichtlich nicht entgeht. «Na also», sagt sie siegessicher. «Ich gehe jetzt zurück ins Bett. Wir sehen uns, Samuel. Oder auch nicht.»

Sie will mich stehen lassen. Ein weiteres Mal. Und mir wird klar, dass mir jetzt nur noch eine allerletzte Möglichkeit bleibt ...

«Wisst ihr eigentlich, dass ich der Bruder von Philipp Harrington bin?»

Riley sieht mich mit regloser Miene an.

Sag was. Na los, sag was! Ich versuche, ihrem bohrenden Blick standzuhalten. Daraus schlau zu werden. Aber ich habe keine Ahnung, was ihr durch den Kopf geht.

«Du bist der Bruder von Philipp Harrington», stellt Riley nüchtern fest. «Na und? Was soll ich mit dieser Information anfangen?»

Schlagartig rutscht mir das Herz in die Hose. Aber ganz so leicht werde ich mich nicht geschlagen geben.

«Philipp war Mitglied eurer Verbindung. Das hat er mir damals erzählt. Vor seinem Unfall.»

«Er hat dir erzählt, dass ...», setzt Riley an, verstummt aber. Meine Offenbarung löst etwas in ihr aus, auch wenn ich nicht sagen kann, was genau. Am liebsten würde ich sie durchschütteln, bis ich die Antworten bekomme, die ich haben will. Aber natürlich tue ich nichts dergleichen. Stattdessen zwinge ich mich dazu, ruhig zu bleiben und tief durchzuatmen.

«Ich muss kurz telefonieren», sagt sie jetzt vollkommen überraschend. «Warte einen Moment.»

Sie zieht ihr Handy aus der Jackentasche und geht ein paar Schritte weiter. Ich rühre mich nicht vom Fleck. Wage es nicht,

Hoffnung zu schöpfen, und tue es trotzdem. Mittlerweile hat Riley jemanden erreicht. Sie spricht mit gedämpfter Stimme und hält sich dabei unnötigerweise eine Hand vor den Mund. Denn mittlerweile prasselt der Regen so laut auf die alten Schindeldächer, dass er alle anderen Geräusche übertönt.

Nachdem Riley das Gespräch beendet hat, kommt sie zu mir zurück. «Heute ist dein Glückstag», sagt sie gequält und kann nicht verbergen, dass ihr das Ergebnis des Anrufs gehörig gegen den Strich geht. «Also los. Gehen wir.»

Ernsthaft? Ich darf die Prüfung also doch absolvieren? Aber während ich noch versuche zu begreifen, was gerade passiert, setzt sich Riley bereits in Bewegung.

Wir durchqueren den großen Innenhof vor der Kirche und verlassen Brynmor durch das Eingangsportal. Die Straße nach St. Keyne verliert sich in einiger Entfernung in Regenschleiern.

Riley geht zügig voran. Wir laufen einen schmalen Kiesweg am Fuß der Klostermauern entlang. Ich friere und streiche mir immer wieder die klatschnassen Haare aus der Stirn.

Obwohl sich die Fragen in meinem Kopf unablässig drehen, schaffe ich es, den Mund zu halten. Wer weiß, ob Riley und Brynmor Dawn es sich noch einmal anders überlegen, wenn ich jetzt etwas Falsches sage oder tue.

Gleich hinter dem Klostergelände taucht der Ostflügel auf, den wir ebenso passieren wie ein paar kleine Häuser aus rotem Backstein. Wenn mich nicht alles täuscht, wohnen hier die Universitätsmitarbeiter. Nachdem wir auch die letzten Ausläufer von Brynmor hinter uns gelassen haben, schlängelt sich der Weg parallel zur Küstenlinie weiter. Wir folgen ihm für ein paar hundert Meter zwischen Hügeln und Wiesen hindurch, bis er eine scharfe Linksbiegung macht und Richtung Meer führt.

Während die Küste an anderen Stellen von hohen Klippen gesäumt wird, haben wir einen weniger steilen Abschnitt erreicht. Der Weg verläuft leicht abschüssig, bis er in eine Treppe mündet. Sie ist in die Felsvorsprünge gehauen, die Stufen sind durchgetreten, und ich muss höllisch aufpassen, um auf dem regennassen Untergrund nicht auszurutschen. Mit jedem weiteren Schritt dröhnt das Rauschen der Brandung lauter in meinen Ohren.

«Na los, nicht so langsam!», ruft Riley nach einem Blick über die Schulter.

Ein paar Minuten später kommen wir am Fuß der Treppe an. Riley hat mich zu einem kleinen Sandstrand geführt, der in einer halbrunden Bucht liegt. Vermutlich habe ich sie vor ein paar Wochen bereits von der Tribüne aus gesehen, ohne dass sie mir wirklich aufgefallen ist. Der Strand wird zu beiden Seiten von scharfkantigen schwarzen Steinformationen umgeben. In der Bucht selbst ragen weitere Felsen aus dem aufgewühlten Wasser, an denen sich die Wellen brechen. Auf der anderen Seite der Bucht, so klein, dass er aus der Entfernung kaum zu sehen ist, liegt der Eingang zu einer Grotte.

Reglos stehe ich da und betrachte die Bucht. Ich kann mir nur zu gut vorstellen, wie die Studierenden aus Brynmor in den Sommermonaten hierherkommen, ihre Handtücher ausbreiten und in der Sonne liegen. An diesem Morgen machen der Strand und die Bucht allerdings einen unwirtlichen Eindruck.

Der Wind heult, der Regen peitscht uns in die Gesichter. Ich schmecke Salz auf der Zunge und hebe die Hand, um meine Augen vor der eisigen Gischt zu schützen.

Riley, ebenso durchnässt wie ich, dreht sich zu mir um. «Siehst du die Grotte da vorne?»

Ich nicke. Frage mich, ob der Gedanke, der mir gerade wie ein Blitz durch den Kopf schießt, zutreffen könnte …

«Du musst es bis zur Grotte schaffen. Dort erfährst du alles Weitere.»

«Das ist nicht dein Ernst!»

Riley zuckt mit den Schultern, als wäre ihr vollkommen egal, was ich davon halte.

«Deine Entscheidung. Ich werde dich bestimmt zu nichts zwingen. Du kannst auch einfach nach Brynmor zurückgehen und dich wieder schlafen legen.» Sie zeigt in die Richtung, aus der wir gekommen sind. «Um ehrlich zu sein, wäre mir das sowieso am liebsten. Wenn es nach mir ginge, hättest du hier nämlich überhaupt nichts verloren.»

Aber dass Philipp mir von euch erzählt hat, hat dich zumindest dazu bewogen, dieses Telefonat zu führen …

Ich blicke ein weiteres Mal zur Grotte. Selbst wenn ich ein guter Schwimmer wäre: Das Wasser muss eiskalt sein. Bis ich die andere Seite der Bucht erreiche, habe ich mir den Tod geholt. Nur jemand, der völlig angstbefreit ist, würde es darauf ankommen lassen.

Unschlüssig stehe ich da und wäge das Für und Wider ab. Es ist noch gar nicht lange her, dass ich in Philipps Krankenzimmer gestanden bin und ihm ein Versprechen gegeben habe. Wird sich mir eine andere Möglichkeit bieten, die Wahrheit herauszufinden, wenn ich jetzt einfach umkehre? Oder werde ich für den Rest des Semesters darüber grübeln, was gewesen wäre, hätte ich jetzt keinen Rückzieher gemacht?

«Deine Entscheidung», sagt Riley ein weiteres Mal und reibt sich vor Kälte die Arme. «Aber beeil dich gefälligst ein bisschen. Ich warte bei diesem beschissenen Wetter bestimmt nicht ewig.»

Mein Blick wandert vom aufgewühlten Wasser zu den Felsvorsprüngen. Einige von ihnen ragen weit in die Bucht hinaus. Andere wurden im Lauf der Zeit vom Meer glatt geschliffen. Der Weg vom Strand bis zur Grotte ist keine Parkour-Strecke, wie sie im Lehrbuch steht. Es gibt Stellen, die schon aus der Entfernung tückisch aussehen und die noch viel schwieriger zu überwinden sein werden, sobald ich erst einmal dort bin ...

«Ich muss es bis zur Grotte schaffen. Egal, wie?»

«Was meinst du?», erwidert Riley und runzelt die Stirn.

«Du hast mich schon verstanden.»

«Jeder, der diese Prüfung absolviert hat, ist geschwommen. Dein Pech, dass du einen Tag wie heute erwischt hast. Du kannst dir aber natürlich auch Flügel wachsen lassen.»

Ich übergehe ihren letzten Kommentar. Mehr muss ich nicht wissen. Und bevor ich es mir noch einmal anders überlege, lasse ich sie einfach stehen und laufe entschlossen auf die Felsbrocken zu. Dort angekommen, verschaffe ich mir einen letzten Überblick. Dann ziehe ich mich mit aller Kraft an einem Vorsprung nach oben.

Die Steine sind glitschig und teilweise mit Seegras bewachsen. Ein paar Meter entfernt von mir bricht sich eine Welle an den Felsen, und ein Schwung kalten Wassers schwappt über meine Hose und Schuhe. Ich zittere vor Kälte, und der vollgesogene Stoff verlangsamt meine Bewegungen.

Das ist eine Trainingseinheit. Nur eine besonders ausgefallene Trainingseinheit, bei der ich alles um mich herum ausblenden muss, so wie ich es immer tue. Aber es ist so schwer, sich zu konzentrieren. Viel schwerer, als es unter normalen Umständen der Fall wäre. Riley, das Rauschen der Brandung, die Gedanken an Philipp, Connors graublaue Augen und seine Lippen auf meinen ...

Meter für Meter kämpfe ich mich voran. Auf diesem Abschnitt sind die Felsen steil und zerklüftet. An einer Steilwand halte ich inne, überlege, wie ich sie am besten überwinden könnte, und entscheide mich für einen *Cat Leap:* Ich gehe in die Knie, hole mit den Armen Schwung und springe vom Boden ab. Für einen Moment segle ich durch die Luft. Dann finden meine Füße die Wand, die Fingerspitzen graben sich ans obere Ende der Kante, und ich ziehe mich hoch. Damit habe ich das erste große Hindernis bezwungen.

Schnaufend vor Anstrengung stemme ich die Hände in die Hüften. Da der Felsen auf der anderen Seite in einem Fünfundvierzig-Grad-Winkel abfällt und ich nicht scharf darauf bin, auf dem aalglatten Untergrund auszurutschen, setze ich mich auf den Hintern und bewege mich auf allen vieren voran. Auf halber Strecke verliere ich von einer Sekunde auf die andere die Kontrolle. Instinktiv greife ich nach einer Felskante – und ein stechender Schmerz durchfährt meine Hand. So fest ich kann, presse ich die Zähne aufeinander, aber das Salzwasser brennt in der offenen Wunde wie Feuer. Sie ist nicht tief, zieht sich aber einmal quer vom Handgelenk bis zum Zeigefinger.

Scheiße!

Zwischen dem Felsen, auf dem ich sitze, und dem nächsten, zu dem ich gelangen muss, klafft ein metertiefer Spalt. Dazwischen brodelt das Wasser wie in einem Kessel. Weil ich keinen Anlauf nehmen kann, bleibt mir keine andere Wahl, als den Spalt mit einem Sprung aus dem Stand zu überwinden. Mit aller Kraft stoße ich mich vom Boden ab. Bei der Landung rutsche ich beinahe ein weiteres Mal aus, fange mich aber gerade noch so ab, bevor ich ernsthaft stürze.

Erleichtert stelle ich fest, die Hälfte des Weges bereits geschafft zu haben. Immerhin etwas. Ich drehe mich zum Strand um, von Riley fehlt jede Spur.

Der nächste Wegabschnitt ist leichter als der vorherige. Die Felsen sind flacher, dafür ergießt sich das eiskalte Wasser wie ein

Teppich über sie. Eine Welle ist so kräftig, dass mir ihr Sog die Beine wegzieht. Ich taumle kurz und laufe Gefahr, in Richtung der Abbruchkante gezogen zu werden. In letzter Sekunde gelingt es mir, mit meiner unverletzten Hand nach einem Steinbrocken zu greifen und mich daran festzuhalten. Bevor die nächste Welle kommt, rapple ich mich wieder auf und kraxle weiter.

Wie lange ich brauche, bis ich den Eingang der Grotte erreiche, weiß ich nicht. Aber nach einem letzten Drop, bei dem ich mich von einem Vorsprung auf den weichen Sand fallen lasse, habe ich es endlich geschafft.

Nach Luft japsend, stütze ich mich auf den Knien ab. Mir ist heiß und kalt zugleich, und wenn ich mir am Ende des Wochenendes keine ausgewachsene Erkältung eingefangen habe, wäre das ein Wunder. Aber solange ich irgendetwas über Philipps Unfall herausfinde, soll es mir recht sein.

«Ziemlich beeindruckend!»

Die Stimme lässt mich zusammenfahren. Ich richte mich auf, und mein Blick fällt auf einen Studenten, der kaum älter ist als ich. Seine Gesichtszüge sind so kantig wie die einer Marmorskulptur. Er hat blaue Augen, hellblonde Haare, die fast weiß sind, und ein sanftes Lächeln. Seine Kleidung wirkt an diesem Ort völlig fehl am Platz, aber er trägt sie voller Stolz: eine beigefarbene Weste, darunter ein weißes Hemd, eine maßgeschneiderte, braune Cordhose und Lederschuhe, die vermutlich mehr gekostet haben als mein halber Kleiderschrank. Er erweckt den Eindruck, als wäre er geradewegs einem Roman von Oscar Wilde entstiegen. In der Hand hält er eine Fackel, die tanzende Lichtkleckse an die Wände wirft, aber mein Blick bleibt an seiner Halskette hängen. Es ist dieselbe Kette, die Riley bei unserer ersten Begegnung im Speisesaal getragen hat. Ist sie das Erkennungszeichen der Verbindung?

Ich kann mich nicht daran erinnern, ihn in den letzten Wochen schon einmal auf dem Campus gesehen zu haben. Aber es steht außer Frage, dass er ein Student ist.

«Du bist ganz schön einfallsreich, Samuel. Das muss ich dir lassen. Die Idee, über die Felsvorsprünge zu klettern, hatte bisher noch niemand. Allerdings hätte wohl auch niemand, den ich kenne, diesen Weg bezwungen.»

Mir liegen tausend Fragen auf der Zunge. Aber bevor ich auch nur ein Wort über die Lippen bringe, kommt mir mein Gegenüber zuvor: «Los, die anderen warten schon auf uns», sagt er und bedeutet mir mit einem Kopfnicken, ihm in die Grotte zu folgen.

KAPITEL 16

SAMUEL

Wasser tropft von den dunklen Wänden und der Decke der Grotte, bildet schmale Rinnsale und sammelt sich in Lachen auf dem sandigen Boden. Im hinteren Teil, im Lichtschein zweier Feuerschalen, wartet eine Gruppe von Studierenden auf uns. Einige Gesichter kenne ich vom Sehen. Vor allem ein Kerl mit feuerroten Haaren ist mir im Gedächtnis hängen geblieben. Ein paar Verbindungsmitglieder haben Brynmor-Uniformen an, als wäre dieses Treffen eine offizielle Veranstaltung. Die anderen tragen dunkle, erdfarbene Töne. Die einzige Ausnahme stellt Riley mit ihrer roten Regenjacke dar. Offenbar gibt es also einen bequemeren Weg hierher.

Gefesselt vom Anblick der Verbindungsmitglieder, entdecke ich den riesigen Steinquader und die halb verfallenen Säulen hinter den Versammelten erst nach ein paar Sekunden. Der Quader erinnert mich an einen Altar. Was ist das für ein Ort?

Der Student, der mich hergebracht hat, befestigt die Fackel in einer altmodischen Halterung. Dann geht er um den Steinquader herum und holt von dort ein paar trockene Klamotten und Handtücher. Offenbar wurden sie dort vorsorglich für den Fall deponiert, dass es ein Prüfling zur Grotte schafft.

«Hier, zieh dich erst mal um», sagt er und reicht mir Pullover und Jogginghose. Obwohl ich bis auf die Knochen durchnässt bin, mache ich keine Anstalten, die Kleidung entgegenzunehmen. «Na los, mach schon», sagt er bestimmt. «Wir meinen es nur gut. Auch wenn die meisten uns für einen Haufen arroganter Arschlöcher halten.»

Trotz seiner Worte widerstrebt es mir, mich vor den anderen umzuziehen. Aber weil mir so unglaublich kalt ist, gebe ich meinen Widerstand schließlich doch noch auf.

Während ich mich aus meinen nassen Klamotten schäle und abtrockne, beginnen die Verbindungsmitglieder eine geflüsterte Unterhaltung. Es klingt, als nähmen sie einen Gesprächsfaden auf, den sie erst vor ein paar Minuten fallen gelassen haben.

«...wir haben unsere Regeln nicht ohne Grund ...»

«...Philipp hat ihm von uns erzählt ... Wusstet ihr davon?»

«...er hat Mut bewiesen. Ich finde, wir sollten ihm eine Chance geben ...»

«Hast du dich verletzt?», fragt der Student beinahe besorgt und zeigt auf meine Hand.

«Ist nicht der Rede wert», antworte ich achselzuckend, obwohl das nicht der Wahrheit entspricht.

«Sieht übel aus. Warte, ich hole eine Wasserflasche, dann kannst du die Wunde zumindest ein bisschen ausspülen.»

Er wendet sich von mir ab und geht noch einmal zum Altar. Als er zurückkommt, hat er nicht nur eine Flasche, sondern auch ein weiteres Handtuch dabei.

«Danke», presse ich hervor und kümmere mich notdürftig um den Schnitt. Gleichzeitig versuche ich, das Gespräch der Verbindungsmitglieder zu verfolgen, was dem Studenten offenbar nicht entgeht.

«Wie du hörst, sorgst du für ziemliches Durcheinander.»

«Wenn ihr nicht wisst, ob ihr mich aufnehmen wollt, warum durfte ich die Prüfung überhaupt absolvieren?»

«Das war meine Entscheidung», antwortet der Student jetzt lächelnd. «Und mein Wort hat Gewicht.»

«Deine Entscheidung?»

«Ich war der Ansicht, dass sich in diesem besonderen Fall eine Ausnahme lohnen könnte. Weißt du, Philipp und ich sind gleichzeitig in Brynmor angekommen. Wir haben uns damals schnell angefreundet.» So wie er klingt, könnte man fast meinen, mein Bruder würde ihm fehlen.

«Wie heißt du?»

«Ich bin Jeremiah.»

Ich krame in meinem Gedächtnis, aber der Name löst nichts in mir aus. Philipp hat mir zwar von Brynmor Dawn erzählt, Jeremiah aber mit keiner Silbe erwähnt. Weil der Verbindung Verschwiegenheit wichtig ist? Oder weil er Jeremiah gar nicht so nah stand, wie dieser jetzt behauptet? Am liebsten würde ich Jeremiah direkt auf meinen Bruder ansprechen. Allerdings ist es wohl besser, wenn ich mit Bedacht vorgehe und nichts überstürze.

«Und das hier? Was ist das für ein Ort?», frage ich stattdessen.

Ehrfürchtig sieht Jeremiah sich um. «Wir kommen hier hin und wieder her, um fernab aller Augen und Ohren Partys zu feiern.»

«Ihr feiert *hier* Partys?!»

«Ist ein bisschen was anderes als die Turnhalle auf dem neuen Campus, oder?»

Nach gestern Abend würde ich die Turnhalle mit Connor an meiner Seite jedem anderen Ort vorziehen, aber das behalte ich für mich.

«Was sind das für Säulen? Und der Altar ...»

Jeremiah zwinkert mir zu. «Wir vermuten, dass die Grotte im Mittelalter von den Mönchen genutzt wurde. Es gibt ein paar in den Fels gehauene Gänge, die hierherführen. Du kannst es dir wie ein unterirdisches Höhlensystem vorstellen. Vielleicht haben sie hier Zuflucht gesucht, nachdem Henry VIII. das Kloster zerschlagen hat. Vielleicht wurden hier aber auch satanische Messen gefeiert. Die Wahrheit werden wir nie erfahren.» Er seufzt. «Im Sommer verirren sich ab und zu ein paar Touristen hierher. Dann meiden wir diesen Ort. Aber sobald die Ferienzeit vorbei ist, wird es hier wieder ziemlich ruhig, und das kommt uns ganz gelegen.»

Ich will bereits eine weitere Frage stellen, aber der Student hebt die Hand. «Du bist fertig, oder?»

Ich nicke.

«Dann sollten wir jetzt entscheiden, wie es mit dir weitergeht.»

Bei seinen Worten verstummen die anderen Verbindungsmitglieder abrupt. Für ein paar Sekunden herrscht Schweigen. Ich hoffe inständig, dass sich die Kletterpartie und die aufgerissene Hand gelohnt haben und ich nicht gleich wieder unverrichteter Dinge abziehen muss.

«Samuel hat keine Einladung von uns erhalten», sagt Jeremiah fest und sieht die Versammelten der Reihe nach an. «Aber er hat Zielstrebigkeit, Hartnäckigkeit und Mut bewiesen. Alles Eigenschaften, die wir uns wünschen. Ich finde daher, wir sollten eine Ausnahme machen und ihn bei uns aufnehmen.»

Hier und da erhält er dafür zustimmendes Gemurmel. Aber nicht alle sind überzeugt. Am allerwenigsten Riley.

«Mach die Augen auf, Jeremiah. Er ist wie alle anderen Erstsemester. Aber wir suchen nicht nach Menschen, die sich uns anschließen möchten. Wir interessieren uns für die, die es nicht wollen. Mal ganz davon abgesehen, dass Philipp gegen unsere Regeln verstoßen hat, indem er Samuel von uns erzählt hat.» Auf der Suche nach Unterstützung sieht sie sich in der Runde um. «Verschwiegenheit ist das Allerwichtigste. Ohne Verschwiegenheit wäre diese Verbindung wie jede andere. Aber wir sind nicht wie die anderen. Wir sind nicht der *Bullingdon Club* oder die

Piers Gaveston Society. Wir sind Brynmor Dawn. Brechen wir also nicht jahrzehntealte Regeln, sondern halten uns daran.»

«Wenn wir Samuel nicht aufnehmen, wird er den anderen von uns erzählen», erwidert ein anderes Verbindungsmitglied. «Wollen wir Verschwiegenheit, sollten wir ihm eine Chance geben.»

«Wenn er es wagt, irgendjemandem von uns zu erzählen, machen wir ihm seine Zeit in Brynmor zur Hölle», erwidert Riley eisig.

Jeremiah schüttelt den Kopf. «Philipps Platz ist seit seinem Unfall unbesetzt. Und Samuel hat gerade bewiesen, dass er ein würdiger Anwärter wäre.» Seine Worte jagen mir einen Schauer über den Rücken. Philipps Unfall. So wie er darüber spricht, klingt es, als hätte Brynmor Dawn nichts damit zu tun. Bisher bin ich davon ausgegangen, dass der Unfall eine fehlgeschlagene Mutprobe war. Kann es sein, dass ich mich getäuscht habe? Oder ist das Ganze hier ein Schauspiel, das extra für mich aufgeführt wird? «Vielleicht haben wir bei unserer Auswahl dieses Jahr einen Fehler gemacht ...»

«Haben wir nicht», fällt Riley ihm ins Wort, verstummt aber bei Jeremiahs finsterem Blick.

«...aber offenbar seht ihr die Situation nicht alle so wie ich», fährt er fort. «Wir haben daher drei Optionen. Wir können ihn hier und heute bei uns aufnehmen. Wir können uns gegen eine Aufnahme entscheiden. Oder wir gehen noch einmal in uns und denken darüber nach, unter welchen Voraussetzungen wir uns eine Aufnahme vorstellen könnten.»

Gebannt warte ich darauf, was als Nächstes passiert. Hoffe, dass sich die Tür, die sich so unerwartet geöffnet hat, nicht gleich wieder schließt.

«Wer ist gegen Samuels Aufnahme?», fragt Jeremiah in die Runde.

Mehrere Verbindungsmitglieder heben die Hände, darunter auch Riley.

«Und wer ist für etwas Bedenkzeit?»

Erleichtert atme ich auf. Die Mehrheit stimmt dafür. Riley schnaubt verärgert, wagt es aber nicht, weitere Widerworte zu geben.

Jeremiah wendet sich in meine Richtung. «Damit steht es fest, Samuel. Wir nehmen uns etwas Bedenkzeit.»

«Und das heißt?», frage ich. «Wie genau geht es jetzt weiter?»

Jeremiah macht einen Schritt auf mich zu und legt mir eine Hand auf die Schulter. «Du wirst niemandem von diesem Treffen erzählen. *Niemandem.* Sollten wir erfahren, dass du es doch getan hast, war es das für dich. Verstanden?»

Ich sehe Youma vor mir. Youma, der ich es zu verdanken habe, hier zu stehen. Wie soll ich es übers Herz bringen, ihr nichts zu sagen? Allein die Vorstellung löst Unbehagen in mir aus. Aber wenn ich Jeremiah nicht mein Wort gebe …

«Verstanden», presse ich hervor.

Jeremiah mustert mich eindringlich. «Das hoffe ich für dich. Du hörst von uns, sobald wir eine Entscheidung getroffen haben. Ach, und eins noch.» Noch etwas? «*Ad nos respiciamus.* Wir passen aufeinander auf. Das ist für uns keine leere Phrase, keine Floskel. *Ad nos respiciamus* bedeutet uns alles.» Er dreht sich zu den Verbindungsmitgliedern um, und ein Lächeln huscht über sein Gesicht. «Wir sind eine Gemeinschaft. Nein, mehr als das. Wir sind eine Familie. Und wie eine Familie halten wir zusammen und beschützen uns.» Jetzt sieht er wieder zu mir. Als er weiterspricht, senkt er die Stimme, sodass nur ich ihn hören kann. «Wir haben Philipp damals nicht beschützen können, Samuel. Du kannst mir glauben, wenn ich dir sage, wie leid mir das tut.» Bei seinen Worten legen sich die mir so bekannten unsichtbaren Hände um den Hals, und mir stockt der Atem. «Ich habe dir heute Morgen eine Chance gegeben, weil Philipp mir wichtig war. Also enttäusche mein Vertrauen – unser Vertrauen – in den nächsten Tagen nicht.»

KAPITEL 17

CONNOR

Weil ich mir sonntags nie einen Wecker stelle, wache ich ziemlich spät auf. Ich blinzle, reibe mir den Schlaf aus den Augen und taste, noch halb verschlafen, nach dem Handy neben mir. Vielleicht hat Samuel mir ja schon geschrieben. Statt einer Nachricht von ihm habe ich zwei verpasste Anrufe von Elliot.

Gestern Abend war ich so auf Samuel fixiert, dass ich nicht sonderlich viele Gedanken an El und Lake und ihren frühen Abgang von der Party verschwendet habe. Jetzt frage ich mich, was bei den beiden los war. Und was haben Els Anrufe zu bedeuten?

Das wohlige Kribbeln, das mich bei der Erinnerung an Samuel und unseren leidenschaftlichen Kuss überkommt, weicht einem unguten Gefühl. Irgendetwas, das ich noch nicht zu fassen kriege, ist gestern Abend passiert. Nur was?

Ich rufe Elliot zurück, allerdings geht er nicht ans Handy. Sein Zimmer ist nur ein paar Türen weiter. Vielleicht ist es am besten, wenn ich direkt mit ihm spreche, statt eine Nachricht auf seiner Mailbox zu hinterlassen.

«El, bist du da?», rufe ich ein paar Minuten später und klopfe bei ihm an, aber er macht mir nicht auf. Das ungute Gefühl verstärkt sich. Ich versuche, es wegzuschieben, mir einzureden, dass ich mir unnötige Gedanken mache, aber es gelingt mir nicht wirklich.

Erst will ich auf direktem Weg in mein Zimmer zurückgehen. Aber dann entscheide ich mich noch einmal um und mache mich kurzerhand auf den Weg zu Lake. Vielleicht habe ich bei ihr ja mehr Glück.

Der Himmel ist grau und wolkenverhangen, es regnet Bindfäden, und während ich durch die verwaisten Innenhöfe renne, spritzt Wasser unter meinen Füßen auf.

Ich bin heilfroh, wieder ins Trockene zu kommen. Im Gegensatz zu Elliot öffnet mir Lake so schnell, als hätte sie nur auf mich gewartet.

«Lake, was ist ...?» Ich verstumme abrupt. Sie ist kalkweiß im Gesicht, und ihre Augen sind gerötet. Und obwohl mir aus ihrem Zimmer eine behagliche Wärme entgegenschlägt, beben ihre Lippen.

Ich habe sie schon einmal so gesehen. Genauer gesagt habe ich sie vor zehn Monaten so gesehen. Die Erinnerung holt mich schlagartig ein, sie öffnet einen Riss in der Zeit. Vergangenheit und Gegenwart verschwimmen, oben und unten vertauschen ihre angestammten Plätze, und es kostet mich alle Willenskraft, mich davon nicht überwältigen zu lassen. Aber ich muss mich zusammenreißen. Für Lake.

Ich atme tief durch, bis ich sie endlich wieder klar vor mir sehe. «Lake, was ist los?»

Sie sieht mich einfach nur an. Schüttelt den Kopf, als wolle sie die Frage überhaupt nicht beantworten. Und tut es dann schließlich doch.

«Er ist Philipps Bruder. Samuel. Samuel ist Philipps Bruder.»

«Was?», erwidere ich, obwohl ich sie klar und deutlich verstanden habe.

«Samuel ist Philipps Bruder», wiederholt Lake und betont dabei jedes einzelne Wort mit besonderer Sorgfalt.

Ich will bereits etwas antworten, stocke aber und versuche das Gesagte in meinem Verstand ankommen zu lassen.

Philipps Bruder. Philipps Bruder. Philipps Bruder ...

Ich habe noch immer nicht wirklich verarbeitet, was das bedeutet, da spricht Lake auch schon weiter. «Elliot hat euch gestern Abend zusammen auf der Tanzfläche gesehen. Er hat mir gesagt, dass ...»

«...dass Samuel Philipps Bruder ist?» Obwohl ich unter Schock stehe, ist meine Stimme so ruhig und unbeteiligt wie die eines Nachrichtensprechers.

«Elliot hat ihn wiedererkannt. Am ersten Tag hat er mit Samuel gesprochen und ihm den Weg zu seinem Zimmer gezeigt.» Sie spielt an ihrem Piercing herum, wie sie es oft tut, wenn sie angespannt ist.

«Und warum hat er das nicht früher gesagt?»

Lake presst die Lippen aufeinander. «Ich glaube, er wollte einfach nicht an die Vergangenheit erinnert werden. Die beiden ... du weißt doch ...»

«Ist Elliot sich sicher? Ich meine, ist er sich *wirklich* sicher?», frage ich, in der Hoffnung, dass das alles vielleicht nur ein großer Irrtum ist, der sich ganz schnell wieder aufklärt.

«Ja, ist er. Samuel hat ihm von Philipp erzählt.»

Und langsam, ganz langsam beginne ich zu begreifen. Wird mir die ganze Bedeutung dieser Offenbarung bewusst. Samuel ist Philipps Bruder. Von allen Kerlen, zu denen ich mich hingezogen fühlen könnte, haben sich mein Herz und mein Verstand ausgerechnet für den entschieden, zu dem ich den größtmöglichen Abstand halten sollte.

Das darf nicht wahr sein!

Das darf doch wirklich nicht wahr sein!

Ich will weinen, schreien, mit dem Kopf gegen die Wand schlagen, am besten alles gleichzeitig. Nur um irgendein Ventil zu haben, um all die widersprüchlichen Gefühle rauszulassen. Aber selbst wenn ich irgendeinem dieser Impulse nachgäbe, würde nichts davon auch nur das Geringste an der Situation ändern. Samuel wäre noch immer Philipps Bruder und ich noch immer in einer völlig unmöglichen Situation. Ganz davon abgesehen, dass ich nicht nur an mich denken sollte, sondern vor allem an Lake.

So schwer es mir fällt, mich zusammenzureißen, atme ich tief durch. «Wie ... wie geht es dir?»

Lake zuckt mit den Schultern. Sie ringt um Fassung, auch wenn sie versucht, es vor mir zu verbergen. «Ich weiß es nicht. Ganz ehrlich? Ich fühle mich ziemlich leer.»

Ich nicke. Was soll ich darauf erwidern? Gibt es überhaupt irgendetwas zu sagen? Außer dass wir schon viel früher über das hätten sprechen müssen, was passiert ist? Jetzt werden wir von der Vergangenheit eingeholt. Sie streckt die Arme nach uns aus wie ein Krake.

«Komm», sagt Lake. «Besser, wir reden drinnen weiter.»

Ich will auf dem Absatz umkehren, in mein Zimmer gehen und mich für immer in meinem Bett verkriechen. Aber stattdessen folge ich ihrer Aufforderung und ziehe die Tür hinter mir zu.

KAPITEL 18

SAMUEL

Am späten Vormittag stehe ich unter der Dusche im Gemeinschaftsbad und genieße das warme Wasser auf meiner Haut.

Es dauert nicht lange, bis ich wieder auftaue. Anspannung und Müdigkeit fallen von mir ab. Riley, die Aufnahmeprüfung und meine Begegnung mit Brynmor Dawn in der Grotte fühlen sich fast schon wie ein Traum an. Dabei ist noch keine Stunde vergangen, seit mich Jeremiah durch einen der niedrigen Gänge ins Freie geführt hat und wir gemeinsam zurück nach Brynmor gelaufen sind.

Das Treffen in der Grotte hat mehr Fragen aufgeworfen als beantwortet. Hätte Jeremiah mich wirklich die Prüfung absolvieren lassen, wenn Brynmor Dawn in Philipps Unfall verstrickt wäre? Wäre es nicht besser gewesen, mich einfach vor der Sakristei im Regen stehen zu lassen? Aber angenommen, der Unfall war keine fehlgeschlagene Mutprobe – was ist dann im Klosterwald passiert?

Eins ist klar: Wenn ich mehr erfahren will, bleibt mir nichts anderes übrig, als mich in Geduld zu üben. Ich muss meine Verschwiegenheit unter Beweis stellen und hoffen, dass Jeremiah die Mehrheit von einer Aufnahme überzeugen kann. Und dann – sollte ich tatsächlich in die Verbindung aufgenommen werden – muss ich vorsichtig die Fühler nach Philipp ausstrecken.

Ich lege den Kopf in den Nacken, schließe die Augen und versuche an etwas anderes zu denken. Das Erste, was mir einfällt, ist Connor. Connor und der gestrige Abend und unser Kuss vor dem Westflügel.

Die Wärme, die ich spüre, kommt jetzt nicht mehr nur vom heißen Wasser, sondern auch aus meinem Inneren. In meiner Fantasie umspielen sich unsere Zungen ein weiteres Mal. Ihm so nah zu sein, hat sich berauschend angefühlt, und alles in mir verlangt nach einer Wiederholung …

Ich sehe Connors Gesicht jetzt klar und deutlich vor mir. Und bevor ich überhaupt weiß, was ich tue, wandert meine unverletzte Hand über meine Brust und meinen Bauch, bis sie zwischen meinen Beinen ankommt.

Okay?! Was wird das? Hier? Im Gemeinschaftsbad, wo jeden Moment jemand reinkommen kann?

Aber dann sind die Gedanken wie weggeblasen. Stattdessen sehe ich Connor. Sehe, wie sich seine Brustmuskeln unter einem verschwitzten, weißen T-Shirt abzeichnen, und stelle mir vor, wie ich es ihm langsam abstreife …

Er beugt sich zu mir, wie er es letzte Nacht getan hat. Seine leicht geöffneten Lippen sind nur noch einen Hauch von meinen entfernt. Seine Hände liegen auf meiner Brust, streichen über meine Rippen, meinen Rücken und von dort aus noch weiter nach unten.

Obwohl ich den Dampf des heißen Wassers einatme, fühlt sich mein Mund staubtrocken an. Ich schlucke. Meine Hand wird schneller, ebenso wie mein Atem. Ich vergesse nicht nur, wo ich gerade bin, sondern auch alles andere. Was passiert ist. Was vor mir liegt. Nichts davon hat eine Bedeutung. Es ist wie am Cricketfeld, wie bei unseren Begegnungen in den letzten Wochen, wie gestern auf der Party. Nur dass es sich jetzt noch tausendmal intensiver anfühlt.

Die Wassertropfen vermischen sich mit dem Schweiß auf meiner Stirn und meiner Oberlippe. Mein ganzer Körper spannt sich an. Ich bin von Kopf bis Fuß elektrisiert, und es ist nur noch eine Frage von Sekunden, bis ich komme. Ich beiße mir auf die Lippe, um nicht zu laut zu stöhnen – als plötzlich draußen auf dem Gang lautstark eine Tür zugeschlagen wird.

Scheiße. Scheiße, Scheiße, Scheiße.

Die Bilder lösen sich wie Nebelschwaden im Sonnenlicht auf. Stattdessen höre ich Schritte und das unbeschwerte Lachen von ein paar Typen, die offenbar geradewegs in meine Richtung kommen. So schnell ich kann, drehe ich das Wasser ab, schnappe mir das Handtuch, das neben mir an einem Haken hängt, und wickle es mir notdürftig um die Hüften. Fast bin ich mir sicher, dass die Tür zum Gemeinschaftsbad jeden Moment aufgestoßen wird. Aber dann geht die Gruppe weiter, die Stimmen werden leiser, und ich kann mein Glück kaum fassen.

Ich atme noch einmal tief durch. Okay, das war knapp. Will ich kein unnötiges Risiko eingehen, mache ich wohl im Zimmer weiter.

Oder, noch besser, mit Connor selbst.

Nachdem ich mich noch einmal sorgfältig um meine Wunde gekümmert habe, lasse ich mich aufs Bett fallen und öffne unseren Chatverlauf. Kurz grüble ich darüber nach, was ich schreiben könnte, tippe dann aber einfach drauflos.

Samuel: Hey! Ich wollte dir nur noch mal sagen, wie schön ich es gestern Abend fand. Gegen eine Wiederholung hätte ich nichts einzuwenden. 😇

Mit schnell klopfendem Herzen schicke ich die Nachricht ab. Um die Zeit zu überbrücken, bis er mir antwortet – und weil ich mich auch nicht mehr länger davor drücken kann –, melde ich mich als Nächstes bei Youma.

Samuel: Wollte nur kurz Bescheid geben, dass es mir gut geht. Es ist alles in Ordnung. Ich hoffe, du hast dir nicht zu viele Sorgen gemacht. 😊

Youma liest die Nachricht sofort. Statt mir zu schreiben, startet sie einen Videocall. Ich zögere, ihn entgegenzunehmen. Aber wie arschig wäre es, sie jetzt wegzudrücken? Das kann ich nicht bringen. Nicht nach allem, was sie für mich getan hat.

«Hi, Youma.»

Die Erleichterung, mich zu sehen, steht ihr ins Gesicht geschrieben. «Ich habe mir echt Sorgen um dich gemacht. Aber offenbar ist ja alles gut gegangen.» Neugierig sieht sie mich an. Sie will natürlich wissen, was passiert ist. Mir würde es an ihrer Stelle nicht anders gehen.

«Ich ...», setze ich stockend an.

«Samuel? Was ist los?»

So ein Mist. So ein verdammter Mist. Ich vertraue Youma und kann mir nicht vorstellen, dass von unserem Gespräch auch nur ein Wort zu Brynmor Dawn dringt. Allerdings war Jeremiah mehr als deutlich. Und nachdem ich so weit gekommen bin, will ich kein Risiko eingehen. Weil mir klar ist, dass ich durch unnötige Ausflüchte die Situation nicht besser mache, entscheide ich mich, ihr die Wahrheit zu sagen.

«Glaub mir, ich würde dir wirklich gern erzählen, was passiert ist. Aber sie haben darauf bestanden, dass ich nichts sage. Zu niemandem. Wenn ich es doch tue, laufe ich Gefahr, nicht bei ihnen aufgenommen zu werden.»

Bei meinen Worten klappt Youma der Mund auf. Sie sieht mich mit einer Mischung aus Ungläubigkeit und Enttäuschung an, und das schlechte Gewissen bohrt sich wie ein Stachel in meine Brust.

«Ich möchte keine Geheimnisse vor dir haben», sage ich schnell und hoffe, es damit nicht noch schlimmer zu machen. «Aber ich darf nichts sagen.»

Missbilligend schnalzt Youma mit der Zunge. «Weißt du, was ich scheiße finde?»

«Hm?»

«Dass Brynmor Dawn dich überhaupt in so eine Situation bringt. Aber nach allem, was ich in den letzten Wochen über diese Verbindung gehört habe, sollte es mich eigentlich nicht wundern.»

Unter anderen Umständen würde ich ihr jetzt schildern, welchen Eindruck ich in der Grotte hatte. Auch wenn ich damit vielleicht falschliege, wirkte die *Elite der Elite* gar nicht so abgehoben, wie ich es erwartet hatte. Ja, mit ihrer Verschwiegenheitsnummer heizen sie die Gerüchteküche natürlich ordentlich an. Und offenbar haben sie eine Vorliebe, sich an ungewöhnlichen Orten zu treffen und aus der Zeit gefallene Klamotten zu tragen. Davon abgesehen unterscheiden sie sich allerdings nicht groß von uns anderen Studierenden. Aber auch das behalte ich für mich.

«Wenn ich mehr über Philipp erfahren will, bleibt mir nichts anderes übrig, als ihr Spiel mitzuspielen», sage ich stattdessen. «Ihr Vertrauen zu gewinnen. Und zu hoffen, dass ich so irgendetwas über den Unfall erfahre. Sobald ich das geschafft habe, werde ich dir alles erzählen. Ich verspreche es.»

Auch wenn sie noch immer etwas angefressen wirkt, entspannen sich Youmas Gesichtszüge zumindest ein bisschen. «Du wirst wissen, was du tust, Samuel. Hauptsache, dir ist nichts passiert. Das ist das Wichtigste.»

Schweigend sehen wir uns an.

«Lass uns einfach nicht mehr darüber sprechen, okay?», sagt Youma schließlich. «Dann muss ich mich nicht über Brynmor Dawn ärgern, und du läufst nicht Gefahr, dich vielleicht doch noch zu verplappern. Was hältst du von einem gemütlichen Nachmittag und ein paar Folgen *Fleabag*?»

Erleichtert atme ich auf. «Du bist die Beste, Youma.»

Sie lächelt schwach. «Das ist lieb. Aber jetzt komm einfach rüber, okay?»

Den restlichen Tag verbringen wir in Youmas Zimmer. Das Wetter ist so scheußlich, dass es ohnehin nicht viele Alternativen gibt, als es sich auf dem Bett gemütlich zu machen.

Während wir uns *Fleabag* anschauen, werfe ich immer wieder verstohlene Blicke auf mein Handy. Keine Antwort von Connor. Vermutlich sollte ich entspannt bleiben und mir nicht allzu viele Gedanken machen. Nach gestern Abend und unserem Kuss besteht schließlich kein Zweifel, dass er meine Gefühle erwidert.

Youma sieht das ganz ähnlich. «Kopf hoch», sagt sie und zwinkert mir zu. «Er wird sich melden. Da bin ich absolut sicher. Warum sollte er es nicht tun?»

Allerdings erhalte ich weder an diesem Nachmittag noch am Abend eine Nachricht von ihm. Selbst am nächsten Morgen – kein Lebenszeichen. Mit jeder weiteren Stunde, die verstreicht, rutscht mir das Herz weiter in die Hose. Was ist los mit ihm? Warum meldet er sich nicht?

In der Erwartung, ihn bei der Laufgruppe anzutreffen, mache ich mich am Abend auf den Weg zum Cricketfeld. Aber während alle anderen sich bereits aufwärmen, fehlt von Connor jede Spur.

«Keine Ahnung, wo er steckt», sagt Brent, ein Läufer aus dem Abschlussjahrgang. «Normalerweise verpasst er kein einziges Training. Vielleicht ist er krank oder so?»

«Ja, vielleicht», erwidere ich tonlos und beginne dann ebenfalls damit, mich aufzuwärmen.

Am nächsten Morgen sitze ich ziemlich niedergeschlagen im Seminar von Professor Garcia, einer Dozentin, die kaum älter wirkt als wir. Heute spricht sie über die *Periodisierung des sportlichen Trainings*, was ziemlich trocken klingt, unter normalen Umständen aber ganz interessant sein könnte.

Nate, der neben mir sitzt und wie immer perfekt gestylt ist, kann sich heute offenbar auch nicht wirklich für den Unterricht erwärmen. Er beugt sich über seinen Block ... und zeichnet? Obwohl es mich nichts angeht, versuche ich, einen Blick auf das Bild zu erhaschen. Erst kann ich nicht erkennen, um was es sich handelt. Aber dann legt er den Bleistift kurz beiseite, um sich zu strecken. Und in diesem Moment sehe ich das nahezu makellose Gesicht einer jungen Frau.

Für ein paar Sekunden rücken die Gedanken an Connor in den Hintergrund. Unwillkürlich halte ich die Luft an. Die Zeichnung ist beeindruckend. Ich kenne mich mit so etwas zwar nicht wirklich aus, aber Nate macht das ganz offensichtlich nicht zum ersten Mal. Die Art, wie er die Frau gezeichnet hat, die fein geschwungenen Brauen und die sorgfältige Rundung der Wangenknochen – das alles legt den Schluss nahe, dass er ihr Gesicht gut kennt. Und dass sie ihm, bei so viel Hingabe, offenbar wichtig ist. Bisher ist sie mir noch nicht auf dem Campus begegnet. Wer ist sie?

Nate bemerkt, dass ich die Zeichnung betrachte, und schlagartig steigt mir Schamesröte ins Gesicht. Er wirkt zwar nicht sauer, setzt die Arbeit an der Zeichnung aber auch nicht fort, sondern klappt den Block zu und wendet sich Professor Garcia zu. Für den Rest der Stunde versuche ich, mich ebenfalls wieder mit aller Kraft auf den Unterricht zu konzentrieren.

«Einen Moment noch», sagt Professor Garcia, bevor wir unsere Sachen zusammenpacken. «In meiner Funktion als Ihre Studiengangsmanagerin möchte ich Sie in den nächsten Tagen alle zu Einzelgesprächen einladen. Es soll dabei um Ihre berufliche Perspektive und die Belegung Ihrer Seminare in den nächsten Semestern gehen.» Sie nimmt ein Blatt zur Hand und verliest der Reihe nach Name, Datum und Uhrzeit der Gesprächstermine. Ich bin gleich morgen dran. Toll. Nicht einmal vierundzwanzig Stunden, um mir eine halbwegs realistische Zukunftsvision aus den Fingern zu saugen. Die Wahrheit kann ich ihr ja schlecht sagen.

Auf dem Weg zum nächsten Seminar schlägt uns ein kräftiger Wind entgegen. Riesige Wolkenberge ziehen über Brynmor hinweg. Dazwischen finden immer wieder vereinzelte Sonnenstrahlen ihren Weg, die versprengte Lichtkleckse auf die Mauern und Türme zaubern.

Im Gegensatz zu den anderen hat es Nate nicht wirklich eilig, sodass wir ein paar Schritte hinter unsere Kommilitonen zurückfallen.

«Und? Hattest du Spaß auf der Party?», frage ich, als wir einen Torbogen passieren und das Innere der Klostermauern betreten. Auch wenn mein Kopf voller anderer Dinge ist, soll mich das nicht von ein bisschen Small Talk abhalten.

«Ja, hatten wir. Und du? Wie war dein Abend so?», erwidert Nate und zwinkert mir zu.

«Ach, eigentlich ganz okay», sage ich vage.

«Ganz okay? Also, es war zwar brechend voll und ziemlich

dunkel. Aber nach allem, was ich gesehen habe, hast du dir doch einen ziemlich heißen Typen geangelt.»

Nates unverblümte Offenheit überrascht mich.

«Connor Ferguson, richtig?», fährt er munter fort. «Soll einer der schnellsten Läufer sein, zumindest während des Trainings. Beim Turnier im Sommer hat ihn das Glück dann aber verlassen. Aus welchen Gründen auch immer.»

Ich schlucke. «Du weißt ja eine ganze Menge», erwidere ich, um eine ruhige Stimme bemüht.

Nate zuckt mit den Schultern. «Ach, ein paar Fragen hier und da, und schon erzählen dir die Leute alles, was du wissen willst.»

Stirnrunzelnd sehe ich ihn an. «Und warum hast du hier und da ein paar Fragen gestellt?»

Jetzt wirkt es, als hätte ich Nate auf dem falschen Fuß erwischt. Für den Bruchteil einer Sekunde bekommt seine Selbstsicherheit einen feinen Riss, aber er fängt sich schnell wieder und lächelt mich an. «Ich war einfach nur neugierig. Nichts weiter.»

Unschlüssig betrachte ich ihn. Irgendwie bin ich mir ziemlich sicher, dass das nicht die ganze Wahrheit ist.

«Sorry, ich wollte dir nicht zu nahe treten, Samuel. Und falls du das befürchtest, ich habe kein Problem damit, dass du auf Typen stehst. Absolut nicht. Ich tue es ja auch – also unter anderem zumindest.»

Nate ist ... bi? Pansexuell? Oder labelt er sich nicht? Stopp. Ich sollte nicht über die sexuelle Orientierung eines anderen Menschen spekulieren. Die geht mich nämlich nichts an. Wenn er darüber sprechen will – alles in Ordnung. Wenn nicht, respektiere ich das.

«Sorry, wenn ich zu direkt war», sagt Nate. «Wenn du nicht über Connor sprechen willst, ist das okay für mich.»

«Das ist es nicht. Es ist nur ...» Kurz hadere ich noch mit mir.

Aber dann sage ich ihm doch, was Sache ist. «Ich habe seit der Party nichts mehr von ihm gehört. Ich sollte mich deswegen wohl noch nicht so stressen. Wenn mein Ex mich nicht geghostet hätte, könnte ich die Sache vielleicht auch ein bisschen entspannter sehen. Ich meine, die Party war am Samstag. Es ist also noch gar nicht so viel Zeit vergangen.»

«Wenn ich du wäre, würde ich mir wohl auch Gedanken machen», sagt Nate verständnisvoll. «Obwohl ich keinen Ex habe, der so eine Scheißnummer abgezogen hat.»

«Nach der Sache mit Milo wollte ich mich erst mal auf nichts mehr einlassen ...»

«Milo? Dein Ex? Was ist passiert?»

Ich räuspere mich. «Wir waren ein paar Monate zusammen. Ich dachte eigentlich, es läuft ganz gut. Aber dann hat er sich plötzlich nicht mehr gemeldet. Von heute auf morgen. Einfach so. Ich habe ihn immer wieder angerufen und ihm geschrieben.» Bei der Erinnerung daran, wie klein ich mich gemacht habe, indem ich ihm hinterhergelaufen bin, schüttle ich den Kopf. «Irgendwann hat er sich dann doch bei mir gemeldet. Mir gesagt, dass es ihm leidtut, es für ihn aber nicht mehr passt. Weil ich zu sehr der Vergangenheit nachhänge. Das war es. Jetzt kommt es mir irgendwie so vor, als würde sich die Geschichte mit Connor wiederholen. Obwohl die Situation natürlich eine ganz andere ist.»

«Dein Ex ist ein Arsch, Samuel», sagt Nate voller Überzeugung. «Und wenn Connor sich nicht bei dir meldet, ist er auch ein Arsch. Niemand sollte geghostet werden. Und ein Kerl wie du schon gleich dreimal nicht.»

Ein Kerl wie ich? Ich lächle schief. «Irgendwelche Tipps?»

«Mach nicht dasselbe wie bei deinem Ex», sagt Nate. «Lauf Connor nicht hinterher. Wenn er dir *wirklich* wichtig ist, dann schreib ihm noch mal. Aber dann lass es gut sein. Okay?»

Er hat vollkommen recht. Ich sollte mich kein zweites Mal quälen. «Danke, Nate.»

«Nicht dafür», erwidert er.

Mittlerweile haben wir das Gebäude erreicht, in dem unser nächstes Seminar stattfindet. Statt es zu betreten, stelle ich ihm jetzt die Frage, die mir seit unserem Seminar bei Professor Garcia auf der Zunge liegt. «Die Frau, die du vorhin gezeichnet hast – wer ist sie?»

Nates Augen beginnen zu flackern, und er räuspert sich, als hätte er etwas im Hals stecken. «Also, sie ist auf jeden Fall nicht meine Freundin.» Seine Antwort klingt ausweichend und beinahe wehmütig.

«Aber sie bedeutet dir ziemlich viel, oder?», frage ich, will die Worte aber gleich wieder zurücknehmen. Er wirkt alles andere als erpicht darauf, das Thema zu vertiefen.

«Ja, sie bedeutet mir viel. Sehr viel sogar.»

Kurz senkt Nate den Blick. Sobald er mich wieder ansieht, lächelt er allerdings, als wäre alles in Ordnung.

«Sorry … ich wollte nicht …»

«Kein Problem», antwortet er und zwinkert mir zu. «Ich glaube, ich bin noch nicht so weit, um über sie zu sprechen. Aber irgendwann vielleicht.» Er atmet tief ein. «Wollen wir?», fragt er und nickt Richtung Eingang.

«Ja, klar», antworte ich.

Und ohne ein weiteres Wort betreten wir das Gebäude.

KAPITEL 19

CONNOR

> **Samuel:** Hey! Ich wollte dir nur noch mal sagen, wie schön ich es gestern Abend fand. Gegen eine Wiederholung hätte ich nichts einzuwenden. 😇

Immer wieder lese ich mir Samuels Nachricht durch. Bin kurz davor, ihm zu antworten, und entscheide mich dann doch dagegen.

Seit ich weiß, dass Samuel Philipps Bruder ist, fahren meine Gefühle Achterbahn. Verzweiflung, Angst und Frust gehen fließend ineinander über. Und dazwischen schlagen die Schmetterlinge in meinem Bauch wild um sich. Weil ich Zeit mit ihm verbringen will, ihm nah sein und ihn küssen will.

Vermutlich sollte ich die Bilder aus meinem Kopf verbannen und ihm schreiben, dass ich kein Interesse an ihm habe. Aber damit würde ich natürlich nicht nur ihm etwas vormachen, sondern auch mir. Wenn ich ehrlich bin, habe ich also nicht den blassesten Schimmer, was ich tun soll. Daher verharre ich in meiner Starre, und mit jeder weiteren Stunde, die verstreicht, rauscht meine Stimmung weiter ins Bodenlose.

Am Montag ziehe ich mich nach dem letzten Seminar in mein Zimmer zurück, schwänze die Laufgruppe und chatte mit Lake. Sie behauptet, es gehe ihr gut, aber das ist nicht wahr. Ich wünschte, sie würde mich an sich heranlassen. Dann wäre sie nicht allein in dieser Situation, die tausendmal schlimmer als jeder Liebeskummer ist. Und ich hätte eine Aufgabe. Etwas, das mich auf andere Gedanken bringt. Aber obwohl ich es ihr mehrmals anbiete, blockt Lake ab.

Lake: Du hast mir ein Versprechen gegeben. Damit hast du schon so viel für mich getan, Connor.

Das Versprechen … es ist genau dieses Versprechen, das zwischen Samuel und mir steht. Wie könnte ich ihn weiter kennenlernen, wenn ich etwas so Gewaltiges vor ihm verheimlichen müsste? Wie sollte ich mit ihm umgehen, wenn die Wahrheit nie ausgesprochen werden darf? Die Situation ist wie ein gordischer Knoten, und es macht mich völlig fertig, dass ich ihn nicht entwirren kann.

Am Dienstagmorgen bin ich einer der Ersten beim Frühstück. Immer wieder sehe ich mich besorgt im Speisesaal um, kann Samuel aber nirgendwo entdecken. Natürlich ist es nur eine Frage der Zeit, bis wir uns über den Weg laufen, aber solange ich nicht weiß, was ich tun soll, muss ich den Moment unbedingt hinauszögern.

Die meisten Tische um mich herum sind verwaist, aber auf der anderen Seite des Saals sitzt Elliot bei ein paar Mentoren. Er nickt mir zu, macht allerdings keine Anstalten, aufzustehen oder das Gespräch mit mir zu suchen. Stattdessen wendet er sich schnell wieder den anderen zu.

Nach dem Frühstück trete ich in den Innenhof und atme tief durch. Feine Regentropfen benetzen mein Gesicht, aber gerade jetzt genieße ich die Kühle. Sie hat etwas Beruhigendes. Da ich noch etwas Zeit habe, bis mein erstes Seminar beginnt, schlendere ich ziellos durch die Klosteranlage. Ohne es wirklich beabsichtigt zu haben, finde ich mich kurz darauf am Eingang des

Kirchturms wieder. Es ist noch gar nicht lange her, dass ich mit Samuel hier war. Trotzdem kommt es mir vor wie in einem anderen Leben.

Ich halte inne. Werfe einen Blick über die Schulter. Dann schlüpfe ich unter der Kette durch und steige Stufe um Stufe auf die Plattform nach oben.

Die Welt besteht an diesem Morgen aus einer Vielzahl von Grautönen: grauer Himmel, graue Gebäude, grauer Ozean. Und über allem liegt eine gewisse Schwere. Vielleicht ist es aber auch nur meine Trübseligkeit, die ich auf alles andere übertrage.

Während sich die Innenhöfe unter mir mit Leben füllen, lasse ich die letzten Wochen noch einmal wie einen Film vor meinem inneren Auge ablaufen. Unsere zufällige Begegnung am Cricketfeld, die vielen kleinen Momente zwischen den Seminaren, das Lauftraining, die Party. Mit Samuel habe ich mich wieder so frei gefühlt wie damals während meiner ersten Wochen in Brynmor. Und wie damals wurde meine Welt auch jetzt von einem Tag auf den anderen aus den Angeln gehoben.

Ein Blick auf mein Handy verrät mir, dass ich mich besser auf den Weg machen sollte. Doch gerade als ich mich von der Balustrade abwende, fällt mir plötzlich der Satz ein, den Lake am ersten Abend des Semesters gesagt hat.

«Ich musste gerade nur daran denken, dass manche Wahrheiten wohl besser für immer im Verborgenen bleiben sollten.»

Manche Wahrheiten …

Manche Wahrheiten …

Manche Wahrheiten …

Die Worte elektrisieren mich.

Wäre es möglich? Könnte das der Ausweg sein, nachdem ich so verzweifelt suche? Könnte ich Samuel trotz allem, was damals passiert ist, kennenlernen? Weil manche Wahrheiten besser für immer im Verborgenen bleiben? Und Samuel die Wahrheit zerstören würde? So wie die Wahrheit Claire und mich zerstört hat?

Ich schüttle den Kopf. Nein, ich mache mir nur etwas vor. Ich suche nach einem Schlupfloch, das es überhaupt nicht gibt. Statt mir unnötigerweise den Kopf zu zerbrechen, sollte ich ihm also endlich antworten. Ihm schreiben, dass das mit uns beiden nichts wird. Und ihn dann für immer vergessen.

KAPITEL 20

SAMUEL

«Wie waren Ihre ersten Wochen in Brynmor, Mr Harrington?»

Es ist Mittwochmittag, und während die anderen bereits beim Essen im Speisesaal sind, sitze ich im schwach beleuchteten Büro von Professor Garcia. In einem großen Regal aus dunklem Holz stapelt sich Fachliteratur. In einem anderen bewahrt Professor Garcia mehrere Leichtathletik-Pokale und Medaillen auf. Offenbar ist sie vor ihrer Zeit als Dozentin eine ziemlich erfolgreiche Sportlerin gewesen.

Professor Garcias Blick ist durchdringend. Ihre aufrechte Körperhaltung signalisiert Tatendrang.

Wie meine ersten Wochen in Brynmor waren? Ich habe versucht, mehr über eine exklusive Studierendenverbindung herauszufinden, und mich gleichzeitig Hals über Kopf in einen Typen verknallt, von dem ich seit Tagen kein Lebenszeichen mehr bekomme.

«Meine ersten Wochen waren ... gut», antworte ich lahm.

Professor Garcia legt die Stirn in Falten. Ohne darauf einzugehen, was ich gesagt habe, schlägt sie eine Mappe auf, die vor ihr auf dem Tisch liegt. «Vor unserem Gespräch habe ich mir Ihre Bewerbungsunterlagen noch einmal angesehen. Ihre schulischen Leistungen waren durchgängig hervorragend. Und die Ergebnisse Ihres Eignungstests ... ausgezeichnet. Es sind Studierende wie Sie, die wir uns in Brynmor wünschen, Mr Harrington. Daher ist es mir auch sehr wichtig, mit Ihnen darüber zu sprechen, wie wir Sie bei Ihrer weiteren Entwicklung unterstützen können.»

Obwohl es mir schwerfällt, ihren Blick zu erwidern, sehe ich ihr in die Augen. Erst will ich ihr eine weitere, ausweichende Antwort geben. Aber dann erinnere ich mich plötzlich an etwas, das mir vor ein paar Monaten bei einem meiner Besuche im Pflegeheim durch den Kopf gegangen ist. Es war nur ein flüchtiger Gedanke, nicht mehr, und seitdem habe ich auch nicht wirklich darüber nachgedacht, weil ich viel zu sehr mit der Vergangenheit beschäftigt war. Aber Professor Garcia sieht mich so interessiert an, dass es vielleicht nicht schadet, den Gedanken jetzt einmal laut auszusprechen.

«Ich ... vielleicht könnte ich mir etwas im Bereich sportliche Rehabilitation ganz gut vorstellen.» Vor meinem inneren Auge taucht das Bild des jungen Mannes auf, den ich im Park dabei beobachtet habe, wie er eine Frau bei ihren Gehversuchen unterstützt hat. «Sportlerinnen und Sportler betreuen, die nach einem Unfall ihre Kraft zurückerlangen wollen. Oder Menschen unterstützen, die nach einer schweren Erkrankung auf Hilfe angewiesen sind.» Je länger ich spreche, desto überraschter bin ich, wie stimmig sich diese Vorstellung anfühlt.

Professor Garcias Röntgenblick wirkt jetzt um einiges entspannter. «Ich finde, das klingt nach einem hervorragenden Plan, Mr Harrington. Die meisten, die es nach Brynmor schaffen, sind vor allem an der eigenen sportlichen Entwicklung interessiert. Oder streben eine wissenschaftliche Karriere an. Ihr Bruder war da keine Ausnahme. Ganz im Gegenteil.»

Bei der unerwarteten Erwähnung von Philipp spannt sich mein Körper schlagartig an. Gerade hatte ich meinen Blick ausnahmsweise in die Zukunft gerichtet. Jetzt reicht die unerwartete Erwähnung von Philipp, damit die Vergangenheit wieder alles andere überlagert.

«Als Ihr Bruder nach Brynmor kam, hatte ich meine Lehrtätigkeit gerade aufgenommen. Er war einer meiner allerersten Studenten.» Professor Garcia lächelt. «Philipp war sehr leistungsorientiert. Immer bestrebt, an sich zu arbeiten und sich zu verbessern. Er hat es geliebt, sich mit anderen zu messen.»

Dass Philipp ein beeindruckender Schwimmer war, weiß ich nur zu gut. Immerhin war unser Familienalltag jahrelang nach seinen Turnieren ausgerichtet. Aber es ist sehr ungewohnt, jemanden über ihn sprechen zu hören, mit dem ich bisher nur so wenig zu tun gehabt habe.

«Manchmal frage ich mich immer noch, was letztes Jahr passiert ist», sagt Professor Garcia gedankenverloren.

Unruhig rutsche ich auf meinem Stuhl hin und her und versuche, die aufsteigende Traurigkeit hinunterzuschlucken. «Haben Sie eine Idee?», frage ich. Nicht nur, weil ich mehr erfahren will, sondern auch, um meine eigene Unbehaglichkeit abzufedern.

Professor Garcia runzelt die Stirn. «Wie meinen Sie das, Mr Harrington?»

«Na ja ... Sie sind Dozentin. Sie sind Studiengangsmanagerin. Vielleicht hat Philipp Ihnen ja irgendetwas anvertraut. Probleme. Sorgen. So etwas.»

Bedauernd schüttelt sie den Kopf. «Nein, tut mir leid, Mr Harrington, Ihr Bruder hat mir nichts anvertraut. Ich wünschte, er hätte es getan.» Dann schlägt sie wieder einen geschäftlicheren Ton an. «Entschuldigen Sie, ich bin etwas abgeschweift. Wir sind Ihretwegen hier, nicht wegen Ihres Bruders. Also lassen Sie uns noch einmal auf Ihre Pläne zu sprechen kommen. Ich hätte da ein oder zwei Vorschläge, was die Belegung Ihrer Kurse in den nächsten Semestern anbelangt.»

Am Abend sitze ich im Bett und telefoniere mit meiner Mutter.

«Du wirkst so niedergeschlagen, Sammi. Ist alles in Ordnung?» Ihr entgeht nicht, dass ich mich schlecht fühle. Traurig, weil das Gespräch mit Professor Garcia Erinnerungen an Philipp geweckt hat. Enttäuscht, weil Connor sich weiterhin tot stellt.

Ich lächle, wenn auch schwach. Ich will nicht, dass sie sich Sorgen macht. Sie trägt schon genug mit sich herum, da möchte ich sie nicht auch noch mit meinen Problemen belasten.

«Du weißt, dass du mit uns über alles sprechen kannst», sagt sie, als hätte sie meine Gedanken gelesen. «Wenn du das möchtest, versteht sich. Wir sind immer für dich da.»

«Ja, ich weiß.» Ihre Worte machen den emotionalen Rucksack, den ich mit mir herumschleppe, zumindest etwas leichter. «Danke, Mum.»

Sie lächelt. «Wir haben dich lieb, Sammi.»

Nachdem wir das Gespräch beendet haben, lasse ich meinen Kopf aufs Kissen fallen und höre *Meet me in the woods* über die Lautsprecher meines Handys. Ein weiteres Mal öffne ich Connors Chat. Überfliege die Nachrichten – und treffe kurzerhand eine Entscheidung.

Samuel: Hey, Connor, keine Ahnung, was dein Problem ist. Warum du so plötzlich abgetaucht bist. Ich hatte das Gefühl, dass du anders bist als die anderen. Vielleicht habe ich mich getäuscht. Wie auch immer. Wenn du festgestellt hast, dass du dich nicht für mich interessierst, sag es mir doch einfach. Oder schreib mir, wenn dir das leichterfällt. Dann weiß ich wenigstens, was Sache ist, und hänge nicht länger in der Luft. Ich werde dir nicht hinterherlaufen. Den Fehler habe ich bei meinem Ex gemacht und werde ihn bestimmt nicht wiederholen.

Ich lese mir die Nachricht einmal, zweimal, dreimal durch. Dann drücke ich auf Absenden, wobei mir das Herz bis zum Hals schlägt. Aber Nate hatte recht. Niemand sollte geghostet werden. Also gebe ich Connor noch diese letzte Chance. Und dann ist Schluss. Klarheit mag schmerzhaft sein, ja, aber sie ist um Welten leichter zu ertragen als Ungewissheit.

Als ich am nächsten Morgen aufwache, hat Connor mir tatsächlich geantwortet. Augenblicklich bin ich hellwach.

Connor: Treffen wir uns vor dem Mittagessen bei der Tribüne?

Ich starre die Nachricht an. Kein Wort darüber, warum er sich nicht gemeldet hat. Kein Wort, wie er zu mir steht oder was ich mir von diesem Treffen versprechen soll. Will ich mehr wissen, bleibt mir wohl keine andere Wahl, als mich darauf einzulassen.

Samuel: Ich komme. Bis später.

Der Vormittag vergeht quälend langsam. Um die Zeit zu überbrücken, surfe ich während meines Sportpädagogik-Seminars ein bisschen durchs Internet und schaue, was es mir über Jeremiah und Riley ausspuckt. Es dauert zwar etwas, bis ich fündig werde, aber schließlich stoße ich auf der Uni-Website auf einen Artikel, in dem sich Professor Bellingham bei der Godwins-Familie für eine großzügige Spende bedankt. Auf einem der Bilder ist ein gewisser Jeremiah Godwins zu sehen, der freundlich in die Kamera lächelt.

Jeremiah Godwins. Sohn von Alistair und Helen Godwins, Earl und Countess einer nordenglischen Grafschaft. Mit ein paar weiteren Klicks finde ich heraus, dass sich der Stammbaum der Godwins bis ins 14. Jahrhundert zurückverfolgen lässt. *Die Elite der Elite*, zumindest halten sie sich bestimmt dafür.

Über Riley finde ich erst einmal nichts, und als mein Seminar endet, bin ich einer der Ersten, die vom Stuhl aufspringen und nach draußen stürmen.

Bei strahlender Oktobersonne mache ich mich auf den Weg zum Cricketfeld. Auf dem neuen Campus und dem *Medard's Square* herrscht ein munteres Treiben. Viele Studierende sitzen im Freien und genießen das herrliche Wetter. Bei den Sportanlagen hingegen ist kaum etwas los, und ich sehe Connor schon von Weitem. Er hält den Kopf gesenkt, hat die Hände in den Hosentaschen seiner Jeans vergraben und wirkt so deprimiert, wie ich mich fühle.

Als er mich sieht, ringt er sich zu einem schwachen Lächeln durch. «Hey, Sam.»

Am liebsten würde ich ihn am Kragen packen und ihn fragen, wie er mich erst küssen und dann einfach ignorieren kann. Aber so vertraut und zärtlich, wie er mich anspricht, nimmt er mir jeglichen Wind aus den Segeln. Jetzt muss ich eher aufpassen, nicht einzuknicken und ihn mit seinem Verhalten einfach so davonkommen zu lassen.

Verdammt.

«Hey», bringe ich gerade so hervor.

Connor sieht mich verlegen an und kaut auf seiner Unterlippe herum. Dann macht er vorsichtig einen Schritt auf mich zu. Es liegt noch immer ein gewisser Abstand zwischen uns, aber wir sind uns nah genug, dass ich die Sommersprossen auf seinen

Wangen deutlich sehen kann. Und das Knistern spüre, das trotz allem die Luft zwischen uns erfüllt.

«Es ...», setzt er leise an und betrachtet dabei die Spitzen seiner Sneaker. «Es tut mir leid, dass ich mich nicht mehr bei dir gemeldet habe. Das war unfair. Respektlos. Scheiße. Alles zusammen und noch viel mehr.» Er schüttelt den Kopf und streicht sich die Locken aus der Stirn.

«Was war denn los?», frage ich mit zusammengeschnürter Brust. «Ich meine, da war was zwischen uns. Das habe ich mir doch nicht eingebildet. Oder?»

Connor atmet hörbar aus. «Nein, das hast du dir nicht eingebildet. Ganz im Gegenteil.»

«Aber dann verstehe ich dich noch viel weniger.»

Seine Augen flackern wie die eines gehetzten Tieres. «Es gibt da ein paar Dinge, über die ich mir in den letzten Tagen klar werden musste.»

«Und? Bist du dir darüber klar geworden?» Unweigerlich muss ich daran denken, was er mir vor ein paar Wochen genau an dieser Stelle erzählt hat. Dass er sich manchmal selbst im Weg steht. Ist das eine dieser Situationen? Lähmen ihn seine Selbstzweifel?

«Ja. Das dachte ich zumindest. Aber jetzt ... jetzt bin ich mir irgendwie nicht mehr so sicher.»

Was er sagt, macht mich doch noch ärgerlich und trägt dazu bei, dass ich lauter werde. «Ich weiß nicht, was bei dir los ist, Connor. Ich weiß nur, dass du mir etwas bedeutest. Ich will Zeit mit dir verbringen, dich weiter kennenlernen, dir nah sein und dich küssen. Ich will herausfinden, was das mit uns beiden werden kann. Weil das für mich mehr ist als nur eine Schwärmerei. Aber ich will nicht, dass man mit meinen Gefühlen spielt. Und genau das tust du.»

«Sam ...» Connor macht einen Schritt auf mich zu. Kurz wirkt es, als wolle er die Hand ausstrecken und meine Wange berühren. Aber der Moment verfliegt so schnell, wie er gekommen ist. Vielleicht ist es besser so, denn ich hätte sie wohl weggeschlagen.

«Du musst dich entscheiden, was du willst», sage ich mit einer Sicherheit, die mich selbst überrascht. «Willst du auch Zeit mit mir verbringen? Willst du, dass wir uns weiter kennenlernen?» Ich atme noch einmal tief durch. «Es liegt an dir, Connor. Entscheide dich. Aber entscheide dich schnell. Ich werde bestimmt nicht das ganze Semester auf eine Antwort von dir warten.»

Und bevor er darauf etwas erwidern kann, drehe ich mich um und lasse ihn stehen.

KAPITEL 21

CONNOR

Ich bin mit der festen Absicht, die Sache mit Samuel zu beenden, zum Cricketfeld gegangen. Aber kaum dass er vor mir stand, sind meine Vorsätze wie ein Kartenhaus in sich zusammengefallen. Ich habe die Worte nicht über die Lippen gebracht. Ich habe es einfach nicht geschafft. Und was noch viel schlimmer ist, ich habe mich noch immer, trotz allem, zu ihm hingezogen gefühlt. Wäre am liebsten auf ihn zugegangen, hätte meine Hände auf seine Wangen gelegt und ihn geküsst wie nach der Party. Das Einzige, was mich davon abgehalten hat, waren der zornige Ausdruck in seinem Gesicht und das letzte bisschen Verstand, das mir geblieben ist.

Spätestens jetzt begreife ich, was mir schon längst hätte klar sein müssen: Ich kann nicht darauf hoffen, dass sich die Sache mit Samuel von allein erledigt. Selbst wenn ich in den nächsten Wochen versuche, ihm aus dem Weg zu gehen, ist es ein Ding der Unmöglichkeit, ihn mir aus dem Kopf zu schlagen. So wie er in meinen Gedanken auftaucht, wird er es auch immer wieder auf dem Campus tun. Brynmor ist nicht groß genug, um sich zu verstecken. Mal ganz davon abgesehen, dass es tatsächlich ziemlich mies wäre, ihn in der Luft hängen zu lassen. Da hat er vollkommen recht.

Lange bevor die anderen Läufer eintreffen, kehre ich am Nachmittag zur Kunststoffbahn zurück. Samuel ist nicht da, was mich einerseits erleichtert, andererseits aber auch traurig stimmt. Ich laufe Runde um Runde, laufe selbst dann noch, als sich der Himmel allmählich zuzieht und es kurz darauf wie aus Eimern zu schütten beginnt. Die anderen brechen das Training ab, ich mache einfach weiter. Innerhalb kürzester Zeit kleben die nassen Klamotten wie eine zweite Haut an meinem Körper, aber es kümmert mich nicht. Erst als mich eine halbe Stunde später die Kräfte verlassen, schleppe ich mich in mein Zimmer zurück, stelle mich unter die Dusche und schließe die Augen.

Manche Wahrheiten sollten wohl besser für immer im Verborgenen bleiben.

Der Satz lässt mich nicht los. In den letzten Tagen ist es mir noch halbwegs gelungen, ihn zu verdrängen, aber jetzt ist er der Rettungsring, an den ich mich verzweifelt klammere. Weil es nichts anderes gibt, an dem ich mich sonst festhalten kann.

Ich will Samuel weiter kennenlernen. Will wissen, was aus uns werden könnte. Ja, ich müsste ihm etwas verschweigen. Aber genau genommen tue ich das seit zehn Monaten. Nicht weil ich es will. Aber weil es so für alle das Beste ist.

Manche Wahrheiten sollten wohl besser für immer im Verborgenen bleiben.

Ich trockne mich ab und lege mich ins Bett. Obwohl ich hundemüde bin, finde ich keinen Schlaf. Aber als die Sonne am nächsten Morgen die Wolken auseinandertreibt und ihre Strahlen die Staubflocken in meinem Zimmer zum Leuchten bringen, habe ich endlich eine Entscheidung getroffen.

Manche Wahrheiten sollten wohl besser für immer im Verborgenen bleiben.

Genauso ist es. So und nicht anders.

Am Nachmittag teilen Lake und ich uns einen Arbeitsplatz in der Bibliothek. Die schwarz-weißen Bodenkacheln erinnern an ein Schachbrett. Unzählige Bücherregale reichen bis zur stuckverzierten Decke, Leitern führen zu den oberen Regalreihen. Die Umgebung wird von alten Leselampen aus Messing in dämmriges Licht getaucht. Ganz in der Nähe befindet sich eine prächtige Vitrine mit einem Rahmen aus Blattgold, in der einige handschriftliche Notizen der Mönche ausgestellt sind.

Während Lake an einem Essay über Emily Brontë arbeitet, werfe ich ihr immer wieder verstohlene Blicke zu. Im Gegensatz zu ihr kann ich mich nicht auf meine Arbeit konzentrieren. Stattdessen suche ich noch immer nach den passenden Worten. Vielleicht will ich auch einfach noch ein bisschen Zeit schinden. Aber mir ist klar, dass ich den Moment nicht mehr viel länger hinauszögern kann.

«Lake?», flüstere ich und balle unter dem Tisch die Hände zu Fäusten zusammen.

«Was ist?»

«Können wir ... kurz sprechen?» Lake hebt den Kopf. «Nicht hier», fahre ich fort und sehe zu Mrs Lawrence hinüber. Die junge Bibliothekarin mit dem Pagenschnitt sitzt an ihrem Schreibtisch auf der anderen Seite des Lesesaals. Jede Unterhaltung, die über ein Flüstern hinausgeht, wird von ihr mit missbilligenden Blicken gestraft. «Lass uns woandershin gehen.»

Die Verwirrung steht Lake ins Gesicht geschrieben. Allerdings stellt sie mir keine weiteren Fragen, sondern klappt ihren Laptop zu.

Mit wachsender Nervosität führe ich sie in den hinteren Teil der Bibliothek. Hier stehen die Regalreihen noch enger beieinander, das Licht ist fahl, und die in Leder gebundenen Bücher sind eingestaubt. Wir setzen uns in eine der kleinen Fensternischen. Weil das alte Glas milchig und beschlagen ist, kann man den Innenhof nur erahnen.

«Du machst mir gerade ein bisschen Angst», sagt Lake. Zwischen ihren Brauen hat sich eine kleine Falte gebildet. «Was ist los?»

Ich räuspere mich. «Ich habe mich gestern mit Samuel getroffen.»

Erst sieht sie mich entgeistert an. Dann schürzt sie missbilligend ihre Lippen. «Du hast *was* getan?»

«Sam hat mir geschrieben. Am Sonntagmorgen schon, gleich nach der Party. Und dann noch einmal vor zwei Tagen.» Die Worte kommen mir nur schwer über die Lippen, aber jetzt gibt es kein Zurück mehr. «Ich hatte mir vorgenommen, mich mit ihm zu treffen, um die Sache zu beenden. Aber ich habe es nicht geschafft. Ich habe es einfach nicht übers Herz gebracht. Und um ehrlich zu sein, glaube ich auch nicht, dass mir das in den nächsten Tagen und Wochen gelingen wird.» Lake öffnet bereits den Mund, um etwas zu sagen, aber ich komme ihr zuvor. «Seit zehn Monaten habe ich niemanden mehr wirklich an mich herangelassen und stattdessen meine ganze Zeit und Energie ins Training gesteckt. Aber als ich Sam das erste Mal begegnet bin ... weißt du, wie ich mich da gefühlt habe?» Plötzlich schießen mir die Tränen in die Augen. Die Erinnerung löst so viele Glücksgefühle in mir aus, dass ich am liebsten in sie eintauchen würde wie in ein warmes Bad. «Als ich gesehen habe, wie er über diese Tribüne geklettert ist, habe ich mich lebendig gefühlt. Als er mir gesagt hat, dass ich mir zu viele Gedanken mache und mich dadurch selbst lähme, habe ich aufgeatmet. Weil ich das schon längst mal hätte hören müssen.»

«Connor ...»

«Bei unserem Treffen gestern hat Sam mich völlig zu Recht

gebeten, eine Entscheidung zu treffen. Für ihn. Oder gegen ihn. Jetzt weiß ich, was ich tun werde.»

Ich muss es nicht laut aussprechen. Lake weiß auch so, was mir auf der Zunge liegt. Ihre Augen weiten sich, und ich habe Angst, dass die Situation jeden Moment eskaliert.

«Das ist nicht dein Ernst, Connor. Das *kann* nicht dein Ernst sein.» In ihrer Stimme liegt eine bedrohliche Ruhe.

«Doch, ist es», erwidere ich. «Vorausgesetzt, Sam hat es sich mittlerweile noch nicht anders überlegt.»

«Er ist Philipps Bruder», sagt Lake leise.

Ich schlucke. «Ich weiß. Ich habe die letzten Tage und Nächte an kaum etwas anderes gedacht.»

Lake schüttelt den Kopf. Fast schon verzweifelt fährt sie sich mit der Hand über das Gesicht, wobei sie kurz an ihrem Piercing hängen bleibt und leise flucht. Für ein paar Sekunden breitet sich ein Schweigen zwischen uns aus, so unangenehm, wie ich es noch nie erlebt habe.

«Okay, mal angenommen, du bleibst bei deiner Entscheidung. Was, denkst du, wird als Nächstes passieren? Willst du ihm verschweigen, was du weißt? Und wenn nicht, was wirst du ihm sagen, wenn er anfängt, Fragen zu stellen? Willst du ihm etwas vormachen? Ihn anlügen? Oder willst du ihm ... willst du ihm ... die Wahrheit sagen?» Beim letzten Satz bricht ihre Stimme. Ihr Gesicht ist leichenblass geworden, und in ihren Augenwinkeln glitzern Tränen.

«Manche Wahrheiten sollten wohl besser für immer im Verborgenen bleiben», beantworte ich die Frage mit dem Satz, der mittlerweile fast so etwas wie ein Mantra geworden ist. «Das waren deine Worte.»

Lake runzelt die Stirn. Zuerst macht es den Eindruck, als könne sie sich nicht mehr erinnern. Dann atmet sie hörbar aus. «Ja. Ja, das waren meine Worte.»

«Es wäre besser, wenn Claire und ich nie die Wahrheit erfahren hätten», sage ich belegt. «Zu wissen, dass die eigenen Eltern dich nie gewollt haben, dass sie es manchmal sogar bereuen, dich bekommen zu haben, das ist so ziemlich das Niederschmetterndste, was ich mir vorstellen kann.» Es laut auszusprechen, macht es nicht besser, im Gegenteil. Aber ich will Lake meine Entscheidung begreiflich machen. Weil ich sie nicht leichtfertig getroffen habe. «Ich glaube, dass du mit diesem Satz recht hattest. Und ich glaube, dass er auch auf Sam zutrifft.»

«Das heißt ...», beginnt sie.

«... dass ich nicht vorhabe, mein Versprechen zu brechen», sage ich entschieden.

«Ich habe Angst», bricht es aus Lake heraus. «Riesige Angst, dass die Vergangenheit aufgewühlt wird.»

Am liebsten würde ich die Hand nach ihr ausstrecken oder sie in die Arme nehmen. Aber weil ich mich nicht aufdrängen und eine Grenze überschreiten möchte, halte ich mich zurück.

«Ich habe nicht vor, irgendetwas zu tun, das die Vergangenheit aufwühlt», antworte ich und meine es auch so. «Du bist mir wichtig, Lake. Hörst du? Du bist mir sogar *sehr* wichtig. Aber Sam ist es auch. Und wenn ich mich jetzt gegen ihn entscheide, würde ich mich immer fragen, was zwischen uns hätte sein können.»

Lake schüttelt den Kopf. «Du bist mir auch wichtig, Connor. Aber ... keine Ahnung, ich weiß einfach nicht, wie ich damit umgehen soll. Seit der Party ist alles, was ich fast ein Jahr lang irgendwie verdrängt habe, wieder da. Und ganz ehrlich? Ich befürchte, dass du mit deiner Entscheidung einen Schneeball ins Rollen bringst, der zu einer Lawine wird.»

KAPITEL 22

SAMUEL

Seit meinem Gespräch mit Connor komme ich mir nicht länger wie ein Spielball vor, den man einfach so herumwerfen kann, wie es einem beliebt. Nein, ich habe Einfluss aufs Spiel genommen. Ich habe mich für mich eingesetzt. Etwas, das ich schon bei Milo hätte tun sollen. Damals habe ich mich nicht getraut, aus Angst, ihn dadurch endgültig zu verlieren. Jetzt fühle ich mich befreit. Auch wenn ich keine Ahnung habe, wie es weitergeht.

Das Hochgefühl verschwindet erst, als ich am Abend in mein Zimmer komme und den Umschlag entdecke, der unter dem Türschlitz durchgeschoben wurde. Ich zögere keine Sekunde, reiße ihn auf und überfliege die wenigen, mit schwarzer Tinte geschriebenen Worte.

Komm morgen früh um 9.00 Uhr in die Kirche. Dann erfährst du alles Weitere.
BD

In den letzten Tagen war ich so sehr mit Connors rätselhaftem Verhalten beschäftigt, dass ich so gut wie gar nicht an Brynmor Dawn gedacht habe. Jetzt durchfährt mich ein Schaudern. Was wird mich in der Kirche erwarten? Eine weitere Mutprobe? Oder hat sich die Verbindung gegen mich entschieden?

Nach einer unruhigen Nacht betrete ich am nächsten Morgen Schlag neun die Kirche durch eine schwere Eisentür.

Es dauert ein paar Sekunden, bis sich meine Augen an das Halbdunkel im Inneren gewöhnt haben. Ein paar Sonnenstrahlen fallen durch die hohen Buntglasfenster, davon abgesehen spenden nur ein paar flackernde Kerzen in einer Gebetsecke etwas Licht. Ich blinzle ein paar Mal und sehe mich um. Ungefähr auf halber Höhe zwischen mir und dem Altar kniet eine Studentin, offenbar ins Gebet vertieft. In der vordersten Reihe sitzt Jeremiah. Ich kann zwar nur seinen Hinterkopf sehen, aber das blassblonde Haar ist selbst auf die Entfernung unverkennbar.

Während ich den Mittelgang entlanglaufe, hallen meine Schritte von den hohen Wänden wider. Weil es um mich herum so still ist, kommt mir selbst das Atmen unnatürlich laut vor.

«Samuel.» Kaum dass ich mich neben ihn gesetzt habe, dreht sich Jeremiah mit einem angedeuteten Lächeln zu mir herum. Statt ihm eine Antwort zu geben, erwidere ich einfach nur seinen Blick.

«In den letzten Tagen hatten wir ein paar hitzige Diskussionen», sagt er ohne Umschweife. «Jetzt haben wir eine Antwort für dich.»

«Und?»

«Wenn es nach mir gegangen wäre, hätten wir dich bereits am Sonntag bei uns aufgenommen. Aber die Mehrheit ist der Ansicht, dass du noch eine zweite Prüfung bestehen musst, um die Mitgliedschaft bei uns zu verdienen.»

«Mit diesen Prüfungen habt ihr es, oder?» Nach der Kletterpartie über die Felsen bin ich nicht gerade scharf darauf, mich ein weiteres Mal in eine brenzlige Situation zu begeben. Aber wenn ich nicht will, dass sich die Tür zu Brynmor Dawn einfach so verschließt, bleibt mir offenbar keine andere Wahl.

Jeremiah wiegt den Kopf hin und her. «Wir sind der Ansicht, dass man es im Leben nur dann zu etwas bringt, wenn man immer wieder über die eigenen Grenzen hinausgeht. Dort, wo man es sich gemütlich macht, kann man nicht wachsen. Aber mit jeder Herausforderung, die man meistert, kommt man ein kleines bisschen weiter. Wie im Sport.»

Er ist der Sohn eines Earls. Was weiß er schon von Herausforderungen?

«Was soll ich machen?», frage ich, weil mir ohnehin nichts anderes übrig bleibt.

«Wir wollen, dass du etwas für uns aus dem Archiv besorgst.»

Aus der Gesäßtasche seiner Hose kramt Jeremiah eine weiße Chipkarte hervor. Sie erinnert mich an eine Schlüsselkarte, wie ich sie aus Hotels kenne.

«Weißt du, wo sich das Archiv befindet?»

«Nein, keine Ahnung», sage ich kopfschüttelnd.

«Du findest es hinter der *Tudor Hall*. Dort gibt es ein paar kleinere Gebäude am Rand der Klostermauer. Das Archiv ist im mittleren von ihnen untergebracht.»

«Ich schätze mal, dass ich da nicht einfach so hineinspazieren kann, richtig?»

«Richtig. Studierende haben normalerweise keinen Zutritt. Sie brauchen die Genehmigung eines Professors. Oder eine Sondererlaubnis.»

«Oder diese Chipkarte.»

Jeremiah lächelt verschwörerisch. «Genau.»

«Wo habt ihr die her?»

«Es hat gewisse Vorteile, auch den ein oder anderen Mentor in unserer Verbindung zu haben.» Als wolle er sichergehen, dass uns niemand zuhört, wirft Jeremiah einen Blick über die Schulter. Die betende Studentin nimmt allerdings keine Notiz von uns, und in der Zwischenzeit hat auch sonst niemand die Kirche betreten. «Du solltest dich nicht erwischen lassen, Samuel. Es steht zwar nicht explizit in der Hausordnung, aber nach zwei Jahren weiß ich ziemlich gut, wie die Dinge hier laufen. Und wir wollen doch nicht, dass du eine Verwarnung bekommst.»

«Was soll ich für euch besorgen?», frage ich angespannt.

«Die Akte eines Studenten. Hier steht alles, was du über ihn wissen musst.» Zusammen mit der Chipkarte reicht er mir einen gefalteten Zettel, auf dem neben dem Namen Paul Kernow auch sein Geburtsdatum sowie sein Studienfach, International Management, stehen.

«Paul Kernow?» Ich ziehe die Brauen hoch. «Wer ist das? Und warum wollt ihr ausgerechnet seine Akte haben?»

«Paul ist Mitglied bei uns. Bevor er im nächsten Jahr seinen Abschluss macht, müssen in seiner Akte noch ein paar Dinge bereinigt werden. Nicht dass er später mal Probleme wegen einiger *Jugendsünden* bekommt.»

Okay … ich soll also dabei helfen, das Fehlverhalten eines anderen geradezurücken, indem ich selbst eins begehe? «Was soll ich mit der Akte machen, wenn ich sie habe?», frage ich zähneknirschend.

«Halte auf dem Campus einfach nach Riley oder mir Ausschau.»

Ich nicke, nehme mir aber vor, um Riley einen großen Bogen zu machen.

«Ach, und noch etwas.» Jeremiahs Stimme klingt ernst. «Du weißt, wie wichtig uns Verschwiegenheit ist. Darum gilt auch jetzt: kein Wort zu niemandem.»

«Ich werde nichts sagen.»

«Gut. Du bist Philipp ziemlich ähnlich. Das gefällt mir.» Bei seinen Worten schnürt es mir die Kehle zu. Ich versuche, es mir nicht anmerken zu lassen, weiß aber nicht, ob es mir gelingt. «Wir sehen uns», sagt Jeremiah zum Abschied und steht auf.

Und während das Echo seiner Schritte immer leiser wird, bleibe ich vor dem Altar sitzen und frage mich, worauf zum Teufel ich mich da nur eingelassen habe.

In der Pause zwischen zwei Seminaren mache ich mich auf den Weg zum Archiv, um mir einen ersten Überblick zu verschaffen. Es liegt im Schatten der Klostermauern und wurde früher vermutlich als Wirtschafts- oder Verwaltungsgebäude genutzt, bevor es irgendwann seine jetzige Funktion erhalten hat.

Neben der verschlossenen Eingangstür hängt ein kupferfarbenes Schild mit der Aufschrift *Brynmor Archive*. Gleich daneben ein zweites, auf dem die Öffnungszeiten stehen.

So unauffällig wie möglich sehe ich mich um. Es gibt mehr Fenster, als ich auf die Schnelle zählen kann, und die Arkadengänge, die vom Innenhof abzweigen, führen zum Speisesaal und zur Bibliothek. Aus dieser Richtung höre ich die Stimmen von ein paar Studierenden, die rasch näher kommen. Will ich kein unnötiges Risiko eingehen, wäre es wohl am besten, mein Glück im Schutz der Dunkelheit zu versuchen. Dann ist die Gefahr, gesehen zu werden, deutlich geringer. Zumindest hoffe ich das.

Nach dem kurzen Abstecher mache ich mich wieder auf den Weg in den Unterricht und von dort zum Speisesaal, wo ich mich zu Youma setze. Die Chipkarte in meiner Tasche fühlt sich wie ein Stein an.

«Wie geht's dir?», fragt Youma und sieht mich mitfühlend an. «Wegen Connor, meine ich?»

«Besser, seit wir gestern gesprochen haben. Aber ich würde

lügen, wenn ich sage, dass mich die Sache kaltlässt.» Um ehrlich zu sein ist das ziemlich untertrieben. Aber ich bin nicht gerade scharf darauf, im Speisesaal, vor allen anderen, die Fassung zu verlieren. «Ich hoffe, bei dir und Leroy läuft es besser.»

Youma lächelt. «Gestern hat er seine Flüge gebucht ...» Und dann erzählt sie mir von ihren Plänen, Silvester in London zu verbringen und für ein paar Tage durch die schottischen Highlands zu reisen. Das Strahlen in ihren Augen hat etwas Ansteckendes. Es tut gut zu hören, wie rund es bei den beiden läuft. «Übrigens, Connor ist nicht der Einzige, der untergetaucht ist. Seit der Party ist auch Riley wie vom Erdboden verschluckt. Keine Ahnung, was mit ihr los ist.» Sie sieht mich mit einem Blick an, den ich nicht ganz deuten kann. Hat sie vielleicht eine Ahnung?

«Sie meldet sich bestimmt bald bei dir», sage ich, auch wenn ich kaum glaube, dass das passieren wird. Riley wirkte richtig verärgert darüber, dass ich vor der Sakristei aufgetaucht bin, nicht Youma. Bestimmt braucht sie noch ein bisschen, bis sie sich wieder beruhigt hat. Sofern sie sich überhaupt beruhigt.

Nach dem Essen verabschieden wir uns im Innenhof. Den restlichen Nachmittag verbringe ich mit einem Seminar zu *Anatomischen Grundlagen* und einer ausgedehnten, längst überfälligen Runde Parkour auf dem *Medard's Square*. Ein paar vorbeilaufende Studierende werfen mir neugierige Blicke zu, aber ich nehme kaum Notiz von ihnen.

Am Ende des Trainings bin ich vollkommen ausgepowert. Immerhin habe ich zumindest für ein paar Minuten nicht an Connor oder Brynmor Dawn gedacht. Gerade als ich einen großen Schluck aus meiner Trinkflasche nehmen will, vibriert mein Handy, und mein Herz setzt einen Schlag aus: Connor hat mir geschrieben. Er hat mir tatsächlich geschrieben! Mit zitternden Fingern öffne ich den Chat.

Connor: Hey, Sam. Ich wollte dir noch mal sagen, wie leid es mir tut. Du musst diese Entschuldigung natürlich nicht annehmen, aber es war mir trotzdem wichtig, es dir zu schreiben.
Erinnerst du dich daran, wie du mir vor dem Westflügel gesagt hast, dass ich dich umgehauen habe? Bestimmt tust du das. Und weißt du was? Das war unglaublich süß von dir. Vor allem aber war es ziemlich mutig. Was das angeht, wünsche ich mir, ich könnte mehr so sein wie du. Ich bin nämlich nicht mutig. Zumindest halte ich mich nicht für mutig. Meistens kann ich das ganz gut überspielen. Ich habe jahrelange Übung darin, so zu tun, als wäre ich jemand anders. Ich glaube, da geht es mir wie vielen queeren Kids. Aber wie gesagt, ich bin nicht mutig. Stattdessen kämpfe ich mit meiner Unsicherheit und meinen Zweifeln. Und genau das war auch in den letzten Tagen der Fall.
Ich habe riesige Angst, dass das mit uns beiden nicht funktionieren könnte. Habe Angst, dir näherzukommen, noch mehr für dich zu empfinden. Und dann herauszufinden, dass es mit uns beiden vielleicht doch nicht passt. Dass es nicht hinhaut, sosehr wir es uns auch wünschen. Allein der Gedanke macht mich fertig. Und dann frage ich mich, was würde es mit mir machen, wenn es tatsächlich so käme?
Aber genauso wenig kann ich mich von dir fernhalten und so tun, als wäre da nichts. Denn genau das Gegenteil ist der Fall, und das habe ich in den letzten Tagen ganz deutlich gespürt. Eines solltest du nämlich wissen (und jetzt muss ich meinen ganzen mickrigen Mut zusammenkratzen, um dir das zu schreiben): Du hast mich auch umgehauen, und zwar von der Sekunde an,

als ich dich auf der Tribüne gesehen habe. Und daran hat sich seitdem nichts geändert.
Also, wenn du mir – wenn du uns – noch eine Chance geben willst, ich bin da. Ich bin so was von da!

Obwohl ich vom Training total verschwitzt bin und schleunigst unter die Dusche sollte, bin ich wie erstarrt. Lese die Nachricht noch ein zweites und drittes Mal. Meine Gefühle könnten nicht widersprüchlicher sein. Erleichterung, endlich zu wissen, woran ich bin. Aber auch Sorge, mich auf ihn einzulassen und ein weiteres Mal enttäuscht zu werden.

Statt lange darüber nachzudenken, starte ich einen Videoanruf. Nach ein paar Sekunden taucht Connors verpixeltes Gesicht auf dem Display auf.

«Sam …» So wie sein Gesicht von der Sonne beschienen wird, ist er offenbar irgendwo auf dem Campus unterwegs. Er wirkt erstaunt über meinen Anruf. Und beunruhigt.

«Ich habe gerade deine Nachrichten gelesen», sage ich etwas atemlos.

Connor presst die Lippen aufeinander.

«Ich …» Für einen Moment zögere ich noch. Bin nicht sicher, ob das, was ich tue, richtig oder falsch ist. Aber vielleicht gibt es jetzt auch kein Richtig oder Falsch. Vielleicht tue ich einfach das, was sich stimmig anfühlt. «Was hältst du davon, wenn wir die letzten Tage aus unserem Gedächtnis löschen? Und einfach noch mal von vorn anfangen?» Connors Brauen heben sich, seine graublauen Augen flackern. «Wir wissen beide nicht, ob das mit uns funktioniert», fahre ich fort. «Aber wir sollten uns mit unseren Zweifeln nicht ständig selbst im Weg stehen. Sondern es einfach versuchen. Und schauen, wo es uns hinführt. Was hältst du davon?»

Zum ersten Mal seit Beginn unseres Calls beginnen Connors

Gesichtszüge, sich zu entspannen. «Das ist ... Das klingt nach einem Plan.»

«Also, wann und wo sehen wir uns?», frage ich. Und hoffe inständig, kein weiteres Mal enttäuscht zu werden.

KAPITEL 23

SAMUEL

Während der nächsten zwei Wochen sind wir vorsichtig, zurückhaltend, darauf bedacht, die Dinge nicht zu überstürzen oder etwas zu sagen oder zu tun, das den anderen vor den Kopf stoßen könnte. Unser Kennenlernen ist weniger stürmisch, weniger Hals-über-Kopf als vielmehr behutsam. Wie unser erster Tanz auf der Party. Aber nach der zwischenzeitlichen Funkstille ist das mehr als in Ordnung.

Jeden zweiten Abend treffen wir uns bei der Laufgruppe, und am Wochenende machen wir einen Ausflug nach St. Keyne, wo wir den Nachmittag im *Seacliff Coffee & Tea* verbringen. Wenn wir uns nicht sehen, schreiben wir uns, und Connors Antworten lassen meist nicht lange auf sich warten.

Immer wieder gibt es allerdings auch andere Momente. Momente, die mich nachdenklich stimmen. Manchmal macht Connor Anstalten, etwas zu sagen, hält sich in der letzten Sekunde dann aber doch zurück. Eines Morgens im Speisesaal wirkt er in sich gekehrt und abwesend. Erst als ich ihn darauf anspreche und frage, ob alles in Ordnung ist, erwacht er aus seiner Starre und bemüht sich, meinen Eindruck schnell wieder zu zerstreuen. Doch ich frage mich zwangsläufig, woran er gedacht hat. Was ihn beschäftigt. Besteht die Möglichkeit, dass er sich ein weiteres Mal zurückzieht? Dass er von einem Tag auf den anderen untertaucht, wie es kurz nach der Party passiert ist?

An einem unserer freien Nachmittage sitzen wir auf einer Steinbank in einem der Innenhöfe. Die Efeuranken glitzern vom letzten Regenschauer, und der Wind treibt kleine Wolken über den Campus hinweg. Die Sonne scheint mit letzter Kraft auf uns herab, wir teilen uns meine Earpods und hören Musik. Abwechselnd lassen wir Songs laufen, die uns besonders gut gefallen, und sprechen darüber, was wir mit ihnen verbinden.

«Hier, kennst du den?», fragt Connor aufgekratzt und lässt *Someone to you* von Banners laufen.

Während sich unsere Schultern berühren, sitzen wir schweigend nebeneinander, lauschen dem Gesang und den Riffs der elektrischen Gitarre. «Gott, ich liebe diesen Sänger einfach», sagt Connor, sobald das Lied vorbei ist. Mit dem Ellbogen stupst er mich in die Seite. «Was hörst du, um runterzukommen?»

«Woodkid», sage ich wie aus der Pistole geschossen. «Lord Huron. Und Clueso.»

«Clueso?»

«Ein deutscher Sänger», antworte ich, scrolle durch die Playlist meines Handys und spiele ihm *Achterbahn* vor.

Er lauscht dem Text so aufmerksam, als würde er jedes Wort verstehen. «Worüber singt er?», fragt er, nachdem der letzte Ton verklungen ist.

«Über die Erwartungen, die andere an einen haben. Und darüber, dass er macht, worauf *er* Bock hat.»

«Klingt nach einer ziemlich guten Einstellung», sagt Connor und lächelt mich an.

«Ja», bestätige ich. «Erinnerst du dich noch daran, wie du mir auf dem Kirchturm erzählt hast, wie du früher nie das Gefühl hattest dazuzugehören?» Connor nickt. «So ging es mir bis zu meinem Coming-out. Ich habe immer versucht, genau das zu tun, was von mir erwartet wird. Oder was ich *glaubte,* das erwartet wird.»

«Und danach?»

«Ist es mir noch immer schwergefallen, mich davon zu lösen, was andere von mir denken. Aber es wird besser. Mit jedem Tag, mit jeder Woche, mit jedem Monat wird es ein kleines bisschen besser.»

Als die Sonne hinter den Klostermauern verschwindet, wird es schnell kühl, und wir packen unsere Sachen zusammen.

«Sehen wir uns morgen?», frage ich, sobald wir den nächsten Arkadengang erreichen. Connor hat seinen Essay über *Duale Karrieren im Spitzensport* noch nicht fertiggestellt und will den Abend in der Bibliothek verbringen. Und ich habe auch etwas vor ...

«Ja, klar! Ich melde mich bei dir.»

Kurz stehen wir voreinander, unschlüssig, wie wir uns verabschieden sollen. Dann drückt mich Connor an sich, und ich erwidere die Umarmung. Atme seinen Geruch ein und fahre ihm mit den Fingern durch die Locken. Und langsam, ganz langsam fasse ich wieder Vertrauen.

Bisher habe ich es vor mir hergeschoben, mich ins Archiv zu schleichen und die Akte von Paul Kernow zu besorgen. Das will ich heute Abend nachholen.

Nach dem Essen verabschiede ich mich von Youma und kehre in den Westflügel zurück. Um die Zeit zu überbrücken, lege ich mich ins Bett, höre *Iron* und versuche, meine flatternden Nerven im Zaum zu halten. Draußen auf dem Gang schlurfen die anderen Erstsemester nach und nach in ihre Zimmer. Hier und da höre ich heiteres Lachen oder das Zuschlagen einer Zimmertür. Je mehr Zeit verstreicht, desto weniger Geräusche dringen an meine Ohren. Aber selbst als die letzte Stimme schon lange verklungen ist, rühre ich mich noch immer nicht von der Stelle. Sondern warte. Und warte. Weil ich wirklich sicher sein will, niemandem zu begegnen. Erst weit nach Mitternacht ziehe ich mir einen Hoodie über und mache mich auf den Weg.

Als ich ins Freie trete, weht mir eine kühle Brise ins Gesicht. Die Luft schmeckt salzig. So schnell ich kann, überquere ich die Wiese und passiere den nächsten Torbogen. Die Arkadengänge und Innenhöfe sind vollkommen verwaist. Im Schein der Sicherheitsbeleuchtung erwecken die alten Gemäuer einen fast gespenstischen Eindruck.

Noch mache ich nichts Verbotenes. Ich habe die Hausordnung, die Mrs Thompson uns an unserem ersten Tag ausgehändigt hat, bis ins letzte Detail studiert. Es gibt keine Regel, die besagt, dass Studierende zu nachtschlafender Zeit nicht auf dem Campus unterwegs sein dürfen. Trotzdem bin ich erleichtert, niemandem über den Weg zu laufen. Denn Fragen würde mein Herumstromern allemal aufwerfen.

Ein paar Minuten später taucht das Archiv im Schatten der Klostermauern auf. Die Fenster um mich herum liegen alle im Dunkeln, und weit und breit ist keine Menschenseele zu sehen. Eine bessere Möglichkeit wird sich mir kaum bieten. Ich sollte also keine Zeit verschwenden und die ganze Sache endlich hinter mich bringen. Trotzdem hadere ich.

Du könntest es auch einfach sein lassen. Du könntest ins Bett gehen und dich schlafen legen …

Aber du bist nach Brynmor gekommen, um die Wahrheit über Philipps Unfall herauszufinden. Du hast so viel in Kauf genommen, um es bis hierher zu schaffen – und jetzt willst du einen Rückzieher machen? Jetzt, wo du kurz davorstehst, dich endgültig zu beweisen und das Vertrauen von Brynmor Dawn zu gewinnen?

Das innere Tauziehen geht hin und her. Dann treffe ich eine Entscheidung. Jetzt aufzugeben, würde einem Verrat an Philipp gleichkommen.

Ich atme noch ein letztes Mal tief ein, laufe über den Innenhof und halte die Chipkarte an den Sensor neben der Tür. Nachdem sie sich mit einem leisen Surren geöffnet hat, schlüpfe ich hindurch. So leise ich kann, schließe ich sie hinter mir und bin schlagartig von absoluter Dunkelheit umgeben.

Die Luft ist trocken, staubig und riecht nach altem Papier. Kurz bin ich versucht, die Wand nach einem Lichtschalter abzutasten, halte mich in letzter Sekunde aber zurück. Ich darf kein unnötiges Risiko eingehen. Wenn jemand durch den Innenhof läuft und einen Lichtstrahl aus dem Archiv sieht, bin ich geliefert. Ertasten werde ich Paul Kernows Akte aber wohl kaum. Irgendwie muss ich mich also orientieren. Vielleicht …

Ich schalte die Taschenlampe meines Handys ein, um mir einen kurzen Überblick zu verschaffen. Im Schein der Lampe erstrecken sich Dutzende Regalreihen bis zur anderen Seite des Raums. Jetzt muss ich nur noch herausfinden, nach welchem System die Regale angeordnet sind.

Ich trete an die erste Regalreihe und mustere das Schild, das daran angebracht ist. Z. Mit wenigen Schritten bin ich beim nächsten Regal angekommen. Y. Mit zittrigen Fingern schalte ich die Taschenlampe wieder aus. Blindlings taste ich mich von Regal zu Regal und zähle dabei die Buchstaben rückwärts.

T. S. R.

Ich laufe weiter und weiter, und obwohl ich allein im Archiv bin, versuche ich, jedes unnötige Geräusch zu vermeiden.

N. M. L. … K!

Ich schalte noch einmal die Taschenlampe ein, und der Lichtkegel erhellt einen lang gezogenen, schmalen Gang. Zu beiden Seiten befinden sich altmodische Aktenschränke, wie ich sie in deutschen Beamtenstuben vermute. Langsam ziehe ich den Schuber des ersten Schranks auf und leuchte hinein. Eine Reihe sorgfältig aufgereihter Mappen kommt zum Vorschein. Mit den Fingern meiner freien Hand fahre ich über die Namensschilder.

Kelly. Kennedy. Kemp …

Bitte! Bitte lass sie hier sein! Meine Augen huschen über die Namen. Und mein Flehen wird erhört. Nach ein paar Sekunden halte ich die Akte von Paul Kernow in den Händen.

Und jetzt nichts wie raus hier.

Ich schiebe den Schrank zu, als mich ein plötzliches Geräusch vom anderen Ende des Archivs erstarren lässt. Für den Bruchteil einer Sekunde hoffe ich, dass mir meine überreizten Sinne nur einen Streich spielen. Aber dann ertönt ein Summen. Ein Summen, das mir bekannt vorkommt, weil ich es vor ein paar Minuten selbst verursacht habe: die Eingangstür! Aber wie um alles …

Die Taschenlampe. Vor lauter Aufregung habe ich die Taschenlampe angelassen! Wie konnte mir das nur passieren?

Ich schalte sie aus und lasse das Handy in meiner Tasche verschwinden. In diesem Moment beginnen die Neonröhren an der Decke zu flackern und tauchen das Archiv in ein grelles Licht, das mich unweigerlich an einen OP-Saal denken lässt.

Mit Paul Kernows Akte unter dem Arm sehe ich mich hektisch nach einem Versteck um. Weil ich schlecht in einen der Schränke klettern kann, schleiche ich auf Zehenspitzen zum hinteren Ende des Gangs. Werfe einen Blick um die Ecke. Niemand zu sehen. Immerhin. Ich will schon weiterlaufen, halte aber inne, als ich plötzlich klackernde Schritte und eine mir nur allzu vertraute Stimme höre.

«Hallo? Wer ist da?»

Es ist Mrs Thompson. Ausgerechnet Mrs Thompson! Was hatte Connor vor Professor Bellinghams Rede doch gleich über sie gesagt? Dass es wohl kaum jemanden in Brynmor gibt, dem das Einhalten von Regeln wichtiger ist als ihr. *Natürlich* muss sie es sein, an die ich in dieser Nacht gerate.

«Kommen Sie heraus.» Mrs Thompsons Stimme hallt schneidend wie ein Messer durch das Archiv. Obwohl mir das Blut in den Ohren rauscht, werden ihre Schritte immer lauter. Dann hält sie plötzlich inne.

«Ich habe von draußen Licht gesehen. Lassen Sie also das kindische Versteckspiel und kommen Sie heraus.»

Ich bleibe vollkommen unbeweglich, als hinge mein Leben davon ab. Okay, ganz so schlimm wird es vermutlich nicht kommen, selbst wenn wir uns jeden Moment von Angesicht zu Angesicht gegenüberstehen. Aber allein die Vorstellung, Mrs Thompson zu erklären, was ich hier tue, lässt Schockwellen durch meinen Körper fahren.

Klackernde Schritte. Mrs Thompson hat sich wieder in Bewegung gesetzt. Sie muss jetzt jeden Moment auf der anderen Seite des Gangs auftauchen.

Komm schon. Denk nach. Denk verdammt noch mal nach.

Vielleicht wäre es das Beste, wenn ich mich einfach zu erkennen gebe. Aber solange es nur den Hauch einer Chance gibt, das Archiv ungesehen zu verlassen ... sollte ich es nicht darauf ankommen lassen?

«Hallo?», ruft Mrs Thompson ein weiteres Mal.

Im Bruchteil einer Sekunde treffe ich eine Entscheidung. Ob aus Verzweiflung oder Hoffnung, vermag ich nicht zu sagen.

Ich ziehe mir die Kapuze meines Hoodies über, packe den Griff des nächsten Aktenschranks und ziehe mit aller Kraft den Schuber heraus. Fast wie in Zeitlupe löst er sich aus seiner Verankerung, schlägt krachend auf dem Boden auf, die Akten landen klatschend daneben. Ich zögere keine Sekunde und renne los.

«Bleiben Sie stehen!» Aus dem Augenwinkel sehe ich noch, wie Mrs Thompson auf der anderen Seite des Gangs auftaucht. Aber ich beachte sie nicht weiter. Stattdessen sprinte ich an den Regalreihen vorbei, laufe so schnell, wie ich noch nie gelaufen bin. Bei der letzten angekommen, mache ich eine scharfe Kurve, stolpere zwischen den Aktenschränken hindurch. Die offen stehende Eingangstür ist nur noch wenige Meter entfernt.

«Sie sollen stehen bleiben!», höre ich Mrs Thompson von der anderen Seite des Archivs rufen, aber ich mache das genaue Gegenteil.

Ich renne aus dem Archiv und durch das schlafende Brynmor. Erst als ich vor meiner Tür im Westflügel stehe, gestatte ich mir innezuhalten. Schwer atmend schließe ich sie auf und lasse mich auf der anderen Seite erschöpft zu Boden sinken.

Die ganze Nacht lang mache ich kein Auge zu. Immer wieder lausche ich in die Stille hinein. Befürchte, jeden Augenblick Schritte auf dem Flur zu hören oder dass Mrs Thompson an meine Tür klopft. Es ging alles so schnell. Was, wenn sie mich erkannt hat? Dann wäre mir eine Verwarnung sicher. Nicht nur, weil ich mir Zugang zum Archiv verschafft habe, sondern auch, weil ich abgehauen bin, statt mich zu stellen.

Bis zum Morgengrauen passiert allerdings ... nichts. Irgendwann nimmt der Himmel vor den Sprossenfenstern eine blassrosa Farbe an, und um kurz nach sechs höre ich das gedämpfte Klingeln eines Weckers aus dem Nachbarzimmer. Vorsichtig schöpfe ich Hoffnung. Vielleicht komme ich ja doch noch einmal ungeschoren davon.

Ich dusche so lange, bis mein Kopf wieder halbwegs frei ist. Zurück in meinem Zimmer, finde ich eine Nachricht von Connor auf dem Handy.

Connor: Fertig! Mit der Arbeit und den Nerven!

Ich zögere keine Sekunde und antworte ihm mit mehreren Party-Emojis.

Connor: Auch schon wach?
Samuel: Immer noch. Konnte irgendwie nicht schlafen …
Connor: Warum das? 😟

Ich vermeide es, ihm darauf eine klare Antwort zu geben. Es fällt mir schon schwer, Youma nichts über Brynmor Dawn zu sagen. Aber etwas vor Connor zu verbergen, fühlt sich noch zehnmal schlimmer an. Zumindest für den Moment gelingt es mir, das schlechte Gewissen beiseitezuschieben.

Samuel: Keine Ahnung.
Connor: 😢
Samuel: Ich freu mich, wenn wir uns später sehen. Mittagessen?
Connor: Ja! 🖤

Nachdem Connor offline gegangen ist, schlüpfe ich in Pulli und Jeans und verstaue Paul Kernows Akte in einer Umhängetasche. Sollte ich Jeremiah oder Riley begegnen, will ich sie gleich heute noch loswerden.

Mein erstes Seminar habe ich bei Professor McIntyre. Nate ist bereits da, sein Zeichenblock liegt zugeklappt vor ihm auf dem Tisch.

«Hey, Samuel.» Im Vergleich zu mir ist er nicht nur hellwach, sondern wie immer auch top gestylt. Ernsthaft, wie viel Zeit verbringt er morgens im Bad?

«Hey.»

In diesem Moment lässt Professor McIntyre ein Diagramm zu *Gruppendynamiken im Mannschaftssport* am Smartboard erscheinen und beginnt mit dem Unterricht.

Als die Stunde zu Ende geht und sich eine allgemeine Aufbruchsstimmung breitmacht, bittet Professor McIntyre uns noch ein letztes Mal um Ruhe.

«Bitte finden Sie sich paarweise für die Arbeit an einem Referat zusammen. In der nächsten Stunde teile ich die Themen unter Ihnen auf. Bis Mitte November sollte das Grundgerüst stehen. Das Referat werden Sie dann vor den Weihnachtsferien noch halten.»

«Wie sieht's aus?», fragt Nate.

«Ja, gern», antworte ich und nicke zustimmend.

Als wir ein paar Minuten später ins Freie treten, will ich mich ihm und den anderen auf dem Weg zum nächsten Seminar anschließen. In diesem Moment entdecke ich Riley, die ein paar Meter entfernt von uns mit ein paar Kommilitoninnen zusammensteht. Sie ist so ins Gespräch vertieft, dass sie mich noch gar nicht wahrgenommen hat.

«Geht schon mal vor», sage ich zu Nate. «Ich komme gleich nach.»

Ohne eine Antwort abzuwarten, wende ich mich von ihm ab und laufe auf Riley zu. Sobald sie mich sieht, verschränkt sie die Arme vor der Brust. Viel deutlicher kann sie mir ihre Abneigung nicht zu verstehen geben. Aber davon lasse ich mich nicht beirren.

Riley sagt etwas zu ihren Freundinnen, löst sich von der Gruppe und kommt mir entgegen, sodass wir uns auf halbem Weg treffen.

«Was willst du?», fragt sie kühl.

Ich ziehe die Akte aus der Tasche und drücke sie ihr in die

Hand. Riley sieht sich um, als befürchte sie, wir könnten beobachtet werden. Aber weder ihre Freundinnen noch sonst irgendjemand schenkt uns Beachtung. So unauffällig wie möglich lässt sie die Akte in einem Jutebeutel verschwinden, der über ihrer Schulter hängt.

«Wie geht es jetzt weiter?», frage ich angespannt.

«Da du alles gemacht hast, was wir von dir verlangt haben, nehmen wir dich bei uns auf», antwortet sie, auch wenn es ihr offenbar widerstrebt. «In den nächsten Tagen erhältst du eine Einladung zu unserem nächsten Treffen.» Sie will sich bereits abwenden und zu ihren Freundinnen zurückgehen. Aber so leicht lasse ich sie nicht davonkommen.

«Riley, warte.»

«Was?»

«Kannst du mir verraten, was dein Problem ist? Was hast du gegen mich?»

Sie schürzt die Lippen und betrachtet mich abschätzig. «Was mein Problem ist? Du bringst Unruhe in unsere Verbindung. Genauso wie dein verdammter Bruder.»

Mein verdammter Bruder?

«Was fällt dir ein, so über Philipp zu sprechen?», fahre ich sie an und kann nicht verhindern, dass meine Stimme dabei lauter wird.

Riley schnaubt. «Ich hätte dich vor der Sakristei im Regen stehen lassen sollen.» Sie schüttelt den Kopf. «Aber ich kenne Jeremiah. Er hätte mir den Kopf abgerissen, wenn ich ihn nicht angerufen hätte.» Sie redet sich in Rage, als hätte sie all das schon viel zu lange mit sich allein ausgemacht. «Jeremiah ist blind. Das war er schon bei Philipp. Und jetzt ist er es bei dir.»

«Warum ist er blind? Was siehst du, was er nicht sieht?»

Riley macht einen Schritt auf mich zu, sodass unsere Gesichter jetzt ganz dicht voreinanderschweben. «Philipp war ein Arschloch, Samuel, und mit seinen Aktionen hat er unsere Verbindung in Gefahr gebracht. Er hat sich aufgeführt wie ein Schulhofschläger. Hat Drogen genommen und konnte seine Hände nicht bei sich behalten. Und offenbar hat er *dir* sogar von uns erzählt. Obwohl er wusste, dass Verschwiegenheit unser oberstes Gebot ist.»

Ihre Worte sind wie eine Gewehrsalve, die mich mit voller Wucht trifft. Gerade eben wollte ich sie noch anfahren. Jetzt starre ich sie sprachlos an.

«Zwischen Jeremiah und Philipp hat kein Blatt gepasst. Vermutlich hat Jeremiah deswegen auch nichts auf deinen Bruder kommen lassen, obwohl ich ihm immer wieder gesagt habe, dass Philipp uns in Gefahr bringt. Seine Aufnahme war ein Fehler.» In ihren Augen liegt ein bedrohliches Funkeln. «Und deine ist es auch.»

Allmählich finde ich die Sprache wieder. «Keine Ahnung, was du für ein Bild von meinem Bruder hast. Und keine Ahnung, wie ich zu einem Problem für euch werden könnte.» Letzteres sage ich nur, um sie zu besänftigen, selbst wenn ich mir das vermutlich sparen kann. «Ich habe alles gemacht, was ihr wolltet. Ich habe mit niemandem über euch gesprochen. Ich ...»

«Warum willst du überhaupt bei uns aufgenommen werden?», fällt Riley mir zischend ins Wort. «Sind es die Partys? Die Kontakte? Oder ...», und jetzt ist ihre Stimme kaum mehr als ein Flüstern, «...glaubst du, dass wir etwas mit dem Unfall deines Bruders zu tun haben?» Als ich darauf nicht gleich etwas erwidere, huscht ein triumphierendes Lächeln über ihr Gesicht. «Du willst wissen, was Philipp passiert ist. Du denkst, wir sind schuld. Dass sein Unfall eine fehlgeschlagene Mutprobe war. Ist doch so, oder?»

Soll ich ihre Worte einfach an mir abprallen lassen? Sie abstreiten? Oder ihr die Wahrheit sagen? Aber dann würde sich Riley nur noch mehr bestätigt fühlen, und das ist das Letzte, was ich will.

«Es geht dich nichts an, warum ich mich euch anschließen will», sage ich mit zusammengepressten Zähnen. «Die Mehrheit entscheidet. Und du bist offenbar nicht die Mehrheit.»

«Nein, ich bin nicht die Mehrheit», gesteht Riley. «Aber glaub bloß nicht, dass du mich so leicht täuschen kannst wie Jeremiah und die anderen. Ich behalte dich im Blick, Samuel. Und wenn du auch nur irgendetwas machst, das für uns zur Gefahr werden könnte, wirst du das für den Rest deines Studiums bereuen.»

KAPITEL 24

CONNOR

Als Samuel sich im Speisesaal zu mir an den Tisch setzt, steht er sichtlich unter Strom. Er atmet flach und wischt sich mehrmals die verschwitzten Hände an der Jeans ab. Sein Lächeln hat etwas Aufgesetztes. So habe ich ihn noch kein einziges Mal erlebt.

«Sam?», frage ich vorsichtig und lege Messer und Gabel beiseite.

«Hey», erwidert er betont ruhig, aber das kaufe ich ihm nicht ab.

Seine Anspannung überträgt sich unterschwellig auf mich. Was ist passiert? Hat er etwas erfahren? Irgendetwas, das Auswirkungen auf uns haben könnte?

«Willst du mir ... willst du mir sagen, was los ist?»

In den letzten Wochen ist es mir immer besser gelungen, alle Zweifel und Unsicherheit von mir wegzuschieben. Jetzt rückt beides plötzlich wieder bedrohlich nah an mich heran.

Samuel fährt sich mit der Hand über die Stirn. Erst meidet er meinen Blick. Dann sieht er mir doch in die Augen, und jetzt bekommt sein Lächeln einen entspannteren Zug. «Ja, schon. Aber nicht hier. Können wir irgendwohin gehen, wo wir unsere Ruhe haben?»

Wir verlassen den Speisesaal, und ich führe ihn zu einem kleineren Innenhof, wo um diese Zeit wenig los ist. Im Schatten der

Klostermauern ist die Luft kühl und feucht, was meine flatternden Nerven zumindest etwas beruhigt.

Statt ihn unter Druck zu setzen, warte ich darauf, dass Samuel von sich aus zu sprechen beginnt. Und nach ein paar Sekunden tut er das auch. «Ich glaube, ich habe dir das bisher noch gar nicht erzählt, aber der erste Mensch, bei dem ich mich geoutet habe, war mein Bruder. Philipp.»

Schlagartig rutscht mir das Herz in die Hose. Mein Puls beschleunigt sich, und mir wird heiß und kalt zugleich. Philipp! Es war vollkommen klar, dass wir früher oder später über ihn sprechen würden. Aber ich hätte das ‹später› definitiv bevorzugt. Samuel wirkt so mit sich selbst beschäftigt, dass er mich kaum beachtet, sondern einfach weiterspricht: «Ich hatte riesige Angst vor meinem Coming-out. Aber Philipp ... Philipp hat so gelassen darauf reagiert ... und das hat einfach unfassbar gutgetan.»

Ist das derselbe Philipp, der in Brynmor so viel Ärger und Leid verursacht hat? Irgendwie kann ich das Bild, das ich von ihm habe, überhaupt nicht damit in Einklang bringen, was Samuel mir gerade über ihn erzählt. Aber offenbar hat Philipp zwei Gesichter gehabt. Eines, das er Samuel gegenüber aufgesetzt hat. Und ein anderes, das wir hier in Brynmor zu sehen bekommen haben.

«Seine Reaktion hat mir damals ziemlich viel Kraft gegeben.» Er atmet hörbar aus. Dann sieht er mir in die Augen, und ich hoffe inständig, dass er mir nicht anmerkt, welcher Sturm gerade in mir tobt. «Erinnerst du dich an Riley? Von der Party?»

Wie kommt er von seinem Bruder auf Riley?

«Ja, ich erinnere mich», sage ich langsam.

«Ich habe heute Morgen mit ihr gesprochen. Sie hat mir ein paar Dinge über Philipp erzählt, die mich ziemlich durcheinandergebracht haben.» Samuel senkt den Blick und streift mit der

Schuhspitze über ein paar welke Efeublätter auf den Pflastersteinen. «Sie hat ihn ein Arschloch genannt. Einen Schulhofschläger. Und dass er seine Hände nicht bei sich behalten konnte. Was danach klingt, als wäre er irgendwie übergriffig oder so gewesen. Das ist ... keine Ahnung. Ich kann mir einfach nicht vorstellen, dass Philipp so etwas getan hätte. Ich kenne ihn doch.»

Für einen Moment hadere ich mit mir. Betrachte Samuel und frage mich, wie ich darauf reagieren soll. *Manche Wahrheiten sollten wohl besser für immer im Verborgenen bleiben.* Ja, das trifft zu, jetzt vielleicht sogar noch mehr als je zuvor. Aber ich kann auch nicht *nichts* sagen.

«Es tut mir leid, Sam. Aber ich glaube, Riley hatte nicht ganz unrecht.»

Verwundert hebt Samuel den Kopf. «Du kanntest Philipp?»

«Nein, ich kannte ihn nicht wirklich», antworte ich wahrheitsgemäß. «Ich bin ihm nur ein paar Mal auf dem Campus begegnet. Aber ich habe mitbekommen, dass er manchmal ziemlich aufbrausend sein konnte.»

Samuel sieht mich so erschüttert an, dass ich befürchte, schon zu viel gesagt zu haben. Dabei ist das noch längst nicht alles.

«Aufbrausend?», hakt er nach.

Ich streiche mir die Locken aus der Stirn, um etwas Zeit zu gewinnen und mir die passenden Worte zurechtzulegen. «Einmal ist er mit El aneinandergeraten. Elliot. Sie mussten danach beide bei Professor Bellingham antanzen.»

«Elliot ...» Der Name löst etwas in ihm aus, auch wenn ich keine Ahnung habe, was genau. «Worum ging es bei dem Streit?»

Mit jeder weiteren Frage wird die Vergangenheit präsenter. Aber solange ich mein Versprechen nicht breche, ist alles in Ordnung, oder? «Sie standen beide auf Lake. Eines Morgens, ich glaube, es war Ende September oder Anfang Oktober, gab offenbar ein Wort das andere, und irgendwie sind sie in eine handfeste Auseinandersetzung geraten. Vermutlich meinte Riley diesen Streit, als sie das Wort Schulhofschläger benutzt hat.»

Samuel schluckt. «Okay … das ist … sie haben sich *geschlagen*? Das kann ich mir bei Philipp nicht vorstellen. Das würde ihm überhaupt nicht ähnlich sehen.»

Ich zucke mit den Schultern. «Wie gesagt, ich war nicht dabei. Ich weiß nur, was Elliot mir erzählt hat. Philipp … Philipp wollte offenbar, dass El sich von Lake fernhält. El fand, dass Lake selbst entscheiden solle, mit wem sie Zeit verbringen will. El hat uns erzählt, dass Philipp ihn daraufhin am Kragen gepackt und ihm eine verpasst hat.»

Samuel wirkt fassungslos.

«Tut mir leid, Sam», sage ich schnell.

Er schüttelt den Kopf. «Du musst dich nicht entschuldigen. Du kannst ja nichts dafür. Ich glaube nur … ich glaube, dass ich das erst mal alles sacken lassen muss.»

Ihn so zu sehen, schnürt mir die Kehle zu. Am liebsten würde ich ihn in die Arme nehmen, ihn festhalten und ihm sagen, dass ich für ihn da bin. Jetzt und auch in allen anderen Situationen. Aber ich habe Angst, eine Grenze zu überschreiten, die ich in dieser Situation besser nicht überschreiten sollte, und darum lasse ich es schweren Herzens bleiben.

Eine Stunde später will ich gerade die Tür zu meinem Zimmer aufschließen, als mich Elliots Stimme erschrocken zusammenfahren lässt.

«Connor!» Er läuft zielstrebig auf mich zu. Hat er auf mich gewartet?

«El, wie geht's?», frage ich, auch wenn ich nach dem Gespräch mit Samuel lieber allein wäre, um meine Gedanken zu sortieren.

«Lake hat mir erzählt, dass du dich mit Philipps Bruder triffst.»

«Ja, Sam und ich treffen uns», bestätige ich.

«*Sam*. So weit seid ihr also schon.» Zwischen seinen Augen bildet sich eine schmale Linie.

«Hast du ein Problem damit?», frage ich, lauter als beabsichtigt. Ich kann verstehen, dass es für Lake schwierig ist, wenn ich Zeit mit Samuel verbringe. Aber Elliots Streit mit Philipp hat nichts mit Samuel zu tun.

«Schon mal darüber nachgedacht, dass *Sam* vielleicht so sein könnte wie sein Bruder? Oder bist du ihm so hemmungslos verfallen, dass ...»

«Ich bin ihm nicht hemmungslos verfallen!», erwidere ich, auch wenn es gelogen ist, und der Ärger in meiner Brust schwillt an wie ein Ballon. «Und Sam ist nicht wie sein Bruder.»

Verärgert schüttelt Elliot den Kopf. «Woher willst du das wissen? Du hast ihn schließlich gerade erst kennengelernt.»

Ich weiß es einfach, will ich antworten, aber die Worte klingen selbst in meinem Kopf lahm. Weil Elliot natürlich recht hat. Wir *haben* uns gerade erst kennengelernt. Aber ich kann mir beim besten Willen nicht vorstellen, dass Samuel und Philipp viele Gemeinsamkeiten haben.

«El», sage ich stattdessen und bemühe mich, so ruhig wie möglich zu bleiben. «Ich weiß, was ich tue, okay? Mal ganz davon abgesehen, dass das zwischen Sam und mir meine Sache ist und es dich nichts angeht.»

«Philipp ist auf mich losgegangen. Wie kann es mir da egal sein, wenn du seinen Bruder datest?»

«Ich ...», setze ich an, stocke aber. Was tue ich hier eigentlich? Ich dringe ohnehin nicht zu ihm durch. Nichts, was ich sage, wird daran etwas ändern. Trotzdem unternehme ich noch einen letzten Anlauf. «Ich will mich mit Sam treffen und Zeit mit ihm verbringen.» Und noch so viel mehr, füge ich in Gedanken hinzu. «Ich weiß, was ich tue, und ich brauche deine Erlaubnis nicht. Okay?»

Verärgert funkelt Elliot mich an. «Tu, was du nicht lassen kannst», sagt er. «Aber sag am Ende nicht, dass ich dich nicht gewarnt hätte.» Dann dreht er sich auf dem Absatz um und geht zu seinem Zimmer zurück.

Am Nachmittag schreibe ich Lake mehrere Nachrichten und versuche, sie anzurufen. Seit ich ihr gesagt habe, dass ich die Sache mit Samuel nicht beende, habe ich kein Wort mehr von ihr gehört. Von ihr ignoriert zu werden, macht mich fertig, auch wenn ich ihr Verhalten – ganz im Gegensatz zu Elliots – verstehen kann. Jetzt habe ich zumindest eine Ahnung davon, wie Samuel sich gefühlt haben muss, während er auf eine Antwort von mir gewartet hat. Und es fühlt sich gelinde gesagt beschissen an.

Nach allem, was der Tag bisher gebracht hat, beginne ich die Tragweite meiner Entscheidung immer mehr zu begreifen: Egal, wie ich es auch drehe und wende, irgendjemand wird immer verletzt. Samuel, Lake, ich ... das ist eine Konstellation, die zwangsläufig zum Scheitern verurteilt ist. Aber ich kann mich nicht gegen Samuel entscheiden. Ich *will* mich nicht gegen ihn entscheiden. Meine Gefühle für ihn sind etwas völlig Neues und Aufregendes für mich. Etwas, das nicht einfach so verschwinden wird. Im Gegenteil, mit jedem weiteren Tag, der verstreicht, fühle ich mich nur noch mehr zu ihm hingezogen.

Kurzerhand schnappe ich mir mein Handy.

Connor: Hey, Sam, alles in Ordnung bei dir?

Dass nur ein paar Sekunden vergehen, bis er mir antwortet, versetzt mich in wohlige Aufregung.

Samuel: Ging schon mal besser. Aber danke, dass du fragst.

Kurz ringe ich mit mir, unschlüssig, was ich als Nächstes schreiben könnte. Dann kommt mir plötzlich eine Idee.

Connor: Mir ist da gerade etwas eingefallen, wie ich dich ein bisschen aufbauen könnte. Hast du schon Pläne für Samstag? 😊
Samuel: Was hast du vor?
Connor: Ich habe dir doch erzählt, dass ich noch einen zweiten Lieblingsort hier habe. Den würde ich dir gern zeigen. Lust?
Samuel: Verrätst du mir, wo es hingeht? 😇

Jetzt fühle ich mich wieder etwas leichter als zuvor und schmunzle.

Connor: Lass dich überraschen!

Kurz überlege ich, ihn noch einmal auf Philipp anzusprechen, entscheide mich aber dagegen. *Manche Wahrheiten sollten wohl besser für immer im Verborgenen bleiben.* Und nach Samuels Reaktion heute bin ich mir da sicherer als je zuvor.

KAPITEL 25

SAMUEL

Als ich am Samstagmorgen den großen Innenhof vor der Kirche betrete, wartet Connor bereits auf mich. Er trägt eine rote Regenjacke, unter der seine Locken hervorlugen, und abgewetzte, schlammverkrustete Boots. Sicher nicht die schlechteste Wahl, so wechselhaft, wie das Wetter heute ist. Die Sonne durchbricht zwar immer wieder die turmhohen Wolken, verschwindet aber so schnell, wie sie auftaucht. Es regnet Bindfäden, und die Luft schmeckt salzig.

Sobald Connor mich sieht, beginnt er von einem Ohr zum anderen zu lächeln. Ihn zu sehen, vertreibt zumindest für den Augenblick die Gedanken daran, was ich von Riley über Philipp erfahren habe. Darüber bin ich heilfroh. Denn der Tag heute soll Connor und mir gehören und nicht der Vergangenheit.

Wir begrüßen uns mit einer langen, innigen Umarmung.

«Und, willst du mir jetzt verraten, wo es hingeht?», frage ich, nachdem wir uns voneinander gelöst haben.

Connor grinst. «Wenn ich es dir verrate, ist die ganze Überraschung verdorben», antwortet er und streckt die Hand nach meiner aus.

In den letzten Wochen haben wir uns nur flüchtig berührt, als hätten wir beide Angst gehabt, zu schnell zu viel vom anderen zu erwarten. Jetzt zögere ich keine Sekunde und verschränke meine Finger in seinen.

Hand in Hand schlendern wir durch das große Eingangsportal. Auf dem Vorplatz stehen ein paar Studierende in kleinen Gruppen zusammen, die offenbar darauf warten, nach St. Keyne gebracht zu werden. Das ist heute allerdings nicht unser Ziel. Connor zieht mich auf einen schmalen Kiesweg, der entlang der Klostermauern zum Westflügel verläuft. Er gibt ein ordentliches Tempo vor. Aber selbst wenn er langsamer wäre, würde ich der Landschaft heute wohl nicht viel Beachtung schenken. Meine ganze Aufmerksamkeit ist darauf ausgerichtet, wie Connor mir immer wieder mit dem Daumen über den Handrücken fährt. Eine Berührung, die mich vor Wärme schaudern lässt.

Der Pfad führt leicht bergan. Je länger wir laufen, desto böiger pfeift uns der Wind um die Ohren. Hier und da zweigen weitere, noch schmalere Wege ab, aber wir laufen geradeaus weiter. Nach fünfzehn bis zwanzig Minuten werfe ich einen Blick über die Schulter. In der Ferne thront Brynmor majestätisch auf den Klippen. Obwohl ich mittlerweile schon knapp zwei Monate hier bin, kann ich mich an der Universität noch immer nicht sattsehen.

Connor bleibt ebenfalls stehen. «Jedes Mal aufs Neue beeindruckend, was?»

Ich nicke. «Ja, das ist es.»

«Bevor ich nach Brynmor gekommen bin, wusste ich nicht wirklich, wie es sich anfühlt, ein richtiges Zuhause zu haben. Hier habe ich es zum ersten Mal gespürt.»

Ich wende mich Connor zu. «Du hast erwähnt, wie unwohl du dich damals in der Schule gefühlt hast. War das zu Hause etwa auch so? Bei deinen Eltern?»

Connor zuckt mit den Schultern. «Eigentlich hätten meine Schwester Claire und ich es nicht viel besser haben können. Unsere Eltern sind steinreich und haben uns alles ermöglicht. Als wir Kinder waren, sind sie mit uns um die Welt gejettet. Und als es darum ging, auf welche Schulen wir gehen, haben sie die besten für uns ausgesucht. Geld hat nie eine Rolle gespielt. Aber das hat nicht darüber hinwegtäuschen können, dass sie sich nicht wirklich für uns interessiert haben.»

Ich presse die Lippen aufeinander. Die Vorstellung, dass Connor in einem kalten und oberflächlichen Umfeld aufgewachsen ist, schmerzt.

«Vor einem Jahr haben wir dann erfahren, warum. Claire hat ein Gespräch meiner Eltern belauscht ...» Mit zunehmendem Entsetzen folge ich Connors Ausführungen. Ich kann mir kaum vorstellen, wie er sich fühlen muss. Zu wissen, dass seine Eltern seine Schwester und ihn nicht haben wollen, ist unerträglich. Instinktiv verstärke ich den Druck um Connors Hand.

«Das ist scheiße», stoße ich in Ermangelung eines besseren Fluchs hervor. «Richtig scheiße!»

Connor zuckt nachlässig mit den Schultern, als hätte er sich damit schon vor langer Zeit arrangiert. «Manchmal wünschte ich mir, Claire hätte das Gespräch nie mitangehört. Dann würde sie heute auch in Brynmor studieren. Jetzt ist sie irgendwo in London, und wir haben kaum noch Kontakt.» Er räuspert sich. «Komm, lass uns weitergehen. Wir sind jetzt fast da.»

Statt das Thema zu vertiefen, wenden wir uns von Brynmor ab und laufen weiter. Tatsächlich dauert es nicht lange, bis am Ende des Weges ein kleines Cottage auftaucht. Es ist alt und von Wind und Wetter gezeichnet. Die Wände bestehen aus grobem Sandstein unterschiedlicher Größe. Das Holz der Sprossenfenster ist von der jahrelangen Feuchtigkeit verzogen, hier und da hat es sie sogar aus den Angeln gehoben, und auf dem Schieferdach fehlen ein paar Ziegel, die zerbrochen vor dem Eingangsbereich liegen. Direkt hinter dem Haus fallen die Klippen steil ab, und das Rauschen der Brandung übertönt alle anderen Geräusche. Es ist ein verwunschener Ort, der das Gefühl vermittelt, schon immer da gewesen zu sein – und immer zu bleiben, ganz gleich, wie schnell sich die Welt auch dreht.

«Das ist ...», setze ich an.

«...das Cottage der tausend Herzen», beendet Connor meinen Satz. «So wird es zumindest von ein paar Studierenden in Brynmor genannt.»

«Das Cottage der tausend Herzen?»

Connor lässt meine Hand los und geht ein paar Schritte voraus. Vorsichtig öffnet er ein altes Hoftor, das zu beiden Seiten von einer verfallenen Mauer umgeben wird.

«Ich zeig's dir.»

Der Vorgarten, der das Cottage umgibt, ist so winzig, dass wir ihn mit ein paar Schritten durchquert haben. Um uns herum wachsen Schlüsselblumen und purpurner Fingerhut.

«Es ist Ewigkeiten her, seit ich mit Lake hier war», sagt Connor und lehnt sich mit der Schulter an die niedrige Eingangstür des Cottages. «Aber wenn mich nicht alles täuscht, reicht ein bisschen Kraft, um ...» Er drückt gegen das morsche Holz. Einmal, zweimal, dann schwingt die Tür knarrend nach innen auf.

Connor will das Cottage bereits betreten. Als ihm auffällt, dass ich mich nicht von der Stelle bewegt habe, dreht er sich zu mir um.

«Keine Sorge, ich bin kein Serienmörder, falls du das denkst.»

Mit einem Schmunzeln auf den Lippen folge ich ihm. Ein paar Sekunden später finde ich mich in einem schmalen Flur mit niedriger Decke wieder. Nachdem sich meine Augen an das fahle Halbdunkel gewöhnt haben, erkenne ich einen Wandspiegel mit altmodischen Verschnörkelungen und eine kleine Kommode. Der dicken Staubschicht nach zu urteilen, wohnt hier schon sehr lange niemand mehr.

«Also, warum heißt es das Cottage der tausend Herzen?», frage ich ein weiteres Mal.

Mit einer Handbewegung bedeutet Connor mir, ihm zu folgen. Wir durchqueren den dunklen Flur und betreten einen Raum, der früher so etwas wie eine Wohnstube gewesen sein muss. Hier ist es etwas heller, weil durch die Fenster auf der anderen Seite Sonnenstrahlen hereinfallen, in deren Licht Staubflocken tanzen. Der Wind pfeift durch ein paar Ritzen im Mauerwerk und beschert mir eine Gänsehaut im Nacken. Das – und die Tatsache, dass Connor und ich an einem Ort sind, an dem weit und breit keine Menschenseele anzutreffen ist. Allein das Wissen, mit Connor hier zu sein, Connor so nah zu sein, ist elektrisierend.

Ich sehe mich im Raum um und halte unwillkürlich die Luft an. Plötzlich verstehe ich, woher das Cottage seinen Namen hat.

Die Wände sind über und über mit Liebesbotschaften bekritzelt. Sie reichen vom Boden bis knapp unter die verwitterten Holzbalken der Decke. Manche von ihnen sind so alt, dass sie schon beinahe verblasst sind. Andere sind jüngeren Datums, vielleicht erst ein paar Wochen oder Monate alt. Wie verzaubert drehe ich mich um die eigene Achse und kann nicht verhindern, dass dabei mein Mund aufklappt. Connor strahlt über das ganze Gesicht.

«Sieh mal, hier. Und hier.»

Bevor ich weiß, wie mir geschieht, nimmt er meine Hand und zieht mich mit sich zu einer der Wände. Ich folge seinen Fingern, die mich auf einzelne, mit Filzstift oder Acryl geschriebene Botschaften aufmerksam machen.

Mary & Jacob, 14.07.1992

Akeno & Daya, 25.10.2016

«Und das sind ...»

«... alles Studierende aus Brynmor. Die meisten von ihnen zumindest, schätze ich. Vielleicht haben sich auch ein paar Einwohner aus St. Keyne hier verewigt. Aber die verirren sich wohl nicht ganz so oft hierher wie Studierende, die sich die ewige Liebe schwören.»

Zu unseren Füßen liegt eine kleine Holztafel, in die mit einem Messer zwei Namen geritzt wurden: *Eliza & Noah.* Ich gehe in die Knie, wische den Staub beiseite und erkenne die Jahreszahl 1944.

«Eine Mentorin hat Lake letzten Herbst diesen Ort gezeigt ...»

«... und jetzt zeigst du ihn mir.»

Connor nickt, und seine Augen leuchten vor Begeisterung. «Anfangs war ich häufig hier, wenn ich Ruhe vom Trubel in Brynmor haben wollte. Irgendwann habe ich angefangen, mir Geschichten zu den Namen auszudenken. Mir zu überlegen, was das wohl für Menschen waren, die sich hier verewigt haben. Ich weiß, es ist eine ziemlich naive Vorstellung, aber ich hoffe einfach, dass ganz viele von ihnen glücklich geworden sind.»

Seine Worte sind berührend, so voller Hoffnung und Wehmut. Das, was er nicht erfahren hat, das, was er nie gefunden hat, das wünscht er sogar Menschen, die er nie kennengelernt hat. Am liebsten würde ich ihm sagen, dass er es ist, der alles Glück dieser Welt verdient hat. Aber er nimmt meine Hand und zieht mich ein weiteres Mal mit sich.

Connor führt mich in einen Raum, der über und über mit alten Kisten und Kartons zugestellt ist. Auf der anderen Seite befindet sich ein Hinterausgang, der sich ebenso schwerfällig öffnen lässt wie die Eingangstür. Kurz darauf stehen wir aber doch im Freien.

«Na, was sagst du?»

Nur ein paar Meter hinter dem Haus liegen die Klippen. Es regnet nicht mehr, der Himmel hat aufgeklart, und das Meer glitzert in der Sonne, bevor es in der Ferne mit dem Horizont verschmilzt.

«Was ich sage? Steht das Haus zum Verkauf?»

Wir wechseln einen Blick, zwinkern uns zu und beginnen fast gleichzeitig zu lachen. Statt näher an die Klippen heranzutreten, bleiben wir stehen. Ich versuche, alles in mich aufzusaugen: den Ausblick, den kühlen Wind auf meinen Wangen, Connor, der meine Hand hält, als wolle er sie nie mehr loslassen. Am liebsten würde ich einfach für immer mit ihm hier stehen bleiben. Alles andere ist unwichtig.

Verstohlen betrachte ich Connor. Er hat die Lider geschlossen und genießt ganz offenbar die Sonnenstrahlen auf seinem Gesicht. Wieder kommt mein Blick auf seinen geschwungenen Lippen zur Ruhe, und mein Herzschlag beschleunigt sich.

Connor öffnet die Augen und schmunzelt mich an. «Was ist?», fragt er.

Statt ihm eine Antwort zu geben, fahre ich ihm durch die Locken. Und dann zögere ich nicht länger, sondern beuge mich zu ihm und küsse ihn.

KAPITEL 26

SAMUEL

Unser erster Kuss war stürmisch und begierig. Jetzt umspielen sich unsere Zungen langsam, fast bedächtig und … oh Gott, plötzlich erscheint es mir vollkommen abwegig, dass wir uns bis zu diesem Kuss überhaupt so viel Zeit gelassen haben.

«Sam.»

Ich öffne die Augen, blinzle und sehe Connors gerötetes Gesicht. Statt auch nur ein Wort zu sagen, ziehe ich ihn zu mir heran und küsse ihn ein weiteres Mal.

Noch nie habe ich mich einem anderen Menschen so nah gefühlt. Wir beide haben den Wunsch dazuzugehören. Haben Angst vor Zurückweisung. Und suchen nach einem Menschen, bei dem wir einfach nur wir selbst sein können. Ist es möglich, dass ich in Connor endlich diesen Menschen gefunden habe?

Monatelang habe ich das, was passiert ist, nicht aus dem Kopf bekommen, war ein Gefangener meiner eigenen Gedanken. Vielleicht war Connor alles, was ich die ganze Zeit gebraucht habe …

«Du glaubst gar nicht, wie froh ich bin, dass du mir noch eine Chance gegeben hast», sagt Connor, als sich unsere Lippen für ein paar Sekunden voneinander lösen.

«Du glaubst gar nicht, wie froh ich bin, dass du dich bei mir gemeldet hast.» Dann gebe ich ihm noch einen Kuss.

Und noch einen.

Und noch einen.

Plötzlich spüre ich kalte Regentropfen auf meiner Wange. Wir lösen uns voneinander und sehen gleichzeitig nach oben. Der Himmel hat sich zugezogen, und vom Meer ziehen dunkelgraue Wolken heran. Nach ein paar Sekunden beginnt es wie aus Eimern zu schütten.

«Schnell, ins Cottage», sagt Connor und zieht mich mit sich. Drinnen wischen wir uns die nassen Haare aus der Stirn. «Ich glaube, du sitzt hier für eine Weile mit mir fest.»

«Ich kann mir Schlimmeres vorstellen», erwidere ich grinsend und drücke Connor gegen die Wand.

Er keucht und sieht mir tief in die Augen. «Sam ...»

«Hm?»

«Küss mich. Bitte küss mich.»

Und ich zögere keine Sekunde, seinem Wunsch nachzukommen.

Bis zur Dämmerung bleiben wir, umgeben von den Liebesbotschaften der Menschen, die vor uns hier waren, im Cottage. Mittlerweile kann ich es kaum erwarten, Connor noch näher zu sein, ihn noch mehr zu spüren.

Nachdem der Regen nachgelassen hat, fassen wir uns ein Herz und treten wieder ins Freie.

Die Luft ist kühl. Über den tiefgrünen Wiesen hängen Nebelschwaden, die in der Sonne golden aufleuchten. Alles um uns herum wirkt verzaubert, und Brynmor ist nur als verschwommene Silhouette am Horizont zu erahnen.

«Danke, dass du mir diesen Ort gezeigt hast», sage ich, während Connor die Tür hinter uns zuzieht und meine Hand nimmt. «Er ist wirklich etwas ganz Besonderes.»

«Vielleicht kommen wir bei Gelegenheit wieder hierher», antwortet Connor. *Und verewigen unsere Namen hier*, scheint sein Blick zu sagen.

«Ja, das machen wir.» Das müssen wir. Unbedingt.

Zurück in Brynmor, bleiben wir etwas unschlüssig im großen Innenhof stehen. Plötzlich bin ich verlegen. Verabschieden wir uns jetzt? Einfach so? Oder ...

«Komm doch mit zu mir», schlägt Connor vor. Seine Stimme klingt ungewohnt rau. «Also, wenn du möchtest, versteht sich.»

«Ob ich möchte?» Was für eine Frage! «Und wie ich das möchte.»

Vom Innenhof führt mich Connor durch mehrere Arkadengänge. Wir laufen an anderen Studierenden vorbei, allerdings nehme ich kaum Notiz von ihnen. In einem kleinen Hof führt eine gewundene Holztreppe zu einem Laubengang im ersten Stock.

«Da müssen wir hoch», sagt Connor.

Am oberen Treppenabsatz bleibe ich kurz stehen und sehe mich um. Zu unserer Linken befinden sich mehrere geschlossene Türen, zu unserer Rechten wird der Gang von einer verschnörkelten Balustrade begrenzt. Von hier aus kann man das tägliche Treiben auf dem Hof bestimmt gut beobachten.

Connor zeigt zum anderen Ende des Gangs. «Mein Zimmer ist dahinten.»

Seine Hände zittern, als er die Tür aufschließt. Er wirkt so nervös, wie ich mich fühle.

«Connor?» Ich küsse ihn ein weiteres Mal.

«Sam ...» Er bedeutet mir einzutreten.

Sobald wir in seinem Zimmer sind, stoßen wir die Tür hinter uns zu. Ich folge Connor quer durchs Zimmer, ohne dass sich unsere Lippen dabei auch nur eine Sekunde voneinander lösen. Erst als wir sein Bett erreichen, halten wir inne.

«Warte kurz», sagt Connor und räumt Papier und Bücher zusammen, die ungeordnet auf der Matratze verteilt liegen.

Während er die Unterlagen zum Schreibtisch bringt, sehe ich mich kurz um. Sein Zimmer ist größer als meins und verfügt über ein eigenes Bad. Durch einen Türspalt auf der anderen Seite des Raums erspähe ich eine Duschkabine und ein Waschbecken.

«Du hast ein eigenes Bad?», frage ich erstaunt.

«Ist was anderes als die Gemeinschaftsduschen im Westflügel, was?»

Ich schmunzle. «Eine eigene Dusche hätte tatsächlich was ...»

Connor tritt von hinten an mich heran und schlingt die Arme um meinen Bauch. Er küsst mich auf den Hals, und ich schließe die Augen. Genieße es, wie seine weichen Lippen über meine Haut fahren und mein Ohr umspielen. Sein Atem ist warm und verursacht ein Prickeln auf meiner Haut. Es fühlt sich gut an. Er fühlt sich gut an.

«Was hältst du davon, wenn ...?», raunt er mir zu und nickt mit dem Kopf in Richtung Bett.

Mir wird heiß und kalt zugleich. Passiert das hier alles gerade wirklich? «Ja. Ja, das sollten wir ...», bringe ich gerade noch so hervor.

Liebevoll zieht Connor mich mit sich. Am Bett angekommen, löse ich den Reißverschluss seiner Regenjacke. Connor tut es mir gleich. Mit jedem Kleidungsstück, das wir uns abstreifen, wird mir wärmer und wärmer. Atme ich schneller. Fühle ich mich erregter. Als wir nur noch in Boxershorts voreinanderstehen, halte ich die Luft an.

Meine Augen gleiten über Connors Oberkörper, die Rundungen seiner Schultern, seine Brust und seinen flachen Bauch. Unterhalb des Bauchnabels führen ein paar feine, dunkelblonde Härchen zum Bund seiner Boxershorts. Am liebsten würde ich ihm die auch gleich ausziehen.

Connor nimmt mein Gesicht in seine Hände. Er sieht mich so intensiv an, als wolle er sich jede Einzelheit einprägen, um sich später an sie erinnern zu können. Was er nicht muss. Weil ich nicht vorhabe zu gehen und weil er keine Erinnerungen braucht, wenn er mich haben will. Ich bin hier. Und ich werde bleiben.

Vorsichtig fahre ich über seine Wangen, seine Schläfen und streiche ihm die Locken aus der Stirn. Jetzt ist es Connor, der die Augen schließt, während meine Lippen langsam über sein Kinn zu seinem Hals wandern.

«Sam», flüstert er. Und dann ein weiteres Mal: «Sam ...»

Mein Name aus seinem Mund ist das Schönste, was ich je gehört habe. Unwillkürlich senke ich den Blick, wobei meine Augen einen Moment an seinen Boxershorts hängen bleiben. Vielleicht gibt es noch ein paar andere schöne Dinge, die ich mir vorstellen kann.

Wir lassen uns aufs Bett sinken. Für ein paar Sekunden liegen wir schweigend nebeneinander, wobei unsere Nasenspitzen nur Millimeter voneinander entfernt sind. Dann küssen wir uns ein weiteres Mal. Connors Hand liegt auf meiner Brust, streichelt mich, und das ist nicht nur besser als jede Fantasie unter der Dusche, sondern auch besser als alles andere. Vielleicht, weil ich etwas Vergleichbares noch nie zuvor verspürt habe? Weil ich geradewegs dabei bin, mich in ihn zu verlieben? Jedenfalls flattert ein ganzer Schwarm von Schmetterlingen in meinem Bauch.

«Dein Herz schlägt so schnell», sagt er.

«Deins auch», antworte ich und bedecke seinen Hals, seinen Nacken und sein Gesicht mit Küssen. Für den Bruchteil einer Sekunde streift Connors Hand meinen Schritt, ob absichtlich oder aus Versehen, weiß ich nicht. Dann streicheln seine Fingerspitzen über meinen Bauch und meine Brust, wandern höher und zeichnen die Linie meines Wangenknochens nach. Mittlerweile besteht meine ganze Welt nur noch aus Connor. Bei der Vorstellung, dass ich damit durchaus leben könnte, muss ich schmunzeln.

«Was ist?», flüstert Connor.

«Ach nichts.»

«Komm, sag schon. Sonst mach ich mir noch Sorgen, dass dir das hier vielleicht nicht gefällt.»

«Keine Sorge. Es gefällt mir. Und wie», versichere ich ihm.

«Was ist es dann?»

«Du willst wissen, an was ich gerade gedacht habe?»

«Ja», sagt Connor und stupst mich an. «Sag schon.»

«Ich habe darüber nachgedacht, dass ich mich an die Vorstellung gewöhnen könnte, Zeit mit dir zu verbringen.»

Connor sieht mich verdutzt an. Dann beginnt er zu lachen, und jetzt schlägt mein Herz, sofern das überhaupt möglich ist, noch schneller.

«Ich kann mich auch an die Vorstellung gewöhnen, Zeit mit dir zu verbringen», erwidert er, sobald er sich wieder ein bisschen beruhigt hat.

Vorsichtig fahre ich mit meiner Hand an seinem Schlüsselbein entlang. Als sich meine Finger über seine Lippen bewegen, öffnet er sie, und kurz darauf leckt er mit der Zungenspitze darüber. Ich bin so hart, dass ich mir kurz zwischen die Beine greifen muss, damit meine Erektion nicht noch länger gegen den Bund meiner Boxershorts drückt.

«Sam?», sagt Connor irgendwann.

«Ja?»

«Ich ... ich möchte nicht, dass du etwas tust, wozu du nicht bereit bist. Und genauso wenig will *ich* etwas tun, was du nicht willst.» Er seufzt. Seine Augen flackern, und plötzlich wirkt er unsicher. «Ich will auch nichts überstürzen ...»

«Hey, es ist alles in Ordnung», antworte ich, gerührt von seiner Rücksichtnahme. «Ich melde mich, wenn es zu viel wird. Oder wenn es zu schnell geht. Versprichst du mir dasselbe?»

Connor nickt. So wie er mich ansieht, frage ich mich, ob er in der Vergangenheit schon einmal eine schlechte Erfahrung gemacht hat. Ob Grenzen nicht beachtet wurden. Wenn ja, dann verfluche ich den Kerl, der Connor nicht mit der Achtung und dem Respekt behandelt hat, den er verdient hat.

«Wir passen aufeinander auf», sage ich leise. «Okay?»

Connor grinst. «Ob die Gründungsväter daran gedacht haben, als sie sich für den Leitspruch entschieden haben?»

Ich lache leise. «Ich glaube nicht, dass sich die Gründungsväter auch nur ansatzweise vorgestellt haben, was wir hier gerade tun.»

«Wer weiß …»

Bevor ich noch etwas sagen kann, liegen Connors Lippen wieder auf meinem Mund. Wir sind uns nah, aber noch immer nicht nah genug.

Connor denkt offenbar dasselbe. «Das ist zu viel Stoff», keucht er.

Ich nicke. Als ich mir bereits die Boxershorts ausziehen will, hält er sich zurück. «Warte. Ich mache das.» Und ich lasse es geschehen.

Von meinem Knie tastet sich seine rechte Hand an meinem Oberschenkel entlang. Als seine Finger das nächste Mal zwischen meinen Beinen liegen, ist das definitiv kein Versehen mehr.

«Ist das okay?», haucht er mir ins Ohr.

«Ja, sehr okay.» Es ist mehr als *sehr okay*. Es ist … Aber dann beginnt seine Hand, sich ganz langsam zu bewegen, und alle Gedanken sind wie weggeblasen.

«Schließ die Augen, Sam», sagt er, und ich lasse mich endgültig fallen.

Mein Name. Seine warmen Finger, die mich umschließen. Es ist so schön, dass ich kaum begreife, was hier gerade passiert. Dann liegt Connor plötzlich neben mir und öffnet meine Lippen mit seiner Zunge. Irgendwann in den letzten Sekunden hat er sich offenbar auch seine Boxershorts abgestreift, denn jetzt spüre ich seinen Penis, ganz ohne jeden Stoff zwischen uns, an meiner Seite.

Ich strecke meinen Arm aus, weil ich ihn ebenfalls berühren will. Sanft umschließt Connor mein Handgelenk und hält mich zurück.

«Nicht so schnell», keucht er. «Jetzt bist du erst mal dran.»

Als er mich das nächste Mal umschließt, sind seine Bewegungen schneller und fester, und unwillkürlich beginne ich zu stöhnen. Ich kann gar nichts anders, presse meine Hüfte gegen seine Hand, und jetzt verlangsamt Connor die Geschwindigkeit wieder.

«Hör nicht auf», keuche ich. «Bitte nicht!»

«Ich höre bestimmt nicht auf», erwidert Connor. «Im Gegenteil.» Seine Zunge streicht ein letztes Mal über meine Lippen. Dann stützt er sich auf den Ellbogen ab. Küsst meinen Hals. Meine Brust. Meinen Bauch. Und kommt mit seinem Kopf zwischen meinen geöffneten Beinen an. «Ist es in Ordnung, wenn ...?», fragt er behutsam.

«Ja. Ja, ist es!»

Meine Antwort ermutigt ihn, mich in den Mund zu nehmen. Seine Hände ruhen jetzt seitlich an meinem Hintern. Noch nie habe ich etwas Vergleichbares erlebt. Raum und Zeit lösen sich einfach auf. Alles, was ich spüre, ist Connor, der mich mit seinen Lippen umschließt. Ich stöhne und beiße mir in den Handrücken. Besorgt hebt Connor den Kopf.

«Mach weiter», flüstere ich, fahre ihm durch die zerzausten Haare, und er lässt es sich nicht zweimal sagen.

Als sein Kopf ein paar Minuten später wieder neben meinem liegt und sich seine Hand rhythmisch auf und ab bewegt, lässt er endlich zu, dass ich auch ihn umschließe.

«Das ist gut», keucht er mit geschlossenen Augen.

«Und wie ist das?», frage ich mit kehliger Stimme und werde etwas schneller.

«Gut. Ja, das ist gut.»

Es dauert nur ein paar Sekunden, bis unsere Hände dieselbe Geschwindigkeit gefunden haben. Wir sind zwei Körper, die sich bewegen, als wären sie einer. Seine Hand. Meine Hand. Das alles geht fließend ineinander über, verschmilzt miteinander. Es ist anders als mit Milo, anders als alles, was ich bisher erlebt habe. Weil es sich so vertraut anfühlt. So sicher. So geborgen.

Unsere Atmung beschleunigt sich im selben Takt. Unsere Lippen sind feucht, und Schweißtropfen glitzern auf unseren Gesichtern.

«Sam ...», keucht Connor ein weiteres Mal.

Als ich komme, bebt mein ganzer Körper. Ich halte mich an ihm fest. Ich halte *ihn* fest. Spüre, wie sich die Muskeln in seinen Armen anspannen. Wie jetzt auch er in meiner Hand zu pulsieren beginnt und sich aufbäumt, und dann sinken wir erschöpft zurück und bleiben schweigend nebeneinander liegen.

Während sich mein Atem langsam wieder beruhigt, streichle ich Connors Brust. Er hat die Augen geschlossen und wirkt vollkommen entspannt.

Irgendwann stößt er ein Seufzen aus und drückt mich ganz fest an sich. «Ich hoffe, du kannst dich immer noch an die Vorstellung gewöhnen, Zeit mit mir zu verbringen.»

Ich habe mir immer vorgestellt, wie es wäre, die Uhren anhalten zu können. Jetzt wäre ein verdammt guter Moment dafür. «Und wie», erwidere ich schmunzelnd, schmiege mich in seinen Arm und gebe ihm einen Kuss auf die Wange.

KAPITEL 27

SAMUEL

Am nächsten Morgen werde ich von ein paar schwachen Sonnenstrahlen geweckt, die durch die Fenster fallen.

Connor und ich liegen eng umschlungen im Bett, sein Gesicht ist ganz nah an meinem. Sein langsames und gleichmäßiges Atmen hat etwas zutiefst Beruhigendes.

Ich brauche noch ein paar Sekunden, bis ich begreife, dass ich mir die letzte Nacht nicht eingebildet habe. Es war keine Fantasie unter der Dusche. Kein Traum. Es ist wirklich passiert.

Ich strecke die Finger aus und fahre behutsam durch Connors Locken. So könnte ich ab jetzt jeden Morgen aufwachen.

Ohne es wirklich zu merken, fallen mir noch einmal die Augen zu. Irgendwann später werde ich vom Knurren meines Magens wieder wach. Connor hat sich zwischenzeitlich auf die andere Seite gedreht, schläft allerdings noch immer.

«Connor?», sage ich leise. Und dann, als er nicht darauf reagiert, etwas lauter: «Connor.»

Verschlafen dreht er sich zu mir herum, blinzelt ein paar Mal und öffnet langsam die Augen. Sobald er mich sieht, beginnt er zu lächeln. «Hast du gut geschlafen?»

Ich nicke. «Und wie.»

Er rückt näher an mich heran, und wir küssen uns tief und innig.

«Hast du irgendeine Ahnung, wie spät es ist?», fragt Connor.

«Auf jeden Fall Zeit fürs Frühstück, so wie mein Magen grummelt.»

«Warte kurz.» Er beugt sich über mich und tastet zwischen unseren Klamotten nach seinem Handy. Sobald er es gefunden hat, zieht er scharf die Luft ein. «Oh verdammt. Ich hoffe, du hattest heute nichts vor.» Er zeigt mir die Uhrzeit auf dem Display. Es ist kurz nach zwölf.

«Also, das Frühstück haben wir definitiv verpasst. Fangen wir eben mit dem Mittagessen an.»

Bis wir uns angezogen haben, vergehen noch einmal zwanzig Minuten. Doch nach einem letzten Kuss machen wir uns schließlich auf den Weg zum Speisesaal.

An den Wochenenden geht es immer ein bisschen entspannter zu. So auch heute. Am Büfett müssen wir nicht lange anstehen, und die meisten Tische sind nur sporadisch besetzt. Nate sitzt auf der anderen Seite des Speisesaals, offenbar ein weiteres Mal in eine Zeichnung vertieft. Er ist so konzentriert bei der Sache, dass er uns überhaupt nicht wahrnimmt.

«Wenn die Woche wieder losgeht, werden wir nicht ganz so viel Zeit füreinander haben», sagt Connor zwischen zwei Bissen. «Vielleicht schwänzen wir einfach ein paar Seminare ...»

Ich grinse. «Da sage ich nicht Nein.»

Wir albern ein bisschen herum. Nach dem Essen beschließen wir, zu mir zu gehen, damit ich mir ein paar frische Sachen anziehen kann. Aber gerade als wir uns auf den Weg machen wollen, vibriert Connors Handy. Und von einer Sekunde auf die andere legt sich ein Schatten auf sein Gesicht.

«Connor?», frage ich behutsam.

Er sieht vom Display zu mir und dann wieder aufs Display. «Es ist Lake.»

«Ist alles in Ordnung?»

Connor wiegt den Kopf hin und her. «Ich bin mir nicht sicher.»

«Willst du vielleicht bei ihr vorbeischauen?»

Connor presst die Lippen aufeinander. «Ich würde den Sonntag eigentlich lieber mit dir verbringen.»

Seine Worte rühren mich. «Ich würde den Nachmittag auch gern mit dir verbringen. Aber vermutlich wäre es trotzdem besser, zu ihr zu gehen, oder nicht? Wenn du dir nicht sicher bist?»

«Ja, vermutlich hast du recht.» Er macht ein zerknirschtes Gesicht. «Tut mir wirklich leid, Sam. Kann ich mich bei dir melden, sobald ich das hier geklärt habe?»

«Mach dir keinen Stress», antworte ich und meine es auch so. Lake ist seine beste Freundin. Irgendetwas ist offenbar passiert. Und bevor er noch auf die Idee kommt, sich ein weiteres Mal bei mir rückzuversichern, füge ich hinzu: «Na los, geh schon.»

Als ich ein paar Minuten später mein Zimmer betrete, finde ich dort einen weiteren, unter der Tür hindurchgeschobenen Briefumschlag.

Aufnahmezeremonie und Party an Halloween.
22.00 Uhr. Grotte.
BD

Seit ich Connor gestern Morgen getroffen habe, habe ich die Vergangenheit ganz weit von mir weggeschoben. Und das war verdammt befreiend. Gerade nach dem, was Riley mir über Philipp erzählt hat. Aber jetzt holt sie mich schlagartig wieder ein.

Ich schlüpfe aus meinen Sachen, ziehe Jogginghose und Hoodie an und setze mich auf die Fensterbank.

Ich habe Philipp ein Versprechen gegeben. Herauszufinden, was passiert ist, ist das Mindeste, das ich für ihn tun kann. Oder? Zum ersten Mal verspüre ich leise Zweifel. Denn wenn ich ganz ehrlich bin: Was ändert sich mit der Wahrheit? Für Philipp bleibt ohnehin alles, wie es ist. Und für mich? Vielleicht könnte ich ja doch mit der Vergangenheit abschließen. Könnte sie auf sich beruhen lassen, wie Luisa es sich schon lange von mir wünscht.

Vor dem Archiv habe ich bereits kurz gezögert. Es war nur ein flüchtiger Moment. Jetzt ist es weit mehr als das.

Der Mittag geht in den Nachmittag über. Graue Wolken ziehen über Brynmor hinweg, und es wird früh dunkel. Statt über die Vergangenheit zu grübeln, würde ich viel lieber Zeit mit Connor verbringen. Wird in den nächsten Wochen beides möglich sein? Oder verrenne ich mich dabei in etwas? Immerhin muss ich Connor etwas verheimlichen, wenn ich mich weiter mit Brynmor Dawn treffe. Sosehr ich mir auch den Kopf zerbreche, komme ich fürs Erste nicht weiter. Deswegen freue ich mich umso mehr, als ich eine Nachricht von Youma erhalte.

Youma: Willst du vorbeikommen? Wir könnten Fleabag weiterschauen.
Samuel: 🥳

Eine halbe Stunde später sitze ich auf ihrem Bett. Statt uns *Fleabag* anzusehen, quatschen wir dann aber vor allem über Connor und Leroy.

«Oh, das freut mich so», sagt Youma, nachdem ich ihr von unserem Ausflug zum Cottage der tausend Herzen erzählt habe. «Das klingt nach einem Ort, den ich auch unbedingt besuchen muss.»

«Wir können gern mal zusammen hingehen. Oder na ja, du zeigst ihn Leroy, wenn er an Weihnachten kommt.»

So schön die Zeit mit Youma auch ist, sie trägt nur kurz zur Ablenkung bei. Kaum dass ich mich nach dem Abendessen von ihr verabschiedet habe und in mein Zimmer zurückgekehrt bin, klopfen auch meine Grübelgedanken wie ein ungebetener Besucher wieder bei mir an. Ich bin heilfroh, als sich Connor gegen zehn Uhr noch mit einem Videocall bei mir meldet.

Es war zwar nicht meine Absicht, dass er mich in schlabbrigem T-Shirt und Boxershorts wiedersieht, aber spätestens nach letzter Nacht ist es vermutlich vollkommen egal, wie ich aussehe.

«Hi, Sam.» Connors Gesicht schwebt so nah vor der Kamera, dass ich die Sommersprossen auf seinen Wangen zählen könnte.

Dann hält er das Handy ein bisschen weiter weg. Connor trägt einen weißen Pulli mit nach oben gekrempelten Ärmeln und sieht ziemlich fertig aus.

«Hey», erwidere ich mit kratziger Stimme.

«Hast du schon gepennt?» Er zwinkert mir zu. «Oder warst du gerade mit etwas anderem beschäftigt?»

«Mit was sollte ich denn beschäftigt gewesen sein?», frage ich betont ahnungslos.

«Ach, ich weiß nicht. Was man abends halt so tut, wenn man allein im Bett liegt.»

«Lieber würde ich bei dir im Bett liegen.» Dann werde ich ernst. «Wie geht es Lake? Ist alles in Ordnung?»

Connor macht einen bedrückten Eindruck. Als wäre es ihm unangenehm, darauf angesprochen zu werden.

«Du musst es mir nicht sagen», fahre ich schnell fort. «Es geht mich ja eigentlich auch nichts an.»

Jetzt wiegt Connor den Kopf hin und her. Er wirkt betreten. Unschlüssig. Wie bei unserem Gespräch auf dem Cricketfeld. Als würde er einen inneren Kampf mit sich austragen, den ich nicht wirklich greifen kann, und für den Bruchteil einer Sekunde wird mir flau im Magen. Aber dann rede ich mir ein, dass Lake nicht das Geringste mit mir zu tun hat.

«Ach, es geht ihr schon seit ein paar Tagen nicht gut. Heute Mittag hatte sie eine Panikattacke.»

Erschrocken richte ich mich im Bett auf. «Eine Panikattacke?» Ich kenne mich ein bisschen damit aus, weil Luisa vor ein paar Jahren auch darunter litt: Herzrasen, Atemnot, das Gefühl von völliger Hilflosigkeit – und das von einer Sekunde auf die andere. Luisa ging es richtig beschissen. Mithilfe einer Therapeutin bekam sie die Sache dann aber immer besser in den Griff.

«Ja, das hatte sie schon längere Zeit nicht mehr. Sobald es halbwegs ging, habe ich sie auf die Krankenstation gebracht. Dort bleibt sie jetzt vorsorglich bis morgen früh.»

«Oh Mann, das tut mir echt leid.»

Connor lächelt schwach. «Ich hoffe auch, dass sich das nicht so schnell noch einmal wiederholt. Sie war echt fertig.»

«Weißt du denn, was der Auslöser war?» Bei Luisa kamen damals ein paar Sachen zusammen: die Trennung ihrer Eltern, Schwierigkeiten in der Schule, Liebeskummer.

Meine Frage lässt Connor nachdenklich werden. Er kaut auf seiner Unterlippe herum, macht bereits Anstalten, etwas zu sagen, hält sich aber doch zurück. Dann startet er einen zweiten Anlauf. «Lake ist der stärkste Mensch, den ich kenne. Wenn sie sich etwas in den Kopf setzt, erreicht sie es auch. Aber sie neigt dazu, Dinge mit sich allein auszumachen. Wie ich.»

«Das kommt mir bekannt vor», werfe ich ein.

Connor nickt. «Manchmal wird die Last, die man trägt, zu schwer. Sie drückt einen zu Boden. Sie lähmt.» Seine Augen werden glasig. «Aber irgendwie geht es trotzdem weiter. Und das muss es auch. Weil aufzugeben keine Alternative ist.»

Spricht er über Lake? Über sich? Oder liest er in mir wie in einem aufgeschlagenen Buch?

«Morgen nach dem Frühstück schaue ich, wie es ihr geht», sagt er.

«Richte ihr liebe Grüße von mir aus.»

«Klar, mache ich», antwortet er, auch wenn ich mir nicht ganz sicher bin, ob er es wirklich ernst meint.

Für ein paar Sekunden sehen wir uns schweigend an. Es hat etwas seltsam Intimes und Vertrautes, auf unseren Betten zu sitzen mit nichts als unseren Schlafklamotten.

«Weißt du noch, wie du gesagt hast, Brynmor wäre der Ort, an dem du zum ersten Mal du selbst sein konntest?», frage ich.

Er nickt.

«Ich wünsche mir, dass es mir hier irgendwann genauso geht.» Ich seufze. «Noch fühlt sich meine Last auch ziemlich schwer an. Aber wenn ich bei dir bin, vergesse ich sie.»

Connor legt den Kopf zur Seite und sieht mich liebevoll an.

«Ich wäre jetzt verdammt gern bei dir», sagt er, wobei sich seine Wangen röten.

«Ja, das wäre schön.»

Er seufzt. «Aber ich bin ziemlich kaputt. Vielleicht sehen wir uns morgen?»

Ich nicke. «Wir haben alle Zeit der Welt. Und die nehmen wir uns auch? Deal?»

«Deal», antwortet er, und allein die Vorstellung, ihn wiederzusehen, löst ein wohliges Kribbeln in mir aus.

KAPITEL 28

CONNOR

Am Montagmorgen mache ich vor meinem ersten Seminar einen Abstecher zu Lake auf die Krankenstation. Nachdem sie sich gestern nach tagelanger Funkstille gemeldet hatte, war ich erleichtert. Aber nur für eine Tausendstelsekunde.

Was passiert ist, ist meine Schuld. Die Panikattacke kam nicht aus dem Nichts. Sie ist ein Kollateralschaden der Entscheidung, die ich getroffen habe. Diesen Gedanken werde ich zumindest nicht mehr los, seit ich Lake leichenblass auf dem Boden ihres Zimmers gefunden habe.

Für sie da zu sein, ist das Mindeste, was ich jetzt tun kann. Vorausgesetzt, sie lässt es zu. Gut möglich, dass die Nachricht gestern nur eine Folge ihres Ausnahmezustands war. Aber das werde ich gleich herausfinden.

Die Krankenstation befindet sich auf dem neuen Campus, ganz in der Nähe des *Medard's Square*. An diesem Morgen wirkt sie wie ausgestorben.

«Lake?», frage ich vorsichtig und klopfe an die Tür des Zimmers, in das sie gestern gebracht wurde. Keine Reaktion. «Lake, ich komme jetzt rein, okay?» Statt einzutreten, warte ich sicherheitshalber aber doch noch ein paar Sekunden. Erst dann fasse ich mir ein Herz, schiebe langsam die Tür auf – und finde mich in einem leeren Zimmer wieder. Von Lake ist weit und breit nichts zu sehen.

Ich werfe einen Blick auf mein Handy, um zu checken, ob sie mir geschrieben hat. Fehlanzeige. Mit einem flauen Gefühl in der Magengegend mache ich mich auf die Suche nach einer Krankenschwester oder einem Pfleger. Nach ein paar Minuten werde ich endlich fündig.

«Ihre Kommilitonin hat sich heute Morgen selbst entlassen», sagt der Mann schulterzuckend. «Eigentlich hätte sie nachher noch mit dem Psychologen sprechen sollen. Aber sie hat sich dagegen entschieden und ist gegangen.»

«Einfach so?», frage ich mit hochgezogenen Brauen.

«Einfach so», bestätigt der Mann. «Sie fühlte sich dazu imstande, und für uns gab es keine Gründe, sie zurückzuhalten.»

«Okay, danke», bringe ich gerade so hervor. Dann lasse ich den Mann stehen und verlasse die Station.

Sobald ich wieder im Freien bin, atme ich tief durch. Lake hat mir nicht Bescheid gegeben. Warum hat sie sich dann gestern nicht bei Elliot gemeldet, wenn sie nichts mit mir zu tun haben will?

Ich schäme mich, kaum dass ich den Gedanken zu Ende gedacht habe. Statt Lake zu verurteilen, sollte ich Verständnis für sie haben. Wer kann schon sagen, wie ich mich verhalten würde, wäre ich an ihrer Stelle?

Hin- und hergerissen beschließe ich, kurz bei ihr vorbeizugehen. Ich muss wissen, ob es ihr wirklich besser geht. Und wenn sie mich nicht sehen will, soll sie einfach nicht aufmachen.

Als ich vor ihrem Zimmer stehe, öffnet sie mir überraschenderweise doch. Ihre Augenlider sind schwarz geschminkt, und ihre Miene ist unergründlich. Ohne ein Wort zu sagen, bedeutet sie mir hereinzukommen. Sobald die Tür ins Schloss gefallen ist, verschwindet sie im Bad.

«Ich brauche noch ein paar Minuten, bis ich fertig bin», sagt sie in einem Tonfall, als wäre alles wie immer. Keine tagelange Funkstille, keine Panikattacke – nichts.

Ich habe keine Ahnung, wie ich darauf reagieren soll. «Auf der Krankenstation hat man mir gesagt, dass du dich heute Morgen entlassen hast», wage ich einen ersten Anlauf.

«Ja, nachdem sie mir gestern Abend noch was zur Beruhigung gegeben hatten, war alles wieder in Ordnung. Und ich wollte heute nichts verpassen.»

«Geht es dir wirklich gut?», setze ich an. «Die letzte Panikattacke hattest du, kurz nachdem ...»

Jetzt taucht sie im Türrahmen auf und verteilt etwas Creme auf den Innenflächen ihrer Hände. «Hör mal, es war ein Fehler, dass ich dir gestern geschrieben habe, Connor. Das hätte ich nicht tun sollen.»

Energisch schüttle ich den Kopf. «Nein, das war kein Fehler. Ich habe mir schon davor Sorgen um dich gemacht.»

«Das ist lieb von dir. Aber wie gesagt, es ist alles in Ordnung.»

Soll ich sie damit durchkommen lassen? Vielleicht wäre es so am einfachsten. Aber verdammt, sie bedeutet mir so viel, und ich hasse es, dass etwas zwischen uns steht.

«Lake», sage ich behutsam. «Du weißt, dass du jederzeit mit mir sprechen kannst.»

«Ja, das weiß ich», antwortet sie, und ihre Stimme klingt jetzt zumindest etwas weicher.

«Und du weißt auch, wie wichtig du mir bist. Daran hat sich nicht das Geringste geändert.»

Lakes Brustkorb hebt und senkt sich. «So wie auch Samuel dir wichtig ist.»

Ich nicke.

«Connor?» Sie sieht mich eindringlich an. «Es tut mir leid. Ich habe das, was du getan hast, immer als selbstverständlich betrachtet. Aber das war es nicht. Und ich möchte, dass du das weißt.» Ihre plötzliche Offenheit überrascht mich. «Hätte ich dir dieses Versprechen nicht abgerungen, gäbe es für dich überhaupt keinen Gewissenskonflikt, und du könntest einfach mit Samuel zusammen sein.» Sie räuspert sich. «Ich glaube, gestern habe ich so wirklich kapiert, was ich von dir erwarte. Das kam zwar ziemlich spät. Aber ich habe es verstanden. Und ich finde, dass du das wissen solltest.»

Ihre Worte machen mich sprachlos. In den letzten Tagen hatte ich oft Angst, eine Freundin verloren zu haben. Aber offenbar ist das Band zwischen uns so stark, dass es selbst jetzt nicht reißt, und das lässt mich erleichtert aufatmen.

«Lake ...»

Sie löst sich aus dem Türrahmen und kommt auf mich zu. Zögert noch kurz und drückt mich dann lang und fest an sich.

KAPITEL 29

SAMUEL

Nach meinem letzten Seminar mache ich mich auf den Weg zum Cricketfeld. Connor und die anderen wärmen sich bereits auf.

«Hi, Sam», sagt er, kaum dass ich bei ihnen angekommen bin.

«Hey, du.»

Wir umarmen uns kurz, aber innig. Am liebsten würde ich ihn küssen, aber da ich nicht weiß, wie die Läufer darauf reagieren würden, lasse ich es bleiben. Eigentlich sollte mir egal sein, was sie davon halten. Wie Connor auf dem Glockenturm gesagt hat: Die anderen sind das Problem, wenn sie uns dafür verurteilen, wen wir lieben. Nicht wir. Aber manchmal vergesse ich das noch immer.

«Bereit, ihr beiden?», ruft einer der Läufer zu uns herüber.

«Ich wärme mich noch ein paar Minuten auf», antworte ich. «Fangt ruhig schon mal an.»

«Hoffentlich bin ich nicht schon außer Puste, bis du loslegst», sagt Connor grinsend.

Ich mache einen Schritt auf ihn zu und flüstere ihm ins Ohr: «Verausgabe dich besser nicht zu sehr. Wer weiß, was wir nach dem Training noch so machen.»

Schlagartig schießt Connor Röte ins Gesicht. Sogar seine Ohren beginnen zu glühen.

«Geht klar», sagt er mit kratziger Stimme und schließt sich den anderen an, die sich bereits in Bewegung gesetzt haben.

Zwei Stunden später stolpern wir, nass geschwitzt vom Training, in Connors Zimmer. Wir bedecken uns mit Küssen, seine Hände sind überall zugleich auf meinem Körper. In einem Moment liegen sie noch auf meinem Hinterkopf und ziehen mich zu sich. Im nächsten spüre ich sie an meinen Hüften, nur ein paar Zentimeter von meinem Schritt entfernt.

«Ich sollte eigentlich erst mal duschen gehen», sage ich völlig außer Atem.

Connor streicht mir die Haare aus der Stirn und zeigt auf die angelehnte Badezimmertür. «Ich vermutlich auch.»

«Du meinst …?»

Jetzt bekommt sein Grinsen einen verschmitzten Zug. «Wir können natürlich auch nacheinander gehen, wenn dir das lieber ist.»

Als ob. Mit Connor zu duschen, ist eine ziemlich berauschende Vorstellung.

Wir beginnen, uns auszuziehen. Sein T-Shirt ist so verschwitzt, dass es an seinem Oberkörper klebt und wir es kaum über seinen Kopf bekommen, was uns beide zum Lachen bringt.

«Jetzt bin ich dran», sagt Connor und streift mir meine Trainingsjacke ab.

Zwischen unzähligen Küssen fallen nach und nach alle Kleidungsstücke auf den Boden, bis wir vollkommen nackt voreinanderstehen.

«Du bist so schön», sagt Connor und lässt seinen Blick bewundernd über meinen Körper wandern.

«Findest du?» Meine Stimme ist belegt. «Milo hat mir nie das Gefühl gegeben … und ich … na ja, ich habe auch immer was gefunden, das mir nicht gefällt.»

«Dann solltest du dich mal durch meine Augen sehen.» Connor legt seine Hände auf meine Brust. «Komm, lass uns duschen gehen.»

Die Duschkabine ist so klein, dass wir kaum zu zweit hineinpassen. Ganz offensichtlich ist sie nicht für mehr als eine Person ausgelegt. Aber darüber beschwere ich mich bestimmt nicht, führt es doch dazu, dass sich unsere Körper fast durchgängig berühren. Als Connor versehentlich Shampoo ins Auge bekommt, verzieht er sein Gesicht so süß, dass ich ihn schockverliebt am liebsten mit Küssen bedecken würde. Aber offenbar brennt es ziemlich stark, und er wäscht es sich schnell unter dem warmen Wasser aus.

«In meiner Vorstellung läuft so etwas irgendwie romantischer ab», sagt er grinsend, sobald er das Auge wieder halbwegs öffnen kann. «Vielleicht müssen wir das noch ein paar Mal üben ...»

«Sag einfach, wann, und ich warte in der Dusche auf dich.»

Wir steigen aus der Duschkabine und trocknen uns gegenseitig ab. Statt uns wieder anzuziehen, bleiben wir, wie wir sind, und kehren ins Bett zurück.

Die Luft zwischen uns knistert vor Aufregung. Ich will ihn. Ich will ihn so unbedingt, lecke ihm die letzten Wassertropfen von der Brust und umfahre seine Brustwarzen mit meiner Zunge, bis sie hart werden. Connor atmet schwer, legt den Kopf in den Nacken und vergräbt die Hände in meinen Haaren. Mein Kopf wandert immer weiter an ihm herunter. Er öffnet die Beine, und vorsichtig fahre ich mit meiner Zunge über seinen Penis.

«Sam ... Sam ...»

Zu hören, wie sehr es ihm gefällt, überwältigt mich. Vielleicht ist es sogar das Beste, was ich je erlebt habe. Selbst das Gefühl von Freiheit, das ich immer wieder beim Parkour erlebe, kann da nicht mithalten.

Als ich ihn in den Mund nehme, gibt Connor ein unterdrücktes Stöhnen von sich.

«Du gibst mir Bescheid, wenn ich etwas tue, das du nicht willst?»

«Ja, klar. Aber jetzt mach bitte weiter, okay?»

Nur zu gern.

«Sam?», sagt Connor irgendwann.

«Hm?»

«Ich ... ich glaube, es dauert nicht mehr lange, bis ich komme.»

«Okay», sage ich rau.

«Ich ... wenn es für dich in Ordnung ist ... würde ich gern noch einen Schritt weiter gehen. Aber nur wenn du das auch möchtest, versteht sich. Wenn nicht, ist das für mich auch vollkommen in Ordnung.»

Ich stütze mich auf den Ellbogen ab, rutsche zu ihm nach oben und schmiege mich in seine Arme. Bisher bin ich nur mit Milo auf diese Weise zusammen gewesen. Leider war er nicht immer rücksichtsvoll, was dazu beigetragen hat, dass ich es nicht in vollen Zügen genießen konnte. Die Erinnerung daran lässt mich zögern. Ein Zögern, das Connor nicht entgeht.

«Es ist wirklich okay, wenn du es nicht willst, Sam.»

«Ja, ich weiß», antworte ich leise, schiebe Milo beiseite und betrachte Connor. Und bin mir sicher: Bei ihm muss ich mir keine Sorgen machen. Er passt auf mich auf. Und ich kann jederzeit Stopp sagen. «Aber ich will es.»

Connor schluckt schwer. «Versprichst du mir, dass du sagst, wenn ich dir aus Versehen wehtue?»

«Versprochen.»

Für ein paar Sekunden sehen wir uns an. Dann rappelt Connor sich auf.

«Bin gleich wieder da.» Ich lege mich auf den Rücken und beobachte ihn dabei, wie er zum Schreibtisch läuft und dort eine der Schubladen öffnet. Kurz darauf ist er mit einem Kondom in der einen Hand und Gleitgel in der anderen wieder bei mir im Bett. Wie an jenem Abend, als er die Zimmertür aufschließen wollte, ist er auch jetzt so nervös, dass seine Finger zittern.

«Ich ... scheiße ...», stottert er und versucht umständlich die Packung zu öffnen.

«Lass mich mal.» Ich helfe ihm, sie aufzureißen, und gemeinsam streifen wir ihm das Kondom über, was sich intim und vertraut anfühlt. Ein paar Sekunden später fällt der Deckel des Gleitgels mit einem leisen Klackern auf den Boden. Ich lege die Beine auf Connors Schultern und spüre kurz darauf eine leichte Kühle zwischen meinen Pobacken. Connors Gesicht ist jetzt nur noch wenige Zentimeter von meinem entfernt. Für einen Moment verharren wir noch so, bevor Connor mich erst vorsichtig zu streicheln beginnt und dann mit einem Finger in mich eindringt.

«Sam?»

«Es ist alles okay. Mach weiter. Hör nicht auf. Hör *bitte* nicht auf.»

Und das tut er auch nicht. Stattdessen zieht er seinen Finger zurück, legt sich auf mich, und alles, was ich jetzt noch spüre, ist das Gewicht seines Körpers auf meinem und seinen ...

«Oh», stoße ich hervor. Unwillkürlich verkrampfe ich mich, was zu einem leichten, brennenden Schmerz führt. Connor will sich augenblicklich zurückziehen, aber ich presse ihn an mich.

«Warte kurz. Gib mir nur eine Sekunde, okay?»

«Okay ...»

Sobald ich ihm mit einem Kopfnicken zu verstehen gebe, dass er sich wieder bewegen kann, verfliegt der Schmerz. Zurück bleibt ein angenehmes Ziehen – und der Gedanke, dass wir uns jetzt so nah sind, wie sich zwei Menschen nur sein können. Connor ist genauso behutsam, wie ich es erwartet habe. Und das trägt dazu bei, dass ich es mit jeder Faser genieße.

«Sam», keucht er, beugt sich zu mir nach unten und küsst

mich. Beim nächsten Stoß öffnet er meine Lippen mit seiner Zunge. Ich fühle ihn jetzt überall, auf mir, in mir, und ich will noch mehr davon. Noch mehr von Connor. Ich will ihn mehr als alles andere.

Er erhöht das Tempo und wandert gleichzeitig mit der Hand zwischen meine Beine. Als er meinen Penis umschließt, stöhne ich ein weiteres Mal. Ich versuche, leise zu sein, weil ich nicht will, dass uns jemand aus einem der Nachbarzimmer hört und gleich bei uns anklopft. Ich will nicht, dass jemand diesen Moment, der nur Connor und mir gehört, unterbricht. Nein, ich will ihn so lange wie möglich in mir spüren, will es bis zum letzten Moment auskosten. Allerdings fällt es auch Connor zunehmend schwer, sich zurückzuhalten. Seine Lippen sind feucht, Schweißperlen glitzern auf seiner Stirn, und sein Atem beschleunigt sich. Die Muskeln auf seiner Brust und an seinen Armen spannen sich an.

«Sam ...», keucht er ein weiteres Mal.

Als er kommt, pulsiert sein ganzer Körper. Ich halte ihn so lange fest, bis sich sein Atem ein bisschen beruhigt. Dann bewegt sich seine Hand wieder zwischen meinen Beinen. Es dauert nur ein paar Sekunden, bis mich ein Beben durchfährt und ich mein Gesicht an seinem Hals vergrabe. Meine Beine gleiten von seinen Schultern, umschließen aber noch immer seine Hüfte.

«Das war ...», setzt Connor an.

«... ja, war es», sage ich und gebe ihm einen Kuss auf die Stirn.

Connor zieht sich zurück, streift das Kondom ab und schlingt seine Arme um mich.

«Halt mich einfach nur fest», sage ich.

«So lange du willst», antwortet er.

Und so bleiben wir liegen, bis wir einschlafen.

Zwei Wochen können zehn Monate nicht vergessen machen. Sie können die vergossenen Tränen nicht auffangen und die aufgerissenen Wunden nicht flicken. Aber sie tragen dazu bei, dass das, was passiert ist, nicht mehr ganz so viel Raum einnimmt. Statt nur in der Vergangenheit zu leben, beginne ich, den Blick wieder nach vorne zu richten. Und das, was ich sehe, wirkt hell und strahlend und voller Hoffnung.

So zumindest fühlt sich die Zeit an, die dieser unvergleichlichen Nacht folgt.

Am Freitagnachmittag ziehe ich meine Sportsachen an und mache mich auf den Weg zum neuen Campus. Bisher hat Connor mich noch nicht beim Parkour begleitet, und das wollen wir endlich nachholen.

Wir treffen uns am *Medard's Square,* und ich gebe mein Bestes, ihm ein paar grundlegende Techniken zu zeigen. Er ist so begeistert bei der Sache, dass mir das Herz aufgeht.

«Du bist richtig gut», sage ich und klopfe ihm auf die Schulter, nachdem er sich an einem Catleap versucht hat. «Was hältst du davon, wenn wir noch eine Demi-Tour ausprobieren?»

Connor schnauft und stützt sich mit den Händen auf den Oberschenkeln ab. «Eine *was?*»

«Warte, ich zeig's dir.» Ich trete auf eine steinerne Brüstung zu, die sich nur ein paar Meter von uns entfernt befindet, und vollführe eine halbe Drehung darüber hinweg.

«Okay ... okay», sagt Connor und wischt sich den Schweiß von der Stirn. «Ich probiere es. Aber ich glaube, danach bin ich durch für heute.»

Am Samstagvormittag treffen wir uns mit Youma vor dem großen Eingangsportal, um gemeinsam nach St. Keyne zu fahren. Es ist regnerisch, und der Wind treibt wie ein Laubbläser die Blätter vor sich her.

Im *Seacliff Coffee & Tea* bekommen wir davon nicht allzu viel mit. Stattdessen schlürfen wir uns durch die verschiedensten Kaffeekreationen auf der Speisekarte, reden, lachen und vergessen die Zeit um uns herum. Connor gibt sich alle Mühe, einen guten Eindruck bei Youma zu hinterlassen. Youma wiederum schreibt mir noch am selben Abend, wie sehr sie sich für mich freut. Ich antworte ihr mit mehreren Herz-Emojis.

Am Sonntag ist das Wetter so schlecht, dass keiner von uns einen Fuß vor die Tür setzen will. Connor und ich verbringen den Tag im Bett, küssen uns und hören Taylor Swifts Album *Midnights* rauf und runter, wobei wir uns schnell einig sind, dass *Snow on the Beach* der beste Song ist.

Zwischen den Vorlesungen und Seminaren bleibt uns in der nächsten Woche nicht ganz so viel Zeit wie am Wochenende. In den Mittagspausen setzt Connor sich aber immer wieder zu mir und lernt so auch Nate und die anderen aus meinem Jahrgang kennen.

«Das mit euch beiden geht jetzt ja doch noch in die richtige Richtung, was?», sagt Nate mit einem Zwinkern, während Connor gerade in ein Gespräch mit einem meiner Kommilitonen vertieft ist.

«Kann man so sagen», erwidere ich.

Nate räuspert sich. Für einen Moment bin ich mir fast sicher, dass er sich nicht so sehr für mich freut, wie er vorgibt. Erinnere mich an die Enttäuschung, die ihm auf der Party ins Gesicht geschrieben stand, weil ich mich ihm und den anderen nicht angeschlossen habe. Kann es sein, dass Nate … eifersüchtig ist?

Während Connor und ich uns tagsüber immer nur kurz sehen, verbringen wir die meisten Abende miteinander. Zwar gibt es auch Nächte, in denen wir getrennt schlafen, aber viel häufiger bin ich bei ihm oder er bei mir. Wir sprechen nicht darüber, ob wir jetzt offiziell zusammen sind, aber es fühlt sich definitiv so an.

Je mehr Zeit verstreicht, desto näher rückt allerdings auch Halloween – und mein nächstes Treffen mit Brynmor Dawn. Bisher habe ich es vermieden, mit Connor über Philipp zu sprechen. Nicht nur, weil ich mich zu Verschwiegenheit verpflichtet habe. Sondern auch, weil die Momente mit Connor so kostbar sind und ich nicht in der Vergangenheit herumwühlen will. Ausgerechnet mit ihm gelingt mir das, was ich zu Hause nicht konnte: zu leben und den Augenblick zu genießen.

Einen Tag vor Halloween haben wir einen besonderen Ausflug geplant. Daher habe ich es nach meinem letzten Seminar auch besonders eilig, zu Connor zu kommen.

«Du bist aber früh dran.» Nur in Boxershorts steht er im Türrahmen und grinst mich verlegen an. «Ich dachte, ich hätte noch ein bisschen Zeit, mich fertig zu machen und ...»

Ich beuge mich zu ihm und küsse ihn. Es dauert nur ein paar Sekunden, bis er hart wird. Ich berühre ihn über dem Stoff, und jetzt entfährt Connor ein Stöhnen. Oh Gott, er bringt mich jedes Mal aufs Neue um den Verstand. Allerdings bin ich nicht dafür hier. Das können wir auch später noch machen. Fürs Erste haben wir etwas anderes vor.

Atemlos löse ich mich von ihm und ziehe die Hand zurück. Connor beißt sich auf die Unterlippe. «Wir sollten wohl los, was? Bevor die Dämmerung einsetzt?»

Ich werfe einen Blick auf meine Armbanduhr. «Ein bisschen Zeit haben wir noch. Aber besser, wir trödeln nicht zu lange.»

Er fasst sich in den Schritt und rückt seine Erektion zurecht. «Okay, dann ziehe ich mich jetzt besser mal an.»

Nach ein paar Minuten ist Connor so weit. Wir verlassen

Brynmor durch das große Eingangsportal und laufen ein weiteres Mal den Weg an der Klostermauer entlang. Der Himmel über uns ist blassblau, die Luft kühl und feucht. Am Horizont braut sich ein Unwetter zusammen, aber bis es die Küste erreicht, wird noch ein bisschen Zeit vergehen.

Unsere Hände umschließen sich, wie sie es schon so oft getan haben, und sie lösen sich erst, als wir am Cottage der tausend Herzen ankommen und Connor das quietschende Tor aufschiebt.

Das Cottage selbst hat nichts von seinem Zauber verloren, auch wenn die Pflanzen im Vorgarten vom vielen Regen zu Boden gedrückt wurden. Ich folge Connor durch den Flur und in den großen Raum mit den Liebesbotschaften.

Das Herz schlägt wie wild in meiner Brust, mein Mund fühlt sich trocken an. Was wir hier heute tun, habe ich mir seit unserem letzten Besuch immer wieder gewünscht. Dass es jetzt tatsächlich wahr wird, fühlt sich ziemlich überwältigend an.

Connor zieht zwei Acrylstifte aus der Hosentasche und reicht mir einen. Etwas unschlüssig sehen wir uns im Raum um, bis ich auf eine freie Stelle direkt neben dem Fenster zeige. «Was hältst du davon?»

Mit der flachen Hand wischt Connor etwas Staub vom Stein. «Ja, das sieht gut aus.»

Ich trete auf ihn zu, wobei sich unsere Schultern berühren.

«Willst du …?», frage ich kratzig.

Mit besonderer Sorgfalt beginnt Connor, seinen Namen zu schreiben. Er fährt jeden einzelnen Buchstaben mehrmals nach, als wolle er sichergehen, dass sie möglichst lange zu lesen sind.

Sobald er fertig ist, macht er einen Schritt zurück und begutachtet prüfend das Ergebnis. «Jetzt bist du dran.»

Ich versuche, mir genauso viel Mühe zu geben wie er, und nehme dann wieder seine Hand in meine.

Schweigend stehen wir nebeneinander und betrachten unsere Namen auf dem Stein.

Samuel & Connor

Die Stille wird lediglich von einem dumpfen Donnergrollen in der Ferne unterbrochen. Offenbar ist das Unwetter jetzt nicht mehr weit entfernt. Aber alles, was gerade außerhalb dieses Cottages passiert, ist mir egal. In diesem Augenblick gibt es nur uns beide. Und etwas Besseres könnte ich mir wirklich nicht vorstellen.

«Malst du dir unsere Geschichte jetzt auch aus?», frage ich und lächle ihn an.

Connor legt seinen Kopf auf meine Schulter. «Unsere Geschichte schreiben wir selbst.»

KAPITEL 30

SAMUEL

Ein paar Stunden später liegen wir nackt und erschöpft in Connors Bett. Von draußen ist das unbarmherzige Pfeifen des Windes zu hören.

Während meine Hand über Connors Schläfe streicht, fühle ich mich nicht ganz so unbeschwert, wie ich es sein müsste. Immer wieder denke ich an mein Treffen mit Brynmor Dawn.

«Morgen ist Halloween», sagt Connor leise, als hätte er meine Gedanken gelesen.

«Mhm ...»

«Brent, einer der anderen Läufer, schmeißt eine Zimmerparty. Und ich dachte ... na ja, hättest du Lust, mich zu begleiten?» Er räuspert sich. «Wir haben bisher noch nicht darüber gesprochen. Aber ich fände es schön, mit dir zusammen dahin zu gehen. Mit dir als meinem festen Freund.»

Ich schlucke schwer. Seine Worte lösen ganz viele Dinge gleichzeitig in mir aus. Zuneigung, Wärme, Dankbarkeit ... aber auch ein schlechtes Gewissen und Schuldgefühle. Nicht nur, weil ich Connor nicht begleiten kann. Sondern auch, weil ich nicht ehrlich zu ihm bin.

«Ich würde wirklich gern mitkommen», sage ich zögernd. «Aber ... ich bin schon mit ein paar Kommilitonen verabredet.»

Da. Jetzt ist es ausgesprochen. Jetzt habe ich Connor ins Gesicht gelogen. Am liebsten würde ich im Erdboden versinken.

Stattdessen liege ich in seinem Arm, und obwohl wir uns so nah sind, fühle ich mich schmerzhaft weit entfernt von ihm.

«Oh, schade», antwortet Connor. «Aber vielleicht beim nächsten Mal ...»

Meine Antwort kommt wie aus der Pistole geschossen. «Ja, beim nächsten Mal bin ich auf jeden Fall dabei.»

Connor gibt mir einen Kuss auf die Wange. «Ich hoffe übrigens, ich habe dich nicht unter Druck gesetzt, als ich das gerade eben mit dem festen Freund gesagt habe.»

Ich schüttle den Kopf. «Wir haben unsere Namen ins Cottage der tausend Herzen geschrieben. Das hätten wir nicht gemacht, wenn es nichts Ernstes wäre, oder?»

Meine Worte zaubern Connor ein Lächeln ins Gesicht. «Ich bin wirklich froh, dass wir uns kennengelernt haben, Sam.»

«Ich auch.»

Connor schließt die Augen. Nach ein paar Minuten verlangsamt sich seine Atmung, und er schläft ein. Aber ich liege noch lange wach und sehe ihn an. Und ich bin mir sicher: Ich bringe es nicht übers Herz, ihn ein weiteres Mal anzulügen.

Der Samstag vergeht wie im Flug. Viel zu früh verabschieden wir uns mit einem letzten Kuss vor der Kirche. Dann gehen wir in getrennte Richtungen.

Auf dem Weg zum Westflügel denke ich noch einmal an die letzten Wochen. Ich habe es genossen, Zeit mit Connor zu verbringen und mich nicht mit der Vergangenheit auseinanderzusetzen. Jetzt spüre ich wieder die unsichtbaren Hände, die sich um meinen Hals legen und mir die Luft abschnüren.

Auf meinem Zimmer nehme ich die letzte Nachricht von Brynmor Dawn in die Hand. Lese sie mir durch, zerknülle sie und werfe sie in den Mülleimer unter meinem Schreibtisch. Dann rufe ich bei meinen Eltern an. Nach ein paar Sekunden erscheint das Gesicht meines Vaters auf dem Display.

«Sammi», sagt er erfreut. «Schön, dich zu sehen. Deine Mutter macht gerade noch einige Besorgungen. Hätten wir gewusst, dass du anrufst ...»

«Alles gut. Ich wollte ... ich wollte eigentlich auch nur kurz hören, wie es Philipp geht.»

Schlagartig bekommen die Gesichtszüge meines Vaters einen wehmütigen Zug. Zu sehen, wie sehr ihn die Situation belastet, verstärkt das beklemmende Gefühl in meiner Brust. «Es ist alles wie immer. Es hat keine weitere Verschlechterung gegeben. Darüber können wir froh sein.» Seine Stimme klingt belegt.

«Es muss ziemlich schwierig für euch gewesen sein, dass ich unbedingt nach Brynmor wollte, oder?», frage ich, einem plötzlichen Impuls folgend, woraufhin mein Vater verwundert die Brauen hochzieht. «Ich weiß, dass ihr eigentlich dagegen wart.»

«Das stimmt, wir wollten dich nicht gehen lassen. Aber du warst sehr hartnäckig.» Neugierig sieht er mich an. «Samuel, verrätst du mir, warum wir dieses Gespräch hier führen?»

Nicht zu wissen, was damals passiert ist, hat mir mehr schlaflose Nächte bereitet, als ich zählen kann. Ging es meinen Eltern genauso? Oder haben sie, sofern das überhaupt möglich ist, ihren Frieden mit der Vergangenheit gemacht? Wir haben nie darüber gesprochen. Wie über so vieles andere auch. «Ich ... ich habe euch nie erzählt, warum ich unbedingt nach Brynmor wollte.»

Mein Vater lächelt schwach. «Nein, das hast du nicht. Wir sind immer davon ausgegangen, dass es dein Versuch ist, irgendeine Art von Abschluss zu finden.»

«Ja, so könnte man es wohl nennen. Aber ...» Ich zögere.

«…ich habe nie verstanden, *warum* ihr mich habt gehen lassen. Ihr hättet es mir genauso gut verbieten können. Würdet ihr die Studiengebühren nicht zahlen, könnte ich überhaupt nicht hier sein.»

Jetzt seufzt mein Vater. «Sammi, wenn etwas Schlimmes passiert, etwas, das uns aus dem Alltag reißt und alles auf den Kopf stellt, wissen die meisten Menschen erst einmal nicht, wie sie damit umgehen sollen. Wie auch, wenn sie bisher mit so etwas nie konfrontiert wurden?» Er räuspert sich. «Was machen sie also? Sie improvisieren. Sie versuchen alles Mögliche, um irgendwie mit dem Schmerz fertigzuwerden. Nicht alles davon ist immer sinnvoll oder für Außenstehende nachvollziehbar. Aber für Schmerz gibt es nun mal kein Patentrezept.» Ich will etwas sagen, aber mit einer Handbewegung bittet mich mein Vater, noch kurz zu warten. «Als du uns von deinem Wunsch erzählt hast, nach Brynmor zu gehen, haben wir natürlich lange mit uns gerungen. Wir wollten nicht, dass du in Brynmor studierst. Wir hatten Angst, auch unseren zweiten Sohn zu verlieren. Aber wenn wir dich nicht hätten gehen lassen, hätten wir dich vielleicht der Möglichkeit beraubt, auf *deine* Weise mit dem Schmerz umzugehen. Und dann hätten wir dich auf jeden Fall verloren.» Bei seinen Worten schießen mir die Tränen in die Augen, ich kann sie nicht zurückhalten, und ich sollte es auch nicht. «Wir lieben dich, Samuel. Wir stehen immer hinter dir und wollen nur das Beste für dich. Ob es ein Fehler war, dich gehen zu lassen? Vielleicht. Ich hoffe nicht.»

«Nein», sage ich belegt. «Nein, das war es nicht.» Aber statt ihm von meinen Nachforschungen zu berichten, erzähle ich ihm von Connor. «Und allein wegen ihm hat es sich gelohnt, nach Brynmor zu kommen.»

Jetzt treten auch ein paar Tränen in die Augen meines Vaters, allerdings wischt er sie schnell beiseite. «Das freut mich für dich,

Sammi. Sehr sogar. Darf ich deiner Mutter von diesem Connor erzählen? Oder möchtest du das machen?»

Ich schmunzle. «Erzähl ihr ruhig von ihm. Das ist schon in Ordnung.»

Als wir wenig später das Gespräch beendet haben, sehe ich aus dem Fenster – und treffe eine Entscheidung: Sollte ich heute Nacht nichts über Philipp herausfinden, dann war es das. Keine Geheimnisse mehr. Kein Herumdrucksen. Keine Lügen. Die Vergangenheit soll nicht länger meine Gegenwart überschatten.

Um halb zehn mache ich mich auf den Weg zur Grotte. Auf dem Campus sind noch einige Leute unterwegs. Sie lachen, sind gut gelaunt und freuen sich auf den Abend, der vor ihnen liegt. Wie gern wäre ich einer von ihnen.

Ich passiere Torbögen und Arkadengänge. In den Innenhöfen stehen Kürbisse mit geschnitzten Gesichtern. Sobald ich Brynmor durch das Eingangsportal verlassen habe, schlage ich denselben Weg wie vor ein paar Wochen mit Riley ein. Der Himmel über mir ist sternenklar. Weil es so kalt ist, stelle ich den Kragen meiner Jacke auf und reibe mir die Hände.

Eine Kletterpartie über die Felsen bleibt mir heute Nacht Gott sei Dank erspart. Daher schenke ich der Abzweigung zur Bucht keine Beachtung und gehe geradeaus weiter. Nach ein paar Hundert Metern erreiche ich einen benachbarten Strandabschnitt. Das Mondlicht spiegelt sich in den sanften Wellen, und das Rauschen der Brandung beruhigt meine flatternden Nerven zumindest kurzfristig.

Jetzt muss ich nur noch den versteckten Felsspalt finden, durch den Jeremiah mich zurück ins Freie geführt hat.

Zu meiner Linken wird der Strand von steilen Klippen begrenzt. Ich steige über ein paar vorgelagerte Felsen, sehe mich um – und dann fällt mein Blick auf eine schmale, kaum wahrnehmbare Öffnung, die sich wie ein Blitz durch den Stein zieht. Wer den Durchgang nicht kennt, würde nie auf die Idee kommen, sich hierher zu verirren.

Um mich nicht zu verletzen, schiebe ich mich ganz vorsichtig durch den Spalt. Auf der anderen Seite werde ich von vollständiger Dunkelheit umfangen.

Ich ziehe mein Handy aus der Tasche und schalte die Taschenlampe ein. Im schwachen Lichtschein taucht vor mir ein schmaler Gang auf. Er ist so niedrig, dass ich den Kopf einziehen muss, um mich nicht zu stoßen. Die Wände sind glitschig und die Luft feucht und modrig. Lange bevor ich die Grotte erreiche, höre ich bereits das dumpfe Wummern von Bässen und *Little dark age* von MGMT.

Nach ein paar Minuten wird der Gang größer und breiter. Endlich habe ich mein Ziel erreicht.

Im Schein mehrerer Fackeln und einer großen Feuerschale haben sich die Verbindungsmitglieder bereits versammelt. In lebhafte Gespräche vertieft, stehen sie in kleinen Gruppen zusammen. Wie bei unserem ersten Treffen tragen sie auch heute Nacht wieder Outfits, die nicht an diesen Ort und nicht in diese Zeit passen: Kaschmirpullover, maßgeschneiderte Sakkos, Westen und Wildlederschuhe. Die Musik kommt aus einem riesigen, akkubetriebenen Partylautsprecher, den man wie einen Trolley hinter sich herziehen kann und der genug Kraft besitzt, um die Grotte auszufüllen. Auf dem Altar stehen unzählige Flaschen Alkohol. Kein Zweifel: Das soll eine lange und ausschweifende Nacht werden.

Fasziniert betrachte ich das Bild, das sich mir bietet. Dann entdeckt mich Jeremiah, der an diesem Abend ein bordeauxrotes Sakko und eine Anzughose trägt. Er flüstert einem der anderen etwas zu und kommt mit ausgebreiteten Armen auf mich zu.

«Samuel, wie schön, dich zu sehen.»

Die Musik wird heruntergedreht, und spätestens jetzt haben auch alle anderen mein Eintreffen bemerkt. Zwanzig Köpfe drehen sich in meine Richtung, und ihre Blicke brennen wie Feuer auf meiner Haut. Ich schlucke und hoffe, dass niemand meine Anspannung bemerkt.

«Jeremiah», sage ich und nicke knapp.

Beinahe verschwörerisch lächelt er mich an. «Komm, wir haben schon auf dich gewartet. Es wird Zeit für deine Aufnahme.»

Obwohl sich alles in mir dagegen sträubt, habe ich keine andere Wahl, als ihm zu folgen. Jeremiah führt mich in die Mitte der Grotte, und die Verbindungsmitglieder stellen sich kreisförmig um uns herum auf. Aus dem Augenwinkel sehe ich Riley, die die Arme vor der Brust verschränkt und die Lippen aufeinanderpresst. Seit unserem letzten Gespräch sind wir uns nicht mehr über den Weg gelaufen, aber offenbar hat sich an ihrer Haltung mir gegenüber nicht das Geringste geändert. Ich wende mich von ihr ab und betrachte Jeremiah, der sich vor mir aufgebaut hat und mich feierlich ansieht.

«Ich bin ziemlich sicher, dass es in der zweihundertfünfzigjährigen Geschichte dieser Verbindung noch nie eine Aufnahme wie diese gegeben hat.» Er spricht mit fester, klarer Stimme. Keiner der anderen sagt auch nur ein Wort. «Zum ersten Mal nehmen wir einen Erstsemester bei uns auf, der keine Einladung erhalten hat. Samuel Harrington.» Sein Lächeln wird eine Spur breiter. «Aber es gibt immer ein erstes Mal. Und in den letzten Wochen hast du bewiesen, dass du ehrgeizig, mutig, loyal und verschwiegen bist. Daher hast du dir die Aufnahme in unsere Verbindung auch wirklich verdient.»

Wenn du wüsstest, worum es mir eigentlich geht …

Aus der Hosentasche zieht Jeremiah eine Kette mit silbernem Anhänger, öffnet den Verschluss und bedeutet mir, den Kopf zu senken. Ich zögere kurz, folge aber seiner Aufforderung und spüre kurz darauf die Kälte des Materials auf meiner Haut.

«Mit deiner Aufnahme bist du verpflichtet, dich an unsere Regeln zu halten. Nichts zu tun, das die Verbindung in Gefahr bringen könnte, und nie ein Wort über uns an einen Außenstehenden zu verlieren. Hältst du dich daran, ist dir unsere Unterstützung hier in Brynmor und darüber hinaus bei all deinen Vorhaben sicher. Verstößt du dagegen, wirst du ausgeschlossen und verspielst damit alle Möglichkeiten und Kontakte, die wir dir bieten können.» Er legt mir eine Hand auf die Schulter und sieht mich ernst an. «Hast du das verstanden?»

«Ja, das habe ich verstanden», antworte ich tonlos.

«Dann heiße ich dich hiermit in unserer Verbindung willkommen.»

Während ich noch versuche zu begreifen, was gerade passiert ist, treten die einzelnen Verbindungsmitglieder nach und nach auf mich zu, schütteln mir die Hand und begrüßen mich als einen von ihnen. Die Letzte, die vor mir steht, ist Riley. Für einen Moment sieht sie mich finster an. Dann macht sie einen Schritt auf mich zu und flüstert mir ins Ohr: «Wage es ja nicht, irgendetwas zu tun, das der Verbindung schaden könnte. Glaub mir, du würdest es bereuen. Ich stehe zu dem, was ich gesagt habe.»

Gerade als ich etwas erwidern will, wendet sie sich von mir ab und gesellt sich zu ein paar anderen. Jetzt tritt wieder Jeremiah auf mich zu.

«Philipp wäre heute Abend bestimmt stolz auf dich», sagt er.

«Wäre er das?», erwidere ich mit hochgezogenen Brauen.

Meine Antwort irritiert Jeremiah, und er sieht mich fragend an. «Was meinst du?»

«Dass ich meinen Bruder vielleicht nicht so gut kannte, wie ich lange Zeit geglaubt habe.»

Irgendjemand dreht die Musik wieder auf, und am Altar werden die ersten Flaschen geöffnet.

Jeremiah will bereits etwas erwidern, überlegt es sich dann aber noch einmal anders. Kopfschüttelnd startet er einen zweiten Anlauf: «Komm, holen wir uns was zu trinken. Und dann suchen wir uns einen Ort, an dem wir ungestört miteinander sprechen können.»

Ich folge ihm zum Altar, wo sich der Student mit feuerroten Haaren gerade einen Single Malt Whiskey einschenkt.

«Was darf es sein?», fragt Jeremiah. «Wir haben alles da. Wodka, Tequila, Absinth ...»

«Für mich nichts. Danke.»

Jeremiahs Lächeln bekommt einen süffisanten Zug. «Wie du willst. Aber ich bleibe heute Abend bestimmt nicht nüchtern.» Prüfend nimmt er eine Rotweinflasche in die Hand, stellt sie zurück und entscheidet sich für eine andere. Er macht das Glas halb voll. Dann bahnen wir uns einen Weg zwischen den anderen Verbindungsmitgliedern hindurch, von denen einige bereits zu tanzen begonnen haben.

«Warum glaubst du, Philipp vielleicht nicht richtig gekannt zu haben?», fragt Jeremiah, sobald wir am Eingang der Grotte stehen. Vor uns liegt die Bucht, und in der Ferne zeichnen sich die Umrisse von Brynmor ab.

Ich vergrabe die Hände in den Taschen meiner Jacke. Eigentlich will ich nicht mit Jeremiah über meinen Bruder sprechen. Aber genau aus diesem Grund habe ich all die Anstrengungen doch überhaupt erst auf mich genommen, oder? Das hier ist meine Chance. Das hier ist der Moment, auf den ich so lange hingearbeitet habe.

«Philipp hat mein Coming-out damals so gut aufgenommen,

dass ich immer ein bestimmtes Bild von ihm im Kopf hatte. Daran habe ich festgehalten. Obwohl es so viele Dinge gab, die überhaupt nicht mehr in dieses Bild gepasst haben.»

«Von welchen Dingen sprichst du?», fragt Jeremiah und nimmt einen Schluck Wein.

«Bevor er nach Brynmor kam, hätte ich mir zum Beispiel nie vorstellen können, dass er sich einer Verbindung wie eurer anschließt.»

Jeremiahs Gesichtszüge verhärten sich. «Einer Verbindung wie unserer?»

Bislang wollte ich nichts sagen oder tun, was meine Aufnahme gefährden könnte. Jetzt habe ich dieses Ziel erreicht und lasse alle falsche Vorsicht fallen. Was habe ich noch zu verlieren? «Ja, einer Verbindung wie eurer. Einfluss, Macht, Kontakte, Partys und Drogen ... das sind alles Dinge, für die Philipp sich nie interessiert hat. Dachte ich zumindest. Aber da habe ich mich offenbar getäuscht. Wie in so vielem anderen.»

Kaum merklich schüttelt Jeremiah den Kopf. «Glaubst du denn, dass das alles ist, was uns ausmacht?»

«Ist es nicht?»

Jeremiah lacht bitter. «Wir sind vermutlich selbst schuld daran, dass so viele Gerüchte über uns im Umlauf sind. Unsere Verschwiegenheit lädt dazu ein, der Fantasie freien Lauf zu lassen. Aber soll ich dir was verraten, Samuel? Nur das wenigste von dem, was über uns gesagt wird, entspricht der Wahrheit. Natürlich streben wir nach Einfluss und Macht. Und natürlich ist es uns wichtig, Kontakte zu knüpfen und unsere Netzwerke zu erweitern. Aber was uns *wirklich* ausmacht, ist unser Zusammenhalt.»

«Euer Zusammenhalt?»

Jeremiah nickt und dreht sich zur Grotte um. Am anderen Ende werfen die tanzenden Verbindungsmitglieder lange Schatten an die Wände. Aus dem Partylautsprecher dröhnt ein Remix von *You want it darker.*

«Viele von uns kommen aus Familien, die dir alles ermöglichen können, was es mit Geld zu kaufen gibt. Wir sind Söhne und Töchter von englischen Adligen. Internationalen Managern. Diplomaten. Aber eine richtige Familie haben viele von uns erst bei Brynmor Dawn gefunden.»

Seine Worte erinnern mich unweigerlich daran, was Connor mir über seine Eltern erzählt hat. Die Gleichgültigkeit. Die Kälte. Ein Zuhause, das so steril ist, dass darin kein wirkliches Leben stattfindet. Aber irgendwie kann ich mir nur schwer vorstellen, dass die Mitglieder von Brynmor Dawn mit demselben Problem zu kämpfen haben. Oder ziehe ich voreilige Schlüsse? Weil es abwegig erscheint, dass sich die Elite dasselbe wünscht wie alle anderen auch?

«Nimm zum Beispiel Liam», sagt Jeremiah und zeigt auf den Studenten mit den feuerroten Haaren. «Seine Eltern sind Abgeordnete. Sie leben für die Politik und sitzen rund um die Uhr in irgendwelchen Ausschüssen oder Sondersitzungen.» Jeremiah sieht sich um. «Oder Riley. Ihre Mutter ist vor ein paar Jahren an Bauchspeicheldrüsenkrebs gestorben. Ihr Vater leitet eine Pharmafirma in den Staaten. In den Semesterferien lässt er sie immer nach Chicago einfliegen, hat dann aber doch keine Zeit, wenn sie da ist.»

Ich schlucke. Bislang habe ich eine tiefe Abneigung gegen Riley verspürt. Jetzt beginnt sie plötzlich zu bröckeln.

«Als ich Philipp vor zwei Jahren kennengelernt habe, war er ziemlich fertig.» Jeremiahs Worte setzen mich unter Strom. «Kurz vorher hatte er die Aufnahme in den Nationalkader verpasst. Das, worauf er so lange hingearbeitet hat, war zum Greifen nah gewesen. Und dann ist er gescheitert. Das war niederschmetternd.»

«Ich weiß», sage ich mit belegter Stimme. «Ich habe mir gewünscht, dass er in Brynmor auf andere Gedanken kommt. Dass es ihm hier wieder besser geht.»

Jeremiah nickt. «In den ersten Tagen und Wochen war er ziemlich in sich gekehrt. Er hat sich für nichts wirklich begeistern können. Nicht für die anderen Erstsemester. Nicht für die Seminare. Nicht für Brynmor Dawn. Erst die Einladung hat ihn aus seiner Lethargie herausgerissen. Plötzlich bot sich ihm völlig unverhofft die Chance, wieder bei etwas Besonderem dabei zu sein. Brynmor Dawn hat ihm in einer Zeit Halt gegeben, in der er verzweifelt genau danach gesucht hat. Wir haben also dazu beigetragen, dass dein Wunsch in Erfüllung gegangen ist.»

Ich erinnere mich an unsere Videocalls. Daran, wie es Philipp von Woche zu Woche besser ging und er nach ein paar Monaten wieder richtig glücklich wirkte. Ich dachte, es läge an Brynmor und dem Abstand, den er zu allem gewann. Die Verbindung hatte ich als Grund bestimmt nicht auf dem Schirm.

«Weißt du noch, was ich dir bei unserem ersten Treffen gesagt habe? Wir sind eine Gemeinschaft. Eine Familie. Und wie eine Familie halten wir zusammen und beschützen uns. Das macht Brynmor Dawn wirklich aus.»

Ist das wahr? Aber wenn es so ist, liegen mir jetzt noch mehr Fragen auf der Zunge.

«Vor ein paar Stunden ist Riley auf mich zugekommen, um etwas mit mir zu besprechen», sagt Jeremiah jetzt. Sein Blick bekommt einen prüfenden Zug.

«Und?», erwidere ich betont gelassen. Auch wenn ich mir nach meinem letzten Gespräch mit Riley denken kann, was sie vor meiner Aufnahme noch unbedingt loswerden wollte.

«Riley ist felsenfest davon überzeugt, dass du an uns als Verbindung überhaupt nicht interessiert bist. Dass du nur die Umstände von Philipps Unfall klären willst und glaubst, eine fehlgeschlagene Mutprobe sei der Grund für seinen Unfall. Ist das so?»

Für ein paar Sekunden sage ich nichts, wäge ab, was ich darauf erwidern soll. Dann entscheide ich mich für die Wahrheit. «Ja, sie hat recht. Ich bin nach Brynmor gekommen, weil ich die Wahrheit wissen will. Und eure Verbindung war die einzige Spur, die ich hatte.»

Vielleicht ist es ein Fehler, so offen mit Jeremiah zu sprechen. Vielleicht wäre es besser, behutsam vorzugehen, weiter sein Vertrauen zu gewinnen und zu hoffen, dadurch irgendetwas zu erfahren. Aber ich kann Connor nicht noch wochenlang etwas vorspielen. Also setze ich jetzt alles auf eine Karte.

Jeremiah genehmigt sich einen weiteren Schluck aus seinem Glas. «Dann war ich die ganze Zeit wohl genauso blind, wie Riley es mir unterstellt hat.» Fast befürchte ich, dass er sich einfach umdreht und mich hier stehen lässt. Aber stattdessen atmet er tief durch. «Du willst wissen, ob *wir* etwas mit seinem Unfall zu tun haben?»

Mein Herz schlägt mir bis zum Hals. «Ja.»

«Woher willst du wissen, ob ich die Wahrheit sage?»

«Das kann ich nicht wissen. Aber Philipp und du, ihr wart befreundet. Ihr standet euch nah. Das war keine Lüge. Sonst hättest du mich die erste Prüfung nie absolvieren lassen. Wenn ihr wirklich so eine verschworene Gemeinschaft seid, wie du behauptest, dann sag mir die Wahrheit. Sag mir, ob ihr etwas mit seinem Unfall zu tun hattet.»

Die Sekunden, die auf meine Worte folgen, fühlen sich wie eine Ewigkeit an.

«Wir hatten nichts mit seinem Unfall zu tun», antwortet Jeremiah schließlich. «Aber ich kann dir alles sagen, was ich darüber weiß.»

KAPITEL 31

SAMUEL

Philipp hat sich in seiner Zeit in Brynmor nicht nur Freunde gemacht», sagt Jeremiah. Gedankenverloren betrachtet er die Bucht und schwenkt das Weinglas in seiner Hand, während ich an seinen Lippen hänge wie ein Ertrinkender am rettenden Stück Treibholz. «Bei einer unserer Partys ist er Riley zu nahe gekommen. Er wollte sie küssen. Riley sagte Nein. Er versuchte es ein weiteres Mal, und sie stieß ihn von sich.» Jeremiah presst die Lippen aufeinander. «Riley forderte mich auf, Philipp aus der Verbindung zu schmeißen. Er entschuldigte sich bei ihr, behauptete, er habe einfach zu viel getrunken. Im Nachhinein hätte ich ihm das nicht durchgehen lassen dürfen. Es spielt keine Rolle, ob er betrunken war oder nicht. Sein Verhalten war ein absolutes No-Go. Ich entschied trotzdem, ihm eine zweite Chance zu geben. Er hatte sich gerade erst einigermaßen gefangen. Ich befürchtete, er würde einen Rauswurf nicht verkraften. Damit stellte ich sein Wohl über das von Riley.» Jeremiah nimmt einen weiteren, größeren Schluck Wein. «Riley hat mir das bis heute nicht verziehen. Und wenn ich ehrlich bin, kann ich es ihr nicht verdenken. Im Gegenteil.» Beinahe müde schüttelt er den Kopf und fährt fort: «Für ein paar Monate leistete sich Philipp keine weiteren Fehltritte. Er hielt sich zurück, achtete darauf, keine weitere Grenze zu überschreiten. Dann, vor etwa einem Jahr, erschien er auf einer unserer Partys. High. Offenbar hatte er sich kurz vorher irgendetwas eingeworfen.»

«Legal Highs», sage ich tonlos. «Synthetische Drogen, die eine aufputschende Wirkung haben. Ich war die ganze Zeit davon ausgegangen, dass Philipp über euch an dieses Zeug rangekommen ist.»

Jeremiah schüttelt den Kopf. «Hast du heute Abend irgendeine andere Droge gesehen als die hier?», fragt er und prostet mir mit seinem Glas zu. «Nein, hast du nicht. Weil wir Drogen in unserer Verbindung nicht tolerieren.» Er wendet seinen Blick wieder den tanzenden Verbindungsmitgliedern zu. «Spätestens jetzt hatte nicht nur Riley ein Problem mit deinem Bruder, sondern auch viele andere.»

«Wenn Philipp die Drogen nicht von euch bekommen hat, woher hatte er sie dann?»

«Sagt dir der Name Elliot Wilson etwas?»

Elliot, natürlich. Ich bin ihm an meinem ersten Tag in Brynmor begegnet. Und vor ein paar Wochen hat Connor mir erzählt, dass Elliot und Philipp wegen Lake aneinandergeraten seien.

«Ja, er ist Mentor. Ich weiß nicht viel über ihn. Außer dass Philipp und er in dieselbe Person verschossen waren, sich deshalb ziemlich gefetzt haben und beide bei Professor Bellingham antanzen mussten ...»

«Ah, du kennst die offizielle Version der Geschichte», sagt Jeremiah nickend. «Aber nicht die wahre.» Er räuspert sich. «Nachdem er zugedröhnt zur Party kam, habe ich Philipp natürlich zur Rede gestellt. Nur unter zwei Bedingungen durfte er Mitglied unserer Verbindung bleiben. Erstens: wenn er versprach, die Sache mit den Drogen sein zu lassen. Und zweitens: wenn er mir verriet, von wem er sie erhalten hatte.»

«Und er ...?»

«Er nannte mir Elliots Namen. Elliot war erst ein paar Wochen zuvor nach Brynmor gekommen und hat hier und da ein bisschen von seinem eigenen Zeug vertickt. Aber nachdem beide ein Auge auf diese Lake geworfen hatten, wollte er Philipp nichts mehr davon geben. Philipp drohte, ihn auffliegen zu lassen. Daraufhin ist Elliot auf ihn losgegangen.»

Ich lasse die Worte sacken. Versuche zu verarbeiten, was ich gerade gehört habe. Wenn Jeremiahs Worte zutreffen, hat Elliot Connor und alle anderen belogen ...

«Du hast ziemlich viel auf dich genommen, um zu erfahren, was in dieser Nacht im Klosterwald passiert ist. Nun, es gibt zwei Dinge, die ich dir über Philipp und seinen Unfall sagen kann. Erstens: Ich habe nie geglaubt, dass es *wirklich* ein Unfall war.»

Bei seinen Worten spannt sich mein gesamter Körper an.

«Warum nicht?», frage ich atemlos.

«Weil die Schlägerei zwischen Philipp und Elliot nur ein paar Tage vor seinem Unfall stattfand. Aus diesem Grund war Elliot auch derjenige, der von den Polizisten am ausführlichsten befragt wurde. Aber er hat ihnen dieselbe Geschichte aufgetischt wie allen anderen. Kein Wort von den Drogen und Philipps Drohung.»

«Und zweitens?»

«Zweitens: Philipp hat mir erzählt, dass er in der Nacht seines Unfalls eine Verabredung hatte. Er wollte mir nicht sagen, mit wem, aber ich gehe bis heute davon aus, dass er sich mit Elliot treffen wollte. Um die Sache zwischen ihnen ein für alle Mal zu klären.»

«Shit.» Kann es sein? Elliot? Der bei meinem Nachnamen ins Stocken kam und bei dem ich gleich ein unbehagliches Gefühl hatte?

«Hast du nach Philipps Unfall mit Elliot gesprochen?»

«Ja, natürlich habe ich das», sagt Jeremiah. «Ich war total fertig, nachdem ich erfahren hatte, was passiert ist. Philipp war mein Freund. Einer meiner *besten* Freunde. Und er war ein Mitglied unserer Verbindung, trotz allem, was er getan hat. Ich habe dir gesagt, dass *Ad nos respiciamus* keine leere Floskel ist. Aber wir sind dem Leitspruch nicht gerecht geworden. Wir konnten Philipp nicht beschützen. Weder vor sich selbst noch vor dem, was ihm passiert ist.»

«Wie hat Elliot reagiert? Was hat er gesagt?»

«Er hat natürlich alles abgestritten. So wie er es auch der Polizei gegenüber getan hatte. Und ich hatte keine Beweise gegen ihn in der Hand.»

Aufgebracht fahre ich mir durch die Haare. «Aber du wusstest von der Sache mit den Drogen. Philipp hat dir die Wahrheit gesagt. *Du* hättest mit der Polizei sprechen können, ihnen sagen können, dass er sie angelogen hat. Oder mit Professor Bellingham ...»

«Ich habe mit Bellingham gesprochen», antwortet Jeremiah kühl. «Aber nur ein einziges Mal. Nachdem die anderen davon erfahren hatten, haben sie mich zurückgepfiffen. Nach der Sache mit Riley und den Drogen hat die Mehrheit entschieden, dass es besser ist, einen Schlussstrich zu ziehen. Und kein Wort mehr über die Angelegenheit zu verlieren.»

«Was?», fahre ich ihn entgeistert an. Der Ärger steigt wie flüssiges Gift in mir auf. So wie er spricht, klingt es, als wären die anderen beinahe froh darüber gewesen, Philipp los zu sein.

«Philipps Unfall, die Ermittlungen der Polizei, das alles hat für ziemlich viel Durcheinander gesorgt. Nachdem endlich wieder Ruhe eingekehrt war, wollten die anderen, dass es so bleibt. Und dass ich nichts tue, was auf unsere Verbindung zurückfallen könnte.»

«Das ist ...», setze ich an, aber mir fehlen die Worte. Ich zwinge mich, ruhig zu atmen, und starte einen weiteren Anlauf. «Die ganze Zeit sprichst du davon, dass der Leitspruch für euch mehr als nur eine hohle Phrase ist. Aber ganz ehrlich? Das ist Quatsch! Das ist vollkommener Quatsch! Wenn ihr aufeinander aufpassen würdet, hättest du damals Himmel und Hölle in Bewegung gesetzt, um die Wahrheit über seinen Unfall herauszufinden.»

Zum ersten Mal, seit wir uns kennen, wirkt Jeremiah peinlich berührt. Er schluckt schwer und senkt den Blick. Dann atmet er tief durch, bevor er den Kopf hebt und mich wieder ansieht. «Ich habe getan, was ich konnte. Vor allem in den letzten Wochen. Vor allem in Bezug auf dich.»

Statt etwas zu sagen, sehe ich ihn einfach nur entgeistert an. Vor ein paar Stunden hatte ich noch mit dem Gedanken gespielt, die Vergangenheit auf sich beruhen zu lassen und mich auf meine Zeit mit Connor zu freuen. Jetzt überlagert sie allerdings wieder alles andere.

«Ich habe dir gesagt, was ich weiß, Samuel. Wenn ich in der Zeit zurückreisen könnte, glaub mir, ich würde es tun und viele Dinge ganz anders machen. Aber ich kann es nicht.» Er seufzt. «Ich hoffe, dass es dir gelingt, die fehlenden Puzzlestücke zusammenzusetzen. Ich hoffe, dass du schaffst, was ich nicht konnte: die Wahrheit herauszufinden.»

Ich schlucke und kämpfe mit den Tränen. Mit dem Handrücken wische ich sie weg und beginne, mich am Verschluss der Kette zu schaffen zu machen. Sobald ich ihn geöffnet habe, streife ich sie mir vom Hals und werfe sie vor Jeremiah auf den Boden.

«*Ad nos respiciamus*, ja?», fahre ich ihn barsch an. «Mit meiner Aufnahme wolltest du doch nur dein eigenes schlechtes Gewissen beruhigen. Aber da machst du es dir zu leicht. Viel zu leicht.»

Jeremiahs Gesichtszüge spannen sich an. «Ich erwarte nicht, dass du meine Entschuldigung annimmst. Es ist okay, wenn du wütend auf mich bist. Wenn du mich hasst. Damit muss ich leben. Aber ich bitte dich um eins: Tu nichts, was diese Verbindung in Gefahr bringen könnte.»

Ich muss mich verhört haben. Nach allem, was er mir gerade erzählt hat, ist ausgerechnet das sein wichtigstes Anliegen?

«Das ist das Einzige, worum es euch geht, oder?»

Jeremiah sieht mich ernst an. «Ich bitte dich freundlich darum, Samuel.»

«Und wenn mir deine freundliche Bitte gestohlen bleiben kann? Was dann?»

Jeremiah schürzt die Lippen. «Dann sehe ich mich leider gezwungen, Professor Bellingham mitzuteilen, wer sich vor ein paar Wochen unberechtigterweise Zugang zum Archiv verschafft hat.»

Unwillkürlich halte ich die Luft an. So wie mich Jeremiah ansieht, besteht kein Zweifel daran, dass er nicht zögern wird, seinen Worten Taten folgen zu lassen.

«Ich bin ins Archiv eingebrochen, um euer Vertrauen zu gewinnen. Hättet ihr mir nicht die Chipkarte gegeben ...» Mir dämmert, dass mein Einbruch ins Archiv ihre Absicherung war. Ich lasse mir etwas zuschulden kommen, womit sie mich unter Druck setzen können.

«Ja, natürlich», schneidet Jeremiah mir das Wort ab. «Aber am Ende steht dein Wort gegen meines. Und zweimal darfst du raten, auf wessen Seite sich Professor Bellingham schlagen wird, wenn es darauf ankommt.»

Also stimmen die Gerüchte. Bellingham hat tatsächlich etwas mit der Verbindung zu tun.

Fassungslos schüttle ich den Kopf. Gleichzeitig ist mir klar, dass ich keine weiteren Schritte gegen Brynmor Dawn unternehmen werde. Ich weiß jetzt alles, was ich wissen muss. Was ich als Nächstes tun werde. Ich brauche Brynmor Dawn nicht mehr.

«Keine Sorge. Ich werde mit niemandem über euch sprechen. Ich bin fertig mit euch.»

Und mit diesen Worten lasse ich ihn am Eingang der Grotte stehen und mache mich auf den Weg zurück nach Brynmor.

KAPITEL 32

CONNOR

Bei der Party gestern wurde es so spät, dass ich ziemlich übermüdet zum Sonntagsfrühstück komme. Viele Tische sind bereits leer, nur hier und da sitzen noch ein paar Grüppchen zusammen, die offenbar keine Eile haben. Auf der einen Seite des Saals sehe ich Nate, einen Kommilitonen von Samuel, der mich allerdings nicht bemerkt, sondern sich mit Radiergummi und Stift über einen Block beugt und ganz in seine Arbeit vertieft wirkt. Auf der anderen Seite sitzen Elliot und ein paar Mentoren. Sobald sein Blick auf mich fällt, zieht er den Kopf ein und schenkt dem Tischgespräch besondere Aufmerksamkeit. Viel deutlicher kann er mir nicht zu verstehen geben, dass er an keiner weiteren Unterhaltung mit mir interessiert ist.

Dann eben nicht. Ich habe versucht, die Situation zu klären. Aber ich werde bestimmt nicht auf Knien angekrochen kommen, um mich bei ihm zu entschuldigen.

«Hi, Connor.» Ohne dass ich es bemerkt habe, ist Lake von hinten an mich herangetreten.

«Oh, hey.» In den letzten Tagen haben wir ein bisschen hin- und hergeschrieben, aber davon abgesehen nicht wirklich viel Kontakt gehabt. Jetzt bin ich unschlüssig, wie ich mich ihr gegenüber verhalten soll.

«Komm, holen wir uns was zu essen und quatschen ein bisschen.» Sie spricht, als wäre alles in bester Ordnung und die Sache mit Samuel tatsächlich aus der Welt geschafft. Als hätte sie nicht erst vor Kurzem kauernd auf dem Boden ihres Zimmers gesessen und eine Panikattacke gehabt.

Aber natürlich habe ich keine Einwände gegen ihren Vorschlag. Wir bedienen uns am Büfett, setzen uns mit zwei Schalen Porridge und einem Omelette-Teller an einen der Tische und unterhalten uns über Unverfängliches. Die letzten Tage. Die Seminare. Die Party gestern.

«Und wie ist es mit Samuel?», fragt sie auf einmal. Statt mir in die Augen zu sehen, stochert sie mit dem Löffel in ihrem Porridge herum.

«Es läuft ... gut», antworte ich, augenblicklich angespannt.

Jetzt kaut Lake auf ihrer Unterlippe herum. «Das freut mich für dich, Connor. Sehr sogar.»

Ich erinnere mich an unser letztes Gespräch in ihrem Zimmer und daran, wie wir uns umarmt haben. Vielleicht kann es ja tatsächlich funktionieren. Vielleicht kann ich mit Lake befreundet bleiben und gleichzeitig mit Samuel zusammen sein. Die Familie, die ich nie hatte. So würde ich sie mir vorstellen. Lake, Samuel und ich.

«Erzähl doch mal», sagt sie und setzt sogar ein schwaches Lächeln auf. «Die pikanten Details kannst du selbstverständlich aussparen. Wobei, vielleicht will ich ja gerade die hören ...»

Ich grinse. «Wir waren beim Cottage der tausend Herzen», beginne ich. Statt weiterzusprechen, verstumme ich. Hinter Lake ist Samuel am Eingang des Speisesaals aufgetaucht. Und er wirkt völlig fertig.

«Was ist los?», fragt Lake stirnrunzelnd. Sie sagt noch etwas, aber das höre ich nicht mehr. Alle meine Sinne sind auf Samuel gerichtet.

Er ist leichenblass. Die Ringe unter seinen Augen sind so dunkel, als hätte er mehrere Nächte durchgemacht. Sein Blick huscht über die Studierenden im Speisesaal. Ganz offensichtlich ist er auf der Suche nach jemandem – und ich bin es nicht, denn er scheint mich überhaupt nicht wahrzunehmen. Stattdessen findet er einen Tisch auf der anderen Seite des Speisesaals. Verwirrt drehe ich mich nach der ominösen Person um. Aber da setzt sich Samuel bereits in Bewegung und schreitet zielstrebig zwischen den Tischreihen hindurch, bis er bei den Mentoren ankommt. Was zur Hölle macht er da?

Samuel tritt auf die Gruppe zu. Er sagt etwas, das ich auf die Entfernung nicht verstehe. Elliot lacht und schüttelt den Kopf. Samuel lässt nicht locker, versucht es ein weiteres Mal, und jetzt verfinstern sich Elliots Gesichtszüge. Für ein paar Sekunden steht Samuel schweigend vor ihm. Dann packt er Elliot am Kragen und zerrt ihn auf die Beine.

«Hey, was soll das?», brüllt Elliot so laut, dass seine Stimme im ganzen Speisesaal zu hören ist. «Hast du sie noch alle? Lass mich los!»

Samuel lässt sich davon nicht beeindrucken. Ein Student erhebt sich, will ihm beschwichtigend eine Hand auf die Schulter legen, aber er wischt sie einfach unwirsch beiseite.

«Du sollst mir verdammt noch mal die Wahrheit sagen!»

«Hey, lass ihn los», ruft eine Studentin, die direkt neben Elliot sitzt, und springt auf. Allerdings nimmt Samuel auch von ihr keine Notiz. Er drückt Elliot gegen die Steinwand hinter dem Tisch, und Elliot schreit vor Überraschung und Schmerz auf.

Ich denke überhaupt nicht darüber nach, was ich tue. Ich springe auf und sprinte auf Samuel, Elliot und die Mentoren zu.

Aus dem Augenwinkel sehe ich, dass auch Nate aufgestanden ist und durch den Saal rennt.

Inzwischen versuchen mehrere Mentoren, die beiden voneinander zu trennen.

«Hör auf! Hör verdammt noch mal auf!», brüllt Elliot so laut, dass er sogar die Rufe der anderen übertönt.

Mein Herz rast. Kalter Schweiß steht mir auf der Stirn.

«Lasst mich durch. Geht aus dem Weg.» Ich schiebe mich zwischen den Studierenden hindurch, die sich um das Spektakel geschart haben. Irgendjemand rammt mir versehentlich einen Ellbogen in den Magen, und ich keuche vor Schmerz. Doch ich kämpfe mich voran, bis Samuel und Elliot endlich wieder in meinem Gesichtsfeld auftauchen.

«Lass ihn los! Du sollst ihn loslassen!», ruft eine Studentin.

«Aufhören!», brüllt ein anderer.

«Fuck, was soll das denn? Holt einen Dozenten! Oder sonst irgendjemanden! Schnell!»

Elliots Augen sind gleichermaßen vor Angst wie vor Wut aufgerissen. Er versucht, sich aus Samuels Klammergriff zu befreien. Er tritt nach ihm. Will Samuel von sich wegschieben. Samuel allerdings scheint weder Elliots Tritte noch die angestrengten Versuche von zwei anderen Studenten zu bemerken, die ihn an den Schultern gepackt haben und von Elliot losreißen wollen.

«Sag's mir!», schreit er Elliot an. «Sag mir, was wirklich passiert ist, du Arschloch!»

Wovon spricht er? Was meint er damit? Ich habe keine Ahnung, was los ist. Ich weiß nur, dass das Ganze so schnell wie möglich beendet werden muss, bevor irgendjemand ernsthaft verletzt wird.

«Sam!», rufe ich, so laut ich kann – und dringe tatsächlich zu ihm durch. Für den Bruchteil einer Sekunde dreht sich Samuel in meine Richtung, und sein Griff um Elliots Kragen lockert sich. Diesen Moment nutzt Elliot aus, holt zum Schlag aus und trifft Samuel direkt an der Schläfe. Samuel taumelt kurz, will aber gleich wieder auf Elliot losgehen. Was immer ihn antreibt, muss ungeheure Kraftreserven freisetzen.

Jetzt taucht Nate neben mir auf.

«Was zur Hölle ...», zischt er entgeistert.

«Sam, hör auf! Hör auf, verdammt noch mal!» Ich trete auf Samuel zu, packe ihn an den Schultern und versuche, ihn zurückzuzerren. Sein Körper bebt, ich kann sein schnell schlagendes Herz ganz nah an meinem spüren. Er atmet flach und schnell, und sein Kopf ist rot vor Anstrengung «Sam, bitte! Hör verdammt noch mal auf damit!»

Nate tritt zu uns, und mit vereinten Kräften gelingt es uns endlich, Samuel von Elliot wegzuziehen.

Während wir ihn festhalten, wollen sich ein paar andere Mentoren um Elliot kümmern. Doch er schenkt ihnen keine Beachtung. Sein Blick ist starr auf Samuel gerichtet, in seinen Augen flackern Abscheu und Hass. Dann wandert sein Blick zu mir.

«Er ist *anders* als sein Bruder? Von wegen, Connor! Er ist kein bisschen anders. Er ist genau wie er. Und hier hast du den verdammten Beweis.»

Seine Worte treffen mich bis ins Mark. Ich weiß nicht, was ich darauf erwidern könnte. Mein Verstand ist leer gefegt, und mein Herz scheint in Stücke zu zerfallen. Ich möchte mich nicht getäuscht haben. Ich *kann* mich nicht getäuscht haben. Der Samuel der letzten Wochen, der Samuel, mit dem ich zusammen war, das war der *wahre* Samuel. Oder?

Noch während Nate und ich Samuel Schritt für Schritt zurückziehen, schießen mir die Tränen in die Augen. Mein Blickfeld beginnt zu verschwimmen, und meine Knie werden butterweich. Ich halte Samuel so fest, wie ich nur kann, aber obwohl wir uns so nah sind, kommt es mir vor, als würde sich in diesen Sekunden ein riesiger Graben zwischen uns öffnen.

Neben mir versucht Nate, beruhigend auf Samuel einzureden, aber ich höre nicht wirklich, was er sagt. Erst als die anderen

Studierenden den Weg für Mrs Thompson frei machen, erwache ich aus meiner Schockstarre.

«Können Sie mir sagen, was hier los ist?», fragt sie mit tödlicher Ruhe. Ein paar Studierende beginnen auf ihre Frage hin die Stimme zu erheben, aber da sie durcheinandersprechen, ist kaum ein Wort zu verstehen.

«Mr Ferguson. Mr Cavendish. Sie können Ihren Kommilitonen jetzt loslassen.» Nate und ich zögern keine Sekunde, ihrer Aufforderung zu folgen, und treten einen Schritt zurück. Ich bin heilfroh, dass Samuel keine Anstalten mehr macht, auf Elliot loszugehen, sondern bleibt, wo er ist. «Und Sie beide», sagt Mrs Thompson jetzt und zeigt mit erhobenem Finger auf Elliot und Samuel. «Sie kommen mit mir. Und zwar auf der Stelle.»

Elliot schüttelt den Kopf und wischt sich den Schweiß von der Stirn. «Ich habe überhaupt nichts getan. Er ist einfach auf mich losgegangen», bricht es aus ihm heraus.

Aber natürlich lässt sich Mrs Thompson davon nicht beirren. «Ich glaube, ich habe mich klar genug ausgedrückt, Mr Wilson. Sie kommen beide mit. Rektor Bellingham wird sich Ihre Geschichten anhören und dann entscheiden, welche Konsequenzen dieses kindische Verhalten nach sich zieht!»

Elliot ist klug genug, keine Widerworte mehr zu geben. Die Blicke aller Anwesenden ruhen auf ihm, aber er scheint es überhaupt nicht wahrzunehmen, sondern sieht Mrs Thompson starr in die Augen.

«Kommen Sie», sagt diese ein weiteres Mal und deutet mit der Hand zur Eingangstür. Und während Samuel und Elliot sich in Bewegung setzen, stehe ich wie zur Salzsäule erstarrt da.

«Was war *das* denn?», fragt Nate, sobald die drei den Speisesaal verlassen haben.

«Ich weiß es nicht», antworte ich mit belegter Stimme. Während die anderen kopfschüttelnd auseinandergehen, drehe ich mich zu Lake um. Sie hat sich die ganze Zeit über nicht von der Stelle gerührt, sitzt noch immer am Tisch.

Ich schlucke meine Trauer und Verzweiflung hinunter, lasse Nate stehen und gehe auf sie zu.

«Lake ...»

Ihr Blick ist leer und glasig, er geht direkt durch mich hindurch.

«Lake ...», versuche ich es ein weiteres Mal.

Aber sie sagt nichts. Kein Wort. Stattdessen steht sie auf und wendet sich von mir ab. Und plötzlich fühle ich mich so einsam wie in jenen Minuten, nachdem Claire aus dem Haus gestürmt ist und mich mit dem Chaos allein gelassen hat.

KAPITEL 33

SAMUEL

Nach meinem Gespräch mit Jeremiah befand ich mich in einem Tunnel. Ich verließ die Grotte und lief nach Brynmor, ohne mich wirklich daran erinnern zu können. Zurück in meinem Zimmer, konnte ich die ganze Nacht lang nicht schlafen. Stattdessen sah ich vor meinem inneren Auge stundenlang einen Film in Dauerschleife: Philipp und Elliot, die sich wegen Lake und der Drogen streiten; die sich ein paar Nächte später im Klosterwald treffen, um die Sache ein für alle Mal aus der Welt zu schaffen. Elliot, der Philipp stößt. Philipp, der zu Boden geht.

Mit jeder Wiederholung legten sich die unsichtbaren Hände fester um meinen Hals, bis ich irgendwann das Gefühl hatte zu ersticken. In der Hoffnung, dass sie ihren Griff lockern, wenn ich endlich die Wahrheit erfahre, machte ich mich auf den Weg zum Speisesaal …

Erst jetzt, wo ich in Professor Bellinghams Büro sitze, kann ich allmählich wieder klarer denken. Was um alles in der Welt habe ich getan? Bin ich wirklich auf Elliot losgegangen, nachdem er mir meine Fragen nicht beantworten wollte? Habe ich ihn ernsthaft an die Wand gedrückt? Dachte ich wirklich, mit Gewalt würde ich die Wahrheit aus ihm herauspressen? Wie ich es drehe und wende: Für das, was ich getan habe, gibt es keine Entschuldigung.

Professor Bellingham sieht Elliot und mich mit versteinerter Miene über seinen wuchtigen Schreibtisch hinweg an.

Schweigend lausche ich Mrs Thompsons Ausführungen, die in knappen Sätzen berichtet, was sich im Speisesaal zugetragen hat. Dass ihre Worte für mich alles andere als schmeichelhaft sind, kann ich ihr nicht verübeln. Sie schildert einfach nur den Sachverhalt, ohne dabei etwas wegzulassen oder zu übertreiben. Connor hat zwar gesagt, dass es niemanden in Brynmor gibt, dem das Einhalten von Regeln wichtiger ist als ihr, aber jetzt habe ich trotzdem mehr Angst vor Professor Bellingham, dessen Blick immer grimmiger wird, je länger sie spricht.

Wäre die Situation nicht so angespannt, hätte ich mich an Professor Bellinghams Büro wohl nicht sattsehen können. So nehme ich die vollgestopften Bücherregale, die bis unter die Decke reichen, den Kamin, in dem ein prasselndes Feuer lodert, und den dunkelgrünen Teppich mit dem goldenen B nur flüchtig wahr.

«Danke, Alice», sagt Professor Bellingham, woraufhin Mrs Thompson nickt und auf einem freien Stuhl neben uns Platz nimmt. Während Professor Bellingham uns abwechselnd ansieht, wische ich mir verstohlen die schweißnassen Hände an meiner Hose ab. «Mr Wilson, können Sie mir sagen, was Ihren Kommilitonen dazu veranlasst haben könnte, im Speisesaal auf Sie loszugehen?»

Elliot schnaubt und verschränkt die Arme vor der Brust. «Ich habe keine Ahnung.»

Professor Bellingham will sich mir zuwenden, doch da spricht Elliot weiter. «Er ist wie sein beschissener Bruder!»

«Mäßigen Sie Ihren Tonfall, Mr Wilson.» Obwohl ihm die Wut ins Gesicht geschrieben steht, bleibt seine Stimme ruhig. «Mr Harrington, können Sie mir dann erklären, warum Sie auf Mr Wilson losgegangen sind?»

Was soll ich ihm sagen? Dass ich von Jeremiah erfahren habe, dass Philipp in der Nacht seines Unfalls mit jemandem im Wald verabredet war? Und dass es sich bei dieser Person sehr wahrscheinlich um Elliot handelt? Es nur zu denken, fühlt sich bereits falsch an. Weil es nichts gibt, mit dem ich meine Worte untermauern könnte. Ebenso wie Jeremiah habe ich keinen einzigen Beweis für diese Vermutungen.

«Mr Harrington?», sagt Professor Bellingham noch einmal.

«Ich habe erfahren, dass Elliot sich kurz vor dem Unfall meines Bruders mit ihm gestritten hat», sage ich, weil ich nicht länger schweigen kann. «Ich wollte ihn zur Rede stellen. Ich wollte wissen, ob er dafür verantwortlich ist, dass mein Bruder seit einem knappen Jahr im Wachkoma liegt.»

Aus dem Augenwinkel sehe ich, wie sich Elliots Körper anspannt. «Das ist lächerlich! Das ist absolut lächerlich!»

Sobald Professor Bellingham die Hand hebt, verstummt er. Dann wendet er sich an Mrs Thompson. «Alice, wenn Mr Wilson nicht ernsthaft verletzt ist und auf der Krankenstation behandelt werden muss, bringen Sie ihn bitte auf sein Zimmer. Ich glaube, es ist besser, wenn ich mit Mr Harrington allein weiterspreche.»

Während Mrs Thompson bereits aufsteht, rührt sich Elliot nicht von der Stelle. Wutentbrannt sieht er Professor Bellingham an. Vermutlich würde er gern mitanhören, wie ich meine gerechte Strafe erhalte. Doch dann beißt er sich auf die Lippen, schüttelt den Kopf und steht auf.

Erst nachdem die beiden das Büro verlassen haben und die schwere Tür mit einem leisen Klacken ins Schloss gefallen ist, ergreift Professor Bellingham ein weiteres Mal das Wort. «Mr Harrington, Ihnen ist bestimmt klar, dass das schwere Vorwürfe sind, die Sie gegen Ihren Kommilitonen erheben.»

Ich schlucke und versuche seinem stechenden Blick standzuhalten. «Philipp liegt im Wachkoma», sage ich mit zitternder Stimme. «Was glauben Sie, wie oft ich mich in den letzten Monaten gefragt habe, was damals passiert ist?» Bei meinen Worten werden die Gesichtszüge des Rektors zwar etwas weicher, aber mir ist klar, dass er mich trotzdem nicht ungeschoren davonkommen lassen wird. «Jetzt habe ich erfahren, dass mein Bruder nur ein paar Tage vor seinem Unfall in diesen Streit mit Elliot verwickelt war. Dass er die Polizei darüber belogen hat, worum es in dem Streit ging. Da ist es doch irgendwie naheliegend, einen Zusammenhang zu vermuten.»

Professor Bellingham legt die Stirn in Falten. «Er hat die Polizei belogen? Wie kommen Sie darauf?»

Kurz zögere ich noch. Aber dann fasse ich mir ein Herz und berichte ihm, was Jeremiah mir letzte Nacht gesagt hat. Professor Bellingham lauscht meinen Ausführungen mit unergründlicher Miene, die Hände hat er unter dem Kinn verschränkt.

«Ich höre die Geschichte nicht zum ersten Mal», sagt Professor Bellingham, kaum dass ich verstummt bin. «Mr Godwins hat sie mir damals auch erzählt. Aber ebenso wenig wie Sie konnte er Beweise dafür vorlegen.»

«Aber ...»

«Selbst wenn Mr Wilson den wahren Grund des Streits verschwiegen haben sollte, er wurde vernommen. Mehrfach sogar. Am Ende dieser Vernehmungen gelangten die Polizisten zu der Einsicht, dass Mr Wilson in der Nacht des Unfalls nicht im Klosterwald war.»

«Er hat bei der Sache mit den Drogen gelogen. Warum hätte er also beim Unfall die Wahrheit sagen sollen?»

Professor Bellingham räuspert sich. «Ja, da haben Sie natürlich recht. Aber auch auf die Gefahr hin, dass ich mich wiederhole: Sie haben keine neuen Hinweise, die diese Mutmaßungen stützen könnten. Keine stichhaltigen Beweise. Und solange das nicht der Fall ist, gilt immer noch der Satz: Im Zweifel für den Angeklagten.»

«Ich ...»

«Mr Harrington, gibt es noch irgendetwas, das Sie mir bisher verschwiegen haben? Wenn ja, dann wäre jetzt der Moment gekommen, es mich wissen zu lassen.»

Ich beiße mir auf die Lippen. «Nein, gibt es nicht ...»

Professor Bellingham nickt, als hätte er genau mit dieser Antwort gerechnet. «Was damals passiert ist, hat uns alle schockiert, Mr Harrington. Ich maße mir nicht an, mir vorzustellen, wie schlimm die Situation für Sie und Ihre Familie sein muss. Aber das gibt Ihnen trotzdem nicht das Recht, die Regeln des Zusammenlebens auf diesem Campus zu missachten.» Er lehnt sich auf dem Schreibtischstuhl zurück. «Brynmor ist eine Universität, die nicht nur herausragende Leistungen im Studium erwartet, sondern auch darüber hinaus. Gegen diesen Anspruch haben Sie heute Morgen verstoßen. Deshalb erhalten Sie hiermit Ihre erste Verwarnung.»

Statt zu protestieren, senke ich den Blick. Spätestens jetzt kann ich ihm nicht länger in die Augen sehen. Die Verwarnung kommt nicht überraschend, im Gegenteil: Genau damit habe ich gerechnet, seit Mrs Thompson vorhin im Speisesaal aufgetaucht ist. Die Scham wiegt beinahe noch schwerer als die Verwarnung.

«Sie wissen bestimmt, dass Sie sich von nun an keinen weiteren Regelverstoß mehr erlauben dürfen, Mr Harrington. Bei einer zweiten Verwarnung ...»

«... werde ich von Brynmor verwiesen», beende ich leise seinen Satz, woraufhin Professor Bellingham nickt.

«Sie haben viel getan, um einen Studienplatz in Brynmor zu erhalten, Mr Harrington», sagt er noch, bevor er mir mit einem kurzen Kopfnicken in Richtung Tür zu verstehen gibt, dass unser Gespräch beendet ist. «Setzen Sie das nicht leichtfertig aufs Spiel.»

Im Innenhof vor dem alten Gebäude wartet Connor bereits auf mich. Er lehnt mit verschränkten Armen an einer efeuüberwachsenen Mauer, tritt aber sofort auf mich zu, sobald er mich sieht.

Mir ist es schon schwergefallen, Professor Bellinghams Blick zu erwidern. Aber in Connors Anwesenheit fühle ich mich noch tausendmal schlechter. Vermutlich sollte ich dankbar sein, dass er überhaupt hier steht.

«Sam?»

Ich schlucke schwer. Plötzlich spüre ich seine Finger, die sanft mein Kinn umschließen und es anheben. Connor ist mir so nah. Viel näher, als ich es verdient habe. Ich blinzle noch ein letztes Mal und sehe ihm in die aufgewühlten Augen. Er sagt nichts.

«Können wir irgendwohin gehen, um in Ruhe miteinander zu sprechen?», frage ich mit belegter Stimme. Abgesehen von uns ist der Innenhof zwar verwaist, aber ich bin nicht gerade scharf darauf, dass zufällig genau dann jemand hier auftaucht, wenn ich mich Connor anvertraue. Und ich *muss* ihm alles erzählen. Daran führt kein Weg mehr vorbei.

Für einen Moment betrachtet mich Connor mit unergründlicher Miene. Dann ringt er sich zu einem Nicken durch, und ich atme auf, erleichtert, dass wir zumindest diese erste Hürde genommen haben.

«Komm», sagt er. «Es gibt da einen Ort, wo sich heute bestimmt niemand rumtreibt.» Für den Bruchteil einer Sekunde hoffe ich, dass er meine Hand nimmt. So wie er es bei unserem Ausflug zum Cottage der tausend Herzen getan hat. Aber es passiert nichts dergleichen. Stattdessen wendet er sich von mir ab, setzt sich in Bewegung, und ich folge ihm.

Eine Viertelstunde später sitzen wir auf der Tribüne am Cricketfeld. Nicht auf den zwei Plätzen, auf denen wir saßen, als wir uns Anfang September das erste Mal begegnet sind, sondern ein paar Reihen weiter oben, die besser vom Wind geschützt sind. Trotzdem fühlt es sich seltsam an, Connor ausgerechnet hier die ganze Geschichte zu erzählen.

Connor stellt mir keine Fragen, er wartet darauf, dass ich zu sprechen beginne. Und genau das tue ich, obwohl es mir so schwerfällt, dass mir die Worte kaum über die Lippen kommen. Ich erzähle ihm alles, lasse nichts aus. Warum ich nach Brynmor gekommen bin. Wie es mir dank Youmas Einladung gelungen ist, mit Brynmor Dawn in Kontakt zu treten. Wie ich Jeremiah versichert habe zu schweigen. Niemandem etwas zu verraten, um nicht zu riskieren, meine einzige Spur zu verlieren. Ich berichte ihm auch von meinem Einbruch ins Archiv und davon, was ich letzte Nacht in der Grotte erfahren habe. Wäre die Situation eine andere, hätte ich vielleicht Angst, dass Brynmor Dawn irgendwie von diesem Gespräch erfahren könnte. Dass sie mir das Studium zur Hölle machen, wie Riley mir immer wieder angedroht hat. Aber daran verschwende ich jetzt kaum einen Gedanken.

Einmal angefangen, rede ich mir alles von der Seele, was bisher unausgesprochen zwischen uns stand. Hole nach, was ich ihm schon längst hätte sagen müssen. Und bin dabei so schonungslos ehrlich, als würde ich mich komplett vor ihm entblößen.

Während ich spreche, halte ich den Blick starr auf das Cricketfeld gerichtet. Ich befürchte, dass mir die Stimme versagt, wenn ich Connor auch nur eine Sekunde lang ins Gesicht sehe. Dass er mich nicht unterbricht und keine Fragen stellt, macht es mir zumindest ein bisschen leichter.

«Ich hatte gehofft, schon viel früher zu erfahren, ob die Verbindung etwas mit Philipps Unfall zu tun hat. Dann hätte ich dir auch schon früher die Wahrheit sagen können. Und gleichzeitig war ich froh, dass die Aufnahme und die Party erst letzte Nacht stattgefunden haben. So konnte ich die Zeit mit dir einfach genießen. Ganz unbeschwert.» Mir steigen die Tränen in die Augen, aber statt sie mit dem Handrücken wegzuwischen, lasse ich ihnen freien Lauf. «Du hast mich umgehauen, Connor. Das war nicht nur so dahingesagt. Im Gegenteil. Als wir hier vor ein paar Wochen saßen und miteinander gesprochen haben, habe ich zum ersten Mal seit einer Ewigkeit alles vergessen, was passiert ist. Philipps Unfall. Milos plötzlicher Kontaktabbruch. Die vielen Gedanken, der ganze Ballast. Wenn ich mit dir zusammen war, gab es das nicht mehr. Und du kannst dir nicht vorstellen, wie sehr ich das genossen habe.»

Connor erwidert nichts, was dazu führt, dass ich endlich die Kraft aufbringe, mich zu ihm umzudrehen. Er hat die Hände in den Taschen seiner Jacke vergraben. «Du hättest nicht auf El losgehen dürfen» ist alles, was er sagt.

«Ja, das ist mir klar.» Meine Stimme bricht. «Ich habe Scheiße gebaut. Große Scheiße sogar.»

Connor schüttelt den Kopf. «Vermutlich bist du damit nicht einmal der Einzige.»

Was meint er damit?

«Wenn El uns wirklich angelogen hat, was den Streit mit Philipp anbelangt, dann ist das ziemlich krass. Ich habe bis heute nie daran gezweifelt, dass das, was er uns erzählt hat, wahr ist. Warum auch? Es klang so plausibel. Aber wer weiß? Wenn Philipp diesem Jeremiah eine ganz andere Geschichte erzählt hat, dann war es vielleicht doch nicht so, wie er immer versucht hat, uns weiszumachen.»

Ich weiß noch immer nicht, warum Connor glaubt, Scheiße

gebaut zu haben, schöpfe aber trotzdem vorsichtig Hoffnung. «Mir ist klar, dass das heute Morgen absolut unmöglich von mir war. Absolut falsch. Als ich Elliot im Speisesaal gesehen habe, keine Ahnung, da hat sich irgendein Schalter in mir umgelegt. Die Verwarnung habe ich völlig zu Recht bekommen.» Ich seufze. «Wenn ich wissen will, ob Elliot in der Nacht des Unfalls im Klosterwald war, muss ich anders vorgehen. Vielleicht kann ich noch einmal in aller Ruhe mit ihm sprechen, wenn etwas Zeit verstrichen ist. Oder ich höre mich auf dem Campus um. Irgendetwas wird mir schon einfallen. Irgendetwas muss mir einfallen. So wie die Dinge jetzt stehen, kann ich sie nämlich nicht auf sich beruhen lassen.»

Connor richtet sich im Sitz auf. Von einer Sekunde auf die andere wirkt es, als stünde sein Körper unter Strom. Seine Kieferknochen mahlen, und ein unruhiges Flackern tritt in seine Augen. «Sam, ganz ehrlich, ich glaube, du verrennst dich da in was.»

«Dass ich die Wahrheit herausfinden will, ändert nichts an uns beiden», sage ich voller Überzeugung. «Nicht das Geringste. Wir machen einfach so weiter wie bisher, und alles ist gut.»

Aber das sieht Connor offenbar anders. Kaum merklich schüttelt er den Kopf, und von einer Sekunde auf die andere rutscht mir das Herz in die Hose.

«Ich weiß, dass Elliot und du euch kennt», sage ich schnell, um Schadensbegrenzung bemüht. «Ich hoffe, du verstehst, dass ...»

«Sam, ich sag es dir noch mal. Du verrennst dich da in was. El hat nichts mit dem Unfall deines Bruders zu tun.»

«Das wissen wir nicht. Nicht sicher. Deswegen ...»

Doch Connor schüttelt ein weiteres Mal den Kopf, jetzt nachdrücklicher als zuvor.

«Vielleicht ...», starte ich einen weiteren Anlauf.

«Elliot hat nichts mit Philipps Unfall zu tun.»

«Ja, aber …»

«Sam, hörst du mich nicht? Elliot hat *nichts* mit Philipps Unfall zu tun!», sagt Connor, und seine Stimme wird lauter.

Ich will etwas erwidern, stocke aber, irritiert über die Sicherheit, mit der er spricht. Tatsächlich klingt er so überzeugt, als *wüsste* er, dass ich auf einer falschen Fährte bin. Als *wüsste* er, was wirklich passiert ist.

Plötzlich kommt es mir vor, als würde sich der Boden unter uns auftun und einen riesigen, schwarzen Schlund preisgeben, in den ich mit rasender Geschwindigkeit stürze.

Elliot hat nichts mit Philipps Unfall zu tun.

Elliot hat nichts mit Philipps Unfall zu tun.

Elliot hat nichts mit Philipps Unfall zu tun …

Ich betrachte Connor, der zu zittern begonnen hat. Connor, der mich dazu gebracht hat, die Vergangenheit zu vergessen, den ich geküsst habe, in den ich mich verliebt und mit dem ich geschlafen habe. Connor, mit dem ich stundenlang im Bett gelegen bin und bei dem ich mich so sicher und geborgen gefühlt habe. Mit dem ich ein weiteres Mal zum Cottage der tausend Herzen gegangen bin und mit dem ich meine eigene Geschichte schreiben wollte.

Jetzt sehe ich ihn an und weiß nicht mehr, wer neben mir sitzt.

«Connor?», frage ich leise. «Weißt du … weißt du etwa, mit wem Philipp verabredet war?»

Statt etwas zu sagen, steht er abrupt auf. Er will sich bereits von mir abwenden, aber ich packe ihn am Ärmel seiner Jacke und halte ihn zurück.

«Connor?»

«Du hättest nicht auf Elliot losgehen dürfen», platzt es aus ihm heraus. «Aber weißt du was, Sam? Wenn ich ganz ehrlich bin, kann ich es dir nicht mal zum Vorwurf machen, weil ich mich kein bisschen besser verhalten habe. Im Gegenteil.» Sein Brustkorb hebt und senkt sich so schnell, als wäre er ein paar Runden gelaufen. «Ich habe mir so sehr gewünscht, dich kennenzulernen und Zeit mit dir zu verbringen, dass ich es geschafft habe, mir einzureden, dass manche Wahrheiten besser für immer im Verborgenen bleiben. Ich wollte so sehr, dass das mit uns beiden funktioniert, dass ich nicht ehrlich zu dir war. Und dafür schäme ich mich.» Kurz wirkt es, als wolle er die Hand ausstrecken, um mein Gesicht zu berühren, aber in letzter Sekunde hält er sich zurück.

«Was weißt du über Philipps Unfall?», frage ich ein letztes Mal. Aber so vehement, wie er den Kopf schüttelt, bin ich mir sicher, dass er mir die Wahrheit nicht verraten wird.

«Ich kann es dir nicht sagen, Sam. Ich darf es dir nicht sagen.» Jetzt kann auch er die Tränen nicht länger zurückhalten.

«Was? Du darfst es mir nicht sagen? Aber du *weißt* es! Du weißt es!»

Connor befreit sich aus meinem Griff und macht einen Schritt zurück. Tränen laufen ihm über die Wangen. «Es tut mir leid, Sam. So unendlich leid», antwortet er. «Ich habe mich in dich verliebt. Ich wollte, dass wir unsere eigene Geschichte schreiben. Ich wollte dich nie verletzen. Aber genau das habe ich getan, indem ich mich überhaupt auf dich eingelassen habe.»

Mit diesen Worten dreht er sich auf dem Absatz um und rennt über das Cricketfeld zurück nach Brynmor. So wie an unserem ersten Abend sehe ich ihm hinterher. Und nachdem er schon lange aus meinem Blick verschwunden ist, vergrabe ich das Gesicht in meinen Händen und weine.

KAPITEL 34

SAMUEL

Die nächsten Tage und Nächte scheinen fließend ineinander überzugehen. Ich weiß nicht, wie es mir gelingt, morgens überhaupt das Bett zu verlassen, mich anzuziehen, an den Seminaren teilzunehmen und zu den Mahlzeiten im Speisesaal zu sitzen. Die meiste Zeit funktioniere ich einfach nur.

Youma startet immer wieder Versuche, herauszufinden, was seit Halloween passiert ist. Natürlich hat sich auf dem Campus herumgesprochen, was zwischen Elliot und mir vorgefallen ist. Im Gegensatz zu den anderen wirft Youma mir aber keine befremdeten Blicke zu, sondern zeigt sich ernsthaft besorgt.

«Hast du etwas herausgefunden? Über Philipp, meine ich? Hat euer Streit damit zu tun?»

Das letzte Seminar der Woche liegt hinter uns, und im Schein der Schreibtischlampe sitzen wir auf ihrem Bett, während draußen der Novemberwind an den Fenstern rüttelt.

Zuerst will ich ihren Fragen ein weiteres Mal aus dem Weg gehen. Darüber zu sprechen, macht alles nur noch viel realer. Andererseits: Es ist real. Wem mache ich also etwas vor?

«Ja, ich habe etwas herausgefunden», sage ich und ziehe die Beine an. Kurz hadere ich noch mit mir. Aber statt einen Rückzieher zu machen, erzähle ich ihr dann doch die ganze Geschichte, so wie Connor am Cricketfeld.

Während des Sprechens kommt es mir vor, als würde ich

alle Gefühle noch einmal durchleben. Das Entsetzen. Die Wut. Die Fassungslosigkeit. Die Traurigkeit. Die Enttäuschung. Ich wünschte, ich könnte sie einfach ausschalten. Weil es wehtut und ich so einen Schmerz nicht spüren will. Aber das ist natürlich nur ein vollkommen naiver Wunsch.

Am Ende meiner Ausführungen nimmt Youma mich in die Arme und hält mich fest.

Ich vergrabe meinen Kopf an ihrem Hals. «Vielleicht ... vielleicht wäre es besser gewesen, ich hätte auf Luisa gehört. Dann wäre das alles nicht passiert», sage ich irgendwann erstickt.

«Luisa?»

«Meine beste Freundin in Hamburg. Nachdem ich ihr davon erzählt hatte, warum ich nach Brynmor will, haben wir uns furchtbar zerstritten. Sie war der Ansicht, ich solle mich nicht länger mit der Vergangenheit beschäftigen, sondern leben.»

Youma atmet hörbar aus. «Luisa hat es bestimmt nur gut gemeint. Aber wenn es so einfach wäre, die Vergangenheit auf sich beruhen zu lassen, hättest du es bestimmt getan. Ich glaube nicht, dass es viel bringt, wenn du dir Vorwürfe machst. Oder dich fragst, was gewesen wäre, wenn.»

Wie so oft hat sie natürlich recht. «Weißt du, bei Connor konnte ich einfach ich selbst sein. Aber die Vorstellung, dass ausgerechnet *er* etwas über Philipps Unfall weiß. Das ist ... das ist ...» Ich verstumme und schüttle den Kopf.

«... richtig beschissen», beendet Youma meinen Satz. «Als wir im *Seacliff Coffee & Tea* waren und ich gesehen habe, wie ihr miteinander umgeht – so achtsam, so liebevoll –, da habe ich mich riesig für dich gefreut, Samuel. Weil das zwischen euch beiden etwas Besonderes war.»

Ja, das mit Connor und mir war etwas Besonderes. Es hat sich anders angefühlt als alles, was ich bisher erlebt habe. Und ich vermisse es so sehr, dass es mir das Herz zerreißt.

«Das zwischen Leroy und dir … das ist auch etwas Besonderes, oder?»

Youma gluckst. «Das hoffe ich.»

«Er kann sich wirklich glücklich schätzen, jemanden wie dich gefunden zu haben.»

«Ich weiß, wie glücklich *ich* bin, ihn gefunden zu haben», entgegnet Youma leise.

«Magst du mir ein bisschen mehr von ihm erzählen?»

«Bist du sicher, dass du das ausgerechnet jetzt hören willst?», erwidert sie skeptisch.

«Ja. Ich brauche etwas, das mich aufmuntert. Und die Vorstellung von euch beiden schafft das bestimmt.»

«Na gut.» Youma lehnt sich zurück. Sie wirkt noch immer etwas skeptisch, beginnt dann aber doch zu sprechen: «Wir haben uns auf der Internationalen Schule von Pretoria kennengelernt. Ich glaube, wir waren zwölf oder dreizehn, als Leroy seinen ersten Tag bei uns hatte. Ich saß in der ersten Reihe. Direkt vor dem Pult. Dort, wo sonst keiner sitzen wollte. Deshalb war der Platz neben mir auch noch frei. Und den hat Leroy dann bekommen.» Während sie erzählt, wie sie Leroy während einer Klassenarbeit beim Abschreiben erwischt hat, wird mir kurzzeitig etwas leichter ums Herz. Und als sie schließlich zum Moment des Abschieds am Flughafen kommt, nehme ich *sie* in die Arme und halte sie so fest, wie sie es bei mir getan hat.

«Es ist jetzt November», sagt sie ein paar Minuten später. «Wir haben uns vor mehr als zwei Monaten das letzte Mal gesehen. Gott, ich weiß nicht, aber irgendwie fühlt es sich an, als wäre das alles schon viel länger her!»

Ich nicke. Auch mir kommt es vor, als würde die Zeit rasen. Tatsächlich ist in den letzten beiden Monaten mehr passiert als in den zehn davor.

«In Südafrika beginnt jetzt gerade der Sommer. Im letzten

Jahr um diese Zeit sind Leroy und ich für ein paar Tage nach Durban gereist, haben am Strand gelegen und einfach nur die Zeit genossen.»

«Bereust du es manchmal, nicht in Südafrika geblieben zu sein?»

Youma wiegt den Kopf hin und her. «Ich vermisse es manchmal. Vor allem natürlich meine Eltern und Leroy. Aber auch das Essen. Sorry, aber die englische Küche kann mit der südafrikanischen wirklich nicht mithalten.» Sie schmunzelt, dann wird sie wieder ernst. «Nein, ich bereue es nicht, hierhergekommen zu sein. Die Befürchtungen, die ich anfangs hatte, sind nicht eingetreten. Ich fühle mich hier sehr wohl. Und das macht es mir um einiges leichter.» Youma sieht mich an. «Bereust du es?»

Ich lasse die Frage auf mich wirken. Keine Ahnung, was ich darauf antworten soll. Was ich seit meiner Ankunft erlebt habe, war das reinste Chaos, ein einziges Auf und Ab. Es gibt so viele Momente, die ich nicht missen möchte. Aber fast ebenso viele, die mich verletzt haben.

«Ich weiß es nicht», sage ich daher ehrlicherweise. So wie Youma mich ansieht, scheint sie mit keiner anderen Antwort gerechnet zu haben.

Für ein paar Minuten schweigen wir. Schließlich fasse ich mir ein Herz und stelle die Frage, die mir schon die ganze Zeit über unter den Nägeln brennt.

«Was würdest du an meiner Stelle tun?»

«Mit Connor, meinst du?»

Ich nicke.

«Ich weiß es nicht, Samuel», sagt sie leise. Bisher hatte sie noch auf alles eine Antwort. Jetzt wirkt auch sie ratlos. «Vielleicht muss einfach ein bisschen Zeit verstreichen, bis sich die Dinge wieder beruhigt haben. Vielleicht könnt ihr dann noch mal in aller Ruhe miteinander sprechen. Aber was dabei herauskommen soll ...» Sie lässt den Satz unvollendet. Und je länger wir auf ihrem Bett sitzen, desto mehr kommt es mir vor, als wären Connor und ich genau das: unvollendet.

Wenn wir nicht gerade über Connor sprechen, lässt mich die gemeinsame Zeit mit Youma zumindest kurzzeitig alles andere vergessen. Doch sobald ich allein bin, kehren die Erinnerungen an das, was passiert ist, wie ein Bumerang zurück.

Am Sonntagabend liege ich ein weiteres Mal grübelnd im Bett. Es besteht kein Zweifel daran, dass Connor die Wahrheit kennt. Woher sollte er sonst wissen, dass Elliot nicht für Philipps Unfall verantwortlich ist? Außerdem hat er es nicht einmal abgestritten.

Ich weiß nicht, ob Connor selbst etwas damit zu tun hat – bei dem Gedanken wird mir schlagartig übel – oder ob er denjenigen kennt. Wie man es dreht und wendet, die Frage bleibt: Warum hat er sich auf mich eingelassen, wo er doch wusste, dass ich Philipps Bruder bin?

Das ergibt alles keinen Sinn!

Ich öffne unseren Chat und lese zum bestimmt tausendsten Mal unsere letzten Nachrichten.

Connor: Ich ziehe mich jetzt noch schnell um und mache mich auf den Weg zur Party.
Samuel: Viel Spaß. 😘 Ich hoffe, du hast einen tollen Abend.
Connor: Du auch. 😘 Sehen wir uns morgen? 😍
Samuel: Na klar. Ich freu mich auf dich. 😘

Warum tue ich mir das an? Warum quäle ich mich selbst? Ich bin doch jetzt schon völlig fertig. Da ist das Lesen dieser Nachrichten nur ein weiterer Schlag in die Magengrube. Oder hoffe ich, hier Anzeichen für das zu finden, was nur ein bisschen später passiert ist? Hätte ich es irgendwie ahnen können?

Schlagartig erinnere ich mich an die plötzliche Funkstille nach der Party. Connors Abtauchen und die Nachricht, mit der er es später begründet hat. Es dauert ein paar Minuten, bis ich in unserem Chat so weit nach hinten gescrollt bin, bis ich sie wiedergefunden habe. Jetzt brennen die Sätze wie Säure in meine Augen.

Connor: Ich habe riesige Angst, dass das mit uns beiden nicht funktionieren könnte. Habe Angst, dir näherzukommen, noch mehr für dich zu empfinden. Und dann herauszufinden, dass es mit uns beiden vielleicht doch nicht passt. Dass es nicht hinhaut, sosehr wir es uns auch wünschen. Allein der Gedanke macht mich fertig. Und dann frage ich mich, was würde es mit mir machen, wenn es tatsächlich so käme?

Connor hat mit sich gerungen. Connor hatte Angst. Weil er bereits wusste, dass ich Philipps Bruder bin?

Ich lege den Kopf in den Nacken und schließe die Augen. Versuche vergeblich, mich zu beruhigen. Stattdessen packt mich ein weiteres Mal der Ärger. Auf Connor, aber auch auf mich selbst. Ich hätte nicht noch einmal auf ihn zugehen dürfen. Ich hätte es abhaken müssen. Dann würde ich mich jetzt nicht in dieser beschissenen Situation befinden.

Irgendwann schlafe ich ein. Kurz vor Morgengrauen wache ich wieder auf, der Himmel vor den Fenstern ist blassrosa. Im Schlaf ist der Ärger auf Connor verraucht. Jetzt nimmt die Traurigkeit ein weiteres Mal Besitz von mir.

Wir haben gemeinsam so viele wunderbare Momente erlebt. Zu wissen, dass sie der Vergangenheit angehören, zerreißt mich. Es fühlt sich an wie in jenen Wochen nach dem Unfall, in denen ich die alten Fotoalben durchgeblättert und verzweifelt die Erinnerungen an die gemeinsame Zeit mit Philipp heraufbeschworen habe. Von Connor und mir gibt es kein Fotoalbum. Trotzdem sehe ich die Bilder so klar und deutlich vor mir, als hätten sie sich in meinen Verstand eingebrannt: wie wir auf dem Cricketfeld sitzen und er mir die Wasserflasche reicht, wie wir eng umschlungen tanzen und die Welt um uns herum vergessen, wie wir uns küssen und wie wir Hand in Hand am Cottage der tausend Herzen stehen.

Ich muss damit aufhören. Ich muss endlich damit aufhören. Aber so wenig, wie ich die Vergangenheit auf sich beruhen lassen konnte, kann ich mir jetzt Connor aus dem Kopf schlagen. Es klappt einfach nicht.

Mehr schlecht als recht kämpfe ich mich aus dem Bett und nehme eine kurze Dusche im Gemeinschaftsbad. Statt mich auf den Weg zum Frühstück zu machen, bleibe ich dann aber eine Weile wie paralysiert auf meinem Schreibtischstuhl sitzen. Es kommt mir fast unwirklich vor, dass sich mein Zimmer fast so vertraut anfühlt wie das zu Hause. Vor ein paar Wochen hätte ich das nie für möglich gehalten.

Wieder sehe ich Connor vor mir. Es ist nur eine Frage der Zeit, bis wir uns auf dem Campus wieder über den Weg laufen. Wie gehe ich dann mit ihm um? Wie verhalte ich mich? Soll ich ihn ignorieren? Oder soll ich ihn zu Professor Bellingham oder zur Polizei schleifen? Die eine Vorstellung fühlt sich mieser an als die andere.

Vielleicht ...

Ich bin nicht nach Brynmor gekommen, um mich zu verlieben. Ich bin ja nicht einmal wegen des Studiums hier. Ich bin hier, weil ich die Wahrheit herausfinden wollte. Wäre es nicht das Beste, meine Sachen zusammenzupacken – und nach Hause zurückzukehren? In mein *wirkliches* Zuhause? Nichts und niemand würde mich davon abhalten. Youma wäre wohl traurig, und ich würde sie sehr vermissen. Vermutlich fände es auch Nate schade, wenn ich nicht mehr hier wäre. Aber der Alltag würde für sie weitergehen, so wie er für mich in Hamburg weiterginge.

Die Gedanken haben etwas Tröstliches. Meine Eltern und Philipp wiederzusehen. Mich mit Luisa auszusprechen und mich meiner alten Parkour-Gruppe anzuschließen.

Ja, damit könnte ich mich wohl anfreunden. Aber noch bin ich mir nicht sicher. Noch brauche ich etwas Zeit, um das Für und Wider abzuwägen.

Ein paar Tage später bin ich mit Nate in der Bibliothek verabredet. Wir haben es viel zu lange vor uns hergeschoben, endlich mit unserem Referat für Professor McIntyre loszulegen, und jetzt können wir uns keinen weiteren Aufschub mehr leisten.

Als ich die große Eingangstür zur Bibliothek erreiche, wartet er bereits auf mich, lässig an die Wand gelehnt und mit weißen Earpods in den Ohren.

«Hey.»

«Hi, Samuel!» Er lässt die Earpods in der Tasche verschwinden und lächelt schwach. Seit ich auf Elliot losgegangen bin, haben wir kaum ein Wort miteinander gewechselt. Natürlich erinnere ich mich nur zu gut daran, dass es Nate war, der mich gemeinsam mit Connor zurückgezogen hat. Bisher habe ich nicht die Kraft aufgebracht, mit ihm darüber zu sprechen. Das will ich jetzt nachholen.

«Hör mal», setze ich verlegen an, «ich wollte mich noch bei

dir entschuldigen. Und ich wollte mich bedanken. Was da im Speisesaal passiert ist ... ich weiß, dass ich da ziemliche Scheiße gebaut habe. So bin ich eigentlich nicht. Oder besser: So möchte ich nicht sein. Also danke, dass du dazwischengegangen bist, bevor die Situation noch weiter eskaliert ist.»

Nate sieht mich prüfend an. «Wir kennen uns nicht so gut. Du bist nicht verpflichtet, mir zu erzählen, was dich da geritten hat. Es gibt ja auch eine ganze Menge Dinge, die *ich* dir bisher nicht erzählt habe. Aber würdest du mir trotzdem erklären, was da mit dir los war?»

Ein paar Studierende laufen an uns vorbei, was mir etwas Zeit verschafft, um mir eine Antwort zu überlegen. Sobald ich sicher bin, dass niemand uns hören kann, schildere ich ihm in wenigen Sätzen, was passiert ist. Dass mir die Worte heute deutlich leichter über die Lippen kommen als letzte Woche bei Youma werte ich als gutes Zeichen.

«Das klingt krass», sagt Nate, nachdem ich ihm alles berichtet habe.

Ich zucke mit den Schultern. «Na ja, jetzt weißt du auf jeden Fall Bescheid. Sollen wir dann in die Bibliothek gehen und uns ans Referat setzen?»

Ich will bereits loslaufen, als Nate mich vorsichtig an der Schulter berührt und zurückhält. «Ich glaube, ich bin jetzt auch so weit, dir ein paar Dinge über mich zu erzählen.»

Überrascht sehe ich ihn an. Damit hätte ich nun wirklich nicht gerechnet.

«Das musst du nicht.»

«Doch, ich glaube schon. Damit du nicht denkst, du wärst der Einzige, der die Vergangenheit nicht ruhen lassen kann.» Vom Lächeln, das er normalerweise aufsetzt, ist keine Spur mehr zu sehen. «Ich habe doch bestimmt mal erwähnt, dass ich bei meinen Großeltern aufgewachsen bin.»

«Ja. Und dass der Nachname Cavendish damit einhergeht, gewisse Erwartungen zu erfüllen.»

Meine Erinnerung an seine Worte gibt ihm offenbar den Mut weiterzusprechen. «Ich bin bei meinen Großeltern aufgewachsen, weil ich meine Eltern nie kennengelernt habe. Meine Mum ist bei meiner Geburt gestorben. Keine Ahnung, wer mein Vater war.» Er fährt sich mit der Zunge über die Lippen, als wären diese plötzlich sehr trocken. «Ich habe mich oft gefragt, wie mein Leben wohl ausgesehen hätte, wenn meine Mum noch da wäre.» Etwas umständlich zieht er seinen Block aus seiner Umhängetasche und schlägt die Seite mit der Zeichnung auf, die ich in Professor McIntyres Seminar gesehen habe.

«Das ist …?»

Nate nickt. «Meine Mum war wohl so etwas wie der Problemfall der Cavendish-Familie. Mitten im Studium schwanger zu werden und nicht zu verraten, von wem, gehört sich nicht für eine Cavendish. So haben es zumindest meine Großeltern gesehen. Daher haben sie mir auch kaum etwas über sie erzählt. Vor ein paar Jahren bin ich auf dem Dachboden unseres Anwesens zufällig auf eine alte Kiste gestoßen. Darin habe ich vergilbte Fotos von meiner Mum gefunden. Und eines davon habe ich als Vorlage für diese Zeichnung genutzt. Ich weiß nicht, wie oft ich ihr Gesicht schon gemalt habe. Oft genug auf jeden Fall, dass ich keine Fotos mehr brauche, um sie mir vorzustellen.»

Während ich das Bild seiner Mutter betrachte, verstehe ich endlich, warum es ihm so schwergefallen ist, darüber zu sprechen.

«Ich hätte mir so sehr gewünscht, sie kennenzulernen. Zeit mit ihr zu verbringen, mit ihr zu sprechen und herauszufinden, wer sie war. Welche Ähnlichkeiten wir haben und was uns voneinander unterscheidet. Zu wissen, dass dieser Wunsch nie in Erfüllung geht, hat mich lange Zeit verdammt fertiggemacht.»

Ich schlucke schwer. Nate betrachtet die Zeichnung noch ein paar Sekunden, dann lässt er sie wieder in der Tasche verschwinden und sieht mich ein weiteres Mal an. «Du verurteilst dich dafür, wie die Dinge gekommen sind. Aber ganz ehrlich? Ich verstehe, warum du es getan hast. Wenn ich du wäre, hätte ich wohl auch alles darangesetzt, die Wahrheit herauszufinden.» Er räuspert sich. «Wir können nicht mehr ändern, was passiert ist. Meine Mum ist tot. Philipp liegt im Wachkoma. Und Connor und du ... ihr habt euch in eine ziemliche Sackgasse manövriert. Die Frage ist, was wir jetzt daraus machen und wie wir in Zukunft damit umgehen.»

Ich lasse seine Worte auf mich wirken. Nate hat recht, auch wenn ich auf genau diese Frage noch keine Antwort gefunden habe.

«Danke, dass du es mir erzählt hast», sage ich und fühle mich zumindest für einen Moment nicht ganz so schwermütig.

Aufbauend klopft mir Nate auf die Schulter. Wir beginnen fast zeitgleich zu lächeln und umarmen uns dann etwas unbeholfen. Es hat etwas Tröstendes. Dann spüre ich Nates Lippen auf meiner Wange, und für den Bruchteil einer Sekunde kommt es mir vor, als wolle er mich küssen.

Sobald wir uns voneinander lösen, wirkt er allerdings so gefasst, dass ich mir sicher bin, es mir nur eingebildet zu haben.

«Komm, wir sollten langsam mal loslegen», sagt er. «Das Referat macht sich nicht von allein.»

Dann betritt er die Bibliothek.

KAPITEL 35

CONNOR

Selbst Tage nachdem ich Samuel auf der Tribüne zurückgelassen habe, kommt mir das, was passiert ist, noch immer wie ein Albtraum vor. Ein nicht enden wollender Albtraum, aus dem ich einfach nicht aufwache. Normalerweise kann ich mich zumindest auf das Lauftraining verlassen, um den Kopf freizubekommen. Aber nicht einmal Brent und den anderen Läufern entgeht, dass ich nicht bei der Sache bin.

«Was ist mit dir los, Mann?», fragt Brent mich eines Abends, als ich beim zweiten Lauf vorzeitig abbreche und mich schnaufend auf den Knien abstütze.

Mit einer Handbewegung gebe ich ihm zu verstehen weiterzulaufen. «Mach dir keinen Kopf. Alles in Ordnung», presse ich atemlos hervor.

Brent ringt noch kurz mit sich. Dann zuckt er mit den Schultern und setzt sich wieder in Bewegung.

Während die anderen ihre Runden drehen, schleppe ich mich zum Rand der Kunststoffbahn und nehme einen großen Schluck aus meiner Wasserflasche. Für ein paar Minuten sehe ich den anderen dabei zu, wie sie Runde um Runde zurücklegen. Noch nie war ich weiter von meinem Traum entfernt, den Lauf beim Abschlussturnier zu gewinnen. Aber das ist das geringste meiner Probleme.

Es dauert nicht lange, bis ich zu frieren beginne. Kurzerhand packe ich meine Sachen zusammen und verabschiede mich. Auf dem Weg zu meinem Zimmer kommen mir nur wenige Studierende entgegen. Mittlerweile hat der Herbstwind die letzten Blätter von den Bäumen gerissen, und mir schlägt ein feiner Nieselregen ins Gesicht.

Sobald die Zimmertür hinter mir ins Schloss gefallen ist, schlüpfe ich aus meinen nassen Klamotten und stelle mich unter die heiße Dusche. Ein zufälliger Blick auf die Shampoo-Flasche reicht aus, um mir schlagartig Tränen in die Augen zu treiben.

Eine Shampoo-Flasche! Das ist doch nur eine Shampoo-Flasche! Allerdings erinnert sie mich daran, wie ich mit Samuel unter der Dusche stand und er mir eine Hand auf die Schulter legte, während ich mir halb lachend, halb fluchend das Auge auswusch.

Ich sollte es vergessen. Die Situation, Samuel, alles. Aber sosehr ich die Gedanken auch in die hinterste Ecke meines Verstands schieben will, es gelingt mir einfach nicht.

Zurück in meinem Zimmer, höre ich *Half Light* über die Lautsprecher meines Handys. Es beruhigt mich kein bisschen. Ich klappe meinen Laptop auf und lasse die erste Folge von *Heartstopper* laufen. Zu sehen, wie sich Nick und Charlie begegnen und verlieben, macht alles noch einmal schlimmer. Daher versuche ich es als Nächstes mit *The Crown*, was mir um einiges unverfänglicher vorkommt. Nach ein paar Minuten schweift meine Aufmerksamkeit allerdings wieder ab, und ich klappe frustriert den Laptop zu. Ob ich will oder nicht, ich habe keine Wahl, als mich damit auseinanderzusetzen, was passiert ist. Und da ich allein nicht weiterkomme, wäre es wohl am besten, wenn ich mit jemand anderem darüber spreche. Aber mit wem?

Meine erste Ansprechperson wäre normalerweise Lake. Aber in diesem Fall kann ich mich definitiv nicht an sie wenden. Wäre es eine Idee, mich bei Claire zu melden? Mittlerweile sind seit unserem letzten Kontakt über zwei Monate vergangen. Ich vermisse sie, jetzt sogar noch einmal mehr als sonst. Aber wie lange ist es her, dass wir zuletzt über wirklich persönliche Dinge gesprochen haben? Jedes Mal, wenn wir kurz davorstanden, ist sie wieder abgetaucht. Daher fühlt sich die Vorstellung, ihr aus dem Nichts von Samuel zu erzählen, ziemlich befremdlich an. Dann wären da noch Brent und die anderen Jungs aus der Laufgruppe. Allerdings spreche ich mit ihnen in den allermeisten Fällen nur über das Training oder das Studium. Nein, es hilft alles nichts, ich sollte mir nichts vormachen. Es gibt niemanden, dem ich mein Herz ausschütten könnte. Und das macht mich, wenn überhaupt möglich, nur noch trauriger.

Am nächsten Morgen bin ich lange vor dem Klingeln meines Weckers wach, ziehe mich an und schleife mich zum Frühstück in den Speisesaal. Den restlichen Tag verbringe ich mit dem verzweifelten Versuch, in den Seminaren die Augen offen zu halten und so wenig wie möglich an Samuel zu denken. Ich habe ihn weder heute noch an einem anderen der vergangenen Tage gesehen. Zumindest *ich* bin ihm nicht absichtlich aus dem Weg gegangen, obwohl ich allen Grund dazu hätte. Immerhin habe ich durchblicken lassen, dass ich weiß, was Philipp passiert ist. Ob Samuel mich meidet? Ich könnte es ihm jedenfalls nicht verübeln.

Das Wochenende verbringe ich fast komplett in meinem Zimmer. Der Himmel draußen ist so grau, dass es überhaupt nicht wirklich Tag zu werden scheint. Am Sonntagnachmittag telefoniere ich kurz mit einem Kommilitonen wegen eines Seminars. Dann verkrümle ich mich wieder ins Bett und warte darauf, dass die Zeit vergeht.

Alles fließt wie ein nicht enden wollender Strom an mir vorbei. Die Mahlzeiten im Speisesaal, die Seminare, die Laufgruppe. Ich nehme daran teil und bin doch abwesend. Ich bin da und doch nur ein Beobachter des Geschehens. Es fühlt sich an, als würde ich im Zuschauerraum eines Theaters sitzen und das Geschehen auf der Bühne betrachten. Ich will dazugehören, will kein Außenstehender sein und habe mich gleichzeitig noch nie so weit von den anderen entfernt gefühlt.

Eines Abends will ich nach dem Essen schnell wieder das Weite suchen. Die Stimmen der anderen kommen mir unnatürlich laut vor und dröhnen mir schmerzhaft in den Ohren. Aber gerade als ich ins Freie trete, höre ich, wie hinter mir jemand meinen Namen ruft.

«Connor!»

Es ist Lake. Das weiß ich, noch bevor ich mich umgedreht habe. Ich würde ihre Stimme unter tausend anderen erkennen. Unwillkürlich halte ich die Luft an. Wappne mich für das, was kommt. Seit Samuel auf Elliot losgegangen ist, ist sie wieder auf Distanz zu mir gegangen, und ich habe mich nicht getraut, mich bei ihr zu melden. In der Bibliothek hat sie mir ganz klar zu verstehen gegeben, wovor sie am meisten Angst hat: dass die Vergangenheit aufgewühlt wird. Und genau das ist passiert.

Beinahe widerwillig drehe ich mich zu ihr um. Sie steht nur ein paar Schritte von mir entfernt. Das Licht, das durch die offene Tür des Speisesaals auf sie fällt, umgibt sie wie ein Kranz. Irgendetwas ist anders, auch wenn ich nicht gleich darauf komme, was. Aber dann fällt mir auf, dass ihre Lider nicht wie üblich schwarz geschminkt sind. Es lässt sie irgendwie zerbrechlich wirken.

«Lake.»

«Gehen wir ein Stück zusammen?», fragt sie und setzt sich in Bewegung, ohne eine Antwort abzuwarten. Und weil ich mich so vollkommen niedergeschlagen und ermattet fühle, leiste ich keinen Widerstand und folge ihr.

Die Stimmen hinter uns werden rasch vom Wind übertönt, der durch die verwaisten Innenhöfe pfeift.

«Nach der Sache zwischen Samuel und Elliot war ich mir eigentlich sicher, dass du auf mich zukommst», sagt sie, jedoch ohne jeglichen Vorwurf in der Stimme.

«Ich habe darüber nachgedacht.» Ich schüttle den Kopf. «Aber ich hatte Angst.»

«Angst?»

«Dich als Freundin zu verlieren. Oder dich vielleicht sogar schon verloren zu haben.»

«Ich *bin* deine Freundin, Connor. Auch wenn ich zugeben muss, dass die letzten Wochen unsere Freundschaft auf eine harte Probe gestellt haben.» Wir passieren einen Torbogen, und im Schein der Sicherheitsbeleuchtung spüre ich ihren Blick auf mir. «Und als deine Freundin muss ich dir leider sagen, dass du richtig scheiße aussiehst.»

Ich lache bitter. «Danke. Genauso fühle ich mich auch.»

«Also, schieß los. Was ist im Speisesaal passiert? Was war mit Samuel los?»

«Willst du das wirklich wissen?»

«Glaubst du, ich wäre auf dich zugekommen, wenn es nicht so wäre?»

«Ich ...» Wo soll ich anfangen? Wie in Worte packen, was ich selbst noch immer nicht ganz begreife?

«Connor, bitte», sagt Lake, die offenbar bemerkt, wie ich mit mir ringe.

«Du hattest recht», sage ich, obwohl es mich sehr viel Überwindung kostet. «Und zwar von Anfang an. Ich habe mir etwas vorgemacht. Das mit Sam und mir ... das konnte einfach nicht funktionieren. Ich habe gehofft, dass die Vergangenheit uns nicht alles kaputt machen würde. Ich habe es so sehr gehofft. Aber manche Wahrheiten können wohl nicht für immer im Verborgenen bleiben. Sosehr ich es mir auch gewünscht hätte.»

Lake reibt sich die Arme, ob vor Kälte oder Unsicherheit, kann ich nicht sagen. «Samuel weiß, was passiert ist?»

Schnell bemühe ich mich, ihre Ängste zu zerstreuen. «Nein, weiß er nicht. Er vermutet, dass Elliot in der Nacht des Unfalls im Klosterwald war.»

«Wie kommt er darauf?», fragt Lake irritiert.

«Brynmor Dawn», antworte ich und erzähle ihr alles, was Samuel mir auf der Tribüne am Cricketfeld berichtet hat.

Lake schüttelt den Kopf. «Dass El und Philipp sich wegen Drogen gestritten haben, wusste ich nicht. Ich dachte die ganze Zeit, es sei um mich gegangen.»

«Dachte ich auch», sage ich. «Aber El hat uns die ganze Zeit etwas vorgemacht. Vermutlich hat es ihn deshalb auch verunsichert, dass Sam in Brynmor ist. Er hatte Angst, dass die Vergangenheit aufgewühlt wird. Dass die Wahrheit ans Licht kommt. So wie du. Und genau das ist letztlich auch passiert.»

«Die Wahrheit», erwidert Lake tonlos. Als sie weiterspricht, sieht sie mich nicht mehr an, sondern starrt geradeaus. «Und hast du ihm die Wahrheit gesagt?»

Ich schüttle den Kopf. «Nein, habe ich nicht. Ich habe ihm nur zu verstehen gegeben, dass er mit Elliot auf der falschen Spur ist. Damit er ihn in Ruhe lässt und nicht noch einmal so eine Nummer abzieht.»

Bei meinen Worten formt sich Lakes Mund zu einem überraschten O. «Du hast es ihm nicht gesagt?», fragt sie, als müsste sie auf Nummer sicher gehen.

«Was denkst du denn?»

«Ich ... keine Ahnung. Ich habe einfach geglaubt, dass ...»

«Ich habe dir ein Versprechen gegeben», antworte ich. «Du

bist meine beste Freundin, Lake. Du bist alles, was ich im letzten Jahr an Familie hatte. Dich zu verlieren, wäre so ziemlich das Schlimmste, was ich mir vorstellen könnte. Dich und Sam.»

«Und du hast ihn verloren ... den Menschen, den du in dieser kurzen Zeit so sehr in dein Herz geschlossen hast, wie ich es noch bei keinem anderen erlebt habe.»

Ich spüre, wie sich mir bei ihren Worten alles zusammenzieht. «Ich habe dir das Versprechen damals nicht leichtfertig gegeben, Lake», sage ich und schlucke schwer. «Und ich habe es nicht einmal für Sam gebrochen.»

«Aber das bedeutet ...?», fragt Lake und sieht mich mit großen Augen an.

«...dass es zwischen uns aus ist.» Ich versuche mir nicht anmerken zu lassen, wie furchtbar diese Worte sind. Und wie furchtbar es ist, sie laut auszusprechen. Aber, ob ich es will oder nicht, ich sollte mich wohl besser daran gewöhnen.

Unsere Füße haben uns zum neuen Campus getragen. Das Kloster liegt jetzt hinter uns, und weil die Nacht so kalt ist, fröstle ich.

«Gibt es einen bestimmten Grund, warum du mich heute Abend abgepasst hat?», frage ich vorsichtig. Ich kann es mir nicht erklären, aber irgendwie beschleicht mich das Gefühl, dass ihr irgendetwas auf dem Herzen liegt. Etwas, das sie mir bisher noch nicht gesagt hat.

«Ja, den gibt es tatsächlich.» Sie räuspert sich. «Erinnerst du dich noch an unser Gespräch in der Bibliothek? Wie groß meine Angst davor war, dass du einen Schneeball ins Rollen bringst, der sich zu einer Lawine entwickelt? Und am Ende alles kaputtgeht wegen ...»

«Ich *habe* eine Lawine ausgelöst. Und es ist alles kaputtgegangen.»

Energisch schüttelt Lake den Kopf. «Lass mich aussprechen,

Connor», sagt sie. «...und am Ende alles kaputtgeht wegen nichts und wieder nichts. Wegen einer Schwärmerei. Wegen ein bisschen Sex. Aber darum ging es bei euch beiden nie. Das hast du mir ganz eindeutig zu verstehen gegeben. Und eigentlich hätte ich dich gut genug kennen müssen, um das von Anfang an zu begreifen.» Sie schlingt fest die Arme um ihren Oberkörper. «Ich habe dich *wirklich* in eine unmögliche Lage gebracht. Und das tut mir schrecklich leid.» Obwohl es dunkel ist, sehe ich, wie Tränen in ihren Augen funkeln.

«Lake ...»

«Wie konnte ich mir wünschen, dass du ausgerechnet zu dem Menschen auf Abstand gehst, in den du dich Hals über Kopf verliebt hast? Wie konnte ich mir wünschen, dass du dich nicht auf ihn einlässt, obwohl mir klar war, dass du nach einem Menschen wie Samuel immer gesucht hast?» Sie schüttelt den Kopf. «Du hast so viel für mich getan. Du warst immer für mich da, hast mich nie im Stich gelassen und warst der beste Freund, den ich mir nur wünschen konnte.»

Ich will meine Hand ausstrecken und ihr auf die Schulter legen. Oder sie in die Arme nehmen und so fest an mich drücken, wie ich nur kann. Aber ich kenne sie gut genug, um zu wissen, dass sie das hier und jetzt nicht zulassen würde. Daher sehe ich sie mit versteinerter Miene an und warte, bis sie weiterspricht.

«Ich habe nicht nur vor einem Jahr unglaublich viel von dir verlangt, sondern auch danach. Aber weil wir nie mehr darüber gesprochen haben, habe ich irgendwann vergessen, dass nicht nur ich eine riesige Last mit mir herumschleppe, sondern auch du.» Ihre Stimme bebt, und sie wischt sich die Tränen von den Wangen. «Irgendwann wurde das Versprechen, das du mir gegeben hast, vollkommen selbstverständlich. Ich habe verdrängt, was ich dir zumute. Was für einen Preis du zahlst, um dein Versprechen zu halten.»

Ich schlucke schwer. Wir sprechen so offen und ehrlich miteinander, wie wir es schon längst hätten tun sollen. Trotzdem weiß ich plötzlich nicht mehr, was ich sagen kann.

«Ich habe etwas von dir verlangt, das ich nie von dir hätte verlangen dürfen. Und vermutlich wäre es besser, wenn es überhaupt nicht dazu gekommen wäre. Wenn ich mich einfach allem gestellt hätte, statt es von mir wegzuschieben.» Lakes Stimme bricht. «Nicht *du* hast Scheiße gebaut, als du beschlossen hast, Samuel kennenzulernen. *Ich* habe Scheiße gebaut, indem ich dich überhaupt erst in diese Situation gebracht habe.»

Fassungslos sehe ich sie an. «Lake, du bist meine Freundin. Du hast mich zu nichts gezwungen. Weder damals noch irgendwann danach. Alles, was ich getan habe, habe ich aus freien Stücken getan. Weil du meine Freundin bist und weil ich dich wie eine Schwester liebe.»

Ein schwaches Lächeln umspielt Lakes Lippen. «Ich liebe dich auch, Connor. Und weil das so ist, musst du mir jetzt etwas verraten.»

Verwirrt sehe ich sie an.

«Das mit Samuel und dir. Das ist dir wirklich ernst, oder?»

«Ja, ist es», sage ich, ohne auch nur eine Sekunde zu zögern. «Ich weiß nicht, wann ich zuletzt so etwas für jemanden empfunden habe wie für ihn. Oder ob ich so etwas überhaupt schon einmal empfunden habe.» Und genau das ist der Grund, warum ich so am Boden zerstört bin und keinen klaren Gedanken mehr fassen kann.

Lake tritt auf mich zu, und unsere Gesichter sind nur noch ein paar Zentimeter voneinander entfernt. Nachdem wir uns in letzter Zeit so selten gesehen haben, kann ich kaum glauben, dass wir uns jetzt wieder so nah sind.

«Dann weiß ich, was ich zu tun habe», sagt sie und klingt dabei ebenso verängstigt wie erleichtert.

«Was meinst du?», frage ich mit hochgezogenen Brauen.

«Ich gebe Samuel, was er will», antwortet sie so direkt, als hätte sie diese Absicht schon tagelang mit sich herumgetragen.

«Lake, das kannst du nicht! Wenn du das tust, dann ...»

«...dann stelle ich mich endlich der Vergangenheit, vor der ich viel zu lange die Augen verschlossen habe. Samuel wird verstehen, was du getan hast. Und dann sprecht ihr euch aus und macht da weiter, wo ihr aufgehört habt.»

Ich will ihr ein weiteres Mal widersprechen, allerdings wendet sich Lake bereits von mir ab und geht mit schnellen Schritten zurück zum Kloster

«Lake, warte!», rufe ich ihr hinterher.

Aber sie reagiert nicht und wird kurz darauf von der Dunkelheit verschluckt.

KAPITEL 36

SAMUEL

Samuel: Liebe Luisa,
seit unserer letzten Nachricht sind schon ein paar Wochen vergangen, und in dieser Zeit ist hier eine ganze Menge passiert. So viel, dass ich gar nicht weiß, wo ich anfangen soll. Aber ich wollte mich trotzdem bei dir melden.
In einer deiner letzten Nachrichten hast du geschrieben, dass du nicht weißt, wie es ist, wenn der eigene Bruder im Wachkoma liegt. Und ich dachte: ja, ganz genau! Luisa weiß es nicht! Also soll sie sich verdammt noch mal auch nicht einmischen, sondern mich einfach mein Ding machen lassen!
Mittlerweile habe ich verstanden, dass du es nur gut gemeint hast. Und weißt du, was mir mittlerweile auch aufgefallen ist? Obwohl ich noch immer nicht mit der Vergangenheit abschließen kann? Wie sehr ich es vermisst habe, einfach nur zu leben. Je mehr Zeit ich mit Connor verbracht habe (ja genau, der Connor!), umso glücklicher war ich. Und genau das war es doch, was du dir für mich gewünscht hast, oder?
Na ja, das mit Connor und mir hat sich leider erledigt. Obwohl ich noch immer wünschte, dass es anders wäre. Aber darum soll es jetzt nicht gehen. Was ich eigentlich

sagen will, und deswegen schreibe ich dir heute Morgen auch: Es tut mir leid, dass ich dir Vorwürfe gemacht habe und sauer auf dich war! Es tut mir so, so, so leid!
Ich kann verstehen, wenn du keinen Bock mehr auf mich hast. Ich wollte dir diese Nachricht trotzdem schreiben. Weil du noch immer meine beste Freundin bist.
Ich hoffe, dir geht's gut! Fühl dich gedrückt! 🖤

Ich lese mir die Nachricht noch ein letztes Mal durch, dann drücke ich auf Absenden. Tagelang habe ich mir den Kopf darüber zerbrochen, was ich Luisa am besten schreibe, und habe die meisten Ideen gleich wieder verworfen. Jetzt habe ich einfach drauflosgetippt, ohne dabei jedes Wort noch einmal abzuwägen. Und das fühlt sich gut an.

Sobald ich mich umgezogen habe, mache ich mich auf den Weg zum Frühstück. Im Speisesaal winke ich Nate zu, der mit ein paar anderen zusammensitzt und mir ein verschmitztes Lächeln schenkt. Ein paar Sekunden später entdecke ich Youma, die in ihr Tablet vertieft ist, es aber beiseitelegt, sobald ich mich neben sie setze.

«Wieder nicht geschlafen?», fragt sie. Offenbar sind ihr die Ringe unter meinen Augen nicht entgangen.

«Nur ein bisschen. Aber dafür habe ich es geschafft, mich bei Luisa zu melden. Das ist schon mal was.»

Youma lächelt. Kurz beißt sie sich auf die Unterlippe. «Und Connor? Wirst du dich bei ihm auch melden?»

Vielleicht könnte ich endlich wieder schlafen, wenn ich darauf eine Antwort hätte. Aber obwohl ich mittlerweile schon so viele Stunden darüber nachgedacht habe, bin ich noch immer kein bisschen schlauer. Kurzzeitig war ich drauf und dran, Professor Bellingham zu sagen, dass Connor etwas über Philipps Unfall weiß. Aber dafür habe ich natürlich ebenso wenig einen Beweis wie für die Sache mit Elliot und den Drogen. Dann wiederum gab es Momente, in denen ich schnurstracks zu Connor gehen, ihn packen und die Antworten einfach aus ihm herausquetschen wollte. Aber weil sich beides so grundfalsch angefühlt hat, dass mir allein die Vorstellung die Luft abgeschnürt hat, habe ich weder das eine noch das andere getan.

«Ich weiß nicht», sage ich stockend.

«Früher oder später werdet ihr euch über den Weg laufen», erwidert Youma. «Ich schätze, es wäre für euch *beide* besser, wenn ihr nicht ständig Angst haben müsstet, dass der andere gleich um die nächste Ecke kommt. Denk also in aller Ruhe noch einmal über alles nach. Lass es dir durch den Kopf gehen. Wie mit Luisa. Und dann ...»

Youma sieht mir über die Schulter und verstummt abrupt. Als ich mich umdrehe, erkenne ich den Grund dafür.

«Lake», sage ich wie mechanisch.

Obwohl Connor und ich so viel Zeit miteinander verbracht haben, habe ich seit der Party kein Wort mehr mit ihr gesprochen. Was will sie jetzt von mir?

«Hallo, ihr beiden.» Lakes Blick bleibt an Youma hängen. «Ich glaube, wir kennen uns noch gar nicht, oder? Ich bin Lake.» Sie streckt die Hand aus, und Youma zögert keine Sekunde, die Begrüßung zu erwidern.

«Youma.»

«Freut mich.» Plötzlich verunsichert, beginnt Lake am Piercing in ihrer Augenbraue herumzuspielen. «Wäre es ... ich meine, ich möchte nicht unhöflich sein ... aber wäre es für dich in Ordnung, wenn ich kurz allein mit Samuel spreche?»

Okay, was zur Hölle hat das zu bedeuten? Ich will bereits aufstehen, werde allerdings von Youma zurückgehalten. Sie schüttelt kaum merklich den Kopf und sieht dann wieder zu Lake.

«Klar, kein Problem. Ich muss sowieso noch kurz ein Buch aus der Bibliothek holen. Samuel, wir sehen uns später, ja?»

Während Youma ihre Sachen zusammenpackt, lässt sich Lake auf den freien Stuhl gegenüber von mir fallen. Doch erst nachdem Youma sich verabschiedet hat und zwischen den Tischreihen zur Eingangstür läuft, beugt sich Lake zu mir.

«Schon seltsam, oder?»

«Was meinst du?»

«Dass ein und derselbe Mensch einen ziemlich großen Platz in unseren Herzen einnimmt und wir bisher so gut wie gar nichts miteinander zu tun hatten.»

«Dir ging es offenbar nicht so gut», sage ich und denke an die Panikattacke, von der Connor mir erzählt hat.

«Ja, das stimmt. Aber dass wir uns nicht gesehen haben, hatte einen anderen Grund. Ich bin dir absichtlich aus dem Weg gegangen.»

Das kommt unerwartet. «Du bist mir aus dem Weg gegangen?», frage ich mit hochgezogenen Brauen.

«Das war nicht gerade nett, ich weiß. Aber jetzt bin ich hier. Und ich hoffe, das ist alles, was zählt.» Sie seufzt und mustert mich eingehend. «Ich weiß nicht, wie es *dir* in den letzten Wochen gegangen ist, Samuel. Aber Connor ist völlig fertig. Das zu sehen, tut mir weh. Weil ich ihn wie einen Bruder liebe. Und weil ich mir nur das Beste für ihn wünsche.»

«Er hat dir erzählt, was passiert ist.» Es ist keine Frage.

«Ja, hat er», bestätigt Lake. «Dass du dich mit Brynmor Dawn eingelassen hast, weil du mehr über Philipps Unfall herausfinden wolltest. Dass du Elliot verdächtigt hast, in der Nacht des Unfalls im Klosterwald gewesen zu sein.»

«...und dass ich von Connor erfahren habe, dass das nicht stimmt. Weil er ganz sicher weiß, dass Elliot in dieser Nacht nicht im Wald war. Hat er dir das auch gesagt?»

«Ja. Ja, das hat er mir auch gesagt.» Die Hand, mit der Lake bisher an ihrem Piercing herumgenestelt hat, wandert zu ihrer Brust, als würde sie plötzlich schlecht Luft bekommen. Es vergehen ein paar Sekunden, bis sie ihre Stimme wiederfindet. «Hast du eine Idee, warum er dir nicht alles gesagt hat?»

Ich schüttle den Kopf. Mein Puls beschleunigt sich, mein Herz rast.

«Hat Connor dir von seiner Familie erzählt?», fragt Lake.

«Was hat das eine mit dem anderen zu tun?»

«Hat er? Oder hat er nicht?»

«Er hat mir gesagt, dass sich seine Eltern weder für ihn noch für seine Schwester wirklich interessiert haben, weil sie eigentlich nie Kinder wollten. Und dass er vor seiner Zeit in Brynmor nie ein wirkliches Zuhause hatte. Einen Ort, an dem er einfach nur er selbst sein konnte.»

Lake nickt, offenbar erleichtert, dass ich diese Dinge bereits weiß. «Vermutlich sind ihm die Menschen, die er hier kennengelernt hat, deshalb auch so wichtig. Elliot. Ich. Und du. Vor allem du. Wir sind die Familie, die er sich immer gewünscht hat, aber nie hatte.» Sie atmet tief durch. «Und weil wir ihm so wichtig sind, versucht er, auf uns aufzupassen. Als er dir erzählt hat, dass Elliot nichts mit dem Unfall deines Bruders zu tun hatte, wollte er ihn beschützen. Er hat gesehen, wie du im Speisesaal auf Elliot losgegangen bist. Wie überzeugt du davon warst, dass Elliot in irgendeiner Weise eine Mitschuld daran trägt, was passiert ist. Indem er dir die Wahrheit gesagt hat – einen *Teil* der Wahrheit –, wollte er Elliot aus der Schusslinie holen.»

Ich schlucke, unsicher, was ich darauf erwidern soll. Unwillkürlich erinnere ich mich daran, wie Connor den unbekannten Paaren im Cottage der tausend Herzen alles Glück der Welt gewünscht hat. Ich kann mir nur zu gut vorstellen, wie sehr er sich um das Wohlbefinden der anderen Menschen sorgt. Vor allem von denen, die ihm nahestehen.

«Er hat es dir gesagt, weil er sich an diesem Tag nicht mehr anders zu helfen wusste», fährt Lake fort und reißt mich aus meinen Gedanken. «Damit hat er sich selbst in eine unmögliche Lage gebracht. Eine Lage, für die er selbst aber gar nicht verantwortlich ist. Sondern *ich*.» Ihr Blick beginnt zu flackern.

«Was ...», setze ich an, verstumme aber, als mir so richtig klar wird, was sie da gerade gesagt hat.

«Es gibt ein paar Dinge, die du wissen solltest, Samuel. Dinge, die nur *ich* dir erzählen kann. Aber nicht hier im Speisesaal.» Obwohl niemand in unserer Nähe sitzt, wirft sie einen schnellen Blick über die Schulter. «Hast du heute Nachmittag schon etwas vor? Nach deinem letzten Seminar?»

«Warum kannst du es mir nicht hier und jetzt sagen?», frage ich. Ich will nicht bis heute Nachmittag warten. Wenn sie mir etwas mitteilen möchte, soll sie das jetzt machen.

«Ich bin nicht gerade scharf darauf, dass uns irgendjemand zuhört.»

So eindringlich, wie Lake mich ansieht, ist mir klar, dass es keinen Sinn hat, sie zu drängen. «Okay. Wo sollen wir uns treffen?»

«Auf dem *Medard's Square*.»

Dort habe ich kurz nach meiner Ankunft in Brynmor zum ersten Mal den Klosterwald gesehen. Und dort habe ich mich vor Kurzem mit Connor zu einer Runde Parkour getroffen. Es ist noch gar nicht lange her, und gleichzeitig kommt es mir vor wie in einem anderen Leben.

«Nachmittags, wenn alle Seminare vorbei sind, ist dort meistens nicht mehr ganz so viel los. Sagen wir, um 16.00 Uhr?»

«16.00 Uhr», bestätige ich.

«Eine Sache würde ich dir aber gerne jetzt schon sagen.»

«Und zwar?»

Lake verschränkt die Finger ineinander und lehnt sich auf dem Stuhl zurück. «Dass du Connor sehr viel bedeutest.»

Ihre Worte erfüllen mich mit einer Traurigkeit, die innerhalb von Sekunden bis in die letzte Pore meines Körpers ausstrahlt.

Lake scheint es nicht zu entgehen, denn als sie weiterspricht, sieht sie mich mitfühlend an. «Zu Hause ist kein Ort. Zu Hause bist du bei den Menschen, bei denen du dich nicht verstellen musst. Bei denen du so sein kann, wie du bist. Ohne Maske und ohne Scham. Bei denen du dich fallen lassen kannst – so würde Connor es wohl nennen. Ich glaube, dass *du*, noch mehr als ich, für Connor der Mensch bist, bei dem er zu Hause sein kann. Bitte vergiss das nicht. *Du* bist dieser Mensch, Samuel. Und daran hat sich bis heute nicht das Geringste geändert.»

Ihre Worte dringen geradewegs in mein Innerstes vor. Sie heilen, obwohl sie die offenen Wunden noch weiter aufzureißen scheinen. Sie lassen mich aufatmen und gleichzeitig die Luft anhalten, und ich frage mich, wie das alles gleichzeitig möglich ist.

Verstohlen wische ich mir eine Träne aus dem Augenwinkel.

«Heute Nachmittag um 16.00 Uhr», sagt Lake so geschäftsmäßig, als hätte sie mir gerade nicht den Boden unter den Füßen weggezogen.

«Ich werde da sein.» Mehr bringe ich nicht hervor. Dann steht Lake auf und lässt mich allein. Selbst nachdem sie schon lange gegangen ist, sitze ich noch immer an meinem Platz und denke an Connor.

Und daran, dass ich der Wahrheit vermutlich noch nie so nahe war wie in diesem Augenblick.

Ich erreiche den *Medard's Square* lange vor der verabredeten Zeit. Der Himmel ist fast wolkenfrei, nur am Horizont sind ein paar dünne Schleierwolken zu sehen. Die Sonne steht schon so tief, dass sie kaum noch Kraft hat, und weil ein kühler Wind zwischen den Gebäuden hindurchweht, stelle ich den Kragen meiner Jacke auf. Von Lake fehlt noch jede Spur. Dafür stehen vor der Freilichtbühne ein paar Studierende zusammen. Sie sind so in ihr Gespräch vertieft, dass sie von mir überhaupt keine Notiz nehmen.

Während ich warte, reibe ich mir die Hände, um mich aufzuwärmen. Stundenlang habe ich mir den Kopf darüber zerbrochen, was Lake mir sagen will. Die Zeit verstrich quälend langsam. Als ich nun aus der Ferne einen Glockenschlag höre, taucht auf der anderen Seite des Platzes plötzlich eine dunkel gekleidete Gestalt auf. Unwillkürlich denke ich daran, wie Riley vor ein paar Wochen aus dem Arkadengang getreten ist. Jetzt ist es allerdings nicht Riley. Es ist auch nicht Lake. Es ist Connor.

Sobald er mich sieht, bleibt er abrupt stehen. Er trägt eine Regenjacke, die Kapuze hat er tief in die Stirn gezogen, vermutlich um sich vor dem Wind zu schützen. Trotz der Entfernung wirken seine Gesichtszüge wie versteinert. Statt auch nur einen weiteren Schritt auf mich zuzumachen, zieht er das Handy aus der Hosentasche. Beinahe gleichzeitig fallen unsere Blicke auf Lake, die zwischen zwei Gebäuden auf den Platz tritt. Jetzt lässt Connor das Handy wieder verschwinden.

Mit in den Jackentaschen vergrabenen Händen kommt Lake auf mich zu. Connor macht noch immer keine Anstalten, sich von der Stelle zu rühren. Mit einem Kopfnicken bedeutet Lake ihm, zu uns zu kommen. Fast bin ich mir sicher, dass Connor ihrer Aufforderung nicht folgen wird. Aber dann setzt er sich doch in Bewegung, und ein paar Sekunden später stehen wir zu dritt in der Mitte des Platzes.

«Was soll das?», fragt Connor seine Freundin, ohne mich auch nur eines Blickes zu würdigen. «Als du mir vorhin geschrieben hast, dass wir uns hier treffen, hast du nicht gesagt, dass ... dass ...»

«...dass ich auch Samuel gebeten habe zu kommen? Nein, habe ich nicht. Sonst würdest du nicht hier stehen. Aber ich wollte, dass du kommst. Weil ich nicht weiß, ob ich allein die Kraft habe, Samuel alles zu erzählen.»

Die Worte durchfahren mich wie ein Blitz. Im Gegensatz zu mir wirkt Connor nicht im Geringsten überrascht, allerdings scheint er auch nicht gerade begeistert von Lakes Plan zu sein. «Lake, bitte.» Es klingt, als wolle er sie um jeden Preis von ihrem Vorhaben abbringen. «Du musst das nicht tun.»

Lake schüttelt den Kopf. «Ich habe es dir vor ein paar Tagen schon gesagt. *Du* hast im letzten Jahr so viel für mich getan. Das hier ist viel zu lange überfällig.»

Während Lake kurz innehält, um Luft zu holen, fragt Connor ein letztes Mal: «Bist du dir sicher? Ich meine, bist du dir *wirklich* sicher?»

«Bin ich», antwortet Lake unerschütterlich. «Vermutlich mache ich das hier ebenso sehr für mich wie für dich. Was in den letzten Wochen passiert ist, hat mir gezeigt, dass Verdrängung nicht mehr länger funktioniert.» Jetzt sieht sie in meine Richtung. «Du bist nach Brynmor gekommen, weil du wissen wolltest, warum dein Bruder im Wachkoma liegt. Ich kann es dir sagen.»

Ich stehe da wie erstarrt, während die Ereignisse der letzten Monate noch einmal wie in einem Film vor meinem inneren Auge ablaufen. Seit Philipps Unfall habe ich mir nichts sehnlicher gewünscht, als endlich die Wahrheit zu erfahren. Aber jetzt, wo der Moment gekommen ist, bin ich mir plötzlich überhaupt nicht mehr sicher, ob ich es wirklich wissen will.

«Connor hat nicht nur Elliot beschützt. Er hat vor allem mich beschützt», fährt Lake fort, als würden wir über etwas völlig Banales sprechen und nicht über den Moment, der so viele Leben verändert hat. «Fast ein ganzes Jahr lang hat er mich beschützt. Und das alles, weil ich ihm damals ein Versprechen abgerungen habe.»

«Ein Versprechen?»

«Ein Versprechen», bestätigt Lake. «Mit keiner Menschenseele darüber zu sprechen, was passiert ist. Und genau dieses Versprechen ist der Grund, warum er dir nicht alles gesagt hat. Obwohl er dich liebt, Samuel.»

«Lake», setzt Connor an, verstummt aber. Offenbar fällt ihm darauf keine passende Erwiderung ein.

Lake scheint ihn nicht einmal wahrzunehmen, im Gegenteil: Jetzt, wo sie einmal angefangen hat, purzeln die Worte nur so aus ihrem Mund. Fast könnte man meinen, sie streife Fesseln ab, die ihr viel zu lange die Luft abgeschnürt haben.

«Connor hatte nichts mit Philipps Unfall zu tun. Ja, er war in dieser Nacht im Klosterwald. Aber er war nicht dort, weil *er* sich mit Philipp getroffen hat. Er war dort, weil *ich* mit Philipp verabredet war. Und weil er Angst um mich hatte, als ich nicht mehr auf seine Nachrichten und Anrufe reagiert habe.»

Fassungslos lausche ich ihren Worten, und aus dem Augenwinkel nehme ich wahr, wie Connors Körper sich immer mehr anspannt. Die Erinnerung scheint ihm zuzusetzen. Aber obwohl Lake es sich nicht anmerken lässt, bin ich mir inzwischen sicher, dass *ihre* Last noch schwerer wiegt als seine.

«Philipp und ich sind uns zufällig auf dem Campus begegnet», sagt Lake, wobei sich ihre Lippen zu einem schwachen Lächeln kräuseln. «Ich habe mich auf dem Weg zu einem Seminar verlaufen, und er hat mir gezeigt, wo ich hinmuss. Er war zuvorkommend. Sympathisch. In den Tagen und Wochen danach sind wir immer wieder kurz ins Gespräch gekommen, und vielleicht hatte er da schon ein Auge auf mich geworfen. Spätestens bei der ersten Party wurde mir aber klar, worauf er aus ist.»

Die unsichtbaren Hände legen sich um meinen Hals. Riley und Jeremiah haben davon gesprochen, dass er aufdringlich wurde und ein Nein nicht akzeptierte. Kann es etwa sein, dass …?

«Ich mochte ihn, war aber nicht auf der Suche nach etwas. Weder nach einem One-Night-Stand noch nach einer Freundschaft Plus. Und erst recht nicht nach einer Beziehung. Philipp hat das trotzdem nicht davon abgehalten, mich anzubaggern. Ich habe ihm ganz klar kommuniziert, dass er das sein lassen soll. Aber mit einem einfachen Nein hat sich dein Bruder nicht zufriedengegeben. Wenn er sich etwas in den Kopf gesetzt hatte, wollte er es um jeden Preis erreichen. Das war zumindest mein Eindruck.»

Während sie spricht, beginnt mein Bild von Philipp in weitere Einzelteile zu zerfallen. Es hat bereits in den letzten Wochen immer mehr Risse bekommen. Jetzt fehlt nicht mehr viel, damit ich meinen eigenen Bruder nicht mehr wiedererkenne.

«Elliot habe ich auch einen Korb gegeben. Er hat es halbwegs okay aufgenommen. Bei Philipp sah die Sache allerdings anders aus.»

«Was ist passiert?», frage ich leise.

«Er hat nicht lockergelassen. Ich konnte ihm noch so oft sagen, dass er sich keine Hoffnungen machen soll, aber er wollte es nicht hören.» Sie räuspert sich. «Dann kam es zum Streit zwischen ihm und Elliot. Elliot erzählte uns, dass es dabei um mich gegangen sei. Spätestens da war mir klar, dass etwas passieren musste. Dass es so nicht weitergehen konnte. Also bin ich sehr direkt geworden und habe Philipp gesagt, dass er diese verdammte Scheiße gefälligst lassen soll.»

«Und Philipp?»

«Philipp hat mich um ein letztes Treffen gebeten, um sich mit mir auszusprechen. Er hat behauptet, dass der Streit nichts mit mir zu tun gehabt hätte. Also nicht nur ...»

«Es ging um die Drogen», werfe ich ein.

Lake zuckt mit den Schultern. «Vielleicht war es das, was er mir sagen wollte. Vielleicht auch nicht. Bis zu diesem Punkt sind wir nie gekommen.» Ihre Stimme, die bisher so gefasst klang, beginnt jetzt zu bröckeln. Mittlerweile kann sie nicht mehr verbergen, wie sehr ihr das, was passiert ist, noch immer in den Gliedern steckt. «Wir waren hier am *Medard's Square* verabredet. Aber kurz vorher hat er mir eine Nachricht geschrieben und gefragt, ob wir uns nicht doch am Klosterwald treffen können. Dort gibt es eine schöne Aussichtsstelle mit Steinbänken, von denen man einen herrlichen Blick auf Brynmor und das Meer hat.» Sie schluckt. «Irgendwie hatte ich kein gutes Gefühl dabei. Aber weil ich die Sache mit ihm endlich klären wollte, habe ich zugestimmt, mich dort mit ihm zu treffen.» Lakes Blick ist jetzt abwesend, als wäre sie mit einer Zeitmaschine geradewegs zurück in die Vergangenheit gereist. «Kurz bevor ich mich auf den Weg zum vereinbarten Treffpunkt gemacht habe, habe ich Connor geschrieben und ihm von meinem geplanten Treffen mit Philipp erzählt. Er war dagegen, dass ich gehe, aber ich wollte es nicht mehr absagen. Daher haben wir vereinbart, dass ich mich bei ihm melde, sobald ich wieder in Brynmor wäre. Aber dann ... dann ...»

Connor presst fest die Lippen aufeinander. Versucht die Tränen wegzublinzeln, die ihm bei der Erinnerung in die Augen steigen.

«Als ich bei den Bänken ankam, wartete Philipp bereits auf mich. Ich habe nur ein paar Sekunden gebraucht, um zu erkennen, dass er irgendwas eingenommen hatte und ziemlich high war. Seine Pupillen waren geweitet. Er wirkte unruhig. Aufgekratzt. Ich wollte auf dem Absatz umdrehen, aber er hat mich bekniet zu bleiben, damit er mir alles erklären kann. Ich habe mich erweichen lassen. Aber statt mir irgendetwas zu erklären, hat er nur immer wieder gesagt, wie sehr er sich wünsche, dass ich ihm eine Chance gebe.» Sie lacht bitter. «Vielleicht hat er geglaubt, mich an einem so romantischen Ort doch noch umstimmen zu können. Aber ich habe Nein gesagt. Laut und deutlich. Als ich dann zurück nach Brynmor gehen wollte, hat er mich am Arm gepackt und zu sich gezogen. Er ... er hat mich festgehalten und versucht, mich zu küssen. Ich habe ihn angeschrien, dass er damit aufhören soll. Habe versucht, mich loszureißen. Und dann bin ich gerannt.»

«In den Wald?», frage ich mit belegter Stimme.

Lake nickt. «Philipp stand zwischen mir und Brynmor. Ich hatte Angst, dass er mich ein weiteres Mal festhält, wenn ich versuche, an ihm vorbeizulaufen. Ich habe einfach gehofft, dass er mich in Ruhe lässt, sobald er mich nicht mehr sieht. Aber genau das Gegenteil ist passiert. Er hat gebrüllt, dass ich gefälligst zurückkommen soll. Als ich es nicht getan habe, ist er mir hinterhergelaufen. Bis wir schließlich auf der Lichtung angekommen sind.» Hilfe suchend sieht sie in Connors Richtung. «Würdest du mir helfen zu erzählen, was als Nächstes passiert ist?»

Connor hebt den Kopf. Erwidert ihren Blick. Mit Sicherheit wäre er in diesem Moment an jedem anderen Ort lieber als hier, mit Lake und mir und der Vergangenheit, die mit tausend Tentakeln bis in die Gegenwart reicht. Aber Lakes Gesicht ist so blass und ihr Blick so glasig, dass er sich schließlich doch noch ein Herz fasst und mir den Rest der Geschichte erzählt.

KAPITEL 37

AD NOS RESPICIAMUS

CONNOR

Zwölf Monate zuvor

Es ist zwanzig nach neun, und ich sitze wie auf glühenden Kohlen in meinem Zimmer.

Komm schon, Lake. Melde dich.

Ein weiteres Mal öffne ich unseren Chatverlauf und überfliege die letzten Nachrichten.

Lake: Okay, er will sich jetzt doch oben bei den Steinbänken am Klosterwald treffen.
Connor: Was? Warum das denn? Ich dachte, ihr seid am Medard's Square verabredet?
Lake: Ja, waren wir eigentlich auch. Aber er will, dass wir in Ruhe miteinander sprechen können und nicht gestört werden. Wie auch immer. Ich sage ihm, was Sache ist. Und das war's dann.
Connor: Meldest du dich bitte bei mir, damit ich weiß, dass alles in Ordnung ist?
Lake: Na klar! So lange sollte das nicht dauern.

Nur zeigt mir mein Handy mittlerweile an, dass es bereits kurz vor halb zehn ist. Ihre letzte Nachricht kam vor einer Stunde. Eine Stunde, in der ich nichts von ihr gehört habe.

Fluchend rapple ich mich vom Bett auf. Um mich ein kleines bisschen zu beruhigen, atme ich tief durch, wie ich es von meinem früheren Lauftrainer gelernt habe, und tatsächlich flacht das mulmige Gefühl in meinem Bauch dadurch etwas ab. Aber kaum dass ich ans Fenster trete und in die dunkle Nacht hinausschaue, ist es auch schon wieder da. Und jetzt sogar noch stärker als zuvor.

Vielleicht wäre ich nicht so aufgewühlt, wenn Elliot sich nicht vor ein paar Tagen mit Philipp gestritten hätte. Könnte Philipp auch bei Lake so aus der Haut fahren? Nein, das wird bestimmt nicht passieren. Aber ich weiß es nicht mit letzter Sicherheit. Und das macht mich fertig.

Ohne mir noch lange den Kopf darüber zu zerbrechen, wähle ich Lakes Nummer. Ich muss einfach wissen, dass bei ihr alles in Ordnung ist.

Es klingelt.

Und klingelt.

Und klingelt.

Und dann ...

«Hey, du!», sagt Lake fröhlich.

«Hey ...», setze ich bereits an, aber darauf nimmt die Stimme auf ihrer Mailbox keine Rücksicht, sondern fährt fort. «...offenbar bin ich gerade nicht zu erreichen. Aber lass mir doch einfach eine Nachricht da. Nach dem Signalton. Du weißt schon. Wenn es piept. Ich melde mich dann.»

«Scheiße», zische ich und lege auf.

Warum zum Teufel geht sie nicht ran? Selbst wenn das Gespräch mit Philipp länger dauert, könnte sie mir eine kurze Nachricht schreiben. Oder läuft die Aussprache ganz anders als geplant?

Rastlos sehe ich mich in meinem Zimmer um, als hoffe ich, hier irgendwo eine Antwort auf meine Fragen zu finden. Innerhalb weniger Wochen ist es zu einem Zuhause für mich geworden. Zu einem *richtigen* Zuhause. Aber jetzt kommt es mir vor, als wäre ich hier mit meiner Unwissenheit eingesperrt. Ein Zustand, den ich keine weitere Sekunde aushalte.

Kurzerhand schnappe ich mir die Trainingsjacke, die über meinem Schreibtischstuhl hängt, stecke das Handy in die Tasche und trete nach draußen auf den Gang. Kaum dass ich die Tür hinter mir zugezogen habe, ruft Elliot nach mir.

«Hey! Connor! Wo willst du denn jetzt noch hin?»

Ich hebe den Kopf. Elliot hat ein paar Bücher unter den Arm geklemmt. Offenbar kommt er gerade aus der Bibliothek. Ausgerechnet jetzt!

«Hey, El.» Ich gehe auf ihn zu. Ich will keine Zeit verlieren, aber ich kann Elliot hier jetzt auch nicht so stehen lassen und mich einfach aus dem Staub machen. Ich zeige auf das Veilchen an seinem rechten Auge. «Ist immer noch nicht ganz abgeklungen, was?»

Schlagartig verhärten sich Elliots Gesichtszüge. Das Lächeln, das bis vor ein paar Sekunden noch seine Lippen umspielt hat, wird zu einem schmalen Strich, und zwischen seinen Augenbrauen bildet sich eine Zornesfalte.

«Ich sag's dir, der Arsch soll mir so schnell besser nicht noch mal unter die Augen kommen!»

Der Arsch, wie Elliot ihn genannt hat, ist gerade mit Lake unterwegs. Bei dem Gedanken schwillt das ungute Gefühl in meinem Bauch noch weiter an.

«Also, wo geht's hin?», fragt Elliot, der offenbar nicht bemerkt, wie aufgewühlt ich bin.

Was soll ich tun? Wenn ich ihm von Lakes Treffen mit Philipp und von meinen Sorgen erzähle, will er bestimmt mitkommen. Aber das würde die Sache nur noch komplizierter machen, als sie ohnehin schon ist. Wer weiß, ob Elliot die Nerven behält, wenn er Lake und Philipp zusammen sieht. Nein, ich muss ohne ihn gehen. Aber ich will ihn auch nicht anlügen. Also entscheide ich mich dafür, die Wahrheit einfach ein bisschen abzuändern.

«Ich bin mit Lake verabredet», antworte ich und bemühe mich dabei um eine ruhige Stimme.

Elliots Ärger verfliegt bei der Erwähnung ihres Namens. Stattdessen tritt ein fast schon bekümmerter Ausdruck in sein Gesicht. «Wenn es irgendetwas gibt, das ich tun kann ...»

«Geh am besten erst mal ein bisschen auf Abstand zu ihr. Die Sache wird wieder. Da bin ich mir sicher.»

«Hauptsache, wir bleiben Freunde. Das ist mir wichtiger als alles andere.» Als ich keine Anstalten mache, darauf etwas zu erwidern, sagt er noch: «Okay, dann richte ihr mal liebe Grüße aus. Und habt einen schönen Abend!»

Ich nicke beinahe mechanisch. In Gedanken bin ich schon lange nicht mehr hier, nicht bei ihm, sondern bei Lake.

«Wir sehen uns», sage ich hektisch, lasse ihn im Gang zurück und mache mich auf den Weg.

Draußen ziehen Wolkenfetzen über den Himmel, sodass der sichelförmige Mond immer wieder nur kurz zum Vorschein kommt. Im fahlen Licht der Sicherheitsbeleuchtung laufe ich zum neuen Campus. Wenn ich zum Klosterwald will, ist das der kürzeste Weg, aber allein bis zum *Medard's Square* brauche ich schon eine gefühlte Ewigkeit. Als die Freilichtbühne endlich vor mir auftaucht, ziehe ich mein Handy aus der Jackentasche. Noch immer kein Lebenszeichen von Lake.

Das sieht ihr wirklich überhaupt nicht ähnlich.

Ruhig bleiben. Ich muss ruhig bleiben. Wovor verdammt

noch mal habe ich überhaupt eine solche Angst? Dass Philipp auf sie losgeht, wie er es bei Elliot getan hat? Dass er ihr Nein nicht akzeptiert? Das wird nicht passieren. Er wird sich zusammenreißen. Vermutlich spielen mir meine überreizten Nerven einfach nur einen Streich.

Vom *Medard's Square* laufe ich zwischen den Seminargebäuden über den neuen Campus. Nach ein paar Minuten habe ich die letzten Ausläufer erreicht. Vor mir liegt eine Wiese, über die ein schmaler Kiesweg zum Klosterwald und zur Aussichtsstelle führt.

Für einen Moment bleibe ich stehen. Ich kann niemanden sehen. Nichts hören außer dem Pfeifen des Windes. Als der Mond das nächste Mal auftaucht, fallen ein paar schwache Lichtstrahlen auf die Wiese und die Steinbänke, wo sich Lake mit Philipp treffen wollte. Allerdings fehlt von den beiden jede Spur.

Wo sind sie? Sind sie bereits nach Brynmor zurückgekehrt? Aber hätte Lake mir dann nicht längst geantwortet?

So schnell ich kann, laufe ich den Kiesweg entlang. Kurz darauf komme ich bei den Steinbänken an.

«Lake?», rufe ich und sehe mich um. Hoffe, sie irgendwo zu erspähen, entdecke aber keine Spur von ihr. «Lake?»

Sie ist bestimmt schon lange wieder in ihrem Zimmer. Morgen früh lachen wir darüber, dass ich mir überhaupt Sorgen gemacht habe. Oder?

Gerade als ich mich in Bewegung setzen will, höre ich einen Schrei. Einen Schrei, der alle anderen Geräusche übertönt. Der direkt aus dem Klosterwald kommt.

«Lake?» Meine Stimme überschlägt sich. Ein weiterer Schrei dringt an meine Ohren, und jetzt stürme ich los.

Das Herz schlägt mir bis zum Hals. Die Angst schnürt mir die Kehle zu. Die unausgesprochenen Befürchtungen der letzten

Stunde scheinen sich plötzlich zu bewahrheiten. Aber das kann nicht sein. Das *darf* nicht sein! Weil es bedeuten würde, dass Lake tatsächlich in Gefahr ist.

«Lake, wo bist du? Kannst du mich hören? Lake?», rufe ich wieder und immer wieder.

Nach ein paar Minuten habe ich jede Orientierung verloren, was meinen Puls nur noch weiter nach oben treibt. Der Klosterwald ist nicht groß, aber jetzt kommt er mir so riesig und unergründlich vor wie ein Labyrinth.

«Lake? LAKE?!»

Aber sooft ich auch rufe, ich erhalte keine Antwort. Bin ich noch auf der richtigen Spur? Gehe ich in die falsche Richtung? Ich bin kein gläubiger Mensch, jetzt schicke ich allerdings vor Verzweiflung ein Stoßgebet zum Himmel.

Bitte, lass sie in Sicherheit sein! Lass ihr nichts zugestoßen sein!

Plötzlich höre ich sie ein weiteres Mal. Ich bleibe abrupt stehen und sehe mich um. Und dann ...

«Du sollst mich loslassen, Philipp! Lass mich gefälligst los!»

Ich folge ihrer Stimme, bis die Bäume um mich herum nicht mehr ganz so dicht beieinanderstehen. Vor mir taucht eine Lichtung auf, die von moosbewachsenen Steinen gesäumt wird. Und in ihrer Mitte ringen Philipp und Lake miteinander.

Fuck. Fuck, fuck, fuck!

Philipp hat Lake auf den Boden gedrückt. Halb sitzt, halb kniet er auf ihr und hält sie an den Handgelenken fest.

«Komm schon, Lake! Ich will dir nicht wehtun! Also, warum stellst du dich so an?»

Lake windet sich, versucht, sich aus seinem Klammergriff zu befreien. Sie tritt um sich, und plötzlich stößt Philipp einen schmerzverzerrten Schrei aus. Offenbar hat sie ihn mit dem Knie zwischen die Beine getroffen.

«Scheiße, hast du sie noch alle, du blöde Schlampe?!»

Philipp ballt die rechte Hand zur Faust. Hebt sie, als wolle er jeden Moment zuschlagen. Und in diesem Moment erwache ich endlich aus meiner Schockstarre.

«Philipp! Stopp! Hör auf!»

Philipp hält mitten in der Bewegung inne und sieht über die Schulter in meine Richtung. Diesen Moment nutzt Lake, befreit sich aus seiner Umklammerung und kriecht auf allen vieren in die entgegengesetzte Richtung.

Wutentbrannt flackert Philipps Blick zwischen uns hin und her. «Connor? Was machst du hier? Du hast hier nichts zu suchen! Das hier geht nur Lake und mich etwas an!»

«Lass sie gefälligst in Ruhe», erwidere ich und laufe auf die beiden zu.

Aber Philipp scheint sich in einem Tunnel zu befinden. Wie schon vor ein paar Tagen bei Elliot. Statt von Lake abzulassen, wendet er sich wieder in ihre Richtung. Er bekommt ihren Knöchel zu fassen und zieht sie mit aller Kraft zu sich, woraufhin sie ins Stolpern gerät und stürzt.

«Hör auf, Philipp!» Lake dreht sich zu ihm um, schluchzt, ihre Stimme droht zu versagen, und ihre Augen sind vor Angst aufgerissen.

«Warum hast du ihm von unserem Treffen erzählt?», fährt Philipp sie an. Er klingt außer Atem, sein Brustkorb hebt und senkt sich. «Ich wollte doch nur mit dir reden!»

«Nur mit mir reden? Du bist auf mich losgegangen, du Arsch! Du wolltest ... du wolltest ...»

Philipp hat den Griff um ihren Knöchel gelockert, und mittlerweile ist es Lake gelungen, sich wieder aufzurappeln. Ich bin nur noch wenige Schritte von den beiden entfernt, was ihr offenbar Mut macht. «Wenn wir in Brynmor sind, gehe ich zu Professor Bellingham. Ich sage ihm, was heute Abend hier passiert ist. Dass du auf mich losgegangen bist. Dass du mich geschlagen hast. Dass du einfach nicht aufhören wolltest! Dann kannst du deine Koffer packen und nach Hause fahren.»

Zum ersten Mal, seit ich auf der Lichtung angekommen bin, wirkt Philipp verunsichert. Als würden Lakes Worte den Tunnel zum Einsturz bringen und ihm vor Augen führen, was er getan hat.

Komm schon, hör auf. Dir muss doch klar sein, dass das alles zu nichts führt.

«Philipp, lass es gut sein», startet Lake einen weiteren Versuch. «Okay? Lass es einfach gut sein.» Ihre Augen sind tränenverschmiert, Lehm und Schlamm haben sich in ihren Haaren verfangen, und am rechten Knie ist die Hose zerrissen, offenbar von einem Sturz. Weil Philipp mir den Rücken zudreht, kann ich sein Gesicht nicht sehen. Ich kann nur hoffen, dass sie mit ihren Worten zu ihm durchdringt ...

«Du darfst nicht zu Bellingham gehen», stößt er plötzlich hervor. «Wenn du das tust, schmeißt er mich von der Uni! Und wenn ich meinen Studienplatz verliere ... nein, nein, nein. Ich darf diesen Studienplatz nicht verlieren! Er ist alles, was ich noch habe.»

Seine Stimme klingt verzweifelt, aber ich habe absolut kein Mitleid mit ihm. Statt die Situation weiter anzuheizen, versuche ich, ihn zu beschwichtigen. «Philipp. Lake und ich gehen jetzt zurück nach Brynmor. Okay? Okay?!»

«Ihr *dürft* nicht mit Professor Bellingham sprechen», wiederholt er, als hätte er mich überhaupt nicht gehört.

«Lake ... komm zu mir», sage ich daher und strecke vorsichtig meine Hand nach meiner Freundin aus. Für einen Moment rührt sich Lake nicht von der Stelle. Dann macht sie entschlossen einen Schritt auf mich zu. Und was tut Philipp? Er stellt sich ihr in den Weg! Er stellt sich ihr in den Weg, als wolle er das Unausweichliche um jeden Preis verhindern.

«Was zur Hölle tust du da? Philipp!» Lake ruft seinen Namen, einmal, zweimal, dreimal. «Philipp! Philipp!» Und obwohl wir uns so nah sind, klingt ihre Stimme plötzlich sehr weit entfernt. Ich will auf sie zulaufen. Will Philipp zurückhalten. Aber da ist er bereits bei ihr und packt sie so fest an den Armen, dass sie vor Schmerz aufschreit.

«Philipp», rufe ich, während Lake ihre letzten Kraftreserven mobilisiert – ihre Angst, ihre Verzweiflung, ihre Wut – und Philipp mit aller Kraft von sich stößt ...

Philipp, obwohl größer und schwerer als sie, gerät ins Taumeln, verfängt sich mit dem Fuß in einer Wurzel und stürzt. Wie in Zeitlupe sehe ich, wie er zu Boden geht, und höre, wie sein Kopf mit einem dumpfen Geräusch auf einem der moosbewachsenen Steine aufschlägt. Dann herrscht eine Stille, die so laut ist, dass sie in den Ohren dröhnt.

Ich warte. Warte. Und warte ... darauf, dass Philipp sich jeden Moment wieder aufrappelt und ein weiteres Mal auf Lake losgeht. Dass er sie davon abbringen will, mit Professor Bellingham zu sprechen. Aber stattdessen passiert ... nichts. Er bleibt einfach liegen. Er rührt sich nicht. Und als mir klar wird, dass sich daran nichts ändern wird, beschleunigt sich die Zeit wieder, dringen alle Umgebungsgeräusche mit vollkommener Klarheit an meine Ohren. Ein Entsetzen, wie ich es noch nie im Leben verspürt habe, macht sich in meinem Körper breit. Es erfasst mich von Kopf bis Fuß, dringt bis in die letzte Pore und überdeckt alles andere.

Lake steht reglos da und sieht auf Philipp hinab.

«Philipp?», flüstere ich, erhalte aber keine Antwort. «Philipp?»

Mit wenigen Schritten bin ich bei ihm und gehe in die Knie, wobei Feuchtigkeit in meine Jeans kriecht und mich schaudern lässt. Philipp rührt sich noch immer nicht. Aber er muss sich bewegen. Er muss einfach. Egal, was er in den letzten Tagen auch getan hat, egal, was in den letzten Stunden passiert ist, es darf trotz allem nicht sein, dass er jetzt hier auf dieser Lichtung im Klosterwald liegt und nicht mehr aufsteht.

Vorsichtig strecke ich meine Finger nach ihm aus. Berühre seine Haare, seine Wange. Dann spüre ich plötzlich etwas Warmes und Klebriges an meinen Fingerspitzen und ziehe sie unwillkürlich zurück. Obwohl ich weiß, *was* es ist, will ich mir die Wahrheit nicht eingestehen. Ich taste ihn weiter ab und versuche, ihn mit der bloßen Kraft meiner Berührung dazu zu bringen, die Augen zu öffnen und sich aufzurichten. Jetzt klebt das Blut nicht nur an meinen Fingerspitzen, sondern auch an den Innenflächen meiner nass geschwitzten Hände.

«Connor.»

Ich werfe einen Blick über die Schulter. Lake blickt starr auf mich herab. Ihre Stimme ist vollkommen tonlos.

Ich rapple mich auf und lege ihr eine Hand auf die Schulter. Allerdings zuckt sie unter meiner Berührung zusammen, und ich ziehe sie schnell wieder zurück.

«Tut mir leid ... ich ... Bist du in Ordnung?» Kaum dass mir die Frage über die Lippen gekommen ist, will ich sie bereits wieder zurücknehmen. Wie um alles in der Welt soll sie in Ordnung sein nach allem, was gerade passiert ist?

«Hat er ...? Ich meine ...?»

Lakes Hand wandert zu ihrer Brust. Sie sagt kein Wort. «Lake?», versuche ich es ein weiteres Mal, und jetzt endlich erwacht sie aus der Schockstarre.

«Er hat ... er hat mein Nein einfach nicht akzeptiert. Er wollte mich nicht gehen lassen. Dann ist er mir hierher gefolgt. Und er hat versucht ... Ich glaube, er wollte ... Oh Gott, Connor!»

Scheiße!

«Okay», sage ich und versuche, zumindest einen einzigen

halbwegs klaren Gedanken zu fassen. «Wir kümmern uns um dich. Hörst du mich? Aber zuerst ... zuerst müssen wir einen Notarzt rufen.»

Ich ziehe mein Handy aus der Tasche. Doch zu meinem blanken Entsetzen habe ich keinen Empfang. In der Hoffnung, dass trotzdem eine Verbindung aufgebaut werden kann, wähle ich die 999. Normalerweise sollte sich das Handy jetzt ins nächstmögliche Netz einwählen. Aber die Leitung bleibt stumm.

«Fuck», fluche ich. «Okay, wir müssen ... wir müssen zurück nach Brynmor. Wir müssen dem Nachtwächter Bescheid geben.»

Lake hört mich offenbar nicht. Sie sieht mich an, aber ihr Blick geht geradewegs durch mich hindurch. In Gedanken scheint sie an einem ganz anderen Ort zu sein.

«Wir müssen dem Nachtwächter Bescheid geben», wiederhole ich. «Sobald wir das gemacht haben, kümmern wir uns um dich. Okay? *Okay?*»

Statt mir zu antworten, vergräbt sie das Gesicht in den Händen und beginnt zu weinen. Obwohl es mir widerstrebt, wende ich mich von ihr ab und sehe ein weiteres Mal auf den leblosen Philipp. Lege ihm zwei Finger auf den Hals, überprüfe seine Atmung und bin erleichtert, einen Puls zu ertasten.

«Wir müssen ...», setze ich noch einmal an, verstumme aber abrupt. Ich höre schnelle Schritte, blicke wieder auf – und sehe, wie sich Lake in Bewegung setzt und zum Rand der Lichtung geht.

«Lake! Warte!», rufe ich ihr hinterher, erhalte aber keine Antwort. Was zur Hölle tut sie? «Lake! Wo gehst du hin? LAKE!»

Aber sie reagiert nicht. Sie dreht sich nicht einmal zu mir um, sondern verschwindet in der Dunkelheit.

Das Blut klebt an meinen Händen wie Harz.

Ich versuche, nicht hinzusehen und nicht daran zu denken, wie es dort hingelangt ist. Aber die Ereignisse der letzten Stunde haben sich bereits in mein Gedächtnis eingebrannt, und je mehr ich mich bemühe, die Erinnerungen beiseitezuschieben, desto stärker kehren sie zurück: angsterfüllte Augen, Tränen, Schweiß, ein markerschütternder Schrei und dann ... Stille.

Blindlings stolpere ich durch den Wald. Die Bäume stehen so dicht beieinander, dass mir die Äste wie knorrige Finger über die Wangen streichen. Unter meinen Füßen raschelt das Unterholz, über mir pfeift der Wind durch die Laubkronen. Das Einzige, woran ich mich orientieren kann, ist der sichelförmige Mond, der allerdings immer wieder hinter den Wolken verschwindet.

Mein Herz rast. Mein Atem geht schnell, und in meinen Lungen kommt nicht genug Sauerstoff an. Von einer Sekunde auf die andere beginnt die Welt, sich zu drehen. Oben und unten vertauschen ihre angestammten Plätze, und mir bleibt nichts anderes übrig, als stehen zu bleiben. Mich an einem Baum abzustützen. Und zu hoffen, dass mir jetzt nicht auch noch schwarz vor Augen wird.

Ich atme tief durch, wieder und immer wieder. So wie ich es auch vor wichtigen Wettkämpfen mache, um meine Nerven in den Griff zu bekommen. Aber das hier ist kein Wettkampf. Das hier ist etwas ganz anderes.

Keine Ahnung, wie lange es dauert, bis ich mich wieder halbwegs beruhigt habe. Es können nur Minuten sein, aber sie fühlen sich an wie Stunden. Ein letztes Mal ziehe ich noch scharf die Luft ein. Dann laufe ich weiter, wenn auch langsamer als zuvor.

Der Wald ist ein undurchdringliches Labyrinth. Bin ich noch auf dem richtigen Weg? Oder habe ich mich vollkommen verlaufen? Die Antwort erhalte ich erst, als sich ein paar Minuten später die Bäume vor mir lichten und ich die Umrisse von Brynmor sehe.

So wie sich die Universität vor dem wolkenverhangenen Nachthimmel abzeichnet, erweckt sie den Anschein, als würde sie alle Zeit überdauern: altehrwürdig. Mächtig. Unbezwingbar. Die Klosteranlage wird von starken Mauern und hohen Rundtürmen umgeben. Außerhalb des Mauerrings liegen die Sportanlagen und der neue Campus, der erst in den letzten Jahrzehnten aus dem Boden gestampft wurde. Nur in wenigen Fenstern brennt noch Licht. Der Rest der Universität liegt in tiefem Schlaf.

Brynmor ...

Noch nie hat es für mich einen Ort wie diesen gegeben. Einen Ort, an dem ich mich voll und ganz wohlfühle, an dem ich mich nicht verstellen muss und einfach nur ich selbst sein kann.

Und jetzt? Jetzt gehört das alles der Vergangenheit an.

Für einen Moment bleibe ich noch am Waldrand stehen. Dann streiche ich mir die Locken aus der Stirn und stapfe weiter. Obwohl ich vor dem, was vor mir liegt, genauso viel Angst habe wie vor dem, was im Wald passiert ist.

KAPITEL 38

SAMUEL

Heute

In der einsetzenden Dämmerung kann ich die Ereignisse fast bildlich vor mir sehen. Ich habe so lange und so verzweifelt nach Antworten gesucht. Aber jetzt frage ich mich, ob es nicht vielleicht besser gewesen wäre, die Wahrheit nie zu erfahren.

Lake ist vollkommen erstarrt. Und Connor macht den Eindruck, als würde er am liebsten weglaufen. Mittlerweile ist alle Farbe aus seinem Gesicht gewichen, wodurch die Sommersprossen auf seinen Wangen unnatürlich stark hervortreten.

«Zurück in Brynmor, habe ich den Nachtwächter mit unterdrückter Nummer angerufen und ihm gesagt, wo Philipp zu finden ist», sagt er mit bebender Stimme. «Um ehrlich zu sein, habe ich gar nicht lange darüber nachgedacht, was ich tue. Mir waren nur zwei Dinge klar: dass Philipp so schnell wie möglich gefunden und medizinisch versorgt werden muss. Und dass Lake meine Freundin ist und ich zuerst mit *ihr* sprechen muss, bevor irgendjemand sonst erfährt, was in dieser Nacht passiert ist.»

«Du warst der unbekannte Anrufer», sage ich tonlos.

Connor antwortet mir nicht. Stattdessen wandert sein Blick zu Lake, deren Lippen zittern.

Die Vorstellung, dass Philipp – derselbe Philipp, der mich

nach meinem Coming-out in die Arme genommen hat – kein Nein akzeptieren wollte, sie bedrängt hat, ja sie vielleicht sogar vergewaltigen wollte, ist niederschmetternder als alles, was ich bisher erlebt habe. Aber schlagartig wird mir auch noch etwas anderes klar. Nämlich dass das letzte Jahr nicht nur für meine Familie und mich eine Zerreißprobe war. Sondern auch für Connor und vor allem für Lake.

«Ich wusste keinen anderen Ausweg, als ihn von mir wegzustoßen», sagt Lake leise. «Die Kraft und Entschlossenheit, mit der er mich gepackt hat, das Flackern in seinen Augen. Ich hatte solche Angst vor ihm. Ich wollte mich einfach nur wehren. Ich wollte nicht, dass er so stürzt. Das war nie meine Absicht. Und als ich ihn da so liegen sah, das Moos unter seinem Kopf, Connors blutige Hände, da habe ich Panik bekommen und bin einfach weggelaufen.» Sie atmet hörbar aus. «Ich war für seinen Sturz verantwortlich. Ich fühlte mich so schuldig, dass ich überhaupt keinen klaren Gedanken mehr fassen konnte.» Sie schüttelt den Kopf. «Schuldig, weil ich mich überhaupt auf das Treffen mit Philipp eingelassen hatte. Schuldig, weil ich mich gefragt habe, ob ich es irgendwie hätte vorhersehen können. Schuldig, weil ich es so weit hatte kommen lassen. Ich weiß, dass das völliger Quatsch ist. Aber in diesem Moment ...»

«Was passiert ist, war eine Ausnahmesituation.» Connors Stimme klingt jetzt wieder ein bisschen fester, und das erleichtert mich ungemein. Ihn so zu sehen, einen Menschen, der mir unglaublich viel bedeutet, hat die letzten Minuten noch unerträglicher gemacht.

«Nachdem ich mit dem Nachtwächter telefoniert hatte, habe ich mich in mein Zimmer zurückgeschlichen, mir das Blut von den Händen gewaschen und mich umgezogen. Dann habe ich ein weiteres Mal bei Lake angerufen. Und diesmal ist sie endlich rangegangen.»

Lake nickt. «Ich hatte mich wieder ein bisschen beruhigt. So gut es eben ging. Ich stand Ewigkeiten unter der Dusche und habe versucht, alles von mir abzuwaschen – die Erinnerungen, die Schuld, die Scham. Natürlich hat es nicht funktioniert, aber ich wusste nicht, was ich sonst tun sollte. Dann hörte ich die Sirenen von Polizei und Krankenwagen und sah die Blaulichter. In diesen Minuten war ich mir absolut sicher, dass Connor nicht nur den Notarzt informiert hatte, sondern auch mit Professor Bellingham gesprochen hatte. Als er mich anrief und mir sagte, dass er weder das eine noch das andere getan hatte, war ich verwirrt. Erleichtert. Ich weiß es nicht, ich kann es nicht beschreiben. In mir waren so viele Gefühle und gleichzeitig eine vollkommene Leere.»

«Ich wollte zuallererst mit Lake sprechen, bevor ich irgendjemanden informiere», sagt Connor, als müsste er sich vor sich selbst rechtfertigen. «Vermutlich wäre es besser gewesen, ich hätte gleich mit Professor Bellingham oder der Polizei gesprochen. Aber in diesem Moment ging es mir nur um Lake.»

«Ich war noch immer völlig fertig. Ich brauchte etwas Zeit. Zumindest bis zum nächsten Morgen. Der Polizei noch in dieser Nacht alles zu erzählen, war einfach unvorstellbar. Ich hätte alles noch einmal durchleben müssen. Dazu sah ich mich einfach nicht imstande. Und Connor akzeptierte es, wenn auch schweren Herzens.»

«Die Gerüchte über einen Unfall im Klosterwald machten schon lange vor dem Frühstück die Runde», sagt Connor leise. «Natürlich hatten die meisten den Notarzteinsatz mitbekommen. Offiziell erfuhren wir aber erst beim Mittagessen, was passiert war. Professor Bellingham hielt eine kurze Ansprache. Er sah genauso fertig aus, wie wir uns fühlten. Er teilte uns mit, dass die genauen Unfallumstände noch nicht aufgeklärt worden seien. Aus diesem Grund sollten wir mit ihm und den Polizisten aus St. Keyne zusammenarbeiten. Wer psychologische Unterstützung in Anspruch nehmen wollte, sollte sich ebenfalls bei ihm melden.»

An dieser Stelle nimmt Lake den Faden wieder auf. «Ich hatte keine Sekunde geschlafen, weil ich so unbeschreibliche Angst davor hatte, was als Nächstes passieren würde.» Betreten senkt sie den Blick, als könne sie mir bei ihren nächsten Worten nicht ins Gesicht sehen. «Ich wollte noch immer nicht darüber sprechen, was geschehen war. An diesem Morgen sogar noch weniger als in der Nacht davor. Ich wollte es einfach nur vergessen. Und obwohl ich mir immer wieder sagte, nur in Notwehr gehandelt zu haben, hatte ich auch Angst, dass die Wahrheit ans Licht kam. Ich hatte Angst vor den Blicken, die mir auf dem Campus zugeworfen werden würden. Hatte Angst, dass mich diese Geschichte für den Rest meines Studiums begleiten würde. Je mehr ich darüber nachdachte, desto angespannter wurde ich. Und dann ... dann erlitt ich zum ersten Mal eine Panikattacke.» Sie stockt. «Es war grauenhaft. Ich hatte keine Kontrolle mehr über meinen Körper, ich hatte Todesangst. Keine Ahnung, wie lange es gedauert hat, bis ich mich wieder halbwegs gefangen hatte. Aber danach war ich mir sicher: Ich *konnte* mit niemandem darüber sprechen. Und deswegen bat ich Connor, mir ein Versprechen zu geben.» Resigniert schüttelt sie den Kopf. «Ich bat ihn, nichts zu verraten. Nie ein Wort darüber zu verlieren.» Ihre Stimme klingt brüchig, und in ihren Augen sammeln sich Tränen. «Connor wollte sich zuerst nicht darauf einlassen. Er versuchte mich davon zu überzeugen, dass es besser wäre, mit Professor Bellingham zu sprechen. Oder zumindest mit einem Psychologen. Aber ich wollte es nicht hören. Die Nacht und die Panikattacke steckten mir noch in den Gliedern. Ich drängte ihn. Ich flehte ihn an. Letzten Endes ließ er sich darauf ein. Obwohl er zu diesem Zeitpunkt nicht absehen konnte, welche Konsequenzen dieses Versprechen auch für ihn nach sich ziehen würde.» Sie räuspert sich. «In den ersten Wochen nach Philipps Unfall war ich in ständiger Angst. Ich zuckte zusammen, wenn jemand meinen Namen rief. Ich schlief so gut wie gar nicht. Ich befürchtete, dass mich die Nacht jeden Moment einholen würde. Als ich von der Polizei vernommen wurde, war ich mir sicher, ich würde zusammenbrechen. Aber es passierte nichts. Stattdessen kehrte der Alltag nach Brynmor zurück. Das Semester nahm seinen Lauf. Die Gespräche drehten sich wieder um andere Themen. Und ich redete mir ein, dass wir das Richtige getan hatten.» Erst jetzt hebt Lake wieder den Kopf und sieht mir in die Augen. «Philipp war dein Bruder, Samuel. Und es tut mir so leid. Ich wollte nicht, dass das passiert. Nichts davon. Mir ist klar, dass Philipp davon nicht wieder aufwacht, aber ich bin zu dem Entschluss gekommen, dass ich mich endlich der Vergangenheit stellen muss. Ich will nicht länger verdrängen. Ich *sollte* nicht länger verdrängen. Und deshalb stehen wir jetzt hier.»

Ich sehe sie an und sage nichts. Stattdessen versuche ich noch immer zu verarbeiten, was ich gerade gehört habe. Die Puzzlestücke in meinem Kopf beginnen, sich zu einem neuen Bild zusammenzusetzen. Ein Bild, auf dem ich Philipp allerdings kaum wiedererkenne, weil er darauf nur so wenig Ähnlichkeit mit dem Bruder aus meinen Erinnerungen hat. Aber offenbar, so schwer vorstellbar das auch ist, hat es beide Versionen von ihm gegeben: den empathischen, verständnisvollen Bruder und den Studenten, der Drogen genommen, einen Kommilitonen niedergeschlagen und junge Frauen bedrängt hat.

«Samuel», sagt Lake leise. «Vermutlich ist es vermessen, wenn ausgerechnet ich dich um etwas bitte. Aber ich tue es jetzt trotzdem.» Sie sieht mich direkt an. «Bitte gib Connor keine Schuld an dem, was passiert ist. Verurteile *ihn* nicht dafür, dass er die Wahrheit für sich behalten hat. Er hat eine Last auf sich genommen, die so schwer wiegt, dass ich sie ihm niemals hätte auferlegen dürfen. Ich habe viel zu lange gebraucht, um das zu verstehen. Aber ich *habe* es verstanden. Und ich möchte nicht, dass in Zukunft irgendetwas zwischen euch steht.»

Ich will etwas sagen. Irgendetwas. Aber jedes Mal, wenn ich das Gefühl habe, mir die passenden Worte zurechtgelegt zu haben, taucht ein neuer Gedanke auf und wirft alles wieder über den Haufen.

Deshalb bin ich erleichtert, als Lake ein weiteres Mal das Wort ergreift. «Als Connor mir erzählt hat, dass er sich weiter mit dir treffen will, hatte ich riesige Angst. Ich habe befürchtet, dass er die zerbrechliche Ordnung aufs Spiel setzt, die wir hergestellt haben. Mir ist erst viel später klar geworden, dass es diese Ordnung überhaupt nie gegeben hat. Sie war nur eine Illusion. Früher oder später hätte die Last der Wahrheit einen von uns erdrückt. Vielleicht ist es also das Beste, dass du nach Brynmor gekommen bist und Nachforschungen angestellt hast. Ich werde heute Abend noch zu Professor Bellingham gehen und ihm alles erzählen. Keine Ahnung, wie es dann für mich weitergeht. Aber ich glaube, dass es das Beste für mich ist. Und für euch beide hoffentlich auch.» Jetzt sieht sie uns abwechselnd an, und obwohl ihr noch immer Tränen in den Augen stehen, lächelt sie kaum merklich. «Tut mir einen Gefallen: Sprecht euch aus. Und wenn es irgendwie möglich ist, macht da weiter, wo ihr vor ein paar Wochen aufgehört habt.»

Und dann atmet sie so tief ein, als würde sie nach langer Zeit unter Wasser endlich die Oberfläche erreichen.

KAPITEL 39

SAMUEL

Während alle anderen bereits beim Abendessen im Speisesaal sind, sitzen Connor, Lake und ich vor Professor Bellinghams wuchtigem Schreibtisch. Im Schein der Schreibtischlampe erzählen die beiden ihm noch einmal dieselbe Geschichte, die sie mir auf dem *Medard's Square* erzählt haben.

Professor Bellingham hat die Hände unter dem Kinn verschränkt und sagt die ganze Zeit über kein Wort. Er lauscht Lakes und Connors Ausführungen mit unergründlicher Miene. Keine Ahnung, was ihm in diesen Minuten durch den Kopf geht. Erst als Lake verstummt, beugt er sich über den Schreibtisch zu uns.

«Ich muss wohl nicht betonen, was für ein unglaubliches Versäumnis es war, dass Sie damals nicht auf mich oder die Polizei zugekommen sind.» Abwechselnd sieht er zwischen Lake und Connor hin und her. «Sie hätten alle Möglichkeiten dazu gehabt. Sie haben sich trotzdem dagegen entschieden, etwas zu sagen. Und haben damit alle, insbesondere Mr Harringtons Familie, die ganze Zeit über im Unklaren darüber gelassen, was wirklich passiert ist.» Er schüttelt den Kopf und lehnt sich beinahe erschöpft auf dem Schreibtischstuhl zurück. «Ich kann es *wirklich* nicht glauben. Gibt es irgendetwas, das Sie dieser Geschichte noch hinzufügen möchten?»

Keiner der beiden sagt auch nur ein Wort.

«In Ordnung.» Professor Bellingham räuspert sich. «Dann werde ich jetzt die Polizei von St. Keyne informieren. Ich gehe stark davon aus, dass Sie zu einer offiziellen Aussage im Präsidium erscheinen müssen.»

Niemand erhebt Einspruch, als Professor Bellingham nach dem Hörer eines altmodischen Festnetztelefons greift, das vor ihm auf dem Schreibtisch steht, und sich mit dem Präsidium in St. Keyne verbinden lässt. Und während er mit dem diensthabenden Beamten spricht, sitzen Lake, Connor und ich schweigend da und wechseln keinen einzigen Blick.

In den nächsten Stunden ziehen die Ereignisse wie ein Film an mir vorbei. Ich bin dabei, als Lake und Connor vor dem Eingangsportal in einen kleinen Shuttlebus steigen und nach St. Keyne gefahren werden. Ich spüre, wie Professor Bellingham mir behutsam eine Hand auf die Schulter legt und mich bittet, ihn noch einmal in sein Büro zu begleiten. Ich bekomme mit, wie er die Nummer meiner Eltern wählt und ihnen alles erzählt, was wir erfahren haben. Das Weinen meiner Mutter, das Schluchzen meines Vaters ... ich höre es, fühle mich aber seltsam unbeteiligt. Als mir Professor Bellingham den Hörer reicht und ich für ein paar Minuten mit meinen Eltern spreche, kommt mir sogar meine eigene Stimme fremd vor.

«Sammi, wie geht es dir?», fragt meine Mutter brüchig.

«Gut. Es geht mir gut», versichere ich, obwohl das nicht der Wahrheit entspricht. Um ehrlich zu sein, weiß ich überhaupt nicht, wie ich mich fühle.

«Wir könnten dir ein Flugticket nach Hause organisieren, wenn du das möchtest», sagt mein Vater leise. «Aber wenn du in Brynmor bleiben willst, ist das auch in Ordnung.»

Erst jetzt, bei den Worten meines Vaters, beginnt alles um mich herum zusammenzubrechen. Mein Körper bebt, die Tränen schießen mir in die Augen, und meine Sicht beginnt zu verschwimmen. Und ohne lange darüber nachzudenken, antworte ich: «Ja bitte.»

Offenbar erleichtert darüber, eine Aufgabe zu haben, sichern sie mir zu, sich so schnell wie möglich darum zu kümmern. «Wir lieben dich», sagt meine Mutter.

«Ich euch auch», bringe ich gerade noch so hervor. Dann beenden wir das Gespräch.

Professor Bellingham mustert mich über seinen Schreibtisch hinweg. Ich erwidere seinen Blick, weiß aber nicht, was ich sagen soll.

«Wenn Sie möchten, können Sie mit unserem Psychologen sprechen, bevor Sie fliegen, Mr Harrington.»

Ich schüttle den Kopf. Nicht weil ich glaube, dass das eine schlechte Idee wäre, sondern weil ich mich jetzt absolut nicht in der Lage sehe, mit irgendjemandem zu sprechen. «Danke für das Angebot», antworte ich und bin froh, dass Professor Bellingham nicht versucht, mich vom Gegenteil zu überzeugen.

«Ich werde Ihren Professoren mitteilen, dass Sie fürs Erste vom Unterricht befreit sind. Wir werden Wege finden, Sie beim Nacharbeiten des Lernstoffs zu unterstützen, sobald Sie wieder in Brynmor sind.»

Sobald ich wieder in Brynmor bin … Er sagt es mit einer Selbstverständlichkeit, als stünde meine Rückkehr hierher außer Frage. Aber will ich das überhaupt? Will ich noch einmal nach Brynmor kommen? Ich war nie wegen des Studiums hier. Ich wollte mich nie verlieben und mir das Herz brechen lassen. Vielleicht wird mein Flug nach Hamburg daher einer ohne Rückkehr sein.

«Das ... weiß ich zu schätzen», sage ich ungeachtet meiner Gedanken.

Professor Bellingham nickt. «Wenn Sie sonst etwas brauchen ...»

«...melde ich mich», sage ich schnell, weil ich jetzt nur noch allein sein will.

«Ja bitte. Machen Sie das.»

Es verstreichen ein paar Sekunden, in denen wir uns schweigend ansehen.

«Kann ich ... kann ich jetzt gehen?», frage ich schließlich.

«Ja, natürlich. Sie können gehen.»

Also stehe ich auf und kehre in den Westflügel zurück.

Sobald ich in meinem Zimmer bin, werde ich ein weiteres Mal von einer Welle der Traurigkeit überwältigt. Ich weine um Philipp, der im Koma liegt, um Lake, die von ihm bedrängt wurde, und um Connor, der die ganze Zeit geschwiegen hat, um sein Versprechen ihr gegenüber zu halten. Ich weine so lange, bis ich mich vollkommen leer und ausgelaugt fühle. Dann lege ich mich ins Bett und ziehe mir die Decke über den Kopf. Wie schön es wäre, morgen aufzuwachen und festzustellen, dass das alles nur ein Albtraum war. Aber natürlich wird das nicht passieren. Weder morgen noch an irgendeinem der nächsten Tage. Was ich über Philipp erfahren habe, wird mich von jetzt an für alle Zeit begleiten.

Lange vor Sonnenaufgang schleppe ich mich ins Gemeinschaftsbad und dusche so kalt, dass mein Körper innerhalb kürzester Zeit von einer Gänsehaut bedeckt wird und ich von Kopf bis Fuß zu zittern beginne. Aber zumindest schaffe ich es für ein paar Sekunden, alles auszublenden.

Zurück in meinem Zimmer, trage ich mich kurz mit dem Gedanken, das Frühstück ausfallen zu lassen. Appetit habe ich ohnehin keinen. Aber vielleicht bin ich morgen um diese Zeit schon nicht mehr hier, und ich will zumindest noch ein letztes Mal mit den anderen im Speisesaal sitzen und so tun, als wäre dies ein Tag wie jeder andere.

Daher ziehe ich mich an, mache mich auf den Weg und lasse mich ein paar Minuten später auf einen freien Stuhl neben Nate fallen. Sichtlich besorgt sieht er zu mir herüber. «Samuel? Bist du ... ich meine ... ist alles in Ordnung bei dir?»

Ich verzichte darauf, ein falsches Lächeln aufzusetzen, sondern sage ihm, was Sache ist. Mittlerweile kennen wir uns ohnehin zu gut, als dass ich ihm etwas vormachen könnte.

«Nein, ist es nicht. Ich werde für ein paar Tage nach Hause gehen.» Oder für ein paar Wochen. Oder für immer. «Tut mir leid, dass ich dich einfach so mit dem Referat sitzen lasse.»

«Vergiss das Referat. Das bekomme ich schon irgendwie hin», antwortet Nate, ohne zu zögern, und sieht mich mitfühlend an. «Du weißt, dass ich für dich da bin, wenn du mich brauchst, oder? Als Freund.»

Zum ersten Mal wird mir für ein paar Sekunden leichter ums Herz. «Danke. Ernsthaft.»

In diesem Moment betritt Youma den Speisesaal. Ich verabschiede mich von Nate und gehe mit schnellen Schritten auf sie zu.

«Was ist passiert?», fragt sie, kaum dass ich vor ihr stehe.

«Komm, machen wir einen Spaziergang, dann erzähle ich dir alles», antworte ich. Ich fühle mich ebenso wenig bereit, mit ihr darüber zu sprechen wie mit dem Psychologen, den Professor Bellingham vorgeschlagen hat. Aber nach allem, was Youma für mich getan hat, kann ich auch nicht einfach so abreisen und sie im Unklaren lassen.

So kommt es, dass wir eine halbe Stunde später an den Klippen entlanglaufen. Der Himmel ist grau, die Brandung rauscht in meinen Ohren, und ich schmecke Salz auf meiner Zunge.

Dass ich ihr nicht in die Augen schauen muss, weil wir nebeneinanderlaufen, macht es mir leichter. Ich berichte ihr von Lakes Geständnis und Connors Versprechen und allem anderen, was ich erfahren habe. Tatsächlich halte ich erst inne, als ich ein Schluchzen vernehme.

«Youma ...», setze ich vorsichtig an.

«Tut mir leid, Samuel», sagt Youma und wischt sich eine Träne von der Wange. «Tut mir wirklich leid.»

«Wofür entschuldigst du dich?»

«Weil es gerade eigentlich darum geht, dass du die Wahrheit erfahren hast.»

«Es geht so oft um mich. Also sag schon. Was hast du?»

Sie richtet ihren Blick auf den Horizont und seufzt. «Manchmal verstehe ich einfach nicht, was mit den Menschen los ist. Wenn jeder die Grenzen des anderen achtet und respektiert, könnte alles so viel besser sein. Nein heißt Nein heißt Nein. Was ist daran so schwer zu verstehen? Ich kann mir gar nicht vorstellen, wie schlimm die Situation damals für Lake gewesen sein muss. Und wie schlimm sie heute noch immer ist.»

Ich nicke. Sie hat vollkommen recht, selbst wenn es mein Bruder ist, der sich nicht an die Grenzen gehalten hat. Aber für ihn gelten dieselben Regeln wie für alle anderen. Da gibt es nichts zu beschönigen und nichts zu beschwichtigen.

«Natürlich war es nicht in Ordnung, *nichts* zu sagen», sagt Youma. «Aber irgendwie ... irgendwie kann ich sie auch ein bisschen verstehen.» Besorgt sieht sie zu mir herüber, als befürchte sie, ihre Worte könnten mich verletzen.

«Alles in Ordnung», sage ich. «Sprich einfach weiter. Wenn du möchtest, versteht sich.»

Youma nickt. «Selbst wenn Philipp unter Drogen stand, die ihn aufgeputscht haben, entschuldigt das sein Verhalten nicht. Es gibt *nichts*, das sein Verhalten entschuldigt.» Sie räuspert sich. «Du hast erzählt, wie nah ihr euch standet, Samuel. Deswegen habe ich keine Vorstellung davon, wie es dir jetzt gerade geht. Aber wenn du etwas brauchst, lass es mich einfach wissen, okay?»

Sie ist da. So wie Nate für mich da ist. So wie meine Eltern für mich da sind, sobald ich wieder zu Hause bin. Ich bin nicht allein. Das zu wissen, ist befreiend, auch wenn es den Schmerz kein bisschen lindert.

«Ich habe keine Ahnung, wie ich mich an Connors Stelle verhalten hätte», spreche ich aus, was mich ebenso wenig loslässt wie die Wahrheit. «Hätte ich darauf bestanden, Professor Bellingham und der Polizei die Wahrheit zu sagen? Oder hätte ich geschwiegen, weil es das war, was sich meine beste Freundin von mir gewünscht hat? Ich weiß es nicht. Ich weiß es wirklich nicht.»

«Ich auch nicht», gibt Youma unumwunden zu. «Connor hatte recht. Es war eine absolute Ausnahmesituation. Für alle.»

Unwillkürlich erinnere ich mich an das Telefonat mit meinem Vater. Daran, was er über schlimme Dinge gesagt hat und den Schmerz, der damit einhergeht. Dass die meisten Menschen erst einmal keinen Plan haben, wie sie damit umgehen sollen. Dass sie improvisieren. Und dabei manchmal auch Dinge tun, die für Außenstehende nicht immer nachvollziehbar sind.

«Was wirst du als Nächstes tun?», fragt Youma. In ihren Augen flackert Unsicherheit, als hätte sie Angst vor meiner Antwort.

«Ich fliege nach Hause», sage ich und bestätige damit vermutlich ihre Befürchtungen. «Ich brauche erst mal Abstand. Abstand zu Brynmor. Abstand zu allem hier.»

«Und Connor?»

Mit ihrer Frage legt sie den Finger in die offene Wunde.

«Was soll mit Connor sein?», erwidere ich ausweichend.

«Wirst du mit ihm sprechen, bevor du abreist?»

Ich will bereits etwas sagen, stocke aber. Die naheliegendste Antwort wäre Nein. Weil ich überhaupt nicht wüsste, was ich sagen und wie ich mich ihm gegenüber verhalten soll. Aber bei der Vorstellung, ihn tatsächlich nicht mehr wiederzusehen, wird mir so schwer ums Herz, dass es mich schier zu Boden drückt.

«Keine Ahnung.»

Youma sieht mich an. «Mittlerweile sollten wir alle gelernt haben, dass es immer besser ist zu sprechen. Findest du nicht?»

Ja, damit hat sie natürlich recht. Ich würde jedem anderen dasselbe raten. Aber gleichzeitig habe ich riesige Angst davor, dass dadurch alles noch viel komplizierter wird.

Zwei Stunden später bin ich wieder in meinem Zimmer und packe hastig meine Sachen zusammen. Meine Eltern haben mich angerufen, in ein paar Stunden geht mein Flug von Plymouth zurück nach Hamburg. Es ist ein One-Way-Ticket.

Ich stopfe T-Shirts, Jeans und Trainingsklamotten in den großen Reiserucksack. Die Brynmor-Uniform lege ich sorgfältig zusammen und platziere sie auf dem Bett. Ich werfe einen Blick aus den Sprossenfenstern, um noch ein letztes Mal die herrliche Aussicht zu genießen. Atme tief ein, um das Holzwachs zu riechen. Dann ziehe ich die Tür hinter mir zu und mache mich auf den Weg zum großen Eingangsportal, wo bereits ein von Professor Bellingham organisierter Shuttlebus auf mich wartet.

Mir bleiben noch ein paar wenige Minuten. Kurzerhand entscheide ich, einen Abstecher zu Connor zu machen. Auch wenn ich überhaupt nicht weiß, was ich sagen soll.

Als ich an seine verschlossene Zimmertür klopfe, toben in mir die widersprüchlichsten Gefühle. Ärger. Wut. Aber auch ein Funken Hoffnung, den ich mir selbst nicht ganz erklären kann. Hoffnung worauf?

Ich weiß es nicht. Aber vermutlich spielt es sowieso keine Rolle, denn nachdem ich noch ein zweites Mal angeklopft habe, bin ich mir fast sicher, dass ich keine Reaktion mehr erhalte. Ist er vielleicht mit Lake auf dem Präsidium? Oder will er mich einfach nicht sehen?

«Connor. Bist du da?»

Ich lausche in die Stille hinein, vernehme jedoch kein Geräusch. Und nach einem letzten Blick auf die Armbanduhr wird mir klar, dass ich jetzt besser keine Zeit mehr vertrödeln sollte.

Mit Tränen in den Augen laufe ich durch die Innenhöfe. Mir kommen ein paar Studierende entgegen, aber ich nehme keine Notiz von ihnen. Ich passiere den Eingang zur Sakristei und erinnere mich an meine Begegnung mit Riley, was sich allerdings anfühlt, als wäre es nicht mir, sondern jemand anderem passiert. Oder vielleicht einer anderen Version von mir. Dann erreiche ich das Eingangsportal, wo Mrs Thompson und ein Chauffeur mich bereits erwarten.

«Professor Bellingham hat mich darüber informiert, was passiert ist», sagt Mrs Thompson, während der Chauffeur meinen Rucksack verlädt. Ihre Stimme klingt ungewöhnlich sanft. «Ich bin mit Professor Garcia und allen anderen im Gespräch, was Ihre Seminare betrifft.»

«Danke», antworte ich tonlos.

«Nehmen Sie sich alle Zeit, die Sie brauchen», fügt Mrs Thompson noch hinzu. «Und dann sehen wir uns hoffentlich bald wieder.»

Ich erwidere nichts, sondern nicke ihr lediglich zu. Dann steige ich in den Shuttlebus, der Chauffeur startet den Motor, und ich sehe noch so lange aus der Rückscheibe, bis Brynmor hinter einer Hügelkuppe verschwunden ist.

KAPITEL 40

CONNOR

Die Tage, die auf das Gespräch am *Medard's Square* folgen, fühlen sich unwirklich an. Der Alltag in Brynmor geht seinen gewohnten Gang, so wie er es auch nach Philipps Unfall getan hat. Alles ist gleich – und doch ist alles anders. Morgens sitze ich beim Frühstück im Speisesaal, tagsüber in meinen Vorlesungen und Seminaren. Und jeden zweiten Abend nehme ich wieder an der Laufgruppe teil. Weil die Temperaturen mittlerweile so stark abgekühlt sind, fallen die Trainingseinheiten allerdings deutlich kürzer als noch zu Beginn des Semesters aus.

«Was machst du denn hier?», frage ich, als ich eines Abends vom Laufen zurückkomme und Lake vor meiner verschlossenen Zimmertür steht. Sie trägt einen cremefarbenen Mantel und eine Baskenmütze. Mit ihrer rechten Hand umschließt sie den Griff eines Rollkoffers. Den habe ich das letzte Mal am Tag unserer Ankunft in Brynmor gesehen.

«Können wir kurz sprechen? Ich weiß, es ist vielleicht gerade ungünstig, aber ...»

«Nein, nein», erwidere ich schnell. «Komm rein.»

Ich schließe die Tür auf und lasse ihr den Vortritt. Die Räder des Rollkoffers klackern auf dem Steinboden. Mit einer knappen Handbewegung bedeute ich ihr, sich aufs Bett zu setzen und es sich bequem zu machen, aber sie bleibt in der Mitte des Zimmers stehen.

«Hast du noch mal etwas von der Polizei gehört?», frage ich. Nachdem wir unsere Aussagen auf dem Präsidium gemacht hatten, wurde uns von einem der Beamten mitgeteilt, dass man zeitnah wieder auf uns zukommen würde.

«Nein», antwortet sie. «Du?»

Ich schüttle den Kopf.

«Ich bin heute Abend aus einem anderen Grund gekommen», sagt sie jetzt.

«Der Koffer», entgegne ich leise und zähle eins und eins zusammen. «Du ... du reist ab?»

Lake schluckt. «Ja, ich reise ab. Ich habe vor zwei Tagen mit meinen Eltern gesprochen. Sie kommen mich heute Abend abholen. Ich wollte es dir nicht früher sagen, weil mir das den Abschied vermutlich nur noch schwerer gemacht hätte. Und dir vielleicht auch. Trotz allem, was passiert ist.»

Erst Samuel. Jetzt sie. Aber im Gegensatz zu Samuel kann ich mit ihr zumindest noch ein letztes Gespräch führen. Ich zögere keine Sekunde, trete auf sie zu und drücke sie so fest an mich, wie ich kann. Ich bin so traurig, dass es mir fast die Sprache verschlägt, aber ein paar Worte bekomme ich gerade noch so über die Lippen.

«Ich kann mir nicht vorstellen, wie schwierig das alles für dich sein muss. Aber ich bin für dich da, Lake. Immer. Und ich hoffe, das weißt du auch.»

Sie legt mir eine Hand auf den Hinterkopf. «Und wie ich das weiß, Connor», erwidert sie leise. «Dafür bin ich dir über alles dankbar. Wirklich. Aber ich kann nicht mehr so weitermachen. Ich *sollte* nicht mehr so weitermachen.» Wir lösen uns voneinander. Ihr Gesicht ist meinem so nah, dass ich nichts anderes als das Glitzern in ihren Augen sehe. «Im letzten Jahr habe ich irgendwie funktioniert. Ich habe versucht, alles zu verdrängen und so zu tun, als wären die Dinge in bester Ordnung. Aber das waren sie nie, auch wenn ich versucht habe, mir das einzureden und mir nichts anmerken zu lassen.» Sie atmet hörbar aus. «Ich ... ich habe dir nie erzählt, dass ich immer wieder Philipps Sturz sehe. Dass ich Albträume und Schuldgefühle habe und ständig unter Strom stehe. Manchmal so sehr, dass ich eine Panikattacke bekomme. Ich habe gehofft, dass das früher oder später vorbeigehen wird. Aber inzwischen bin ich mir da leider nicht mehr sicher.»

Mir schießen tausend Argumente durch den Kopf, warum sie bleiben sollte, statt zu gehen. Aber wenn ich ganz ehrlich bin, hat sie vermutlich recht.

«Und das heißt jetzt ... was? Dass du dein Studium abbrichst?»

Mit der Hand fährt Lake mir beiläufig über die Schulter, als wolle sie den Stoff glatt streichen. «Ich habe nicht nur mit meinen Eltern gesprochen, sondern auch mit Professor Bellingham. Von einer Verwarnung mal abgesehen, wird es keine weiteren Konsequenzen für mich geben. Und deswegen ... deswegen habe ich entschieden, mein Studium zu pausieren. Wenn ich will, kann ich es in ein oder zwei Semestern wieder aufnehmen. In der Zwischenzeit wohne ich bei meinen Eltern in Brighton und mache eine Therapie, um über alles zu sprechen, was ich viel zu lange mit mir allein ausgemacht habe. Mum und Dad haben bereits eine Therapeutin gefunden, bei der ich in der nächsten Woche zu einem ersten Gespräch vorbeikommen kann. Das ist der Plan. Aber wie es in ein paar Wochen oder Monaten aussehen wird? Das weiß ich nicht.»

Es sind so viele Informationen, die auf mich einprasseln, dass ich kaum hinterherkomme. Meine Niedergeschlagenheit ist mir aber offenbar anzusehen. «Ich kann dir nicht sagen, ob und wann ich wieder in Brynmor studieren werde. Aber hey, eines habe ich mir ganz fest vorgenommen: dich beim Abschlussturnier im nächsten Jahr mit allem, was ich habe, anzufeuern.»

«Lieber würde ich zehnmal den Lauf verlieren, statt mich von dir verabschieden zu müssen.»

«Es ist das Beste so, Connor.»

«Ja, ich weiß.»

Jetzt tritt ein wehmütiger Ausdruck auf Lakes Gesicht. «Ist dir eigentlich klar, dass es einen Freund wie dich kein zweites Mal gibt?»

Ich nehme sie ein weiteres Mal in die Arme, und für ein paar Minuten halten wir uns fest und schweigen. Irgendwann lässt sich das Unvermeidliche allerdings nicht mehr länger aufschieben. Lake wirft noch einen schnellen Blick in den Wandspiegel, um zu überprüfen, ob ihre Mütze richtig sitzt. Dann nickt sie mir zu und geht zur Tür.

«Lake, warte», sage ich noch, woraufhin sie sich ein letztes Mal zu mir umdreht. «Ist es für dich okay, wenn wir in den nächsten Wochen chatten? Und Videocalls machen? Oder willst du lieber deine Ruhe haben?»

Sie schüttelt den Kopf. «Nein. Ich freue mich immer, von dir zu hören, Connor. Und halt mich auf dem Laufenden, wenn du doch noch etwas von Samuel hörst, okay?»

Ich nicke, auch wenn ich mir mittlerweile sicher bin, dass das nicht der Fall sein wird.

Lake lächelt mich an. «Mach's gut, Connor. Ich hab dich lieb.» Und dann wendet sie sich von mir ab und geht. Selbst als das Klackern des Rollkoffers schon lange verklungen ist, stehe ich noch immer wie angewurzelt da.

Jetzt bin ich wieder allein. Keine Claire, keine Lake, kein Samuel. Da ist niemand mehr.

KAPITEL 41

SAMUEL

Wieder in Hamburg zu sein, ist ganz anders, als ich es mir vorgestellt habe. Alles hat sich verändert. Oder bin ich es, der jetzt alles in einem anderen Licht sieht?

Meine Eltern haben mich mit offenen Armen empfangen und sich ein paar Tage freigenommen. Zuerst ist es uns schwergefallen, darüber zu sprechen, was wir über Philipp erfahren haben. Aber je mehr Anläufe wir gestartet, je häufiger wir es versucht haben, desto besser hat es dann doch geklappt. Sie sind ebenso aufgewühlt und niedergeschlagen wie ich, und vor allem mein Vater macht sich große Vorwürfe. Hätten sie irgendwas anders machen können? Waren sie nicht aufmerksam genug? Gibt es irgendetwas, das sie übersehen haben? Aber darauf finden wir keine Antworten. Vielleicht gibt es auch keine plausiblen Antworten. Das Entscheidende wird sein, wie wir mit der Vergangenheit umgehen und welche Schlüsse wir daraus für die Zukunft ziehen.

Eines Tages reagiert auch Luisa auf meine letzte Nachricht. Im Trubel der sich überschlagenden Ereignisse hatte ich sie ganz vergessen. Umso mehr freue ich mich, als ich ihren Namen plötzlich auf dem Display meines Handys lese.

Luisa: Hi, Samuel, danke für deine Nachricht! Ich fände es sehr schön, wenn wir weiter befreundet sein könnten.

Was hältst du davon, wenn du mich in den nächsten Tagen einfach anrufst und wir noch mal ausführlich über alles sprechen? Jetzt am Wochenende bin ich unterwegs (stell dir vor, ich habe nämlich auch jemanden kennengelernt 😍), aber vielleicht nächste Woche? Gib mir einfach Bescheid, wie es bei dir aussieht.

Aus dem Anruf wird ein persönliches Treffen. Nach der langen Funkstille, die zwischen uns geherrscht hat, verläuft das Treffen überraschend entspannt. Wir sprechen über alles, was in den letzten Monaten passiert ist. Zu meiner großen Verwunderung habe ich keine einzige Sekunde lang das Gefühl, dass etwas zwischen uns steht. Im Gegenteil: Wir beide können den Standpunkt des anderen mittlerweile besser nachvollziehen. Aber ob unser Kontakt wieder so werden wird wie früher? Das wird nur die Zeit zeigen können.

Eine Woche nach meiner Abreise aus Brynmor klopft es an meiner Zimmertür. Die Sonne ist schon lange untergegangen, und das einzige Licht kommt von einer Lampe, die auf einem kleinen Beistelltisch neben dem Bett steht.

«Darf ich reinkommen?», fragt meine Mutter.

«Ja, klar.»

Statt das Zimmer zu betreten, bleibt sie im Türrahmen stehen und betrachtet mich nachdenklich.

«Was ist los?», frage ich leicht angespannt.

«Es gibt ein paar Dinge, die ich gern mit dir besprechen würde», sagt sie langsam. «Vielleicht bin ich nicht die richtige Person dafür. Vielleicht wäre es besser, wenn du dich über das ein oder andere mit Luisa unterhältst. Oder mit Youma. Nach allem, was du mir über sie erzählt hast, muss sie innerhalb der kurzen Zeit zu einer richtig guten Freundin geworden sein.»

«Das ist sie», bestätige ich und frage mich noch immer, worauf das alles hinausläuft.

Meine Mutter nickt. Es verstreichen ein paar Sekunden. Aber dann: «Mir ist aufgefallen, dass du bisher noch nicht bei Philipp warst.»

Okay, diese Frage musste wohl früher oder später kommen. «Ich weiß nicht, ob das eine gute Idee ist.» In den letzten Monaten war ich immer davon ausgegangen, dass Philipp das Opfer war. Aber jetzt teilt sich die Welt nicht mehr in Gut und Böse, und das hier ist kein Märchen mit klar verteilten Rollen. Kann ich noch einmal an Philipps Bett sitzen in dem Bewusstsein, dass er auch Täter war? Kann ich ihm ins Gesicht schauen, wenn ich weiß, wie er sich Riley und vor allem Lake gegenüber verhalten hat?

«Du sollst dich unter keinen Umständen verpflichtet fühlen, ihn zu besuchen», sagt meine Mutter schnell. «Es ist vollkommen in Ordnung, wenn du für dich zu dem Entschluss kommst, es nicht zu wollen. Ich dachte nur ...»

«Ja?»

«...vielleicht könnte dir ein Besuch dabei helfen, zu verarbeiten, was passiert ist. Ein Abschied sozusagen. Oder ein Neuanfang. Je nachdem, aus welcher Perspektive man es betrachtet.»

«Vielleicht macht ein Besuch bei ihm aber auch alles nur noch schlimmer», entgegne ich, was härter klingt, als ich es beabsichtigt habe.

Meine Mutter zuckt mit den Schultern. «Ja, vielleicht. Ich weiß es nicht. Aber ich würde mir wünschen, dass du es dir in aller Ruhe überlegst. Und dann eine Entscheidung triffst, mit der du hoffentlich gut leben kannst.»

Für ein paar Sekunden sehen wir uns schweigend an.

«Du hast gesagt, es gäbe ein paar Dinge, über die du mit mir sprechen willst.»

Zum ersten Mal während unseres Gesprächs huscht jetzt ein Lächeln über ihr Gesicht. «Das zwischen diesem Connor und dir, das ist etwas Ernstes, oder?»

«Wie kommst du darauf?», frage ich, überrascht über den plötzlichen Themenwechsel.

«Dein Vater hat mir von eurem Telefonat erzählt. Er meinte, er hätte dich schon lange nicht mehr so glücklich und befreit erlebt wie in den Momenten, in denen du über Connor gesprochen hast.»

Ich erwidere ihren Blick. Sage nichts, weil ich nicht weiß, was ich darauf antworten könnte. Außer vielleicht, dass mein Vater ein guter Beobachter ist.

«Aber wenn ich alles richtig verstanden habe, ist Connor derjenige, der Lakes Geheimnis die ganze Zeit über gewahrt hat», fährt sie mit hochgezogenen Brauen fort. «Das muss eine ziemlich schwierige Situation für dich sein.»

Es ist mehr als das. Aber vermutlich hat sie recht mit dem, was sie zu Beginn unseres Gesprächs gesagt hat: dass das ein Thema ist, über das ich besser mit Youma oder Luisa sprechen sollte.

Sie seufzt, als ich immer noch nichts sage. «Du weißt, dass wir immer für dich da sind, Sammi. Wenn es also irgendetwas gibt, das wir für dich tun können, dann lass es uns wissen, in Ordnung?»

«In Ordnung», antworte ich langsam, nur um irgendetwas zu sagen.

Sobald meine Mutter wieder gegangen ist, lege ich den Kopf in den Nacken und schließe die Augen. Irgendwann ist die Stille so allumfassend, dass ich sie einfach nicht mehr aushalte und kurzerhand Youma anrufe. Es dauert nicht lange, bis ihr verpixeltes Gesicht auf dem Display erscheint.

«Samuel!» Ihre Stimme klingt weit entfernt und blechern, aber ihr vertrauter Anblick lässt mich aufatmen. «Wie geht es dir?»

«Du fehlst mir», sage ich wahrheitsgemäß.

«Du fehlst mir auch», antwortet sie unumwunden. «Sehen wir uns bald wieder? Kommst du nach Brynmor zurück?»

Ich wiege den Kopf hin und her. «Ganz ehrlich? Ich weiß es nicht. Ich weiß gar nichts mehr.»

«Was meinst du damit?»

«Meine Mutter findet, ich sollte Philipp im Pflegeheim besuchen. Aber ich habe keine Ahnung, ob es nicht besser wäre, einen großen Bogen um ihn zu machen. Nach allem, was ich erfahren habe, habe ich Angst, ihn wiederzusehen.»

Youma nickt. «Na klar hast du das. Das hätte ich an deiner Stelle auch. Aber trotz allem ist Philipp noch immer dein Bruder.»

«Das heißt, ich sollte bei ihm vorbeigehen?»

Unschlüssig fährt sich Youma mit der Hand über die Stirn. «Du sagst, du weißt gar nichts mehr. Na ja, vielleicht würde ein Besuch bei Philipp ein bisschen Klarheit schaffen.»

Ich lächle schwach. «Meine Mutter hat etwas ganz Ähnliches gesagt. Vielleicht wäre es das Beste, wenn ich mir etwas Zeit lasse, um in aller Ruhe darüber nachzudenken.»

Youma nickt. «Hast du mittlerweile eigentlich mit Connor gesprochen?»

«Nein, noch nicht.»

«Vermisst du ihn denn?», fragt sie.

Ob ich ihn vermisse? Und wie ich ihn vermisse! Trotz allem, was passiert ist, hänge ich noch immer an ihm. Und ich bin mir sicher, dass sich daran auch so schnell nichts ändern wird. Mein Vater und meine Mutter haben vollkommen recht. Das mit Connor ist etwas Ernstes. Oder *war* etwas Ernstes? Beim Gedanken daran, dass es zwischen uns endgültig vorbei ist, zieht sich meine Brust zusammen.

«Ja, ich vermisse ihn richtig», sage ich leise.

So wie Youma mich ansieht, hat sie mit einer Antwort wie dieser bereits gerechnet. «Du solltest keine Entscheidung übers Knie brechen, Samuel. Weder in Bezug auf einen Besuch bei Philipp noch was eine mögliche Rückkehr nach Brynmor betrifft. Aber vielleicht solltest du dir mit beidem auch nicht zu viel Zeit lassen. Ungewissheit ist das Schlimmste.»

«Ja, das weiß ich. Das weiß ich nur zu gut.»

Für ein paar Minuten machen wir noch ein bisschen Small Talk. Unterhalten uns über Youmas Seminare und ihre Vorfreude, dass es jetzt nicht mehr lange dauert, bis Leroy nach England geflogen kommt. Kaum dass wir uns voneinander verabschiedet haben, öffne ich meinen Chat mit Connor. Ich bin kurz davor, ihm eine Nachricht zu schreiben. Ihm zu sagen, wie sehr er mir fehlt. Aber stattdessen lege ich das Handy dann doch wieder zur Seite und schalte die Nachttischlampe aus.

In den nächsten Tagen gehe ich am Alsterufer joggen und mache eine ausgedehnte Parkour-Session am Dockland-Gebäude. Das Wetter ist so trist und grau, dass es nicht wirklich dazu einlädt, sich im Freien aufzuhalten. Aber das Training hilft mir dabei, meine Gedanken zu sortieren und mir über meine nächsten Schritte klar zu werden.

Zu Beginn herrscht in meinem Kopf das reinste Chaos. Alles ist verworren, undurchsichtig, verstrickt. Und genauso geht es mir mit meinen Gefühlen. Im einen Moment will ich alles, was nach meiner Ankunft in Brynmor passiert ist, aus meinem Gedächtnis löschen. Im nächsten fehlen mir die Universität und die Menschen dort so schmerzlich, dass es mich innerlich schier zerreißt. Wehmütig erinnere ich mich an die Innenhöfe mit den efeubewachsenen Mauern, an die Arkadengänge, den Kirchturm und das Rauschen der Brandung. An Professor Garcia, mit der ich über eine mögliche Zukunftsperspektive gesprochen habe, an das Cottage der tausend Herzen und an Connor. Immer wieder an Connor.

Während ich an dieser Stelle fürs Erste nicht weiterkomme, habe ich zumindest eine andere wichtige Entscheidung getroffen. Und so kommt es, dass ich eines Morgens mein Fahrrad vor dem Pflegeheim abschließe und durch die Doppelflügeltür aus Glas trete.

«Samuel, was machst du denn hier? Ich dachte, du bist in England?» Wie bei meinem letzten Besuch sitzt Jutta auch heute am Empfang und mustert mich durch ihr rahmenloses Brillengestell.

«Bin ich auch», antworte ich und reibe mir die Hände, die von der Kälte draußen noch ganz kalt sind. «Also, ich war es zumindest. Jetzt bin ich wieder hier.»

Jutta öffnet den Mund, ganz offenbar, um mir eine weitere Frage zu stellen, aber ich komme ihr zuvor. «Kann ich zu Philipp?»

Sie wirft einen Blick auf ihre Armbanduhr. «Na klar, die Besuchszeit endet erst in zwei Stunden. Heute musst du dir also keinen Stress machen.»

Ich könnte ihr sagen, dass ich überhaupt nicht weiß, wie lange ich bei Philipp sein werde. Es hängt wohl ganz davon ab, was es in mir auslöst, ihn wiederzusehen. Aber weil ich nicht gerade scharf darauf bin, ihr irgendetwas zu erklären, nicke ich einfach nur und mache mich auf den Weg.

Während ich durch menschenleere Flure laufe, steigt mir der Geruch von Desinfektionsmittel in die Nase. Wie beim letzten

Mal legen sich auch jetzt die unsichtbaren Hände um meinen Hals. Ein paar Minuten stehe ich vor Philipps Zimmertür. Atme noch einmal tief durch und nehme dann meinen ganzen Mut zusammen.

Nichts hat sich verändert. Zumindest nicht auf den ersten Blick. Auf den zweiten erkenne ich, dass Philipps Haare etwas länger geworden und seine Wangen noch eingefallener sind. Statt mich wie beim letzten Mal auf den Stuhl neben dem Bett zu setzen und seine Hand zu nehmen, bleibe ich stehen und blicke auf ihn hinab.

Zuerst fühle ich nichts. Gar nichts. Ich sehe ihn an, will diese zerbrechliche Puppe mit dem Menschen in Einklang bringen, der mich nach meinem Coming-out in die Arme genommen hat. Es funktioniert nicht. Die Erinnerung wird von anderen Bildern überlagert, von Riley, vor allem aber von Lake. Der Bruder, der mir so viel Kraft gegeben hat, hat ein paar Jahre später ein ganz anderes Gesicht gezeigt. Eines, das ich ihm nie im Leben zugetraut hätte. Es ist dieser Gedanke – in Verbindung mit seinem Anblick –, der mich schließlich ein weiteres Mal zum Weinen bringt.

Es sind Tränen der Wut, Tränen der Verzweiflung. Ich halte sie nicht zurück, sondern lasse sie zu. So stehe ich da, bis Philipps Gesicht vor meinen Augen verschwimmt. Dann passiert etwas, womit ich nicht gerechnet habe: Je länger ich weine, desto lockerer wird der Griff der unsichtbaren Hände. Sie lassen nicht ganz los, sie sind immer noch da, schnüren mir allerdings nicht mehr die Luft ab. Vielleicht beginne ich jetzt doch allmählich, die Dinge zu verarbeiten. Es wäre zumindest ein Anfang.

Mit dem Handrücken wische ich mir die letzten Tränen von den Wangen und beuge mich zu Philipp. «Ich habe dir ein Versprechen gegeben. Herauszufinden, was passiert ist. Das habe ich getan.» Ich stocke, unsicher, ob es noch mehr zu sagen gibt.

Dann folge ich einem plötzlichen Impuls: «Du bist mein Bruder, und das wirst du auch immer bleiben. Ich bin dir unglaublich dankbar dafür, wie du damals auf mein Coming-out reagiert hast. Ich hätte mir keine bessere Reaktion wünschen können. Aber was du Riley angetan hast, was du Lake angetan hast, das kann ich dir nicht vergeben.»

Und genauso meine ich es auch. Es wurde einfach zu viel Leid verursacht. Zu viele Menschen haben Narben davongetragen. Riley, Lake, Connor, meine Eltern und ja, auch ich. Fast ein ganzes Jahr habe ich nichts anderes getan, als mich mit der Vergangenheit zu beschäftigen. Aber damit ist jetzt endgültig Schluss. Damit *muss* jetzt Schluss sein.

«Mach's gut, Philipp», sage ich und richte mich auf. In diesem Moment bin ich mir sicher, dass das mein letzter Besuch bei ihm ist. Natürlich habe ich keine Ahnung, was in einer Woche, in einem Monat oder in einem Jahr sein wird. Aber hier und heute ist es ein Abschied. Und ohne mich noch ein weiteres Mal zu ihm umzudrehen, verlasse ich das Zimmer und ziehe die Tür hinter mir zu.

Ich hasse Abschiede. Selbst wenn sie nur auf Zeit sind. Aber dieser fühlt sich auf die beste und seltsamste Weise erleichternd an.

Den restlichen Nachmittag verbringe ich damit, mir Gedanken darüber zu machen, wie es mit Connor und Brynmor weitergehen soll.

Ich bin Hals über Kopf zurück nach Hamburg gekommen. Aber was immer ich mir davon erhofft habe; mein altes Leben wieder aufzunehmen, fühlt sich plötzlich nicht mehr wie die beste aller Alternativen an. Na klar, meine Eltern sind hier, und

Luisa ist es auch. Aber Hamburg ist auch Vergangenheit. In Brynmor konnte ich dank Connor zum ersten Mal vergessen, was passiert ist. Vielleicht liegt meine Zukunft also trotz allem in Cornwall.

Ich radle zurück nach Eppendorf, trete so fest in die Pedale, wie ich kann, und frage mich, ob das zwischen Connor und mir funktionieren könnte. Könnten wir noch einmal zu den Momenten zurückkehren, die wir miteinander geteilt haben, den kleinen wie den großen? Oder reichen Gefühle manchmal nicht aus, weil es einfach zu viele Dinge gibt, die zwischen einem stehen?

Will ich es herausfinden, bleibt mir nur eine Wahl ...

Als ich nach Hause komme, sitzen meine Eltern bereits im Esszimmer beim Abendessen.

«Wir waren uns nicht ganz sicher, wann du nach Hause kommst», sagt meine Mutter lächelnd.

Ich räuspere mich. «Ich war bei Philipp.»

Mein Vater legt das Besteck beiseite und tupft sich mit einer Serviette den Mund ab. Meine Mutter betrachtet mich schweigend.

Mit wenigen Schritten bin ich bei ihnen am Tisch und setze mich auf meinen Stuhl. «Mir sind ein paar Dinge klar geworden», sage ich und spreche dann aus, was mir in den letzten Stunden durch den Kopf gegangen ist. «Ich will nach Brynmor zurück. Ich habe echt viel dafür getan, um diesen Studienplatz zu bekommen. Und in den letzten Wochen und Monaten habe ich in Brynmor nicht nur Freunde gefunden, sondern mich auch verliebt.»

Ich schlucke. Hoffe, dass meine Eltern jetzt nicht tausend Gründe aufzählen, die gegen eine Rückkehr nach Brynmor sprechen. Vermutlich könnte ich es sogar verstehen. Aber ihre Unterstützung würde mir die Welt bedeuten.

«Das ist vielleicht schwer zu verstehen nach allem, was passiert ist. Aber ich habe mich noch nie bei jemandem so wohlgefühlt wie bei Connor.» Meine Mutter will bereits etwas sagen, aber mit einer Geste bitte ich sie, mich ausreden zu lassen. «So wie ich es verstanden habe, war Connor in den letzten Monaten völlig zerrissen. Er wollte Lake beschützen, und er wollte mich kennenlernen und hat sich an einem Spagat versucht. Hätte er sich anders verhalten können? Bestimmt. Aber ganz ehrlich? Ich weiß nicht, was ich getan hätte, wäre ich an seiner Stelle gewesen. Und daher kann ich ihn auch nicht wirklich verurteilen.» Mit festem Blick sehe ich meinen Vater an. «Du hast es selbst gesagt: Wenn etwas Schlimmes passiert, wissen die meisten Menschen erst einmal nicht, wie sie damit umgehen sollen.»

Er betrachtet mich mit versteinerter Miene. Dann endlich entspannen sich seine Gesichtszüge. «Ja, das waren meine Worte. Und sie gelten immer noch.» Er streckt die Hand aus und hält sie meiner Mutter hin. Die zögert noch eine Sekunde, bevor sie seine Finger umschließt und matt lächelt.

«Ihr habt nichts dagegen, wenn ich wieder nach Brynmor gehe?», frage ich, um auf Nummer sicher zu gehen.

«Wir stehen immer hinter dir, Sammi», antwortet meine Mutter.

Und bei ihren Worten lockert sich der Griff der unsichtbaren Hände noch ein bisschen mehr.

KAPITEL 42

CONNOR

Mittlerweile sind zwei Wochen vergangen, seitdem Lake sich von mir verabschiedet hat. Ich kann mich nicht erinnern, dass sich zwei Wochen schon einmal so unglaublich lang angefühlt haben.

Immerhin schreiben wir. Lake hatte ihre erste Therapiestunde, die ziemlich anstrengend war. Aber offenbar hat sie gleich einen Draht zu ihrer Therapeutin gefunden und sich verstanden gefühlt.

Im Gegensatz zu Lake habe ich von Samuel kein einziges Wort gehört. Ich stand tausendmal davor, ihm zu schreiben oder ihn anzurufen, allerdings hat mich jedes Mal aufs Neue der Mut verlassen. Ich will ihn sehen, mit ihm sprechen, seine Stimme hören – und gleichzeitig habe ich riesige Angst vor seiner Reaktion. Die Unsicherheit macht meine Lage natürlich nicht besser. Aber sie lässt mir zumindest einen letzten Hoffnungsfunken.

Eines Mittags sitze ich im Speisesaal und stochere lustlos in meinem Essen herum. Ein paar Tische weiter ist Nate in ein lebhaftes Gespräch mit einer Kommilitonin vertieft. Ob Samuel sich bei ihm gemeldet hat? Oder bei Youma? Könnte ich nachfragen?

Ich lausche den Gesprächen der anderen nur mit halbem Ohr. In Gedanken bin ich ganz bei Samuel.

Sobald ich mit dem Essen fertig bin, verabschiede ich mich

und trete in den Innenhof. Der Himmel ist wolkenlos, und vom Meer weht eine kühle Brise heran. Gerade als ich mich auf den Weg zu meinem nächsten Seminar machen will, höre ich eine Stimme aus einem Arkadengang zu meiner Linken.

«Connor.»

Mein Herz setzt für einen Schlag aus. Das ist ... das ist Samuel. Ich bin mir sicher, dass er es ist, lange bevor ich mich zu ihm umgedreht habe.

«Sam», entfährt es mir unwillkürlich. Er steht nur ein paar Schritte von mir entfernt, die Hände tief in den Hosentaschen vergraben.

Am liebsten würde ich auf ihn zulaufen, ihn an mich drücken und nie wieder loslassen. Weil er mir so gefehlt hat und ich mir so sehr gewünscht habe, ihn wiederzusehen.

«Wie lange bist du schon wieder hier?», frage ich, ohne mich von der Stelle zu rühren.

«Vor zwei Stunden erst angekommen», antwortet Samuel. «Eigentlich wäre ich schon gestern Abend wieder hier gewesen. Aber dann hat das Bodenpersonal in Hamburg gestreikt, und ich musste einen anderen Flug nehmen.»

Mir liegen unzählige Fragen auf der Zunge. Wie geht es ihm? Waren seine letzten Wochen genauso beschissen wie meine? Hat er mich vermisst – oder hasst er mich?

«Mir hat mal jemand einen Ort gezeigt, wo man ungestört sprechen kann», sagt Samuel. Ich versuche in seinem Gesicht zu lesen, doch seine Miene ist unergründlich. «Hast du ein bisschen Zeit?»

Für dich nehme ich sie mir, schießt es mir durch den Kopf.

«Ja, habe ich», antworte ich und folge ihm in Richtung des Kirchturms.

KAPITEL 43

SAMUEL

Oben auf der Plattform weht der Wind stärker als in den geschützten Innenhöfen. Dafür ist die Aussicht bei Tag noch einmal viel beeindruckender als bei Nacht. Und erst jetzt, wo ich das Kloster, den neuen Campus und die Sportanlagen sehe und Connor an meiner Seite steht, begreife ich, dass ich wirklich wieder in Brynmor bin.

Connor nach all den Wochen so nah zu sein, ist überwältigend. Er übt noch immer dieselbe faszinierende Wirkung auf mich aus wie bei unserer ersten Begegnung und allen anderen danach. Er bringt mein Herz dazu, schneller zu schlagen, und treibt meinen Puls in die Höhe. Fast hatte ich befürchtet, vor ihm zu stehen und nichts mehr für ihn zu empfinden. Festzustellen, dass zwischen uns zu viel passiert ist. Aber das ist offenbar nicht der Fall.

«Hör mal», setzt Connor an. «Bevor du irgendetwas sagst, möchte ich mich zuallererst bei dir entschuldigen. Und dir dann ein paar Dinge sagen, von denen ich will, dass du sie weißt.» Er meidet meinen Blick, aber in seiner Stimme liegt Entschlossenheit, und ich gewähre ihm den Vortritt.

In aller Ausführlichkeit berichtet er mir von dem Dilemma, in dem er sich nach dem Abend im Klosterwald befand. Und von dem Zwiespalt, der entstand, nachdem er erfahren hat, wer ich bin.

«Es hat mir den Boden unter den Füßen weggezogen. Zum ersten Mal seit so langer Zeit gab es da einen Menschen, zu dem ich mich hingezogen fühlte, und dann warst dieser Mensch ausgerechnet du.» Er schüttelt den Kopf. «Ich habe versucht, dich aus dem Kopf zu kriegen, auch wenn es mich innerlich zerrissen hat.»

«Daher die Funkstille», werfe ich ein.

«Ja», bestätigt Connor. «Und glaub mir, ich bin nicht stolz darauf, mich nicht bei dir gemeldet zu haben. Vor allem aber wollte ich nach deiner Nachricht nicht, dass du noch länger in der Luft hängst. Ich wollte mich mit dir treffen, damit du Klarheit hast. Wollte dir sagen, dass es besser ist, wenn wir auf Abstand zueinander gehen. Aber spätestens als du vor mir standest, war mir klar, dass ich dich nicht einfach so vergessen kann. Also habe ich nach einem Ausweg gesucht. Und ihn ausgerechnet in einem Satz gefunden, den Lake am ersten Abend des Semesters gesagt hatte. *Manche Wahrheiten sollten wohl besser für immer im Verborgenen bleiben.*» Er erzählt mir, wie diese Worte zu einem Mantra für ihn wurden, vor allem auch nach dem, was Claire und er erfahren hatten. «Es wäre mir lieber gewesen, ich hätte es nicht gewusst. Und ich habe gedacht, dass es auch für dich das Beste wäre, nie die Wahrheit über Philipp zu erfahren.» Seine vorherige Entschlossenheit beginnt zu bröckeln. «Ich war so ... ich weiß es nicht. Vermutlich war ich so verliebt, dass ich gehofft habe, es könnte schon irgendwie funktionieren.» Jetzt wendet er den Blick von Brynmor ab und sieht mir doch noch in die Augen. «Es tut mir leid. Ich kann nicht erwarten, dass du meine Entschuldigung annimmst. Aber du sollst wissen, dass ich dich nie absichtlich verletzen oder dir schaden wollte. Ich habe nur nach einem Weg gesucht, um mit dir zusammen zu sein.»

Ich erwidere Connors Blick. Erinnere mich daran, was ich mir in den letzten Tagen in meinem Kopf zusammengebastelt habe, und komme zu dem Schluss, dass seine Worte mich in meinem Vorhaben nur noch weiter bestärken. «Ich war nach unserem Gespräch am Cricketfeld ziemlich fertig», sage ich. «Aber das war nichts im Vergleich dazu, was Lakes Geständnis in mir ausgelöst hat. Ich wollte nur noch weg und alles vergessen. Ich habe mich dafür verflucht, überhaupt erst nach Brynmor gekommen zu sein. Aber mir ging es wie dir. Ich habe dich einfach nicht aus dem Kopf bekommen. Weil ich mich in dich verliebt habe. Weil ich bei dir – um es mit deinen Worten auszudrücken – einfach nur ich selbst sein konnte.»

Connor runzelt die Stirn. «Okay», sagt er, was eher nach einer Frage als nach einer Feststellung klingt.

«Ich habe immer wieder versucht mir vorzustellen, wie ich mich an deiner Stelle verhalten hätte. Wenn Luisa oder Youma mich darum gebeten hätten, ihnen ein Versprechen zu geben. Hätte ich abgelehnt? Ich weiß es nicht. Ich kann also nachvollziehen, warum du es getan hast. Du wolltest Lake beschützen, so wie du Elliot beschützt hast. Wie du mich beschützen wolltest. Wie du alle beschützt, selbst wenn das bedeutet, dass du darunter leidest. Du hast versucht, es allen recht zu machen und niemanden vor den Kopf zu stoßen.»

«...und bin damit kläglich gescheitert», fällt Connor mir ins Wort und lacht bitter auf.

«Vielleicht wird es allmählich Zeit, dass du auch mal an dich denkst», sage ich und komme damit nun endlich zu dem Punkt, der mich überhaupt hierhergeführt hat. «An sich zu denken, heißt ja nicht gleich, egoistisch zu sein. Sondern nur, dass du auch jemand bist. Dass du wichtig bist.» Wir sehen uns in die Augen. «Mal angenommen, nur mal angenommen, du denkst an dich – was würdest du dann jetzt gern tun?»

«Was meinst du?», fragt er, obwohl ich mir sicher bin, dass er damit nur etwas Zeit gewinnen will.

«Du weißt, was ich meine», sage ich. «Wenn du mir sagst, was du jetzt gern tun würdest, verrate ich dir, warum ich nach Brynmor zurückgekommen bin. Deal?»

Bei meinen Worten weiten sich Connors Augen. Bestimmt erinnert er sich an die letzten Deals, die wir geschlossen haben.

«Deal», sagt er und klingt jetzt wieder um einiges selbstsicherer als zuvor.

«Also?», erwidere ich. «Was würdest du gern tun?»

«Ich würde dich gern umarmen, Sam. Ich würde dich gern an mich drücken und mich noch einmal für alles, was ich getan habe, entschuldigen. Ich würde dich gern festhalten und nie mehr loslassen. Ich würde dich küssen. Du bedeutest mir so unglaublich viel, dass ich dich in meinem Leben nicht mehr missen will.» Noch während er spricht, steigt ihm Röte ins Gesicht, und seine graublauen Augen beginnen zu funkeln. Auch mir wird schlagartig heiß, obwohl ich mit so einer Antwort gerechnet habe. «Jetzt bist du dran. Warum bist du nach Brynmor zurückgekommen?»

Für ein paar Sekunden sehen wir uns schweigend an. Dann mache ich einen Schritt auf ihn zu. «Weil es zwei Dinge gibt, die ich dir unbedingt sagen muss.»

«Zwei sogar?», fragt Connor und kommt mir ebenfalls einen Schritt entgegen.

Ich nicke. «Erstens: Ich habe das, was passiert ist, noch nicht wirklich verarbeitet. Philipps Unfall. Die Wahrheit. Ich schätze, dass es noch eine ganze Weile braucht, bis ich über das alles wirklich hinweggekommen bin. Aber ich glaube, dass ich zumindest den Anfang gemacht habe und wieder nach vorne schauen kann. Vermutlich wird es Momente geben, in denen ich mit allem hadere oder am liebsten die Decke über den Kopf ziehen will. Ich glaube, dass solltest du wissen, bevor ich zu meinem zweiten Punkt komme.»

«Der da wäre?»

Ich lächle schwach. «Ich fände es schön, wenn wir noch einmal ganz von vorn anfangen. Ich würde uns gern noch eine Chance geben, unsere Geschichte weiterzuschreiben. Und ich hätte bestimmt nichts dagegen einzuwenden, wenn du mich jetzt küsst.»

Nahezu zeitgleich überbrücken wir die wenigen Zentimeter, die noch zwischen uns liegen. Endlich – *endlich!* – liegen Connors Hände wieder an meinen Wangen, während ich ihm durch die Locken fahre.

«Sam», sagt er. «Es tut mir leid.»

«Mir auch», erwidere ich.

Und alles andere, was uns auf dem Herzen liegt, legen wir in einen Kuss, der so zärtlich und leidenschaftlich ist, dass ich alles andere um mich herum vergesse.

EPILOG

SAMUEL

Drei Wochen später

Am Tag vor den Weihnachtsferien bin ich schon lange vor dem Klingeln meines Weckers wach. Während die Sonne draußen vor den Sprossenfenstern den Raureif auf den Wiesen zum Glitzern bringt, sitze ich im Bett, eingewickelt in meine Decke, und höre einen Song von The Irrepressibles, auf den ich vor ein paar Tagen zufällig gestoßen bin: *Two men in love.* Bereits nach dem ersten Hören war ich so verliebt, dass ich ihn auf der Stelle Connor geschickt habe. Seine Antwort bestand aus einer ganzen Reihe von Herz-Emojis.

Jetzt drehe ich den Lautstärkeregler am Handy noch etwas hoch und schließe die Augen. Für ein paar Minuten lausche ich dem Song und lasse die letzten Wochen noch einmal Revue passieren. Wie schwer es mir anfangs fiel, wieder in Brynmor Fuß zu fassen. Wie ich in den Seminaren saß und mich nicht wirklich konzentrieren konnte, weil ich doch immer wieder Philipps Gesicht vor mir sah. Aber wie ich mich mit jedem weiteren Tag, vor allem dank Connor und den vielen, vielen Gesprächen, die wir geführt haben, schließlich wieder eingefunden habe. Ich bin für mich hier. Und mittlerweile ist das kein bloßer Wunsch mehr, sondern Realität.

Sobald die letzten Töne verklungen sind, rapple ich mich auf und verstaue die Earpods in einer Seitentasche meines Reiserucksacks. Wenn ich das Frühstück nicht verpassen will, sollte ich mich jetzt wohl besser etwas beeilen.

Gerade als ich mich auf den Weg machen will, erhalte ich einen Videocall von Connor.

«Na, alles in Ordnung bei dir?», frage ich, obwohl ich die Antwort in seinen aufgewühlten Augen ablesen kann. Vor zwei Wochen hat er Claire, seiner Schwester, geschrieben und sie um ein Treffen in London gebeten. Zu seiner Überraschung hat sie ihm nicht nur innerhalb von ein paar Stunden geantwortet, sondern auch dem Treffen zugestimmt. Wenn alles gut geht, werden sie sich morgen Abend gegenüberstehen – zum ersten Mal, seit Claire alle Brücken hinter sich abgebrochen hat.

«Können wir die Zeit nicht einfach vorspulen? Wie eine Serie oder einen Film?»

«So lange, bis wir zu den richtig guten Szenen kommen?», erwidere ich grinsend, woraufhin sich Connors Gesichtszüge zumindest ein bisschen entspannen.

«Von den richtig guten Szenen gab es in den letzten Wochen schon ein paar.»

«Oh, da bin ich aber erleichtert.» Dann werde ich wieder ernst: «Egal, wie es morgen Abend läuft. Ich bin für dich da.» Und das ist nicht nur so dahingesagt. Ich werde tatsächlich in London sein und die Weihnachtsferien gemeinsam mit Connor verbringen. Meine Eltern hatten nichts dagegen einzuwenden. Und Connors Eltern war es egal, dass ihr Sohn nicht nach Hause kommt. Jetzt liegen zwei Wochen vor uns, in denen wir uns weiter annähern und tun und lassen können, was wir wollen. Eine berauschende Vorstellung.

«Hast du schon gepackt?», frage ich.

«Bin gerade noch dabei.»

«Okay, dann passt es ja, wenn ich mich noch kurz mit Youma zum Frühstück treffe. Was hältst du davon, wenn ich in einer halben Stunde bei dir bin?»

«Klingt gut.»

«Und Connor?»

«Hm?»

«Ich weiß, ich habe leicht reden, aber mach dir wegen Claire keine Sorgen. Es wird alles gut. Da bin ich mir sicher.»

Connor nickt. «Es tut gut, das zu hören.» Er räuspert sich. «Richte Youma liebe Grüße von mir aus!»

«Mach ich.»

«Und Sam?»

«Hm?»

«Danke. Für alles.»

Obwohl es so kalt ist, dass mein Atem gefriert, scheint ganz Brynmor an diesem Vormittag auf den Beinen zu sein. In den Innenhöfen ist noch einmal mehr los als an normalen Uni-Tagen. Ich passiere nicht nur Studierende, manche bereits mit dem Gepäck in der Hand oder Rollkoffern, die neben ihnen stehen, sondern auch Eltern, die früher angereist sind, um ihre Söhne und Töchter abzuholen. Hier und da nicke ich ein paar bekannten Gesichtern zu, lasse mich aber von niemandem aufhalten. Im Speisesaal sehe ich Youma schon von Weitem an einem der Tische sitzen.

«Ich habe mich gerade daran gewöhnt, dass du zurück bist. Jetzt verabschieden wir uns gleich wieder», sagt sie, kaum dass ich mich gesetzt habe.

«Aber nur für zwei Wochen. Außerdem hast du sicher Besseres zu tun, als mich zu vermissen.» Youma boxt mich gegen die Schulter. «Wann kommt Leroy noch mal an?»

«Übermorgen.» Sie klingt so aufgeregt, als könne sie es kaum noch erwarten.

«Ich hoffe, ihr macht euch eine schöne Zeit und genießt es so richtig.»

«Werden wir.»

Und ich bin mir sicher, dass sie damit recht behalten wird.

«Ist Leroy eigentlich noch da, wenn ich zurückkomme?», frage ich, weil ich ihn gern kennenlernen würde.

«Er reist in der ersten Januarwoche ab. Ihr verpasst euch knapp.»

«Schade.»

«Aber das wird sicher nicht sein letzter Besuch in Brynmor sein.» Lächelnd sieht Youma sich im Speisesaal um. «Wer weiß, vielleicht will er ja gar nicht mehr weg, wenn er mal hier war. So geht es mir zumindest gerade.»

«Ich weiß, was du meinst», antworte ich. Als ich ankam, war ich mir sicher, hier nie wirklich Fuß fassen zu können. Nicht dazuzugehören. Aber das liegt jetzt hinter mir. So wie vieles andere auch.

Den restlichen Vormittag helfe ich Connor dabei, seine Sachen zusammenzupacken. Dann gehen wir noch einmal gemeinsam zum Westflügel, holen meinen Reiserucksack und machen uns von dort aus auf den Weg zum Eingangsportal.

Während ein paar andere Studierende bereits in den Shuttlebus einsteigen, umschließen sich unsere Finger. Connors Atmung geht schnell, und er wirkt so aufgeregt, als stünde das große Abschlussturnier unmittelbar bevor. Ich beuge mich zu ihm hinüber und gebe ihm einen Kuss auf die Wange. «Wenn Claire kein Interesse daran hätte, dich zu sehen, hätte sie einem

Treffen nie so schnell zugestimmt. Es ist gut, dass du dich bei ihr gemeldet hast.»

«Ja. Ja, du hast recht», sagt Connor, um eine feste Stimme bemüht.

«Connor?» Ich stupse mit meiner Nasenspitze an seine. «Was auch immer passiert, ich liebe dich.»

Schlagartig schießt mir Hitze ins Gesicht. Habe ich das gerade etwa wirklich gesagt? So viel Zeit wir in den letzten Wochen auch miteinander verbracht, so viele Gespräche wir geführt haben – diesen Satz hat bisher keiner von uns über die Lippen gebracht.

Connor wirkt überrascht und streicht sich die Locken aus der Stirn.

Für einen Moment sehen wir uns schweigend an. Dann beginnen wir gleichzeitig zu sprechen.

«Du musst nichts darauf sagen, wenn ...»

«Sam, weißt du ...»

Wir verstummen wieder. Mit einem Kopfnicken lasse ich Connor den Vortritt.

«Dir ist schon klar, wie viel mir das bedeutet, oder? Es bedeutet mir alles. Weil ich dich auch liebe.»

Wir sehen uns an, verstehen uns ohne Worte. Und ich glaube, nein, ich *weiß*, warum: weil wir beide zum ersten Mal in unserem Leben einen Menschen gefunden haben, bei dem wir uns fallen lassen und einfach nur wir selbst sein können.

Ich beuge mich zu ihm, küsse ihn lang und innig. Zwischen zwei Küssen flüstere ich ihm ins Ohr: «*Ad nos respiciamus.* Was immer in London passiert, wir passen aufeinander auf.»

«Wir passen aufeinander auf», bestätigt Connor und küsst mich ein weiteres Mal, was mich mit so viel Liebe und Glück erfüllt, dass mir davon fast schwindelig wird.

Ein plötzliches Räuspern holt mich schneller, als mir lieb ist, in die Realität zurück. Der Chauffeur steht nur ein paar Schritte von uns entfernt. «Tut mir leid, Sie unterbrechen zu müssen, meine Herren», sagt er. «Aber die anderen warten schon. Wir sollten allmählich losfahren, sonst verpassen Sie Ihren Zug in St. Keyne.»

Wir sehen uns noch einmal in die Augen. Dann lösen wir uns voneinander, verstauen unser Gepäck und steigen in den Shuttlebus, um dem nächsten Kapitel unserer Geschichte entgegenzufahren.

ENDE

DANKSAGUNG

Diesen Roman hätte ich nie schreiben können, wenn nicht so viele Menschen an mich geglaubt und mich auf dem Weg unterstützt hätten. Ihr alle habt es mir ermöglicht, eine Geschichte zu erzählen, wie ich sie mir vor zehn oder fünfzehn Jahren zu lesen gewünscht hätte. Und daher möchte ich mich an dieser Stelle aus ganzem Herzen bei euch allen bedanken. Ihr seid die Besten.

Mascha Vassena. Als Agentin hast du mich immer angespornt, nie aufzugeben und am Ball zu bleiben. Du warst davon überzeugt, dass es früher oder später klappt. Und das hat es. Danke für die Arbeit an Exposé, Leseprobe und allem, was darüber hinausging, und dafür, dass du immer so geduldig mit mir bist.

Anne Rudolph und das gesamte Kyss-Team. Danke, danke, danke! Als absoluter Newbie in einem Verlag wie eurem veröffentlichen zu dürfen, hat mich sprachlos gemacht. Anne, du hast etwas in dieser Geschichte gesehen, als Brynmor noch nicht einmal Brynmor hieß, hast mir alle Fragen beantwortet, die ich hatte (und das waren einige), und hast mich mit deinem genauen Blick auf Dinge aufmerksam gemacht, die mir vermutlich nie aufgefallen wären. Ich habe in den letzten Monaten unglaublich viel gelernt und bin mir sicher, dass ich auch noch in Zukunft einiges lernen werde.

Kathinka Engel, dir danke ich für das wirklich tolle Lektorat, für Anmerkungen, die mich immer wieder zum Schmunzeln gebracht haben, und vor allem die Sorgfalt, mit der du dich dieser Geschichte gewidmet hast. Wenn ich mir eine Lektorin aussuchen dürfte, du wärst es.

Ein riesengroßes Dankeschön geht an Kai Spellmeier und Marius Schaefers für das Sensitivity Reading.

Danke, meine Testleser:innen. An Jennifer Hauff für deine Anmerkungen zur Leseprobe, an Saskia und Petra, die das Rohmanuskript gelesen haben, an Sabrina und ihre Kolleg:innen, die mir mit ihren Lateinkenntnissen ausgeholfen haben.

An Katharina Seck, die mir dabei geholfen hat, eine wichtige Entscheidung zu treffen, und ohne die es diesen Roman vermutlich überhaupt nicht gegeben hätte.

An Felix. Ich könnte hier einen ganzen Roman schreiben, aber das würde wohl den Rahmen sprengen. Darum einfach nur danke für alles.

Und last, but not least möchte ich mich bei euch bedanken, liebe Leser:innen. Danke, dass ihr mit Sam, Connor und mir nach Brynmor gereist seid. Danke für die Zeit, die ihr dieser Geschichte geschenkt habt. Ich hoffe, dass wir uns alle schon ganz bald wiedersehen, wenn das nächste Semester beginnt und Nate sich auf die Suche nach der großen Liebe begibt.